正体

染井為人

光 文 社

正体

プロローグ　脱獄から一日

「もう、しつこいなあ」

と、朝食のトーストをかじっていた舞《まい》は足で老犬のポッキーを押しやった。だが、ポッキーはすぐに戻ってきてまた舞の足を「お手」の要領で引《ひ》っ掻《か》いてくる。何かくれ、と訴えているのである。ふん、食べ物を持っていなければ何もしないくせに。

そこにワイシャツ姿の父があくびをしながらやってくる。リモコンでテレビを点《つ》けてから、舞の向かいの椅子を引いて腰を下ろす。それと同時にポッキーは舞のもとを離れ、父の足元でおすわりをした。

「やっぱりお父さんのことが一番好きなんだな」

父が満足げにお決まりの台詞《せりふ》を口にする。父がすぐに食べ物をくれるのをこの老犬は知っているのだ。ポッキーからすれば父は給仕係なのだろう。

「お父さん。そうやってすぐにあげないで。この子エサ残してるんだから」

台所にいる母からさっそく咎《とが》められていた。

「人間様のご飯の方が美味《おい》しいもんなあ」と意に介さない父に、「ポッキーが早死にしたらお父さんの責任だからね」と母が腰に手を当てて言った。

十六年も生きている犬に早死にも何もないだろうと思ったが、口には出さなかった。

幾度となく繰り返されてきたこんな酒井《さかい》家の朝の食卓とも、あと一ヶ月でさようならだ。

舞は現在高校三年生で二週間後に卒業式が控えていて、四月からは念願だった東京での一人暮らしが始まるのである。表参道《おもてさんどう》にある大手美容専門学校に通うことが決まっているのだ。

半年ほど前、舞が進路希望を表明すると、両親は露骨に顔をしかめた。父なんかは「いくら化粧で誤魔化したって人間の本質は変わらない。大切なのは心の美しさだろう」などと意味不明なことを言ってきた。

あれこれ説得を試み、ようやく美容学校への進学を認めてもらったものの、今度は一人暮らしを反対された。実家から通えというのである。舞は冗談じゃないと思った。酒井家の住居は茨城県は牛久《うしく》市にあり、そこから表参道までは片道一時間半かかるのである。さらには自宅から最寄り駅までも自転車を十五分も漕《こ》がなくてはならないのだ。

舞は、定期代を家賃に充ててもらうこと、また通学にかかる時間をアルバイトに充てることで、東京での生活が成り立つと電卓を持ち出して両親に嘆願した。こうして晴れて進学と一人暮らしの権利を勝ち取ったのである。

とはいえ、両親は未ださみしそうだった。親の気持ちなど深く考えたこともないが、一人娘が家からいなくなるというのは一大事なのだろう。先週の夜、父と母は昔のアルバムを引っ張り出してきて、幼き舞の姿に目を細めていた。だから上京は少しだけ胸が痛む。でも一割くらいだ。残りの九割は夢と希望で占められている。ふたりは過去に生きているのかもしれないが、自分には未来が待っているのだ。

ここでテレビから女性キャスターの〈速報です〉との声が聞こえ、舞はトーストをもぐもぐと咀嚼《そしゃく》しながら目をやった。

〈今日未明、兵庫県神戸《こうべ》市北《きた》区にある神戸拘置所に収監されていた少年死刑囚が脱走したことがわかりました。少年は今から約一年と半年前、十八歳のときに埼玉県熊谷《くまがや》市に住む一家三人を殺害した罪で、死刑判決を受けていました。なお、脱走した少年は現在も捕まっておらず、警察は全力で少年の行方を追っています〉

「おいおいおい」父がコーヒーカップを片手につぶやいた。台所にいる母も手を止めてテレビに見入っている。

〈ええ、前代未聞ですね〉と司会から水を向けられた白髪の男が神妙な顔で言った。肩書きは元警視と書いてある。〈死刑囚が脱獄した例は過去を遡《さかのぼ》ればあるのですが、少年死刑囚となると事例はありません〉

〈いったいなぜこのようなことが起きてしまったのか、原因はまだわからないんですよね〉

〈現時点ではどのように脱走したのか、警察からの発表はありません〉

〈そもそも死刑囚というのは、刑務所ではなく拘置所――〉

テレビの中で、たくさんの大人たちが難しい顔をしてああだこうだとやりとりしている。舞は遠い気持ちでそれを眺めていた。大事《おおごと》なのだろうが、舞にはまるで現実感がなかった。近くにその刑務所があったら多少恐怖を感じるのかもしれないが、その少年が脱走した拘置所とやらは遥《はる》か遠くにあるのだ。舞は神戸はおろか、兵庫県にすら足を踏み入れたことがない。

また、正直なところ少年が犯した事件の記憶も曖昧《あいまい》だ。でも一年半くらい前、そんな事件があった気がしないでもない。おそらく修学旅行のちょっと前だったはずだ。

世の中には凄惨な事件がたくさん起きていてすぐに記憶が霞《かす》んでしまう。本音をいえば、そうした事件に舞は興味がなかった。くだんの事件も楽しみな修学旅行のことで頭がいっぱいでそれどころではなかったのだ。

〈そんな厳重な警備の中、脱獄するなんてまさに現代の西川寅吉《にしかわとらきち》ですね〉

場を和まそうとしたのか、一人の男性タレントがそんなことを半笑いで言った。ただ、周囲の人間は誰ひとり反応を示さず、そのタレントはバツが悪そうに俯《うつむ》いた。

〈――警察から続報が届き次第また報道致します。続きまして――〉

ニュースがいち段落したところで、「信じられない。怖いわねえ」と母が眉間《みけん》に皺《しわ》を寄せて漏らした。

本当にそんなに怖いかな、と思ってしまう自分はお子ちゃまなんだろうか。母がその脱獄した少年と出遭う確率など、宝くじで一億円が当たるよりも低いと思うのだけど。

「お父さん。この犯人に殺されたご夫婦ってまだ若かったわよね」

母に訊《き》かれた父は目を細めて虚空を睨《にら》んだ。「まだ三十前だったんじゃないかな。子供だってまだ二歳とかそこらだった気がするぞ」

「とんでもない事件だったわよね」

「とんでもねえよ。面識もねえ奴に家に上がり込まれて皆殺しにされちまうんだから」

「刃物で刺されちゃったのよね」

「そうそう。台所にあった出刃包丁だよ、たしか」

「ねえ、未成年でも死刑になるの」舞がそもそもの疑問を口にした。

「なる」と父。「だが十八歳以上な。十八歳未満は死刑にならない」

知らなかった。勝手に未成年に死刑判決は出ないものと思っていた。

「そういえばこの犯人、自分を褒めたいとかって言ったんじゃなかった？」

母が思い出したように言った。

「褒めたいって？」舞が訊く。

「死刑判決を受けたときに、犯人の男は法廷でこう言い放ったんだよ。『自分を褒めてやりたい』って」

父が吐き捨てるように言った。

舞は小首を傾《かし》げた。褒めたいというのは、人を殺したことをだろうか。それとも死刑判決のことをだろうか。

「そもそも、なんでその一家を殺したの？」

舞が訊くと父は眉間に皺を寄せて黙り込み、「若い奥さんに乱暴しようとしたんじゃないのか。で、不在だと思っていた夫も在宅だったとか、そういう感じじゃなかったかな。でもそんなんで殺しちまうんだから狂ってやがるよ」

冗談好きで、いつもくだらない話ばかりしている父が珍しく怒っている。

「舞も四月からは本当に気をつけてね。若い女の人が一番危険なんだから」

母から言われ、舞はここで初めて、少しだけ恐怖を身近に感じた。たしかに一人暮らしをしていたらその手の危険性は高くなる。先々週両親と内見《ないけん》に行き契約した物件は、オートロック付きのマンションで部屋は二階だが、仮に忍び込まれて刃物なんかを突き付けられたら、気の弱い自分はそれだけでショック死しそうだ。


着ることも残りわずかとなった制服姿で家を出た舞は、自転車を漕いで最寄り駅まで行き、下りの常磐《じょうばん》線電車に乗った。片方の手でつり革を摑《つか》み、もう片方の手でスマホをいじる。開いているのはツイッターで、通学の電車の中で友人たちの日常をチェックするのが毎朝の習慣だ。

だが、今日のタイムラインは例の少年脱走犯のことばかりだった。フォローしているのは同世代の友人ばかりなので、彼らもこの事件に関心があるということだろう。そう考えると、自分が少し恥ずかしくなる。ちなみに舞は政治も経済もちんぷんかんぷんだ。

ついこの間、こんなことがあった。友人たちの間で、『エボラ出血熱』の話題が持ち上がり、この恐ろしい病は西アフリカを中心に広がっているらしく、イギリスでも死者数が二十人を超えたとかで、さらにはそれが日本にも上陸している可能性があるとメディアで騒がれていたのだが、舞はそれを知らなかった。「ウソでしょう？　あんたほんとに日本国民？」と友人たちから呆《あき》れられた。きっとどこかで見たり聞いたりしているのだろうが、興味のないものは右から左へと抜けていってしまうのが舞だった。

タイムラインをスクロールしていくと、脱獄した少年が起こしたという事件のまとめ記事が流れていたのでアクセスしてみた。

それによると事件が起きたのは二〇一七年十月十三日、現場は埼玉県熊谷市にある民家。殺されたのは当時二十九歳だった夫の井尾洋輔《いおようすけ》、妻の千草《ちぐさ》二十七歳、二人の息子である俊輔《しゅんすけ》二歳。

犯人の少年は、まだ日も高い十六時頃、井尾夫妻の住む一軒家に侵入し、まず妻の千草を台所にあった出刃包丁で腹部を突き刺して殺害し、続いて息子の俊輔を同じように殺害したという。そこにちょうど仕事を終えた夫の洋輔が帰宅し、今度は背中を突き刺して殺害。結局少年は、争う物音を聞いた隣人の通報で駆けつけた警察官によってその場で逮捕されたとのこと。

ほぼ父の話していた通りだが、ひとつ間違っていることがあった。家には同居していた洋輔の母がいたようだ。五十代のこの女性は殺されなかったようなので、皆殺しではなかったのだ。

どうしてこの女性は殺されなかったのだろう。その理由は書かれていない。三秒想像してみたがまるで見当がつかなかった。

　なんにせよ、恐ろしい殺人鬼である。夫妻のこともそうだが、まだ二歳の子をどうして殺すことができるのか。

　舞がひとり憤慨していると、目の前に座っていた人が席を立ったので、ラッキーとばかりそこに腰を下ろした。すると、入れ替わりで舞の前に年配の男性が立った。それとなく顔を見て、年齢を測る。七十五歳くらいだろうか。心の中でため息をつく。「ここ、どうぞ」舞は立ち上がり、席を譲った。

　まとめ記事を閉じて、再びツイッターを読み込む。早くも脱走した少年の写真と、名前が晒《さら》されていた。すでにリツイートが一万件以上ついているものもある。こういうものはいったい誰がどこから見つけてくるのか。もっともこれらの画像はくだんの事件のときに出回っていたのだろう。

　舞はいくつかの画像のうち、真正面から撮られている一つをタップしてみた。画像が拡大され鮮明になる。

　坊主頭の若者が口を真一文字に結んで写っていた。くっきりとした二重まぶたで、鼻筋が綺麗に通っている。ふうん、わりとイケメンじゃん。女子にモテそうなのに、なんで犯罪なんて犯しちゃうかな。舞はそんな感想を抱いた。

　名前は鏑木《かぶらぎ》慶一《けいいち》。年齢は当時十八だから、今は……十九歳か二十歳だ。舞よりも一つ、もしくは二つ年上だ。

経歴を見ると、この少年はどうやら児童養護施設というところで育ったらしい。ということは両親がいないのだろうか。その点に関しては同情するけども、だからといって人を殺していいわけがない。

そんなことを考えていた舞は、ここでハッとして顔を上げた。電車が止まっている。いつのまにか目的地の駅に到着していた。

ドアに向かってダッシュし、ギリギリ降車することができた。

危ない危ない。うっかり乗り過ごすところだった。

こうして通学するのもあとわずかだ。もうすぐ、新しい生活が始まる。

一章　脱獄から四五五日

1

昼下がり、「おう」と薄手のニットにジーンズ姿の佐竹《さたけ》が気だるそうに事務室に入ってきた。きっと昨日も深酒をしたのだろう、四十九歳のこの社長は酒を飲んだ翌日は決まって顔がむくんでいるのですぐにわかる。

「何時まで飲んでたんですか」

四方田保《よもだたもつ》はキーボードを打っていた手を止め、嫌味たらしく訊いた。

佐竹は「飲みたくて飲んでるわけじゃないんだよ」と、まず言い訳をし、「いろいろと大変なのよ、おれも」と、わかってくれよみたいな顔をした。

よいしょ、と保のとなりに腰を下ろし、顔を覗《のぞ》き込んでくる。「おまえの方こそ、目の下にクマができてるぞ」

「夜勤明けなんですよ」

「なんだよそうなのか。だったら早いとこ帰れ……ないな」と佐竹は壁がけの時計に目をやる。

「あと一時間ばかりがんばれ」

このあと、この事務室でパート希望者の面接が予定されており、そこに面接官として佐竹と保の両名が立ち会うのである。現在いるパート職員もみな、ふたりで面接をして採用したのだ。もっとも不採用にしたことは一度としてないのだが。

「おまえが現場に出たってことは、急遽《きゅうきょ》、欠勤が出たのか」

「そうです。昨日の夕方帰ろうと思ったら、そのまま夜勤突入です。すでに三十時間以上起きてます」

昨日の夕方、夜勤を予定していたパート職員から、小学生の息子が体調を崩し高熱を出したので休みたいと申し出があった。もちろん他のパート職員に代打をお願いしたのだが、全員に断られた。日勤ならまだしも拘束の長い夜勤となると代わりを見つけるのは容易ではない。夜勤はみんな敬遠するのだ。となれば社員である自分が現場に出るしかない。

「今日の面接の男の子な、まだ二十一歳だってよ」

佐竹がデスクに置かれている履歴書を手に取って言った。

「知ってますよ。ぼくも事前に見てますから」

若い男の応募はかなり珍しい。実際に今いるパート職員の大半は中高年の主婦である。

「続くかな」

「ぼくが入社したのは二十歳のときですよ」

「おまえはなんていうか、特別だから。最初から社員として入ってきたわけだしさ。ふつうの若い男はちょっとな」

「まあ、厳しいかもしれませんね」

「だよな」と、佐竹はため息をつき、デスクに履歴書を放った。「あーあ。金かけて求人出しても応募者が一人か。周りと比べたって時給は悪くないはずなんだけどなあ。未経験でいいとも書いてるし」

「周りだって年中募集してますよ。人手が足りてる介護施設なんてないんじゃないですか」

佐竹が社長を務める有限会社アオバは、千葉県我孫子《あびこ》市で住宅型有料老人グループホームアオバを運営しており、保はそこの唯一の社員である。昨年末までもう一人社員がいたのだが、二十九歳の保よりも五つ年上だったこの先輩社員は「介護業界から足を洗いたい」という理由で辞めていった。ついこの間その先輩から連絡があり、近況を報告された。今は家電量販店に勤めているらしい。慣れないことばかりで大変だけど介護に比べればマシかな、少なくとも心は病まないよ、と話していた。ちなみに、四方田くんはいつまで続けるつもり、と訊かれて返答に窮した。

保自身、別の業界を想像することもあるが、今のところ九年勤めたこの会社を辞めるつもりはない。薄給で拘束時間も長いが、基本的に佐竹のことは信頼してるし、スズメの涙とはいえ、毎年昇給もしている。ボーナスだって年に二回ちゃんと出してもらっている。

何より仕事にやりがいがある。もとより人の世話をするのが好きだった。なので高校卒業後、ソーシャルワーカーの資格を取れる短大に進んだのは自然な流れだった。

就職先は児童の福祉業界か高齢者の介護業界かの二択で迷い、後者を選択した。これからの時代は高齢者介護の方が需要があるだろうと考えた。それだけだ。

もっとも現場はお世辞にも楽とはいえない。正直、過酷だ。生活のサポートといえば聞こえはいいが、高齢者の、それも認知症の方の身の回りの世話は心身ともに堪《こた》えるのが実情だった。入居者から罵倒《ばとう》されるなんて日常茶飯事だし、暴力を受けたことだって数えきれない。慣れているとはいえ、ときに悲しくなることもあるし、ムッとすることもある。それらは時折かけられる感謝の言葉で帳消しになる、というのは綺麗事に過ぎるだろうか。だが、入居者たちの笑顔が好きだし、アオバのアットホームな空間が好きだった。何より自分はここで必要な人間であり、社会の歯車の一つを担っているという自負が今日の保を支えている。

「面接までまだ十分ちょいあるな。ささっとみんなに挨拶してくるわ」

そう言って佐竹は椅子から腰を上げ、事務室を出て行った。すぐに、「やあ須田《すだ》さん、お加減はいかがですか」と佐竹の声が漏れ聞こえてきた。「あんた、だあれ」とのんびりとした須田の声。九十歳の須田文子《ふみこ》はこの施設で一番の高齢で重度の認知症だ。保も毎日、須田には自己紹介をしている。もっとも認知症でない者はここにはほぼいない。

グループホームアオバの入居者は十八名で、一階に九名、二階にも九名の高齢者がおり、共同で生活をしていた。縦長の廊下に面して入居者にはそれぞれ一部屋ずつ部屋が用意されており、中央には二十畳ほどの居間がある。二階も丸々同じ形だ。当然、バリアフリーが行き届いていて、どの壁にも手摺《てすり》が延びており、トイレや浴室も特殊な造りになっている。

佐竹は経営者なので施設を訪れるのは週に一回程度だが、顔を出したときは必ず、入居者一人ひとりに声を掛ける。もっとも先ほどの須田をはじめ、佐竹のことを正確に認識している者は多くない。

ちなみに佐竹自身も、自宅で自分の父親を介護しているそうだ。認知症ではないのだが、パーキンソン病を患っているらしく、ほぼ寝たきりなのだという。「いっそのことボケちまった方が親父《おやじ》にとってもいいんじゃねえかって思うときがあるよ」前に一度だけ彼がそう漏らしていたのを覚えている。

ここで、ブー、と短い音が鳴った。誰かが訪ねてきたのだ。インターフォンは常に切っていて、来訪者の知らせはこうして事務室だけに届くようになっている。

鍵を持って玄関に行き、内側から施錠を解除する。こうしておかないと入居者が勝手に外に出てしまうので内鍵は介護施設には欠かせない。

ドアをスライドさせて開けると、そこには長身の若い男が立っていた。この青年が面接の者だろう。百七十センチの保が軽く見上げてしまうので、百八十以上はありそうだ。服装は、白いTシャツの上に薄手のテーラードジャケットを羽織り、ベージュのチノパンを穿《は》いている。彼には事前にメールで、かしこまった格好ではなく、普段着そのままで来てくれればいいと伝えてある。

「桜井翔司《さくらいしょうじ》と申します。本日、面接のお約束があって伺《うかが》ったのですが」

低頭して言われた。見た目よりも低い声だ。黒い前髪が切れ長の一重まぶたの目に少しかかっていて、右目の下に特徴的な大きな涙黒子《なみだぼくろ》があった。鼻がくの字に折れ曲がっており、下唇がややめくれ上がっている。

「ええ、お待ちしておりました。どうぞ入ってください」

桜井を中に招き入れ、事務室に通した。「こちらで少々お待ちください」と告げ、廊下を通って居間を覗くと佐竹は入居者やパート職員たちと談笑していた。

「面接の桜井さん、いらっしゃいましたよ」

「お。時間ぴったりだな。まずは合格と」

遅刻したって採用するくせに。思ったが口には出さなかった。

佐竹と連れ立って再び事務室へ向かう。「どんな感じだった」廊下を歩きながら言われたので、「ふつうですよ。身長が高いです」それだけ伝え、改めて事務室に入った。

茶を用意して、事務机を挟んで座り、面接準備を整えた。「まあ茶菓子でもつまみながらしゃべろうよ」と佐竹が緊張気味の桜井に声を掛けた。

「桜井翔司くん、二十一歳、住まいは取手《とりで》で一人暮らし、か」となりの佐竹が履歴書を手にしながらすでに知っていることを言う。「ここからちょっと離れてるけど、今日は車で来たの」

「いえ、今日は電車で我孫子駅まで出て、そこからは徒歩で来ました」

「駅から歩いて来たの？　遠かったろう。三十分はかかるんじゃないのか」

いや、もっとかかる。保も何度か徒歩で駅まで行ったことがあるが四十分以上かかった。

「ええ、結構しんどかったです」桜井がはにかむ。「わたしは自動車免許を持っていないので」

「あ、そうなのか。もし採用された場合は、どうやって通勤するつもり？　毎回歩くわけにもいかないだろう」

「我孫子駅に駐輪場があったので、自転車を買ってそこに置かせてもらおうと思っています」

「まあそれも大変だと思うけど、仕方ないか」佐竹がやや渋い顔をする。ここに勤務する職員は地元に住む者以外、全員が車通勤である。「取手の方なら、もっと近くに老人ホームがいくつかあるじゃない。どうしてうちに応募したの」

「わたしには介護の経験はありませんが、事前に調べてみたところ、介護施設にもいくつか種類があることを知りました。その中でグループホームという形態がもっともわたしに合っているのではと考えました。自宅近辺には特別養護老人ホームとデイサービスを展開しているところはあったのですが、グループホームは残念ながらありませんでした」

「なるほど。そういうことか」桜井の返答が満足のいくものだったのだろう、佐竹が相好《そうごう》を崩し、茶菓子の入った器を桜井の前に滑らせた。「まあ、食べなよ。うちでは入居者と一緒におやつを食べながらおしゃべりするのも仕事のうちだから」

　桜井はやや戸惑いながらも「では、いただきます」と手を伸ばし、包装された一口サイズのチョコレートを手に取り口に含んだ。

「そもそもどうして介護の仕事をしてみたいと思ったの。きみくらい若いと仕事は選べるだろう」

桜井は茶をすすってから口を開いた。

「自分が誰かの助けになりたいと思ったからです。職務経歴書にも書いたのですが、わたしは高校を卒業後、いくつかのアルバイトを掛け持ちして生計を立ててきました。その間、どこに就職しようかとずっと悩んでおりました。営業職などは自分に向かないし、力仕事もあまり得意ではありません。だとするとサービス業かなと考え、その中でも介護職がもっともやりがいがあるのではと考えました」

桜井は穏やかな表情で滔々《とうとう》と理由を話した。おかしな点はないが、保はその言葉を素直に受け取れなかった。

というのも、目の前のこの青年は、営業職でも力仕事でもこなしそうだからである。桜井はこうして理路整然と自分のことをしゃべれるし、話を聞いていても感じが悪いところがまったくない。むしろ好青年然としている。また、彼はたしかに細身ではあるものの、よく見るとTシャツの胸が盛り上がっているし、指もゴツゴツとしていてたくましい。肉体労働もいとわなそうなのである。

唯一、面接を受けるのだから前髪はもう少し短くしてきたらどうかとは思うのだが、それだって大きなマイナス点ではない。面接に普段着で来いと指示されるようなところだから、髪の毛もうるさい事は言われないだろうと判断したのだろう。

「今就職って言葉が出たけど、きみはいずれ正社員になることを希望しているの」

佐竹が目を光らせて言った。

「ええ、もしも雇っていただけるなら。一年ほどパートを続けてみて、自分がこの先も続けていけそうだと思ったら、本格的に介護業界に身を置きたいと思います」

一年を待たずとも二ヶ月続けば、佐竹から社員にならないかとしつこく誘われる。もちろん保だって社員が増えてくれたらありがたい。

「うん、気に入った。採用」

早くも佐竹が雇用を言い渡し、桜井に向けて手を差し出した。その手を桜井が照れながら「よろしくお願いします」と握り返す。

まったく。佐竹はいつもこうだ。まだ他に訊かなきゃならないことが沢山《たくさん》あるだろう。「じゃあ具体的な仕事内容は四方田から」こうやって振るのも毎度のことである。

「その前に――」と保は前置きした。「桜井さんは週に何回程度勤務できそうですか」

「おお、そうだ。肝心なことを訊いてなかった」と佐竹。

「今は他に仕事をしていないので、基本的にいつでも出られます」

「いいじゃない、いいじゃない。すごく助かるよ」

となりではしゃぐ佐竹に冷ややかな視線を送って、「うちは遅番や夜勤もありますが、それも大丈夫ですか」と訊くと、それも可能だという。

「事前に調べたとおっしゃっていたのでご存知かと思いますが、グループホームというのはご高齢の方が集団生活をするところです。ネットなんかではある程度自分のことは自分でできる方と書かれているものが多いですが、実際は重い認知症で歩行すら困難な方もいます。そうした方は食事や排便も介助なしでは行えません。もちろんオムツ交換もあります。こういった仕事は想定されていますか」

「はい。もちろん経験がないので自分に務まるか不安はあるのですが、がんばります」

「うちの入居者はふだんは穏やかで優しい方ばかりですが、不穏に陥ると――ここでは入居者の精神状態が不安定になることを不穏になると言っているのですが、そうした状態になると、ときに暴言を吐かれたり、暴力を受けることもあります。そういったことにも耐えられますか」

「おいおい、あんまり怖がらせるなよ」佐竹が顔をしかめて言い、桜井に向けて白い歯を見せた。「たまにそういうこともあるってだけだから」

「はい、そういうことにも徐々に慣れていけたらと思います」

「そう。何事も慣れだよ、慣れ。やってくうちにそんなのも気にならなくなるさ」

その後、保は一通りの仕事内容を口頭で伝えた。アオバで働くには調理が必須なのだが、桜井はそれもある程度できるとのことで、佐竹はもう浮かれっぱなしだった。三年ほど前にいた若い男のパート職員は調理がまったくダメで、結局それが本人のストレスとなって辞めていったのだ。

「よし、じゃあこれ、記載してちょうだいな」

話がいち段落して、佐竹が簡易な身分証明の用紙を桜井に差し出した。

桜井がボールペンを右手に持ち、項目を埋めていく。保はそれとなく見ていて、おや、と思った。桜井は書くペースがやたらと遅かった。それなのに字はお世辞にも上手とは言えない。ミミズがのたくったような字を書くのである。

「緊急連絡先は？」

同じように用紙を覗き込んでいた佐竹が言った。そこだけが空欄だったのだ。

「実は――」桜井が視線を落とした。「わたしは父に男手一つで育てられ、ずっと二人で暮らしていたのですが、少し前にその父が亡くなりまして……連絡を取る親戚もいないのです」

「ああ、そうなのか」佐竹が神妙な顔で頷《うなず》いた。「じゃあいい、いい。こんなの、形だけのものだから」

「お父様はご病気で？」保が訊いた。

「ええ。心不全で亡くなりました」

桜井の父親だと歳《とし》は佐竹くらいだろうか。なんにしてもこの青年の生い立ちは同情すべきもののようだ。

その後、桜井に施設の案内と入居者への紹介をすることになった。佐竹は夜勤明けの保を気遣って、「おれがやるからおまえは早く帰って寝ろ」とありがたいことを言ってくれたのだが、保はその申し出を断った。もう少しこの青年のことを知りたかった。これから現場で一緒に働くのは自分なのだから。

「あらあ、こんな若い男の子どこで拾ってきたの」

まず最初にトメに桜井を紹介すると、七十九歳の老女は冗談めかしてこう言った。トメは一階に住む入居者で、認知症はほとんどない。身の回りのことも自分ですべて行えるので、身体的にはまったく手のかからない入居者だった。だが、その分愚痴《ぐち》っぽいところがあり、あの人が気に入らない、この人がいけ好かないと事あるごとに職員を捕まえてはくだを巻きたがるので、人によってはトメの相手の方が疲れるという者もいる。

「困ったことがあったらなんでもわたしに相談して。ストレスを溜《た》めるとこの仕事は長続きしないからね」

トメは自分が半分職員のつもりでいるのだ。だからパート職員は仕事のやり方をトメに注意されることもある。

桜井はそんなトメに丁寧に応対していた。十五分ほどトメの話は続いたが、彼は嫌な顔一つ見せずに相槌《あいづち》を打っていた。トメも桜井が気に入った様子だった。

「おつかれさま」場を離れて桜井の耳元で言った。「トメさんへの紹介が終わっちゃえば、あとは鷲生《わしゅう》さんというおじいさんだけだから。この二人が認知症が軽いの。あとの方にも一応紹介はするけど、明日も明後日もしなきゃならない。すぐに忘れちゃうんだ」

「そういうものなんですね」

「うん。まあそれにもじきに慣れるよ」

鷲生の部屋を訪ね、桜井を紹介すると、「なんだよ、女じゃねえのか」と八十三歳の老人は車椅子の上で豪快に笑った。鷲生はトメ以上に矍鑠《かくしやく》としているのだが、左半身が麻痺《まひ》していて、杖《つえ》をつけば牛歩で歩くこともできるが、基本的には車椅子で移動をしている。ちなみにトメとは犬猿の仲である。

「鷲生さん、いい加減お尻を触るのは禁止ですよ。パートの方、みんな怒ってますからね」保が腕を組んで言った。

「おれが触ってやらなきゃあんなババア共の汚いケツ、誰が触ってやるんだよ」

鷲生は口が悪く、スケベなので女性のパート職員から顰蹙《ひんしゅく》を買っている。もっともこの老人はパート職員に対してさりげない気遣いを見せることもあり、本気で嫌われてはいない。

「ところでおまえ、将棋は指せるか」鷲生が桜井に向けて駒を摑む仕草を見せた。

「はい。一応ルールはわかります」

「その程度か」残念そうにかぶりを振った。「四方田くん。どうせなら将棋の強いのを雇ってくれよ」

鷲生は将棋が趣味で、有段者だった。保もたまに相手をさせられるが、鷲生に飛車角を落としてもらっても勝てないのだから、その腕前は本物だ。

鷲生の部屋を出て、今度は居間に集っている七人の入居者に順々に桜井を紹介した。トメと鷲生以外の入居者は大抵こうして居間でぼうっとテレビを眺めている。見ているのは日頃から録画しては溜めている時代劇である。たまに二日連続同じものを流してしまうこともあるのだが、文句を言う入居者はいない。

「あれ、茂《しげる》？　茂じゃねえの」

八十五歳の中川悦子《なかがわえつこ》、通称エッツは桜井を見て目を丸くした。当然、桜井は狼狽《ろうばい》していた。

「茂というのはエッさんの息子。否定はしないで」保は素早く耳打ちした。否定すると癇癪《かんしゃく》を起こすのである。

ちなみにエツの本当の息子である茂は六十四歳で、月に一度のペースで面会にアオバを訪れるが、一度も母親から息子扱いをされたことはない。

「えーっと、久しぶり」桜井がぎこちなく言う。

「しばらく見ないうちに、あんたまた身長が伸びたんじゃない」

「うん、まあね」

「お父さんよりも頭一つおっきい。やっぱり食べてるものがちがうからだね」

「そうなのかな。でも、だとしたらお母さんのおかげだよ」

「ほら、そんなとこ突っ立ってないで、ここ座りな」エツが自身のとなりの椅子を手で叩いた。

桜井がどうすべきかと視線を送ってきたので、保は頷いて見せた。桜井が腰を下ろすと、エツは他の入居者に向かって、「これ、うちの息子。茂」と自慢するように紹介した。

八十五歳のエツにこんな若い息子がいるわけないのだが、誰もそれについて疑問を抱かない。それればかりか、今しがた桜井のことを新たな職員だと彼らに紹介したばかりである。これが認知症という病気であり、アオバの日常だ。

それにしても今の桜井の対応は見上げたものである。初めて認知症の人間と接したとは思えない。

エツは息子との会話が楽しいのか、延々としゃべり続けていた。終わりが見えないので、

「エッさん、そろそろトイレに行きませんか」と保は助け舟を出した。エッを立たせて、手を繋《つな》ぎトイレへと誘導する。その隙《すき》に保は桜井に向けて、事務室に戻ってて、と唇だけで言い、彼を逃がした。

「今日はここまで。おつかれさま。さっきの対応は立派だったよ」と事務室に待機していた桜井に声を掛けると、「二階の入居者の方には挨拶しないで大丈夫ですか」と彼は天井を一瞥《いちべつ》して言った。

「うん。大丈夫。二階にも九名の入居者がいるのである。桜井くんには一階を担当してもらおうと思ってるから」

「……ああ、そうなんですか」

桜井が一瞬、落胆の顔を見せた気がしたので、「どうかした?」と訊《たず》ねると、「いえ、別に」と彼はくいっと口角を上げた。

「自宅まで送ってあげたいんだけど、ぼくの家真逆だからさ。ごめんね」

キャロルのハンドルを握る保が助手席の桜井に向けて言った。向かっている先はアオバの最寄りの我孫子駅である。ついでなので「乗って行きなよ」と声を掛けたのだ。

睡眠不足なので、あくびが止まらなかった。道路の左右には青々とした田んぼが広がっており、この光景がまた眠気を誘うのだ。

千葉県北西部の東葛《とうかつ》地域に位置する我孫子市は手賀沼《てがぬま》や利根川《とねがわ》と隣接し、稲作や野菜の生産が盛んで、緑が豊かなのがPRポイントだった。人口は十三万人と多いのだが、そのうちの三割強を七十歳以上の高齢者が占めている。これは周りの市と比べても比率が高く、当然のように医療費が嵩《かさ》み、そこが自治体にとって大きな悩みの種であった。もっともここ我孫子市に限らず、どこも高齢化は深刻な問題である。超高齢社会は加速していくばかりだ。

「そういえば北口に一軒、自転車屋さんがあるよ。ママチャリなら一万円くらいで買えるんじゃないのかな」

面接の際、彼が自転車を買うと話していたので情報を伝えた。

「では、このあと覗いてみます」

そんな会話を交わしていると、ほどなくして信号機に捕まった。杖をついた老人が亀のように横断している。

「桜井くんはさ、どうしてこういう仕事をしたいと思ったの」保は横目で助手席を見ながら口を開いた。「いや、面接のときに志望動機は聞いたけどさ、桜井くんはハキハキしてるし、さっきのエツさんの対応も初めてなのに柔軟にこなすし、正直もったいないんじゃないかなって。たまにね、若い男の人も面接に来るんだけど、桜井くんみたいな感じじゃなくて、なんていうのか、他にやれることがなくて仕方なく来ましたって感じなんだよね。ちょっとコミュニケーションが苦手だったりとかね。だからどうして桜井くんのような人が介護業界の、しかもうちみたいなとこに来てくれるのかなあって。あ、勘違いしないでもらいたいんだけど、社員のぼくとしては優秀な人が入ってくれるわけだからすごくありがたいんだよ」

「そんな――ぼくは優秀でもなんでもありません」桜井が恐縮したように顔の前で手を振った。

そして、「四方田さんはどうしてこの仕事に？」と逆に訊ねてきた。

「ぼく？　ぼくは人の世話をするのが好きみたいなんだよね。高校のとき、唯一男で野球部のマネージャーしてたくらいだから。母親からもあんたは将来保育士か介護士だなんて子供の頃から言われてたし。まあ、刷り込みなのかな」

保が肩を揺すって言うと、「じゃあ自分も同じです。ぼくも人のお世話をするのが向いてるんじゃないかなって」と桜井は微笑《ほほえ》んで答えた。

うまくかわされた気もするが、額面通り受け取ることにした。もしかしたらこの青年はアオバの救世主になってくれるかもしれない。現状は猫の手も借りたいほど、人手が足りないのだ。

「あ、ここのラーメン屋、美味《うま》いよ」保が斜め前方を指差した。「油ぎっとぎとでニンニクたっぷりなんだけどたまに食べたくなるんだよね。桜井くん、ラーメンは好き？」

「大好物です」

「じゃあ今度一緒に行こうよ」

そんな会話を交わし、やがて我孫子駅に到着し、ロータリーの一角にキャロルを停めたところで、桜井がドアを開けた。

「ありがとうございました。明日からよろしくお願いします」深々と頭を下げてくる。

「うん、こちらこそ」

「では、運転お気をつけて」

桜井はそう告げてからバタンとドアを閉めた。

保は再びキャロルを走らせた。あくびをしながらハンドルを切っていく。

運転お気をつけて、か。自分は二十一のとき、こういった場面でそんな気遣いの言葉を口にできたろうか。

桜井翔司。ちょっとミステリアスで、超のつく好青年だ。もっとも、実際に使い物になるかは蓋《ふた》を開けてみないことにはわからない。

2

一階の入居者、七十七歳の三浦勇《みうらいさむ》が先ほどから落ち着かない様子で廊下を行ったり来たりしていた。「まだかかな」もう何十回もこの台詞を口にしている。

「三浦さん、あともう少しの辛抱ですよ。タイムセールは三十分後なんですから。どうせなら一円でも安く買いたいじゃないですか」

桜井が宥《なだ》めるよう、軽やかに告げた。

このあと、三浦と桜井は一緒に近くのスーパーに買い物に行くのである。三浦は外出が好きで、買い物が大好きな入居者だった。彼が手に取るものは決まって好物のふ菓子で、それを止めるのに職員は毎度難儀することになる。すでにアオバには三浦の購入したふ菓子のストックが大量にある。

ちなみに桜井の口にしたタイムセールというのは方便だ。夕方前にそんな催しはやっていない。店に着いたときには三浦はそれを覚えていないのである。

数十分後、水筒を首からぶら下げた桜井と三浦が手を繋いでアオバを出発した。「行ってくるからね」と笑みを見せた三浦はご機嫌そのものだった。なぜ近くのスーパーに買い物に行くのに水筒が必要なのかというと、到着までに三浦の足だと二十分以上かかるからだ。

保は二人を送り出してから、トメと一緒におもてに干していた洗濯物を取り込んだ。外は初夏の陽気で、保とトメは麦わら帽子を被《かぶ》り、首からタオルをかけている。

「あのじいさんも本当に世話が焼けるね。ほんと毎度毎度、あんたらも大変だよ」

リネンシーツを畳みながらトメが言った。真っ白なシーツが陽光を跳ね返し輝いている。

「お買い物は三浦さんの一番の楽しみですから」

「それにしたってさあ、ああやって急《せ》かされたんじゃあんたらも気分が悪いでしょうよ」

「そんなことありませんよ。もう慣れっこです」

「いっぺん、誰がおまえのお守《も》りをしてやってんだって言ってやりゃあいいのよ」

保は苦笑して入居者の下着をカゴに放り込んだ。こうしたトメの愚痴にも十分慣れている。

「ねえ、四方田さん」トメが手を止めて顔を見てきた。「桜井くんは雇って正解だったね。あたしものすごくあの子に感心してるの。あんな若くたって立派に仕事こなしてるもの」

「ええ。桜井くんが入ってくれて本当に助かりました」

心から言った。

桜井翔司がパート職員としてアオバで勤め始めて、今日で二週間になる。その飲み込みの早さと適応力の高さには驚かされるばかりだ。一昨日、彼は初めての一人夜勤を体験した。つまり一階に住む九人の入居者の一夜を一人で受け持ったのだ。夜は基本的に入居者が眠っているため暇な時間帯もあるが、体温を測ったり、失禁で濡れた服を着替えさせたり、徘徊《はいかい》する入居者を部屋に戻し再び眠らせたりと、やらねばならぬことはことのほか多い。朝食の準備だって夜中に済ませておかなくてはならないし、入居者によっては薬の投与も行わなくてはならない。それを桜井は一人で完璧にこなした。

冷静に考えると、仕事を始めて間もない若者にそんな責任ある夜勤を単独で任せるのはどうかとも思うのだが、これが介護業界の実態であり、アオバの現状だ。

その後も桜井を賞賛する言葉をいくつも述べていたトメだったが、「ただね――」と、ここで目を細めた。

「あたしのことをトメさんって呼ぶのはちょっとちがうと思うの。まだあの子と知り合って短いし、彼はまだ二十歳かそこらでしょう。小うるさいことはあまり言いたくないんだけど、どうも軽んじられてる気がしちゃうのよね」

ああ始まったと思った。トメは他者を持ち上げるだけ持ち上げてから、最後に必ずよけいな一言が入る。これは誰彼構わずそうだ。保のことも、他のパート職員の前では、「あの人はたまに馴《な》れ馴《な》れしいと感じるときがある」と言っているらしい。

「我々がみんなトメさんと呼んでいるから、きっと彼も右へ倣《なら》ったんでしょうね。わかりました。あとで彼に一言注意しておきますね。以後、金井《かない》さんと呼ぶようにと」

「まあ、そこまでしなくてもいいんだけどさ」

じゃあどうしろというのか。まったく。この老女にも困ったもんだ。

「トメさんはそろそろお戻りください。あとはぼくがやっておきますから」

大方片付いたところで保が告げた。

「いいわよ。あと少しじゃない」

「もう五分以上外にいますし、この陽射しですから、熱中症になったら大変です」

「そう。じゃあお言葉に甘えて。あとはよろしく」

「お手伝いありがとうございました。すぐに水分摂《と》ってくださいね」

トメが施設に戻り、保が一人で洗濯物の残りを取り込んでいると、そこに白のプリウスがやってきた。社長の佐竹である。砂利道を通っているので砂煙が舞っている。

「今さっき、そこの通りで桜井と三浦さんとすれ違ったぞ」降りるなり佐竹は言った。「車停めて声掛けたら三浦さんに『あんた誰だ』って不審がられちゃってな。まいったまいった」

がはは、と笑いながら近づいてくる佐竹に、「今日は何の用です?」と訊ねた。彼は取り立てて用がなければこの時間に施設を訪れない。

「社長なんだからいつ来たっていいだろう」

「でも用があって来たんですよね」

「まあな。桜井だよ、桜井。あいつは今日は日勤だろう。だったら買い物から帰ってきたらそのまま上がりだろ」

「ええ、そうですけど。桜井くんに何か？」

「メシに誘おうと思ってな。ご馳走《ちそう》してやんだ」

保は洗濯カゴを抱えて、佐竹と共に施設に戻り、事務室に入った。コップに冷たいウーロン茶を淹《い》れ、佐竹に差し出す。

「ご飯に行くのは結構ですけど、他のパートの方には内密にしてくださいよ」

佐竹は他のパート職員をご飯に誘ったりしない。あちらも誘われても困るだろうが。だが、こうしたことが知れると、桜井だけ特別扱いを受けていると感じる者が出ないとも限らない。保は現場を管理する立場なのでその辺り気を遣ってしまう。

「わかった。桜井にも口止めしておくよ」と佐竹は言い、ウーロン茶をぐびぐびと一気に飲み干した。手の甲で唇を拭《ぬぐ》う。「実はその席で社員にならないかって誘うつもりなんだ」

「えっ」ことのほか大きい声が出てしまった。「だって彼、まだ二週間ですよ」

「んなこと言われなくたってわかってるよ。でも誰に訊いても、すこぶる評判がいいだろう。おまえだっていつもベタ褒めしてるじゃないか」

「そりゃそうですけど」

「なんだよ、反対か」

「ではありませんけど、ただ、彼だってまだ手探りでしょうし、内心どう思ってるかわからないじゃないですか」

「だからそういうことも含めていろいろと訊くつもりなの。社員になったって業務が大きく変わるわけじゃないし、給料は多くもらえるし、ボーナスだって出るし、桜井にとってもいい話だと思うぞ」

まあ、それもそうか。桜井も評価されて悪い気はしないだろう。それに、選択権は彼にあるのだ。

実際、桜井が社員になってくれたらどれだけありがたいかわからない。数年前だったか、休暇を取って一泊二日の温泉旅行に行っていたところ、とある入居者が転倒して頭を打ち、急遽呼び出しを受けた。結局、温泉旅行は日帰りとなり、疲労だけが残ることとなった。あれだって、他に社員がいてくれたらちがったはずだ。自分の他に責任を分散できる人間がいるならば喜ばしいことこの上ない。

その後、佐竹はいつものように入居者に挨拶に向かい、保はパソコンを使った事務作業にあたった。保はすでに現場を離れている身で、こうした業務が本来の役割なのである。入居者十八名の日々の体調と精神状態をデータ化し、各々どういったケアが適しているか、また、これを遡ってどの程度認知症が進行しているかを把握する。保はケアマネジャーの資格も有している。

しばらくすると、二階を担当するパート職員の田中《たなか》が息せき切って事務室に入ってきた。

「大変、大変。すぐに来てちょうだい」

第一声がそれだった。この四十代の女性パート職員はいつもこんなふうに言うので時にうんざりする。何があったのかを報告する前に、今のように「大変」とか、「とんでもないことが起きた」とか、そんな大げさなことばかり言うのである。

「どうされましたか」保は努めて冷静に訊ねた。

「井尾さんがベッドで震えて泣いてるの」

それだけかとも思ったが、たしかにそれは自分が出張《でば》らなくてはならない。

井尾由子《よしこ》。一年ほど前にアオバにやってきた彼女は入居者の中でも特別な存在だ。彼女の年齢はまだ五十五歳で、保の母親よりも年下であった。

保は田中と共に事務室を出た。一階の居間に佐竹がいたので、「上におりますので」と一言告げておいた。

階段で二階に上がり、廊下を進んだ。井尾由子の部屋は一番奥に位置する。コンコンとノックをしてから「入りますよ」と声を掛け、ドアをスライドした。

田中の話していた通り、井尾由子はベッドの上に座り胸に手を当てていた。「あとはぼくが」と背中にいる田中に告げ、ドアを閉めた。

「井尾さん」近寄り、腰を屈《かが》めてそっと声を掛けると、「ああ、ええと……」と、彼女は保を見てやや苦しげな顔を作った。

「四方田です」

「そうそう。四方田さん」ぎこちない笑みを見せて言う。「ちょっとお昼寝をしてたの。そうしたら悪い夢を見てしまって」

「そうだったんですね」どんな夢だったのかは訊かない。見当がついているからだ。「気分はいかがですか」

「少し落ち着いてきたところ。もう大丈夫。ごめんなさいね。ご迷惑お掛けして」さも申し訳なさそうに言った。

「とんでもありません。アイスコーヒーでもお持ちしましょうか」

「ううん、大丈夫」

「遠慮しないでください。ぼくも一緒にいただきますから」

「じゃあ、お願いしようかしら」

保は一旦部屋を離れ、二階の台所の冷蔵庫からアイスコーヒーと牛乳を取り出した。二つのグラスに氷を三つずつ落とし、注《つ》いでいく。片方にはガムシロップを垂らし、ストローを挿した。田中が近づいてきて、「井尾さん、どう?」と訊ねたので、「もう大丈夫だと思います」と返答した。

「また例の夢? 刃物を持った男の人に襲われるとかっていう」

「おそらくは」と首肯《しゅこう》しつつも、実際は彼女自身が襲われる夢ではない。自分の息子夫婦と孫が襲われている光景を、襖《ふすま》一枚隔てた場所から眺めている夢だ。

いや、これも正確にはちがう。夢ではなく、それは現実に起きたことなのだ。

アイスコーヒーの入ったグラスを両手に持ち、再び井尾由子の部屋に入った。椅子を借りて、ベッドに座る彼女と向き合う。

目の前でアイスコーヒーをすする井尾由子の見た目は、そこらにいる五十代の女性となんら変わりない。若年性アルツハイマー。発症したのは今から六年前。彼女がまだ四十代だった頃だ。

「最近はああいう夢を見ることもなかったのに。きっとお昼寝なんてするからよくないのね」

彼女は落胆したように言った。「わたしね、もちろん夢そのものも怖いんだけど、目を覚ましたあとの方がもっと怖いの。ああ、これは本当にあったことなんだって。洋輔も、千草さんも、俊輔も本当にいなくなっちゃったんだって。そう気づいたときの方がよっぽど恐ろしいの」

保は相槌を打った。

「わたし、バカになっちゃったでしょう。だから夢と現実の境がたまにわからなくなるのよ」

「井尾さんはバカじゃありません」すかさず否定した。「そうしたことをご自身でしっかり認識されてるんですから」

「いいの、バカだもの」

井尾由子はいつもこうやって自分を卑下する。彼女は自分がアルツハイマーであることを基本的には認識している。基本的、というのはたまにそういったことも忘れているときがあるからだ。今いる自分の環境がわからなくて、狼狽することもままある。

「それに、臆病者で卑怯《ひきょう》者」

そう、こうなると決まって続くのは臆病者で卑怯者だ。そして――。

「ああ、早く洋輔たちのところに行きたい」

彼女のこの台詞を、何度聞いたことだろうか。

井尾由子は六年前まで、彼女の郷里である新潟県の、とある高校で教壇に立っていた。彼女の担当する学科は古文で、担任も受け持っていた。

最初に彼女の異変に気づいたのは生徒たちだったという。受け持ちのクラスの生徒の名前を間違えたり、その名前すら出てこないことがあった。最初は、「先生、ボケるには早すぎるよ」とからかっていた生徒たちだったが、それが頻繁に起こるとこれはちょっとおかしいと思い、その旨を学年主任に報告した。その学年主任から一度病院へ行って検査を受けるよう命じられた彼女は甚《いた》く憤慨した。

だが診察結果を受けて、彼女は絶望することになる。若年性アルツハイマーのことは知っていたが、まさかそれが自分の身に降りかかるとは夢にも思っていなかった。「もう、目の前が真っ暗」彼女はそのときの心境をこう表していた。

彼女は教師を辞めることになった。工務店を自営していた夫は仕事を減らし、病気の進行を少しでも食い止めようと、妻を頻繁に外に連れ出した。

だが、ここでもまた悲劇が彼女を襲う。その夫が先に床に伏してしまったのだ。肺に腫瘍《しゅよう》が見つかり、それが発覚したときにはすでに全身に転移していた。夫は三ヶ月持たず、呆気《あっけ》なくこの世を去った。

それから彼女は郷里を離れ、埼玉に住む息子夫婦と暮らすことになる。一人息子の洋輔の妻の千草は気立てのいい女性で、病を患った姑《しゅうとめ》に対し、労《いたわ》りと優しさを持って接してくれた。同居からほどなくしてその千草が妊娠し、孫が生まれた。洋輔にそっくりな男の子で、俊輔と名付けられた。

以後、俊輔の成長が彼女の生きがいとなる。彼女は千草に気を遣いつつも積極的に育児に参加した。「お義母《かあ》さんがいてくれて本当に助かる」千草が何気なく口にしたこの一言が彼女はとても嬉《うれ》しかった。

やがて俊輔は言葉を覚え、彼女のことをばあばと呼ぶようになる。母親の千草が抱いても泣き止《や》まないのに、彼女があやしたらなぜかピタッと泣き止むことがあった。目に入れても痛くない、というのはまさにこのことだと彼女は思った。

そんな幸せな日々が続く一方、病魔は少しずつ、少しずつ彼女を侵食していった。買い物に出たはいいが、何を買うべきだったのかを忘れてしまうことがあった。そもそもなぜ外出をしたのか、その目的すら忘れ、自宅に戻ることもあった。彼女はそんな自分に落胆しつつも、ちゃんと家に帰ってこられるだけマシだ、病気がなんだ、アルツハイマーがなんだと己《おのれ》を鼓舞《こぶ》した。

それからというもの、その日すべき行動を逐一メモに書くことにした。日記もつけるようになった。自分はちょっと忘れっぽいだけ。ただそれだけ。彼女は祈るような気持ちで自分に言い聞かせた。絶対に負けない。己の中に潜む病魔を祓《はら》い浄《きよ》めるよう、強く言い聞かせた。

そして二〇一七年十月十三日――そんな彼女のもとに病魔ではなく、悪魔が舞い降りた。

その日、彼女は朝からずっと、和室に敷いた布団の上で横になっていた。昨夜から急に発熱し、寝込んでいたのだ。

夕方を迎え、うつらうつらとした意識の中で女の悲鳴が聞こえた気がした。なんだろうと彼女は気《け》だるい身体《からだ》を起こし、襖をわずかばかり開き、そこから居間を覗くと——いったいどこから、どうやって入ってきたのか、見知らぬ男がそこに立っていた。

肩で息をしている男の手の中には出刃包丁があり、その切っ先から赤黒い液体が滴《したた》っていた。そして男の足元では、血だらけの千草と俊輔が人形のように倒れていた。

恐怖よりも困惑が先立った。何が起こっているのかわからなかった。思考回路がショートしていた。

そうか、夢か。これは悪い夢かもしれない。彼女はそう思った。いや、そう願った。

だが、本当にそれを夢としてしまえるほど彼女は耄碌《もうろく》していなかった。徐々に目の前の惨状が現実のものかもしれない、そう認識し始めた彼女は、咄嗟《とっさ》に押し入れに身を隠した。

暗闇の中で息を潜め、彼女はかつてないほどの自己嫌悪に襲われていた。

これがもしも現実ならば——自分は今すぐ出ていってどうにかしなくてはならないのではないか。千草と、俊輔を救わなくてはならないのではないか。

だが、それは叶わなかった。理屈ではなく、圧倒的な恐怖が彼女の勇気を飲み込んでしまっていた。

そこに、「ただいまー」と息子の洋輔の声が聞こえてきた。洋輔が仕事から帰ってきたのだ。いけない。でも、身体が動かない。この闇から離れることができない。声すら上げることができない。

直後、争い合うような物音。彼女は両手で耳を塞《ふさ》いだ。強く、強く、塞いだ。

そして、彼女は独りぼっちになった――。

これらは、井尾由子本人から直接聞いた話だった。彼女はたしかにアルツハイマーを患っているが、こうした事柄を順を追って、他者に話すことができる。とはいえ、彼女がこうしたつらい過去を話す相手は保だけだった。なぜ、自分にだけ心を開いてくれるのかわからない。保が彼女の息子と同世代の男だからだろうか。「ちょうどあなたくらいの息子がいたの」初めて会ったとき、彼女は憂いを帯びた目を保に向けていた。

井尾由子には多分に同情している。彼女の人生はあまりに悲劇に見舞われすぎている。なぜ神様はこんなにも理不尽で不公平なことをするのかわからない。

だからたとえ微力でも、この女性の力になってあげたい。保は心からそう思っている。

「四方田さん」ふいに名を呼ばれた。「もしもね、わたしがもっともっとおかしくなっちゃったら、そのときは――」

「ダメですよ」保は語気を強めて遮《さえぎ》った。「その先は絶対に口にしてはいけません」

井尾由子は鼻息を漏らして、木製のデスクに目を流した。その上には写真立てが置かれており、若い夫婦と赤ん坊が写っている。この写真を、そこに写る幸せそうな笑顔を見るたび、保の胸は糸で括《くく》られたように締めつけられる。

「少し空気を入れ換えませんか」

保は立ち上がり、窓を半分ほど開けた。生ぬるい風と共に土の香りがふわっと鼻先をくすぐった。

ここで胸ポケットの中の携帯電話が鳴った。見やると桜井に持たせているPHSからの着信だった。

「ちょっと失礼します。何かあったら遠慮せずに呼んでください」そう告げて部屋を離れた。

廊下で応答すると、桜井は今スーパーにいるのだが、例のごとく三浦がふ菓子をどうしても買って帰ると駄々をこねているという。

〈買い置きしているものがありますよと言っているのですが、三浦さん、今日は機嫌が悪いのか、耳を貸してくれません。どうしたものか判断に困って電話をしたのですが〉

「じゃあ仕方ないね。買っていいよ。でも、一袋だけ。三浦さん、カゴにいっぱい入れてるでしょう」

〈そうなんです。めったに来られないから買い溜めしておくんだって〉

「娘さんにぼくが叱られちゃうんですと弱った感じで言ってみて。三浦さん、娘さんのことを持ち出すとおとなしくなるから。それでもダメなら買っていいよ。あとでレシートを持って返しに行く」

〈わかりました。チャレンジしてみます〉

通話を終え、一つ息を吐く。そこに佐竹がやってきた。田中に話を聞いたのだろう、「井尾さんはどうだ」と訊いてきた。

「事務室で」と答える。すぐそこに田中ともう一人のパート職員がいるのである。

二人で一階の事務室に戻り、今しがたの件を伝えると、

「そうか。またそういうことを」

腕組みした佐竹は虚空を睨みながら言った。

彼女の言葉が保の耳の奥で再生される。

——わたしがもっともっとおかしくなっちゃったら、そのときはわたしを殺してほしい。だって、もしも夫や息子夫婦や孫のことを忘れてしまったら、もう生きていても仕方ないもの。わたしね、尊厳死って必要なことだと思うの。人は記憶があるから未来があるの。記憶が溜められないのなら未来はこないの。未来がこないのなら、わたしは生きていたくない。いつか、こういうことすら考えられなくなってしまうわ。何もかも、ぜんぶ忘れちゃう……。

「井尾さんの見守り、強化した方がいいな」

「ええ。そのためにもそろそろパートの方々にも、彼女の過去について正直に話をしておくべきだと思います。みなさん不審に思っているし、それを知っているかどうかで彼女へのケアも変わってきます」

「うん、おれもそうした方がいいと思ってるんだけどさ」佐竹が渋い顔を作った。「わかった。今度、妹さんが面会に来たときに相談してみるよ」

井尾由子の過去について、正確に知っているのは佐竹と保だけだった。とはいえ、彼女がやたら具体的な悪夢を見ること、また彼女の息子夫婦が若くして鬼籍に入っていることから、パート職員それぞれが何かしらの想像を働かせているという、一番中途半端でよくない状態が今

なのである。たまに保も探りを入れられることがある。

どうしてこうなっているのかというと、井尾由子の入所の際、その場に同席していた彼女の妹である笹原浩子《ささはらひろこ》から、例の事件のことは内密にしてほしいという申し出があったからである。事が事だけに、佐竹も了承せざるを得なかったという次第であった。

ちなみにまだ若い井尾由子がグループホームに入所することになったのは、妹の浩子の夫が佐竹の遠縁に当たるからである。もっとも佐竹はその夫とはこれまで一度も面識がなく、名前も聞いたことがないというから、はっきり言ってしまえば他人だろう。

くだんの事件後、井尾由子は山形に住む妹の浩子に引き取られ、一時そこで暮らしていた。だが、その浩子宅にも要介護の義母がおり、姉の面倒を見られる状況ではなかったという。

そこで姉の入《はい》れる施設を探していたところ、夫の遠い親戚がグループホームを経営しているということを知り、ここを訪ねてきたという経緯であった。

事情を聞き、この人情派の社長は特例として井尾由子を受け入れることにした。実のところ、アオバに入居希望の高齢者は後ろに列をなしているのだ。そうした順番待ちをしている者——正確にはその親族——にとっては容認しがたい話だろう。だが、井尾由子の境遇を思えば、佐竹の判断は致し方ない部分もあると保は思っている。

とはいえまだ若く、自意識もしっかりとしている井尾由子が、認知症の高齢者に囲まれて生活するのは、あまりにかわいそうである。彼女にとってここはけっして居心地のいい場所ではない。だからといって彼女にとって何がベストの環境なのか、その解は持ち合わせていないのだが。

時折、保は重く深い思惟《しい》に沈んでしまうことがあった。もしかしたら、井尾由子の希望通り、はやく現世から離れさせてあげた方が彼女にとっても幸せなんじゃないかと、そんな邪念を抱いてしまうのだ。だが、これを邪念だとどうして言い切れよう。自分の身に置き換えて考えれば、なおさらだ。

「おい」

佐竹から言われ、保はハッとなった。

「なあに怖い顔してんだよ。おまえまでやめろよ」

「夕飯の献立を考えてたんですよ。今日は久しぶりにぼくが作りますから」

そこにブザーが鳴った。桜井と三浦が帰ってきたのだろう。鍵を持ち出して、玄関の施錠を解くと桜井と三浦が並んで立っていた。桜井の両手にはビニール袋がぶら下がっている。

「三浦さん、おかえりなさい。お買い物はどうでしたか」

「楽しかったよ。外は暑いね」三浦が破顔して言う。

「夏が始まってますからね。はやく冷たいもの飲んで涼んでくださいね」

三浦が靴から内履きに履き替え、廊下を進んでいく。

「どうだった」桜井に訊いた。

「なんとか一袋で済みました。おっしゃっていた通り娘さんの話をしたら引き下がってくれました」

「そっか。よかった」

桜井のビニール袋の中身は飲料水などだという。ビニールが透けて麺つゆも入っているのがわかった。

「麺つゆはまだ余ってた気がしたけど、もう少なくなってた？」

廊下を並んで歩きながら訊いた。

「二階の分です。田中さんについでに買ってきてほしいと頼まれていたので」

桜井は不思議なことに二階のパート職員や、入居者たちとも仲がいい。というのも、同じ施設であることは間違いないのだが、一階と二階ではあまり交流がないのである。自分の担当外の入居者の名前を知らないパートも多いのが実情だ。時折、彼が二階に上がっているのを保は見かけている。

その後、保は台所で夕飯の支度を、桜井は居間で入居者たちと談笑をしていると、そこに佐竹がやってきた。

「よ。桜井、もう上がりだろ」と壁掛けの時計を指差した。「このあと一緒にメシでもどうだ」

「あ、実はこのあと鷲生さんと将棋を指す約束をしてしまって」

「そうなの」声を発したのは台所にいる保だ。「いいよ、勤務時間外なんだし。ぼくから鷲生さんに言っておくから」

「いや、でも――」

「大丈夫だって。毎日やってるんだし、何も仕事終えてまでやることないよ」

「勝手なことを言うな」と、そこに車椅子に乗った鷲生が居間に現れた。器用に右手だけで車椅子を操作している。「今な、翔司を鍛えてやってるところなんだ。むしろおれが教育費をもらわなきゃいかん」

「何をバカなこと言ってるんですか。桜井くんはもう勤務終了してるんですよ」

鷲生に対して遠慮は要らない。この老人は一番気を遣わなくて済む入居者である。それこそ井尾由子よりも、八十三歳の鷲生の方が矍鑠としている。

「鷲生さん、今夜はおれに桜井を貸してくれないかなあ」と佐竹。

「社長の頼みといえど、ならんな。翔司は今、伸び盛りなんだ」

桜井が来てからというもの、鷲生は毎日生き生きとしている。この青年が鷲生の将棋の相手になってくれているからである。鷲生に言わせると、桜井は保の百倍見込みがあるとのことだ。もっとも他の入居者のケアもあるので、鷲生の対面に座っていざ一局というわけにもいかないのだが、桜井は小まめに彼の部屋を訪れては一手を指し、ということを行っているのだった。そのため一局終えるのにいつも半日かかっている。

結局、桜井は今から二時間、十九時まで鷲生の相手をし、それから佐竹と共に食事に出掛けることになった。もうみんなで桜井の取り合いだ。

それから一時間ほど経て、その桜井が台所に顔を覗かせた。

「何か手伝いましょうか」

「鷲生さんとの勝負はもう終わったの」保は手にある包丁を止めて訊いた。

「今、めずらしく長考されていて」

「すごいね。鷲生さんをそんなに追い込むなんて。あの人、たしか三段だよ」

「銀を二枚落としてもらってるんです。まともにやったら歯が立ちません」

保なんて飛車角を落としてもらっても赤子の手を捻《ひね》るようにやられてしまうのに。

別に桜井の手は借りなくても構わなかったが、どうせなので彼に野菜類を切ってもらうことにした。そういえばこうして桜井が台所に立つ姿を見るのは初めてだった。もちろん彼の作った料理はチェックのために食べたことがあるのだが。高齢者用に調味料は控えめにしつつも、しっかりと出汁《だし》の効いた料理で美味しかった。

トントントン、と桜井の持つ包丁がリズムよくまな板を叩く。喉《のど》につっかえないよう具材は細かくするのが基本だ。これもまた見事な包丁さばきであった。本当にこの青年はなんでもそつなくこなす。

だがここで保は、おや、と思った。

「桜井くん、左利きなんだっけ?」

包丁が彼の左手に握られているのだ。

面接の際、身分証明の用紙を書き込んでいた彼はたしか右手にボールペンを持っていた。ふだんの食事の際も箸は彼の右手にあったはずだ。

彼の手がピタッと止まり、「包丁だけは左なんです。基本的には右利きです」と保の顔を見ないで言う。

「へえ。器用というのかなんというのか。変わってるね」

桜井が静かに包丁をまな板の上に置いた。「鷲生さん、そろそろ指し終えてるかもしれないので、戻ります」

「うん。お手伝いありがとう」

それからしばらくして対局を終えた桜井は佐竹と連れ立って食事へと出掛けた。保は一階の入居者たちと一緒に居間で夕飯を食べた。きれいに食事のできない服部《はっとり》という入居者が床に落ちたものを拾って食べようとしたので慌てて止めに入った。怒った服部を宥めているその隙に、盗癖のあるエツがとなりの入居者の小鉢からかぼちゃを失敬したらしく、喧嘩騒ぎに発展した。二階からも似たような騒動の音が聞こえる。

アオバの食卓はいつだってにぎやかだ。

食事を終えたあと、保は二階に上がり、ホットコーヒーを両手に井尾由子の部屋を訪ねた。彼女は椅子に座り、雑誌を読んでいた。

「えーと……」保の顔をしげしげと見つめ、やや苦しげに顔を歪《ゆが》めた。

保が口を開こうとすると、「あ、言わないで」と制止された。

十秒ほど待つ。

「四方田、さん?」

「正解です。四方田です」

井尾由子は手を叩いて喜んだ。

そうだ。彼女はもともと明るい性格で、チャーミングな女性なのだ。

彼女はコーヒーを飲みながら、教師時代の思い出話をいくつか披露してくれた。「古文はロマンが詰まってるのよ」と嬉々《きき》として語っていた。

昼間見た悪夢のことはどうやら忘れているようだった。だからこそ、彼女は毎日を生きていけるのかもしれない。

どうか今夜はぐっすり眠れますように。保は祈るような気持ちで部屋を後にした。

3

桜井がアオバにやってきて一ヶ月が経過した。彼はもうここに長くいるような働きぶりで、それは彼がいなかったときのことを思い出せないほどだった。

申し訳ないと思いつつ、桜井には週六で勤務してもらっている状態だ。当人は稼ぎたいので構わないと言ってくれており、それに甘えている格好だった。

結局、桜井は佐竹の申し出を保留にしたそうだ。もう少し働いてから考えたいとのこと。保は賢明な判断だと思った。この仕事は長くやっていないと見えてこないこともある。

佐竹は、また機を見て声を掛けるつもりだ、おれはあいつがますます気に入った、と目を輝かせて話していた。一方、その席で解《げ》せないこともあったらしく、それは介護職員初任者研修の資格を取るよう助言したところ、それももう少し後で、と返答されてしまったことだという。

資格取得に掛かる費用はアオバが負担し、また、それを取得すれば時給だって上がるのだ。

「わけわかんねえよなあ」と佐竹は首を捻っていた。

たしかに不思議な話である。キャリアアップもできるし、メリットしかないのに、なぜそれすら後回しにするのだろう。もっとも彼が資格を取ることになれば、彼の身体が受講に取られてしまうので、現場の人員確保に四苦八苦することになる。だから保は卑怯だなと思いながらも、その件に関して触れないようにしていた。

「さ、次は服部さんの番ですよ」

桜井が居間のソファに座る服部の傍《かたわ》らに屈みこんで告げた。

「やだ。入らない」服部がブンブンと首を左右に振る。

「そんなこと言わないで入りましょうよ。気持ちいいですから」

「やだ。入りたくない」

今日は週に二回ある入浴の日だった。職員の補助で一人ずつ順番に風呂に入ることになっているのだが、最後の服部が駄々をこねているのである。彼は素直に入ってくれる日と、このように頑《かたく》なに拒む日とがあり、今日は後者だったようだ。彼の気分は放ったコインの表裏のように誰にも読めない。ちなみに風呂に浸かっているとき、彼はとても幸せそうな顔をする。本当は風呂が大好きなのだ。

「本人がいいって言ってんだからいいのよ。放っておいて」

すぐそこで頭をタオルで拭いているトメがうんざりとした口調で言った。

そういうわけにもいかない。服部は食べ物をよくこぼすし、便もよく漏らす。こういってはなんだが、不衛生な入居者なのである。しっかりと身体を洗って、風呂に浸かってもらわないとならない。

それから保と桜井のふたりであれこれ説得を試みたものの、この日の服部はふだんにも増して頑固であった。

「仕方ないね。ちょっと河合《かわい》さんに代打をお願いしてみるよ」

本日、二階を担当しているパートの河合はまだ三十代後半の女性で、彼女が入浴に誘うと服部のような頑固者であっても素直に従うときがある。

はたして河合が誘うと、服部は「あい」と二つ返事で腰を上げた。先ほどまでの苦労はいったいなんだったのか。桜井と顔を見合わせて苦笑してしまった。

「桜井くん、二階で入居者のこと見ていて」

河合の代わりに彼を二階に上げ、一時、受け持ちの階を変更した。本日、河合が勤務だったことと、桜井が二階の入居者にも慣れていることが幸いした。

十五分後、服部はご機嫌で風呂から上がってきた。いかがでしたかと訊ねると、「最高だね」と入れ歯を上下させて言っていた。

事なきを得たので、桜井を呼びに保は二階に上がった。桜井は居間のソファで入居者たちと談笑しながらテレビを見ていた。

「服部さん、最高だったって」笑いながら桜井に言った。

「ぼくが女性だったらよかったんですけどね」

「はは。こればかりはどうしようもないよ」

ここで桜井は声を落とした。「やっぱり二階はおとなしい方が多いですね」

「まあ一階に比べればそうかもね。でも、二階もすごいときはすごいんだよ」

そんな会話を交わしていると、テレビから〈脱獄から今日で四八五日が経《た》ち、未だその行方が――〉とキャスターの声がした。

保は慌てて辺りを見渡し、井尾由子の姿を探した。ホッと胸を撫《な》で下ろす。どうやら彼女は部屋にいるようだ。

保が卓上のリモコンに手を伸ばすと、それより先に桜井の手がリモコンを掴み、チャンネルが切り替えられた。

「さあ、一階へ戻りましょう」

桜井と共に階段を降りながら、保は今しがたの彼の行動に疑問を覚えていた。桜井は井尾由子の過去を知らないはずである。だとすると今の行動はなんだろう。もっとも、入居者たちに刺激的な情報を与えたくないと判断しただけかもしれないが。

井尾由子の息子夫婦と孫を殺害した犯人が、収監されていた拘置所を脱獄したのは一年以上も前だ。日本中が大騒ぎとなり、マスメディアはその話題で持ちきりだった。

いかんせん、前代未聞の大事件である。脱獄劇もセンセーショナルながら、その犯人がまだ未成年で、さらには極刑を言い渡された死刑囚であったからだ。

そして、そんな極悪非道の犯人は未だ捕まっておらず、逃走を続けている。警察は血まなこになってその行方を追っているが、いつもギリギリのところで犯人を取り逃がしていた。つい先日も、又貫成一郎《またぬきせいいちろう》警察庁長官官房長が、「日本警察の威信にかけて絶対に犯人を捕らえます」と殊勝な顔で話していたが、世間の反応は冷ややかだ。死刑囚を脱獄させてしまった落ち度もさることながら、どうして捕まえることができないのか、国民は理解に苦しんでいるのである。

一説によると、犯人につけられた一千万円の懸賞金が皮肉なことに幾多の目撃情報を呼び込み、警察がそれに対応しきれないことが捜査の妨げになっているという、本末転倒な事態も起きているようだ。玉石混淆《ぎょくせきこんこう》。石が多すぎて玉を探す余裕がないというのである。

また、『鏑木慶一くんを支えよう』というふざけたコミュニティサイトが立ち上がり、犯人の見てくれがいいからか知らないが、ここに少なくない数の賛同者が集い、これもまた物議を醸していた。のちに死刑廃止論を訴える女性思想家がこれを立ち上げたことが知れると、その人物はカリスマ的な人気を得て、テレビやインターネットの番組に数多く出演することになった。

これらすべて保は狂っていると思った。世の中はどうかしていると思った。

ちなみに、犯人の写真と名前は脱獄直後から数多く出回っていたが、警察から正式に公開されたのはそれから少し経ってからだった。これには理由があり、事件当時、犯人は未成年であり、脱獄を果たしたときもまだ成人を迎えていなかったからである。法とはなんと融通の利かないものであるかと保は憤慨した。

そう、保は激しい怒りを覚えていた。なにせ、被害者遺族である井尾由子は自分の目の前にいるのだから。

日本警察は無能だ。どうしようもない。マヌケにもほどがある。

ただ、いくら罵倒しようとも詮無きことで、願うは一刻も早く犯人を捕らえ、刑を執行してもらうことである。そして、井尾由子に安寧の日々が訪れることを切に願う。

「四方田さん、自分はこのまま一階の担当でしょうか」

夕方、事務室で保がパソコンに向かっていると、勤務を終えた桜井が突然そんなことを言ってきた。

「うん、そのつもりだけど、どうかした?」

キーボードを打っていた手を止め訊くと、彼は二階に持ち場を替えたいと申し出た。

「私情で恐縮なのですが、できれば園部《そのべ》さんのそばについてあげたくて」

園部というのは二階にいる八十二歳の男性入居者で、認知症はだいぶ進んでいるのだが、アオバでは一番穏やかでおとなしい老人だった。

何はともあれ、その私情とやらを訊ねると、

「面影が父に似てるんです。園部さんの何気ない仕草とか言動がどことなく。父が生きていて、歳を取ったらきっとあんな感じのおじいちゃんになっただろうなって」

桜井は少し気恥ずかしそうにその理由を語った。

「生前、ぼくは父に何一つ孝行してあげられませんでした。その代わりと言ったらおかしいで

すけど、園部さんのサポートをしてあげたいなって」

なるほど、だから桜井はよく二階に足を運んでいたのか。

彼の気持ちはわからないでもなかった。保も数年前にいたとある女性の入居者に親近感を覚えていたことがある。その老女は保の亡くなった祖母と面影が似ていた。彼女が息を引き取ったときは自然と涙が頬《ほお》を伝った。

「わかった。都合もあるから今すぐというのは難しいけど、考えておく」

保がそう返答すると、桜井はパッと咲いたような笑みを見せた。

二章　脱獄から三三日

4

ヘルメットの隙間《すきま》から流れ落ちた汗が額を伝って目に入り、野々村和也《ののむらかずや》は一輪車を止め、煤《すす》けた軍手で目元を擦《こす》った。季節は春で、まだ若干肌寒いというのに和也はいつだって汗だくだった。自前の安全靴の中はひどく蒸れており、そのせいで重みを増しているようにすら感じる。

そんな和也のすぐ横をダンプカーが嫌がらせをするように通り過ぎ、土埃《つちぼこり》が派手に舞った。口元を軍手で覆い、顔を背けてやり過ごす。

「おいギューボ、立ち止まるな」

すかさず現場リーダーの金子《かねこ》から怒声が飛んできた。和也は口の中で舌打ちし、ブロックの積まれた一輪車を押していった。

ギューボというのは和也の所属する牛久保《うしくぼ》土木のことで、略してギューボ。所属といっても、和也の身分はただのアルバイトに過ぎず、この工事が終わればそこで契約は途切れ、また別の会社を探して、新たな飯場へと向かうことになる。和也はこうした生活を十七歳から五年間も続けていた。

ちなみに現場リーダーの金子は稲戸《いなど》興業という会社の人間で、牛久保土木はこの稲戸興業の下請けだった。実際の現場仕事は稲戸も牛久保もさほど変わらないのだが、発注元というだけで稲戸の連中はでかい顔をするので気に入らない。その中でも現場リーダーの金子は和也がもっとも嫌いな人物だった。それは牛久保の同僚たちもみな同じで、「いつかみんなでやっちまうべ」と事あるごとに言っている。

日が落ち、二十時になって、和也はようやくこの日の仕事を終えた。現場は二十四時間フル稼働しており、和也は八時から入っているので、休憩を除いて十時間の労働だ。時給が千二百五十円なので、一日の稼ぎは一万二千五百円となる。もっともここから一食四百二十円の弁当代が二回分差し引かれるのと、寝食している施設の宿泊費が一日千七百円取られるので、手にする額は一万円を切る。

「ああ、極楽だあ」

となりで湯に浸かっている平田《ひらた》がしみじみと言った。平田は六十六歳で、この飯場では最年長だった。上の前歯がキレイに一本欠けており、いつもそこの隙間に煙草を挿して吸っている。仲間内ではヒラさんと呼ばれていた。

和也が寝起きしている、吹けば飛ぶようなプレハブの宿泊施設には三畳一間の部屋が十八室用意されており、そこに和也や平田のような住所不定の者や出稼ぎの男たちが集団で生活をしていた。そしてその簡易なプレハブ宿泊所の目と鼻の先に、これまたお粗末な風呂が独立して設けられており、そこでこうして日々の汚れを落としているのである。通称、ドロ風呂。いつだって湯が濁っているのだ。

ちなみに入浴時間がきちんと定められており、仮にそれを過ぎるとその日は温かい湯にあずかれない。というのも、同じような宿泊所が周りにはいくつも建てられており、そこにいる男たちもまたこのドロ風呂を利用しているからである。そのせいで常に満員なのだ。

「そういや昼間によ、なんやお偉いさんたちが視察に来てあだこうだやっとったけども、こりゃもしかすっと本当に打ち切りになっかもしんねえぞ」

頭の上にタオルを載せた前垣《まえがき》が言った。バツが二つある四十六歳で、腹違いの子供が合わせて五人もいるらしい。本人は養育費を払うのがしんどいと事あるごとに周囲に漏らしているが、誰も信用していない。こんな土木仕事じゃ自分が食うだけで精一杯だ。

「今さらそりゃないっしょ。ここまで作っといてハイ中止じゃシャレにならんもん」

千川《せんかわ》が笑いながら言う。千川はキツネのように目の細い男で和也よりも五つ年上の二十七歳だった。和也はこの先輩からいろんなことを教わっている。といっても仕事ではなく、遊び方面のことばかりだ。

「いや、ガキさんの今の話、あり得るな」と難しい顔をして言ったのは谷田部《やたべ》だ。この男は三十九歳のアルコール依存症で、稼いだ金のほとんどは酒へ注ぎ込まれる。「まだ引き継ぎの会社が決まってねえみたいだし、このまま手ェ挙げるとこがなけりゃマジで待ったがかかるかもしんねえよ」

「そんなんだったらもっと前に中止してるっしょ。だいたいテニスはどうなんのさ」

「別にここでやらんでも他でいくらでもできるべ。テニスなんか」

「ま、おれはテニスなんかなくなってもいいけどね」

「んなことというたらおれら全員そうだ。ラケットなんか握ったこともねえ」

男たちの笑い声が浴場にこだまする。

そう、和也たちが造っているのはテニスコート施設なのである。詳しくは江東区《こうとう》にある『有《あり》明《あけ》テニスの森公園』の施設改修工事が和也たちの仕事であり、ここが2020年東京オリンピック・パラリンピックのテニス競技会場となるのであった。ところがつい先日、これらの工事を直《じか》で請け負っていたエヌ・テックという建設会社が東京地裁より再生手続廃止の決定を受け、事実上の倒産をしたのである。小耳に挟んだ話によると二百五十億円という気の遠くなるような額の負債があったらしい。

ちなみにこのエヌ・テックの下請けが林《はやし》テクノロジーズという会社で、この林テクノロジーズから稲戸興業、稲戸興業から牛久保土木というピラミッドであった。

大元が潰《つぶ》れてしまったのだから工事は中断されてもおかしくないのだが、なぜか現場は休むことなくそのまま動いていた。これについて和也はもちろん、同僚たちもその理由を知らされていない。オリンピックという一大イベントには国の威信が懸かっているのでどうにかするのだろうという見方が大勢だが、正直和也にはどうでもよかった。ただ、その日働いた分の金さえきっちりもらえればいい。末端の自分には関係のないことで、難しい話はどうぞ上のほうでやってくれといったところだ。オリンピックだって別に開催されなくたって構わない。

　ここで話題はテニスプレイヤー大坂《おおさか》なおみのこれまでの獲得賞金のこととなり、それが十億円を超えたらしいことを知ると、全員が同時に嘆息を漏らした。

「大坂はまだ若いべ。引退するまでに三十億くらい稼ぐんじゃねえべか」

「いや、もっとでしょ。ＣＭ出たり、スポンサー料もらったりでさあ」

「あんだけ活躍すりゃ引退後だって引っ張りだこだろうしな。いくらでも食っていく道があるわな」

「じゃあなんだ、生涯収入は百億超えか。夢があんねえ」

　和也も、「カバン持ちでいいから雇ってほしいっスよ」と言って仲間たちを笑わせた。

　そんな中、最年長の平田が「おれはどうかと思うけどな」と言ってみなの注目を集めた。

「米国育ちだっていうし、日本語だってろくすっぽしゃべんねえし。たまたま国籍の一つが日本だったちゅうだけで、あれを誇らしく思えっちゅうのもなあ」

「なんだよ、ヒラさんは了見が狭《せめ》えな」

「仕方ねえよ、ヒラさんは江戸時代の人だから。まだ開国してねえんだろ」

「そんなんだからジジイんなってもこんなとこで一輪車押してんだべ」

　口々にからかわれている。和也も「この鎖国ジジイ」とお湯を浴びせてやった。平田は怒ることがないので、いつもこうしてみんなにいじられている。和也は自分の祖父ほど歳の離れたこの男のことが好きだった。

そして、ここの仲間たちも好きだった。この改修工事が終わればそれぞれまた新たな飯場へと散ってしまうので、一時の友人であることは間違いないが、それもまた和也にはちょうどよかった。長く一緒にいれば諍《いさか》いや揉《も》め事《ごと》だって起きる。そうなればつまはじきにされる者だって現れる。

和也が生まれ育ったのは石川県にある漁村で、海が近いというだけでまるで娯楽のないところだった。人口が少なく、誰しもが顔見知りで、何か問題を起こしたらたちまち村中に広まってしまう、そんな小さな集合体の中で育ったのだ。

幼少期の和也はどちらかといえばおとなしい方で、引っ込み思案な少年だった。勉学やスポーツはあまりできなかったが、手先が器用で図工の課題ではいつも表彰を受けていた。周囲は一様にわんぱく坊主だったため、時折いじめの対象になることもあったが、それもさほど長くは続かず、概《おおむ》ね平穏な少年時代を過ごした。

そんな和也も中学に上がると、右へ倣って不良グループの一員となり、その流れで卒業と同時に地元の暴走族に入った。実のところ、和也はやんちゃな友人たちに憧れを抱いていた。彼らが自分にはないものを持っているような気がして、いつか自分もああなりたいと密《ひそ》かに願っていたのだ。

とはいえ腕《うで》っ節《ぷし》の方はからきしダメで、喧嘩では生来の小心が顔を覗かせまるで役に立たなかった。だがその分、太鼓持ちの気質と自虐的なユーモアで人を笑わせる術《すべ》を身につけ、先輩たちからはよく可愛がられ、後輩からは慕われた。昼間はアルバイトをして夜は仲間たちと単車を駆る、そんな取るに足らない毎日だったがそれはそれで幸せだった。

そんな息子の生活を父親は見て見ぬ振りをしていた。息子が怖かったのか、興味がなかったのか、おそらく後者だと思うが心の内は未だにわからない。

ちなみに母親の方はというと、和也が中学に上がる少し前に家を出て行ったきり帰ってこなかった。その理由について父親から聞かされたことはないが、村の噂《うわさ》によれば、母はよその男とデキてしまったらしい。捨てられたことに一抹《いちまつ》の寂しさはあったが、涙を流すようなことはなかった。和也はそれまで母親から愛情を感じたことはなかった。これはのちに知ったことだが、和也は母の本当の子ではなかった。和也がまだ幼い頃、父親が再婚した相手が母だったのだ。

やがて和也が十七歳を迎えた頃、所属していたチームと近隣の暴走族との間でちょっとした揉め事が起きた。発端は和也たちが相手の地元を派手に走り回ったからで、それをきっかけに相手も度々和也たちの目の届くところに遠征してきては威嚇《いかく》行為を働いた。いつしかそれは武器を持ち出しての抗争へと発展し、四六時中緊張感が漂《ただよ》い、張り詰めた日々が続いた。やられたらやり返す。どちらも同じ信念で動いているので収拾がつかなかったのである。

そんなある日、和也が後輩をケツに乗せ原付を走らせていると、突然敵対するチームから強襲を受けた。アクセルを全開にして必死に逃げたが、うしろに乗っていた後輩は鉄パイプの一撃を背中に受け、原付から転げ落ちた。逡巡《しゅんじゅん》したものの、和也はそのまま走り去った。捕まったら壮絶なリンチが待っている。それが恐ろしかった。

結局、この一件は刑事事件になった。その後輩が原付から落ちた際に頭部を強打し、意識不明の重体になってしまったからだ。数日後、後輩は意識を取り戻したものの、その身体には後遺症が残り、若くして車椅子の生活を余儀なくされた。

批判に晒されたのは和也だった。仲間を見捨て、己の身可愛さにおめおめと逃げ去った腰抜け野郎。和也がわざと原付から後輩を落とし、その隙に逃亡を図ったのではないか、そんなことまでまことしやかに囁《ささや》かれた。

先輩はもちろんOBまで出てきて、散々吊るし上げられた。後輩連中からも罵声を浴びせられ、袋叩きにあった。

和也は泣いて謝った。だがそれで禊《みそぎ》が済んだわけではなかった。以後、誰ひとりとして和也と口を利いてくれなくなった。周りの大人たちも自業自得だとして構ってくれなかった。村の大人たちが自分を疎ましく思っていたのだと、そのとき初めて知った。

そして――挙げ句の果てに村の中で回覧板が回った。その中身は、和也が村に留《とど》まって生活しても良いか否か、そのアンケートを取られたのである。和也は信じられなかった。いくら閉塞的な村だとしてもこんなものが出回るなんて馬鹿げていると思った。

結果、出て行くべきだとする少なくない数の署名が集まり、それを突きつけられた。

こうして村八分を受けた和也は地元を離れ、ひとりで生きていくこととなった。全国津々浦々、見知らぬ土地で日雇い仕事に就き、その日をしのぐ生活が始まったのである。そして五年後、東京へ流れ着いた。

自分の人生というものについて深く考えたことはない。いや、考えたくないというのが本音だった。和也には物事を俯瞰《ふかん》してしまうようなところがあり、そうした視点で己を見つめてみると、この先明るい未来が待っているとはとても思えないのである。

だがそんな和也も過去に一度だけ、人生を変えるべく一念発起したことがある。求人ペーパーに載っていたとある保険会社の面接に行ったのである。それは和也が二十歳のときで、ちょうどその頃ホワイトカラーに羨望《せんぼう》の眼差《まなざ》しを向けるようになっていた時期だったこともあり、自分もあちら側の人間になれないだろうかと思い、行動に至ったのだ。なけなしの金をはたいて量販店で安いスーツと革靴を買い、生まれて初めてネクタイを締めた。

「中卒ねえ。きみ、ワードやエクセルは使えるの？　っていうかキーボード打ったことある？」

冷笑を浮かべた面接官の顔を和也は未だ忘れることができない。

求人には学歴不問、未経験者歓迎と書かれていたのにどうしてそんなことを質問されるのかと腹が立ったが、「覚えるように努力します」と頭を下げ、終始低姿勢で面接を終えた。

だが、結果は不採用だった。のちに保険会社で勤務経験のある人間に話を聞いたところ、どうやら和也が家族、親戚とは疎遠だということを正直に話したことがよくなかったらしい。保険の営業マンはまずは身内を取り込むところからスタートするそうである。それならそうと最初から書いておけよ、そんなの反則じゃねえかと憤ったが、それ以上に世間知らずな自分が惨《みじ》めに思えて、慣れないことはするべきじゃないと悟ることとなった。スーツや革靴は手元に置いておくのが嫌ですぐにネットオークションで売り払った。苦い思い出も添えて。

風呂から上がり、宿泊所に戻るべく夜道をみなと並んで歩いていると、その宿泊所からひとりの男がのっそり出てくるのが遠目に見えた。辺りが暗いので顔は見えないが、長身痩軀《ちょうしんそうく》の背格好とニット帽でそれがベンゾーだとわかった。

「あいつ、よっぽどおれらにチンポコ見られたくねえんだなあ」

前垣が言い、みなでアハハと嘲笑した。

ベンゾーが向かっているのはドロ風呂ではなく、宿泊所から徒歩で三十分ほど離れた場所にある別の、民間の銭湯だった。

一週間前にこの飯場へとやってきた新入りのベンゾーは、潔癖症なのかなんなのか知らないが、毎晩こうしてひっそりと出掛けては髪を濡らして帰ってくる。

これについて和也たちの見解は、ベンゾーのイチモツがお粗末でそれを他人にバカにされたくないのだろうということになっていた。それにしても変わり者だが、他人に迷惑をかけない分だけまだマシだ。宿泊所の中には風呂に入ることすらしない無精者もいる。その人物は左手の小指の先がないので、面と向かって文句を言うことはできないが、廊下ですれ違うときは息を止めなくてはならない。

ちなみになぜベンゾーと呼ばれているのかというと、彼が度のきつそうな眼鏡をしているのと、部屋がとなりの前垣が何気なく彼の部屋を覗いた際、法律に関する本が置かれていたとみんなに話したからだ。もっともベンゾーという苦学生のアニメキャラクターを和也は知らない。

「もしかすっとベンゾーの奴、そもそもモノがついてねえんじゃねえか」

赤ら顔の谷田部が手の中のトランプに目を落としながら言った。和也の部屋で、みんなで車座になって酒を酌み交わしながらトランプに興じるのが就寝前の過ごし方だった。全員が煙草《たばこ》を吸うので部屋は霧の中にいるみたいに紫煙が立ち込めている。そのせいでずっと目がしぱしぱしている。

「取っちまったってことですか」咥《くわ》え煙草の和也が言った。「はい、八切り」

「あ、切んなよ、おれの前で」谷田部が舌打ちする。「ちゅうより元々ねえんじゃねえかなってさ。なんかツラもよくよく見ると女っぽいしよ」

「え、そっち？　でもあいつ無精髭《ぶしょうひげ》生えてるじゃないっスか。それにあんなノッポな女いないでしょ」

「そんなことより今週末どこ行くよ？」と前垣。「もうそろそろ錦糸町《きんしちょう》も飽きたしなあ」

「でもここから交通の便がよくて安いところつったらやっぱ錦糸町っしょ」

月に二回、みんなで連れ立って風俗に行くのが和也たちの一番の娯楽だった。丸一日労働した分の金が一瞬で消えてなくなるがこれだけはやめられない。彼女さえいれば風俗になど通わなくても済むのだが、現実にいないのだから仕方ない。

一年ほど前、ナンパして連絡先を交換した短大生の女と一時いい感じになったのだが、和也が日雇い人夫だと知れるとそれっきり連絡が取れなくなった。和也は自分が大学生だと身分を偽っていたのだ。

「それはそうと、ヒラさんは今回どうすんだ？」

「ああパス、パス。おれはもう行かね」平田が顔の前で手を振った。「金をドブに捨てるようなもんや」

みなで盛大に笑った。六十を超えている平田は最近勃《た》ちが悪いらしく、前回は使い物にならずに田舎から出てきた風俗嬢の苦労話を延々と聞かされて時間を終えたらしい。二十二歳の和也には考えられないことだった。和也はいつも二回は確実に放出する。調子のいいときは三回戦に挑む。

「でもそうなると団体割引が利かなくなるな」と前垣。「あと一人足りねえぞ」

五人で行けば団体割引が適用され、一人二千円も安くなるのである。

「じゃあ和也、ベンゾーに声かけてみろよ。ヒラさんの代わりってことで」

千川がおもしろがってそんなことを言ってきた。

「風呂もおれらと入んないのにそんな誘いに乗るわけないでしょ。それにあいつ、童貞っぽくないッスか」

「だからおもしれーんじゃん。そういう奴の初体験談を肴《さかな》に飲む酒は格別なんだぞ」

「いやあ、おれああいうコミュ障っぽい奴と近づきたくないんスよねえ。前に話しかけてやったらすんげえ素《そ》っ気《け》なくかわされたし」

数日前、ベンゾーが慣れない仕事にもたついているのを見かけたので、一言アドバイスしてやると頭をぺこりと下げてきただけでありがとうございますの礼もなかった。もしかしたら和也の見た目が幼いので、年下だと思われているのだろうかと勘ぐり、「おれ和也、歳は二十二。おまえ二十歳だろ。わかんないことあったらなんでも訊けよ」と先輩風を吹かせてみたが、返ってきたのは「どうも」の一言だった。二度とこいつとはしゃべるまいと思った。

「いいから誘うだけ誘ってみろって。おまえが一番歳近いんだからよ」

しつこい千川に和也がうんざりしていると、「やめてやれ」と横から平田が言った。

和也をかばってくれたのかと思ったが、ちがった。ベンゾーのことをからかうのはよせと平田は言っているのである。

「どしたんだよヒラさん、急に」

「遠藤《えんどう》くんは繊細な子なんや。おめえらとはちがう」

そういえば平田とベンゾーが仕事場でしゃべっているのを何度か見かけたことがある。この男は基本的に人が好《よ》いので、いつも独りでいるベンゾーを放っておけなかったのだろう。それにしてもベンゾーが遠藤という名前であることを初めて知った。

「あの子はおれみたいなジジイにも優しいんや。おめえらとちがって老人に対する労りの気持ちがある」

これにはみんな批難囂々《ごうごう》だった。「おれらだって十分優しいべ」「いつも誰が介護してやってると思ってんだ」「死ねクソジジイ」と散々な言われようだった。

「で、結局んとこあれは苦学生とか浪人生とかそんななんか。ヒラさんよ」と谷田部。

「知らん」

「なんだ知らねえのかよ。訊きゃあいいじゃねえかよ」

「そんな野暮なことはようせん。話したくなさそうやったしな」

これにはみんなが黙って頷いた。ここにいる者たちはそれぞれ事情を抱えている者たちばかりなのである。なので執拗《しつよう》に過去を詮索してはならない。これはどの飯場でも同じで、いわば暗黙のルールだった。和也自身、自分の生い立ちについて他人に深く話したことはないし、逆に他の人間の過去も詳しくは知らない。

「まあ、弁護士にでもなりてえんかなとは勝手に思ってるんやけどな」と平田。

「そんなの目指してる奴がこんなとこでツルハシ振るうかよ」前垣が鼻で一笑する。

「でもあの子が法律の勉強しとる言うとったのはガキさんやろう」

「勉強してるとは言ってねえ。難しそうな本が部屋ん中にあんのを見たっつっただけだ」

「ふうん。だけども、遠藤くんのしゃべる言葉はえれえぞ。なんちゅうか、知性が滲《にじ》んどる。おめえらとはまったくちがうわ」

「まだ言うか。このクソジジイは」

「まあ、なんだっていいじゃないっスか。そんなこと」と和也が場を取りなした。「それよりもおれに注目してくださいよ」

「あ、まさかおまえ」

「ジャジャーン。革命」

和也は手の中の四枚のトランプを叩きつけた。手札の強かった千川や前垣からは「ふざけんな」と責められ、逆に弱かった平田と谷田部からは「ナイス、ナイス」と褒められた。

ここ最近ついているのか、トランプの調子がいい。一勝負数百円の賭け金なので、一晩で動く金は知れてる。だが、塵《ちり》も積もればなんとやらである。ここ最近、トランプは和也の大事な副収入だった。今月は二万円ほどこれで稼げたらうれしい。

5

その数日後、平田が仕事中に怪我をした。足場の下をくぐった際に上から鉄筋が落ちてきて、それが運悪くも平田の右肩を直撃したのである。ちなみにその場面を見ていたのは仲間たちの中では和也ひとりだった。平田のすぐ後ろを和也は歩いていたのである。「危ないっ」とどこかから声がしてふと見上げると、今まさに平田の頭上の足場から鉄筋が滑り落ちる瞬間だった。うずくまる平田に駆け寄ると、彼は顔を歪め、「折れた。折れた」と呻《うめ》いていた。

すぐさま病院へ連れて行き、検査を受けさせると骨にヒビが入っているという診断であった。だが、当然彼の負傷した右肩は使い物にならず、しばらく現場を休まざるを得なくなってしまった。

これに困ったのは平田はもちろん、和也たちもであった。平田が当面の生活費を貸してほしいと和也たちに頼み込んできたからである。これが日雇い人夫の辛《つら》いところだった。絶対に怪我をしてはならないのだ。労災などまず下りない。

それと平田は最悪なことに保険証を持っていなかった。それに加え、初診だったことと、レントゲンを撮ったことで診察費はべらぼうに高かったようだ。平田はその支払いだけで有り金が尽きたと話していた。

例のごとく夜になって和也の部屋にみなが集まった。だが、今夜は平田抜きだ。平田に金を貸すか否かを相談しているのである。

「だからおれは無理だって。人に貸す金なんかねえもん」

言ったのは千川で、彼は一貫してこう主張していた。だからこの話し合いにも参加したくなかったのか、部屋に呼びに行くまで出てこようとしなかった。

「おめえ、さっきからそんな冷てェことよう言えるな」これに怒っているのは意外にも酒飲みの谷田部だった。彼の手には今もワンカップがある。「ヒラさんにはおめえだって世話になっとるだろう」

「そりゃあ仲良くはしてたけど、世話にはなってねえよ。奢《おご》ってもらったこともねえしさ。それに、仕事ではおれらの方がいつもヒラさんのこと助けてんじゃん」

千川のいうことはごもっともだった。平田は高齢のため、仕事量が和也たちと同じというわけにはいかず、彼の足りない作業分をみなでそれとなくカバーしていたのだ。

「ヒラさんがいつ頃復帰できるかだよな」前垣が話の視点を変えた。「一週間やそこらならいいけど、少なくとも二週間は休むだろう」

「あの歳だし、治るのも遅えんじゃねえの。下手《へた》すりゃ一ヶ月以上かかるかも知んねえよ。おれ、ヒビとか入ったことねえからわかんないけど」

千川はすでに他人事《ひとごと》のように話している。

「宿泊費と飯代、あとは煙草か。それらを考えっと……一日三千円あればなんとか生活できるべ。これを四人で割るとなると、いくらだ？」

谷田部が見てきたので、和也は頭の中で計算して、「えーっと、一人八百円くらいっスね」と答えた。

「ねえ、勝手におれのこと加えないでよ」千川が口を尖《とが》らせて言う。

「うるせえな。シミュレーションしてるだけだべ」谷田部が酒臭い息を撒《ま》き散《ち》らした。「仮にこれを一ヶ月続けるとなると……一人いくらだ？」

また和也に視線が注がれたので、三秒考え、「二万五千円くらいです」と返答する。

「二万五千か。でけえな」前垣がため息混じりに言う。「なあ、おれたちだけじゃなくて、宿泊所にいる他の奴らにもお願いしてみるってのはどうだ？　したらそんな負担にならねえだろう」

「無理っしょ。余裕で断られるよ」

和也もそう思った。他の人間は和也たちほど平田と親しくない。年老いた平田を足手まといだとして、露骨に蔑《さげす》む連中もいる。ではなぜ年齢もバラバラなこの五人が集うようになったのかというと、これまた説明がつかない。いつの間にか自然とこの面子《メンツ》でつるんでいたのだ。

「それにさあ、もしも二ヶ月以上休まれたらどうすんのさ。五万だぜ、五万。ちゃんとその金返ってくるのかよ。ヒラさんが飛ばない保証なんてどこにもないわけじゃん」

たしかにそれもそうだった。こういった飯場ではある日突然消える人間が珍しくない。和也自身、過去に身を置いていた飯場で、給料をもらったその日に姿をくらましたことがある。人のいい平田に限ってそんなことはとも思うが、信じきることはできない。他人のことはけっしてわからないのである。

話し合いは一向にまとまらず、時間だけが過ぎていった。何度か千川が腰を上げたのだが、そのたびに谷田部が「まだ終わってねえべ」と一喝して彼を引き止めた。

「もういい加減寝ようぜ」この段になると千川はうんざりとした顔を隠そうともしなかった。時刻はすでに零時を回っている。「いくら説得されようとおれは出さねえ。そんなにヒラさんを助けたいなら夕べさんが一人で出しゃあいいじゃん」

「おれだけじゃまかなえねえからこうして話し合ってんだべ。なあ、ガキさん」

「え、あ、うん」

「ガキさん、さっきからあんまりしゃべんねえけど、ガキさんはおれと同じ考えだよな」

「いや、うーん……」と前垣が難しい顔で腕を組む。「おれも心情的にはヒラさんを助けてやりてえんだけど、おれにはほら、おめえらとちがってガキどもの養育費っつーのがあってよ、それを考えるとちょっとなってとこもあんだよな」

前垣以外の三人がいっせいに鼻白《はなじろ》んだ。前垣が毎月養育費を払っているなどと信じている者は誰一人いないのである。

金を貸す派の谷田部と、貸さない派の千川、どっちつかずの前垣。

「和也、おめえはどうなんだ」と谷田部に水を向けられた。

「おれはその、多数決で多い方につこうかなあって」

「なんじゃそりゃあ。おめえには自分の意見っちゅうもんがねえのか。情けねえ」

だが、本心だった。みなの決定に従うつもりである。ただ、どちらかといえば貸してもいいかなとも思っている。平田は自分の目の前で怪我をしたのだから。

それよりも、和也は己に落胆しているところがあった。平田の頭上から鉄筋が落ちてくる瞬間、和也は身動きが取れなかった。一秒にも満たない時間だったが、手を伸ばせば平田の背中を押すことはできたかもしれない。そうしていれば平田は怪我をせずに済んだかもしれない。

いや、咄嗟のことで不可能だったろうとも思うのだが、よくよく考えてみると、あの瞬間、ほんの一瞬だけ考える余裕があったような気もしてしまうのだった。だとすると、和也は己が巻き込まれることを恐れて、平田を見捨てたことになる。こうした考えに囚《とら》われてしまうと、どうしたって後輩を見殺しにして逃げた過去を思い返してしまい、ひどく苦い思いがこみ上げてくるのだった。

やっぱりおれは卑怯者なんだろうか。性根《しょうね》がそういう人間なんだろうか。

和也は和也でそんな袋小路に迷いこんでいるのである。

「じゃあここで多数決な」谷田部が三人を見回して言った。「ヒラさんを助けてもいいと思う奴は手ェ挙げろ」

挙手したのは谷田部一人だった。

「おい、なんだおめえら」谷田部が目を剥《む》いて唾を飛ばし、「はい決まり。解散、解散」と千川が腰を上げた。

その千川の手首を谷田部がガッと摑んだ。

「放せよ。自分で多数決取ったんだろう」

「ちょっと待てって――おいガキさん、裏切んのかよ」

「裏切るとかそういうことじゃなくてよ、やっぱりこういう問題は会社が解決することじゃねえか」

矛先《ほこさき》を逸《そ》らすように前垣がそんなことを言う。

「今さら何言ってんだよ。それができねえからこうして話し合ってんだろうが。ギューボがヒラさんみてえなジジイに手ェ差し伸べるわけねえべ。現にヒラさんはギューボから『お大事に』としか言われてねえんだぞ」

平田だけじゃない。誰であろうと牛久保土木が労災手続きをしてくれるとは思えない。それに自分たちは牛久保土木と正式な契約を交わしていない。初めてここにやってきたとき、差し出された紙に鉛筆で名前と生年月日を書いただけだ。

「いや、でもよ、相談だけでもしてみるべきじゃねえか。ほら、仕事中の怪我とかは会社がケツ拭くのがふつうだろ」

「だからおれらの仕事はふつうじゃねえ。なあガキさん、今さらそんなこと言い始めたらキリがねえべ。だいたいヒラさんに会社とそんな交渉事ができると思うか？　おれだってできねえよ。ガキさんも無理だべ」

「おれはできるよ」カチンときたのか、前垣が色をなして言った。

「じゃあガキさんが交渉してやれよ。ヒラさんを救ってやってくれって」

「いや、でもそれを他人がやるっちゅうのはちがうだろう」

「ほれ、そうやってケツまくるべ」

ここで前垣と谷田部が胸ぐらを摑み合ったので、慌てて和也が仲裁に入った。

「ああもう。いい加減にしろよ。いい歳こいて何やってんだよ」千川が心底うんざりとした口調で言った。「とりあえずまずはヒラさんが会社と話し合うしかねえじゃん。それがどうなろうとおれは金を出さねえけどな。結局おれら、他人なんだから」

そう言い残して千川は部屋を出て行ってしまった。谷田部ももう引き止めなかった。

千川がいなくなり、残された三人は俯いたまましばらく黙っていた。千川の口にした他人という台詞が耳にこびりついて離れない。おそらく前垣や谷田部も同じだろう。

「今は労働者の方が強いっていうけどな」

ポツリと前垣が言った。谷田部と同時に顔を上げ、前垣を見る。

「ほら、コンプライアンスってのがあって、それが労働者の権利を――」

「おれら人夫だ。人夫に権利なんてねえ」

谷田部が遮って言った。また全員が押し黙る。

昨今、ブラック企業がやり玉に挙げられていることは和也も知っている。前垣の言うように、コンプライアンスというものが強化されて、それによって日本の労働環境は改善されているのかもしれない。だが、それはあくまで中堅以上の会社の話であり、末端は何も変わっていないのが現実だ。

仮に自分たちに知識があればまたちがうのかもしれないが、そんな人間はこんなところでツルハシ握って一輪車を押したりしないだろう。

ここで和也は、「あ」と声を漏らし、二人の視線を浴びた。

「ダメ元でベンゾーの奴に相談してみるってのはどうっスか」

谷田部が鼻で笑った。「どうしてここでベンゾーの野郎が出てくる」

「あいつが法律に明るいからか」と前垣。

「そう、そう」正確には彼が法律に関する本を持っていたという話を聞いただけだが。「そういう勉強してるんだったら労働者の権利のこととかも詳しいんじゃないっスか」

それでも二人は「あんなの頼りにならねえべ」と渋っていたが、「だからダメ元だって言ってるでしょ」と言い聞かせた。和也としてはなんでもいいからこの停滞した状況を打破したいのだ。

「じゃあ和也、おまえ今からベンゾーをここに連れてこい」

「え」

「おまえだろう。こういうときは」

「そうだ。おれらみたいなおっさんがこんな夜更けに押しかけたらビビッちまう。おまえが行け」

和也は強制的に廊下に追いやられ、早くも後悔した。行き詰まってあんな提案をしたが、よくよく考えるとあのコミュ障のベンゾーが力になってくれるとは思えない。だいいちベンゾーが本当に法律に詳しいかどうかすら疑わしい。これで軽くあしらわれたらムカッ腹が立って仕方ないだろう。

歩くたびに床が軋《きし》む廊下を通って、ベンゾーの部屋の前に立った。

鼻から息を漏らす。コンコン。ノックした。

すると、薄いドアを隔てて「はい」と反応があった。すでに日付をまたいでいるが、ベンゾーはまだ起きていたようだ。

「あー、おれ野々村和也だけど、ちょっといい？」

「……少々お待ちください」

ゴソゴソと物音が聞こえた。何やら慌てている様子だ。それにしても少々お待ちくださいなんて、こいつはやっぱり変わってる。

しばらくして、ドアが数センチだけ開いた。そこからベンゾーが顔を覗かす。やはりいつものニット帽を被っていた。この男は仕事ではヘルメット、その他の時間は常にニット帽を被っている。また、牛乳瓶の底みたいな眼鏡の奥の目が明らかに警戒を示していた。

「わるいな。遅くに。もしかしてシコってた?」右手を上下させて言ったが、「用件はなんでしょう」と冗談にも乗ってこない。

「いやそのさ、ちょっとおまえに相談があってさ。ヒラさんわかるだろ? 二日前に怪我したジイさん。そのことでおまえの知恵を貸してほしいんだよな」

「はあ。どうして自分が?」

「おまえ法律かなんかの勉強してんだろ? おまえが難しい本持ってたってガキさんが言ってたからよ」

ベンゾーはしばらく黙っていた。黒目だけを左右に微動させている。判断に迷っている様子だった。

とりあえず話だけでも聞いてくれよ、と乗り気じゃないベンゾーの腕を取り、半ば強引に廊下に連れ出した。そして和也の部屋に案内すると、ベンゾーは息を飲み、目を丸くした。そこに前垣と谷田部がいたからだろう。

でかい身を小さくして座るベンゾーを囲むようにして、三人で状況を説明した。

「――ちゅうわけなんだよ。おれらみたいな人間がこうした怪我をした場合、会社から手当をもらう方法はねえのかってさ」

だが、ベンゾーは返答をしなかった。うんともすんとも言わず、相槌すら打たない。

そんなベンゾーに対し、「おい、おめえには耳がねえのか」と谷田部がその肩を小突いた。

もうだいぶ酒が回っているのか、呂律《ろれつ》が怪しい。

「言うとくけどな、もし金貸すってなったらおめえにも出させるからな。おめえがヒラさんに目ェ掛けてもらってんのはおれら知ってんだからよ」

前垣も身を乗り出して脅すように言った。さすがにめちゃくちゃな言い掛かりだと思ったが、和也は黙っていた。

やがてベンゾーが小さく鼻息を漏らし、その口を開いた。

「会社というより、国ではないでしょうか」

「国？」前垣と谷田部の声が重なる。

「ええ、労働基準監督署に直接申請をすればいいのかと」

「けどよォ、それは正社員とかそういう奴らが利用できるもんだろう」

「いいえ、派遣だろうが日雇いだろうができます」

「おれらみてえなのでも？」

「ええ。できます」

声は小さいものの、きっぱりとベンゾーは言った。

「けども、ギューボが嫌がるだろう。よしんばそれで労災が下りたとしても、ヒラさんの奴、会社からいじめられて追い出されちまう」

そもそも牛久保がなぜ労災を嫌っているのかというと、作業員がどういう状況で怪我をしたのかと調査が入るのが嫌なのである。そうなると、他にも規定違反をしているあれやこれを指摘されて、最悪業務停止を食らってしまう可能性があるのだ。

「であれば会社は示談を申し出てくると思います。それで平田さんはいくらかの見舞金を手にすることができるんじゃないでしょうか」

ベンゾーが俯きがちに言った。

「なるほどな」前垣が目を輝かせる。「さすがはベンゾーだ」

ここでベンゾーが小首を傾げた。彼は自分がそのように呼称されていることを知らないのだ。

「よしよしよし。これでなんとかなりそうだな」と黄ばんだ乱杭歯《らんぐいば》を見せた前垣に対し、「いや……よくよく考えっと、それもやっぱ具合がよくねえなあ」と谷田部が苦い顔をして言った。

「どちらにしてもイジメに繋がんべ。そういう面倒くせえ奴を会社は放っておかねえ。ヒラさんはジジイだ。ここ追い出されたら雇ってくれるとこなんてそう簡単に見つからねえ。つまりギューボとケンカしちゃならねえんだ」

「おい、タベよ。そんなこと言い出したらなんもできねえだろう」

「まあ、そうなんだけどよ」

こうして話がまた振り出しに戻り、これまでに増して重い空気が部屋に流れ込んできた。

さすがに和也もうんざりだった。前垣も谷田部も、顔に疲れが滲んでいる。もうみんなで金貸しませんか、和也がそう提案しようとしたときだった。

「仕方ねえ」と谷田部。「和也、おまえちょっとギューボに掛け合ってみろ」

「はい？」

「だからおめえが会社と話をしろっつってんだ」

「あの、言ってる意味がよく――」

「つまりよ、ヒラさんが労災だなんだ騒ぎ立てたらギューボだって目くじら立てるべ。その点おまえだったらそんな大げさなことにはならねえ。なぜならおめえは事故を直接見てるし、病院にも付き添ったからだ。そのよしみってことで、『ところでヒラさんの怪我の補償はどうなってるんですかね』と、こうギューボに伺いを立ててみんだ」

「なんのよしみですか。だいたいおれにそんなこと――」

「いいや、できる」前垣に肩を掴まれた。「考えてみりゃ夕べの言う通りかもしれねえ。おまえが適任だ。というよりおまえしかいない」

「ちょっと待ってくださいよ。おれにだけやっかい事押し付けて――そんなのねえよ。ひでえよ」

「勘違いすんな。別におめえにケツ拭けって言ってるわけじゃねえ。ギューボがどういう反応をするか、探りを入れるだけだ」

「おれが出張ったってうまくいくわけないでしょう。適当にあしらわれますよ」

「けども、うまくいきゃ労災手続きしてくれっかもしんねえし、ベンゾーの言うようにいくらかの見舞金を引っ張れるかもしんねえ」谷田部が酒を呷《あお》ろうとした手を止めた。「ああ、ただし、ヒラさんの差し金じゃなく、あくまでおまえは個人的な好意で訊いてみたってことにしろよ。ヒラさんを悪者にしちゃならねえんだ」

なんだこの展開は。冗談じゃない。「それならガキさんも夕べさんも一緒に、三人で行きましょうよ」

「おれら三人で行ったらギューボも構えちまうべ。おめえみたいな若いのがちょっと質問なんですけどってな具合で訊くのがいいんだ。こういうのは」

その後も和也は顔を熱くして不服を訴えたが、二人は一切聞く耳を持たず、「とりあえずやるだけやってみろ」の一点張りだった。そして二人揃って、「そろそろ寝っか」と和也の部屋を勝手に出て行った。

和也は呆然としていた。あんまりだった。なんて大人たちだ。一番若い自分に面倒を押しつけて——。

「では、自分も」

そろりと出て行こうとしたベンゾーの肩を摑んだ。

「おまえもいろよ」

「………」

「おれがギューボに掛け合うとき、おまえもその場にいろって言ってんだ。だいたいおまえが変な知恵入れっからこんなことになったんだぞ。おまえの責任だ」

むちゃくちゃなことを言っている自覚はあったが知ったことではない。こうなったらこいつも道連れだ。自分ひとりで会社と交渉するなんて心細くて仕方ない。

ベンゾーはひとつため息をつき、「わかりました。やるだけやってみましょう」と意外な返答をした。

　和也が虚を衝《つ》かれたような顔をしていたからか、ベンゾーは「平田さんには自分もよくしてもらってますから」と補足した。

「それに、自分も事故の瞬間を目撃していますから、まったくの無関係ではありません」

「え、おまえも見てたの？」

「ええ。少し離れたところから」

「じゃあもしかして、『危ないっ』って叫んだの、おまえ？」

　ベンゾーが頷く。「あれは間違いなく仕事中の事故なので、作業員に補償がないのはおかしいです。ぼくはこういった現場の実態を詳しく知りませんが、作業員が泣き寝入りするのが当たり前だとしたらそれは間違っていると思います。平田さんは救われるべきではないでしょうか」

「お、おう」

「では明日、お昼休憩のときにでも会社に話をしに行きましょう。おやすみなさい」

　ベンゾーが部屋を出て行った。残された和也は、ひとりその場に立ち尽くしていた。

　気がつけば時刻は二時に差し掛かっていた。和也は慌てて布団を敷き、電気を消して横になった。少しでも眠っておかなければ。日が昇ればまた過酷な労働が始まるのだ。

　だが、すぐには眠れなかった。暗闇の中、ずっと考え事をしていた。

　あのときの、あの叫び声はベンゾーだったのか。あいつ、あんなに大きな声が出せるんじゃねえか。

事故のとき――遠くにいたベンゾーは叫んだ。近くにいた自分は声すら出せなかった。それが意味するところを深く考えないようにして、でも頭から追い払えなかった。

翌日。午前中の仕事を終え、昼食の弁当を速攻で食べて、現場にあるプレハブの事務所にベンゾーと共に向かった。この事務所は稲戸興業のものなのだが、そこの一角を牛久保土木が間借りしており、和也たちはいつもここで日当を手渡されるのである。

「平田？　ああ、あのジイさんか。具合はどうなの」

柳瀬《やなせ》という牛久保土木の社員がキーボードを打ちながら言った。この四十代の男は牛久保土木の経理であり、和也たち作業員を管理する立場でもあった。この男も昔は現場に出ていたという話を聞いたことがある。

「まだ復帰できる感じじゃなさそうです。来週また病院に行ってそこでギプスを外してもらうみたいなこと言ってましたけど」

「ふうん。まあ歳だもんなあ」

今も宿泊所でひとり休んでいる平田は、右肩と右腕をギプスでがっちり固められていた。飯も左手にスプーンを持って食べている状態で、「こんなんで味噌汁食っても美味くね」と嘆いていた。ちなみに今朝方、その平田から「面倒かけてすまねえな」と一言あり、和也は「期待しないでよ」と冷たく言い放った。自分のことなんだから自分で会社と話をしろよと思ったのである。自分の半分も生きていないような若者にどうしてこんなことを頼めるのか。平田は悪い人ではないが、ダメな人間だ。だから保険証も持ってないし、ジイさんになってもこんなところにいるのだ。

「で、ヒラさんの補償の件なんですけど――」

「くれぐれもお大事にって伝えておいて。早く現場復帰できるといいですねって」

遮って言われた。それも目も合わさず、カタカタと指を動かしたままで。

「あのう、労災手続きとかそういうのって会社がしてくれるんじゃないんですか」

「どうして?」

「どうしてって……ふつうはそうなんじゃないんですか。おれ、詳しいことはよくわかんないっスけど」

「うちはそういうのやらない。以上」

さすがにその態度には和也も腹を立てた。

「じゃあヒラさんが自分で労基に駆け込んでもいいってことっスね」

ここで柳瀬が作業していた手を止め、和也に向けて身体を開いた。そして睨《ね》め上げるような視線を向けてきた。

「あのさ、本来なら平田さんを追い出してもいいところをこっちはこうして宿泊所に置いてやってるわけ。行くところもないだろうしさ。住所不定なんだろ、あの人。つまりはうちの温情なんだよね。その上、労災だとかそういうことをどうして言うかな。きみは平田さんに頼まれてこんなこと言ってきてんの？」

「おれは怪我したときに一緒にいただけだけど」

「じゃあ平田さん本人をここに連れてこいよ。おれが丁寧に説明してやるから。それでも納得いかないなら労基でもなんでも行きゃあいいよ。でもうちは認めない。そうなると裁判ってことになるけど、そんな金あの人持ってんの？　裁判費用は自己負担なんだぜ」

「いや、だから別にヒラさんがそうしたいって言ってるわけじゃなくて……」

「それならなおさら話すことはないよ。きみの大きなお節介。二度とこんな話してくんなよ」

和也は両の拳《こぶし》をきつく握りしめた。この野郎。貧相な身体つきをしやがって偉そうに。腕っ節に自信はないが、取っ組み合いになったら柳瀬にはまず負けないだろう。

今ここでぶん殴って辞めちまうか。ふとそんなことを思った。別にここで働かなくても現場なんていくらでもある。自分は平田とは違い、二十二歳の若者なのだ。

和也の手が柳瀬の胸ぐらに伸びかけたとき――。

「ひとつ、確認なんですが」

となりに立つベンゾーが静かに口を開いた。

「御社はなぜ作業員に対して割増賃金を払っていないのでしょうか」

柳瀬の手がピタッと止まった。ベンゾーの口調が異質だったせいか、周りにいた稲戸興業の奴らもこちらに視線を送ってきた。

「きみは、誰？」

「遠藤です。先々週の金曜日からこちらにお世話になっています」

「ふうん。そう。まだ二週間なの」と、柳瀬がベンゾーの足元に目をやり、舐《な》めるように視線を頭まで上げていった。「で、何？　割増賃金？」

「ええ。通常八時間以上の労働に対しては二十五パーセントの割増賃金を払うのが原則かと思うのですが、わたしはこれまで一度も支払われたことがありません。ほかの作業員の方々はどうなのかわかりかねますが」

柳瀬が肩を揺すった。「遠藤くんはおもしろいね。なんなの、そのしゃべりかた。なんかのモノマネ？」

「質問にお答えいただけますか」

ベンゾーの冷静な態度が癇《かん》に障ったのか、柳瀬の目つきが変わった。

「うちはさ、これまでずっとこれでやってきてんだよ。文句言う奴なんていなかったしね。だいいち元々の時給が千二百五十円だからこういった場所にしちゃ悪くはないだろう」

「それは答えではありません」

「じゃいいよ。辞めてもらっても。納得できないまま働くこともないじゃない。どうぞどうぞ荷物まとめて今すぐここを出て行って」

そのとき、「おいギューボ」と鋭利な声が離れたところから飛んできた。見やると、稲戸興業の金子が出入り口近くにあるデスクにでかい尻を載っけてこちらを睨んでいた。入ったときはいなかったはずなので、和也たちのあとにやってきたのだろう。

「さっきからごちゃごちゃやっとるけど、揉め事か。ギューボさんよ」

「いえ、そんなのではないです」柳瀬が苦笑いを浮かべて言った。「もう解決したので」

「いいか、こっちにまで累《るい》が及んだら許さねえぞ。それと柳瀬よ、おめえただでさえ人手が足りてねえのわかってて、そうやって簡単に作業員のクビ切るってことは補充の当てはあるんだろうな」

「いや、その……募集は常にかけております」

「毎度毎度同じことばかり言いやがって。二〇二〇年七月。ここに間に合わなかったらどうすんだ。おまえ責任取れんのか」

柳瀬は顔を歪めている。

有明テニスの森公園の施設改修工事はだいぶ遅れているのが実情だった。今のままではオリンピック開催までにどう考えても間に合わない。だから和也たち作業員が定時で仕事を上がれる日は一日とてない。

「言っとくが、おれらの詰められ方はこんな生易《なまやさ》しいもんじゃねえぞ。おえらいさんは口開けば『寝るな、働け、超突貫』だ。ふざけやがって」金子が周囲を威嚇するように舌打ちをした。

「いいか、こっちは牛の手でも借りてえほど追い詰められてんだ。牛は小競り合いなんてしてねえで、黙って働け。そんでもって数増やせ」

柳瀬が「はい。かしこまりました」と低頭する。哀れを催す姿だった。自分はここまで卑屈になれない。

「ほら、休憩は終わりだ。きみらは仕事に戻れ。今の話はなかったことにしてやるから」柳瀬から退室するよう顎《あご》をしゃくられる。

となりのベンゾーを見る。頷いてきたので、とりあえず出入り口のドアに向かった。

金子の横を通り過ぎるとき、さりげなくガンを飛ばしてやった。すると、「おい待て」と背中に声が降りかかった。

和也が振り向く。

「小僧、なんだ今の目は」目を剝いて言われた。

「は？　なんスか」

「なんスかじゃねえんだよ」いきなり手が伸びてきて髪の毛を鷲摑《わしづか》みにされた。「てめえ今おれにメンチ切ったよな」

「痛えな。放せよ」

「ああっ。ガキが調子に乗るんじゃねえぞ」

太い腕で乱暴に頭を揺さぶられた。痛みよりも怒りが先立っていたが、反撃に出るのは躊躇《ためら》われた。プロレスラーみたいな図体《ずうたい》をした金子とケンカしても勝ち目はない。

「おい、謝れ」眼前で凄《すご》まれた。「おれの目を見て謝れ」

和也は視線を逸らし、そして「……すんません」と不貞腐《ふてくさ》れたように言った。

すると、「てめえっ」といきなり金子の拳が腹にめり込んできた。和也がくの字に身体を折ると、今度はその背中に肘《ひじ》を落とされた。

猛烈な苦しみに襲われた。呼吸がうまくいかず、呻き声すら上げることができない。和也は殺虫剤を振りかけられた虫のように床をのたうちまわった。

「金子さん、どうかそれくらいで」柳瀬の声が聞こえ、「ふん、ちゃんと牛のしつけくらいしておけ」と金子は言い放ち、外に出て行った。

しばらくして、ようやく苦痛が薄らいできたころ、「立てますか」とベンゾーに抱き起こされた。

「とりあえず、ここは一旦仕事に戻りましょう」

ベンゾーが出入り口のドアを開けた。

和也は一歩踏み出した足を止め、振り返った。柳瀬は何事もなかったようにパソコンに向かっていた。


仕事を終え、宿泊所に戻ってきた足でベンゾーの部屋を訪れた。和也もベンゾーも共に汚れた作業着のまま、狭い部屋で向かい合っている。

「だからもしあっちがシラを切るようなら、そんときはおまえが証人になってくれよな」

スマホを手にしながら鼻息荒くベンゾーに告げた。

和也はこれから警察に電話をするつもりだった。金子という人間に理不尽に殴られたことを説明し、傷害事件にしてもらうのだ。

午後の仕事にはまるで身が入らなかった。機械的に身体を動かし、頭の中ではどうやって金子に復讐《ふくしゅう》しようかと、そればかり考えていた。だが、思いついた案はどれも子供じみたものばかりで、仮にそれを行ったところでこの胸にこびりついている屈辱感は拭い落とせそうになかった。

結局、警察に被害届を出して金子に社会的制裁を加えるという、まっとうな手段を選ぶことにした。それなら殴られた直後に通報すべきだったが、それをしなかったのは警察に頼るのが単純に嫌だったからだ。警察にはこれまで何度もいじめられてきたのである。もっとも、それは自分が非行少年だったからなのだが。

「絶対にあの野郎から金をふんだくってやる。なあベンゾー、こういう場合の慰謝料っていくらくらいが相場なんだ？」

だがベンゾーは難しい顔で腕を組んだまま、返答をしなかった。なにやら考え事をしている様子だ。

「おい。聞いてんのかよ」

ここでベンゾーが和也を見て、「野々村さん。被害届を出すのは得策ではないと思います」と、いつもの冷静な口調で告げてきた。

「は？　なんでだよ」

「出したところで警察は受理してくれないでしょう。暴行から時間が経過していますし、こうした飯場では争い事が珍しくないでしょうから、取るに足らないものとして扱われてしまうと思います」

「ふざけんなよ。おれは二発もやられてんだぞ。見ろよこれ」和也は作業着を捲《まく》り上げて背中を露出した。「ほら、黒くアザになってるだろう。証拠はちゃんとあんだよ」

「ですが、それだけだと暴行の形跡としては弱いかと」

「じゃあ歯でも折れてたらよかったってのか。冗談じゃねえよ」

和也は吐き捨てるように言った。また怒りが込み上げてきた。あっという間に身体に充満する。

和也は煙草を取り出し、火を点けた。ここはベンゾーの部屋だが我慢ができなかった。ベンゾーが空き缶を手にして和也の膝元に滑らせてきた。

「ちなみに野々村さんは警察のお世話になったことは？」

煙草の火種が根元に迫ってきたころ、ベンゾーがそんなことを質問してきた。

「補導されたことは数え切れないくらいあるけど、それがなんだ」

「だとするとなおさら警察は聞く耳を持ってくれないかもしれません」

反論したかったが、これに関してはその通りかもしれないので黙らざるを得なかった。所詮、警察は和也のような非行を繰り返してきた人間の訴えをまともに取り扱ってはくれない。後輩が鉄パイプでやられたとき、和也は襲われた側の人間であるはずなのに、まるで加害者のように散々締め上げられたのだ。警察にも、そして仲間たちにも。

でもここ数年は何も悪いことはしていないし、今回の件に限っては和也に一つも落ち度はない。ただ難癖をつけられ、一方的に暴行されたのだ。

これで泣き寝入りするなんて絶対にできない。

「分が悪いのはわかったよ」和也は吸い殻を空き缶に落として言った。「それでもおれはこれから警察に通報する。こうしてる間もどんどん時間は過ぎていっちまうし、それこそ後手に回ることになりそうだから」

和也がスマホに110とタップすると、その上にベンゾーが手を重ねてきた。

「なんだよ。やるだけやってみんだよ。別におまえには関係ねえだろ」

するとベンゾーは分厚い眼鏡の奥の目を細めて、「いくら手にしたら溜飲《りゅういん》が下がりますか」と、そんなことを言ってきた。

「リューインってなんだよ。むずかしい言い方すんなよ」

ベンゾーが中指で眼鏡を押し上げる。「お金をいくらもらったら、野々村さんの気持ちに収まりがつきますか」

言いたいことは山ほどあったが、和也は「百万」と返答した。すると、ベンゾーは「それは現実的ではないですね」と取り合わなかった。

「じゃあ十万。それでも納得はできねえけど、十万もらえんだったら我慢するよ」

「わかりました。ではぼくに三日ください。十万円が野々村さんの手に渡るよう尽力します」

「は？　何言ってんだおまえ。どこからどうやって金を取るんだよ」と訊くと、ベンゾーは、「がんばって交渉するんですよ」と煙《けむ》に巻いた。どうやら具体的なことを話すつもりはないらしい。

「よくわかんねえけど、もし三日以内に十万円取れなかったら、どうやって責任取んだよ。おまえがおれに十万払ってくれんのか」

「ぼくはお金は支払えませんし、責任も取れません。ただ、できる限りのことはやってみるつもりです。そしてこれが今できる最善の策です。野々村さんもどうせならお金を手にした方がいいと思いませんか」

なんとなく誘導尋問をされているような気もしたが、「まあそりゃそうだけどよ」と和也は頷いてしまった。この男を相手にしているとどうも調子が狂う。

こうして和也は一旦矛を収める形で自分の部屋に戻り、下着とタオルを桶に入れて急いでドロ風呂に向かった。決められた入浴時間はあと十五分で終わってしまう。けっしてキレイ好きではないが、こんな汚れた身体のままでは眠れない。

下弦の月が浮かぶ夜空の下を走った。自分の足音がタッタッタとリズムよく辺りに響いている。

ベンゾーの奴は今日も遠く離れた民間の銭湯に出掛けるんだろうか。ふとそんなことを思った。一度、あいつに付き合って自分もそっちの銭湯に足を延ばしてみようか。

もっともそれは、ベンゾーの奴が本当に約束を果たしたらの話だ。

その二日後、夜になってベンゾーが和也の部屋にふらりとやってきた。そしていきなり一万円札を十枚差し出してきたとき和也は心底驚いた。思わず、「なんなんだよ、この金」と訊いてしまったほどだ。

聞けば、この金は牛久保土木に捻出させたものだという。ベンゾーはまず柳瀬に対し、和也が警察に被害届を出そうとしていることを伝え、「貴社はどう対応なさるおつもりですか」と、こう迫ったのだそうだ。そして紆余《うよ》曲折《きょくせつ》あり、結局この金で和也に思い止《とど》まらせるよう柳瀬から頼まれたとのことである。

つまりは示談金だ。牛久保土木としてはクライアントである稲戸興業に自分のところの作業員がミソをつけたとあっては今後の取引に支障が出るかもしれない。被害届が受理されるされないではなく、金子の、稲戸興業の機嫌を損ねるのを恐れたのだという。

そしてさらに驚いたことに、ベンゾーは平田の見舞金も同じく十万円、牛久保土木から引っ張ってきていた。これについては先日ベンゾーが口にした割増賃金の件が影響したのだという。ベンゾーは牛久保土木に雇われている作業員たちから署名を集めるつもりだと話し、つまり真っ向から会社と戦う意思を示したのだそうだ。牛久保土木としては、これまで雇ってきた作業員に対し、割増賃金の支払いを命じられればとんでもないことになる。何年にもわたって遡ることになれば、破産する可能性すらある。最初はベンゾーの話を鼻で笑って聞いていた柳瀬だったが、ベンゾーが本気だと知ると最後は泣きそうな顔で「待ってくれ。早まらないでくれ」と懇願してきたらしい。

ここでベンゾーは矛を収める代わりに平田への見舞金十万円を要求した。柳瀬は喜んでその条件を飲んだそうだ。どちらが得策かは和也でもわかる。

実のところ和也自身、割増賃金のことは知識として持っていたが、飯場によっては支払われないところも数多く経験してきたので、ここはそういうところだと抵抗なく受け入れていた。だが、よくよく考えれば牛久保土木のような会社はあまりに危険な橋を渡っている。ベンゾーのようなことを言い出す人間がいつ現れないとも限らないのだ。

「結局、これまで声を上げる人間がいなかったので、会社も深く考えていなかったのでしょう」

ベンゾーは涼しい顔で言っていた。

たしかにこうした飯場では理不尽なことが数多くあるが、みな愚痴を言うだけで実際に行動を起こす者はいない。その知識もないし、何より面倒臭いというのが本音だろう。会社と対峙《たいじ》するなんてみんなしたくないのだ。

その点この男は変わっている。それに、只者《ただもの》じゃない。

正直、同じことを和也がやっても金などビタ一文引っ張り出せなかっただろう。柳瀬もベンゾーと事を構えたら危険だと察知したからこそ、泣く泣く要求を飲んだのだ。

弱冠二十歳のガキが企業相手に喧嘩を吹っ掛け、勝利を収めて帰ってきた。和也はこの男が自分よりも年下であることが信じられなかった。

「署名を集めると伝えたのがもっとも効果があったように思います。たくさんの署名が集まれば会社も行政も無視できませんから」

それだけは和也も身に沁《し》みてわかっている。それによって自分は故郷を失ったのだから。

「ところでベンゾー、おまえはいくらもらったんだ？」

和也がずっと気になっていたことを質問すると、「自分は何も」というごく軽い返答があった。

「なんでだよ。おまえが戦ったんじゃねえか」

「たしかに交渉はしましたが、自分は野々村さんのように殴られたわけでもないですし、平田さんのように怪我もしてません。お金をいただく立場にないのです」

この男は何を言っているのか。

「強《し》いていうなら、これまで残業した分の割増賃金はいただいてもよかったのですが、自分はここにやってきてまだ日が浅いですから、たいした金額にはならなかったでしょう。それに、柳瀬さんと割増賃金のことは以後黙認すると約束をしましたから」

和也は信じられなかった。どこにこんなお人好《ひとよ》しがいるというのか。自分なら奪った金の半額は絶対にもらう。

さらには、

「平田さんの十万円は野々村さんから手渡してあげてください。ただし、ぼくが動いたことは内密にお願いします」

「どうして」

「照れ臭いんですよ。約束してもらえますか」

「まあいいけどさ、別に」

ベンゾーは微笑むと、「ではこれで」と立ち上がった。

だが和也は背を見せたベンゾーを「待てよ」と呼び止めた。ベンゾーがドアの前で振り返る。

ニット帽から伸びた前髪が眼鏡にかかっている。その分厚いレンズのせいで瞳がやたら小さくなっており、小動物のようだった。

「これやるよ」

和也は手の中の十枚の一万円札の中から二枚を抜き取り、ベンゾーに差し出した。

「いただけませんよ」

「いいから。手間賃だ」

「十万円でないと野々村さんは気持ちが収まらないんでしょう」

「それは、もういいよ」

実際のところ、加害者である金子にはなんのお咎めもないのが癪《しゃく》だが、こうしてベンゾーは約束を果たしてくれたのだから、だったら自分もこの件に関しては水に流すしかない。これでまた自分が動けばベンゾーの顔を潰すことになる。

その後、何度か押し問答があり、やがてベンゾーは「それではありがたく」と金を受け取り、札をきれいに四つ折りにしてズボンのポケットにしまい込んだ。

「なあベンゾー。おまえ、どうしてこんなとこで働いてんだ。おまえみたいな奴はもっといいところで雇ってもらえるだろう」

ベンゾーが無精髭の伸びた顎を撫でた。

「こういう力仕事をしてみたかったんですよ」

「にしたって、ギューボはその中でも最低もいいところだぞ。おれやヒラさんみてえに家がねえ奴は住み込みで助かってるけどよ」

「じゃあ自分も同じです」

「なんだ、おまえも住所不定か」

「少し前に実家を追い出されたんです」

聞けばこれまでベンゾーは大学進学のために二年間浪人をしていたという。だが、今年も受験に失敗したらしく、さすがに親も息子の三浪を認めてくれなかったそうだ。大学に行きたいなら自分で生活費を稼いで勉強しなさい、そう突き放されたとのこと。嘘《うそ》をついている感じはしなかったが、丸々信じることもできなかった。この男の実体は捉《とら》えどころがない。

「では、おやすみなさい」

ベンゾーが部屋から去ったあと、和也は布団に仰向《あおむ》けに寝転がり、八枚の一万円札を蛍光灯に透かして見た。中央の丸枠から隠れた福澤諭吉《ふくざわゆきち》が顔を覗かせる。どうやら偽金というわけではなさそうだ。

しばらくそんな偉人の顔をぼうっと眺めていた。『学問のすすめ』だったか。人は天の上になんたらとかいう格言は和也でも耳にしたことがある。たしか人はみな平等とかそんな意味じゃなかったろうか。

だとすると、福澤諭吉という人間は相当おめでたいおっさんだったのだろう。勉強はできても社会というものを知らないのだ。

学はないが、少なくとも自分は知っている。人間は全然平等ではない。地頭《じあたま》の差もそうだし、生まれだってそうだ。人生はあまりに不公平に設計されている。

和也は福澤諭吉の顔の部分を指で折り曲げてみた。泣きながら笑っているような滑稽《こっけい》な表情ができあがった。思わずニヤけてしまう。しばらくそんなことで遊んだあと、自分はひとりで何をやっているのかと今度はそれに笑えてきた。不労所得を手にしたからだろうか、なんだか愉快な気分だった。

八枚の一万円札を空に放ってみた。八人の福澤諭吉がひらひらと舞い落ちていく。

この紙幣の男のように歴史に名を残すような者もいれば、和也のように社会の末端で生きる凡庸《ぼんよう》な人間もいる。そしてベンゾーのような奴もいる。

あいつはもしかしたらすごい男になるかもしれない。なんとなくそんな気がした。


翌日、仕事から帰って部屋で一服しているとベンゾーがやってきた。

「先ほど平田さんから礼を言われました。野々村さん、しゃべってしまったんですね」

早々、立ったままベンゾーが言う。

「ああ、それか。やっぱりおれの手柄にするってのもなんだかさ。だからヒラさんには正直に伝えたんだよ」

片膝を立てた和也は煙を吐き出しながら言い、ベンゾーは鼻からため息を漏らしてみせた。

「なんだよ、そんなことで怒ってんのかよ。約束はしたけど、別にいいだろそれくらい」

「ちなみに他の方には？」

「言ってねえよ。本当だ」

「賢明です。じゃあぼくもわたしもとなりかねませんし、収拾がつかなくなります」

少し想像してみた。たしかにそれは面倒なことになりそうだ。

「じゃあヒラさんにも言っとかねえと」

「平田さんには同じように伝えておきました。野々村さんからもくれぐれも口外しないよう重ねて釘を刺しておいてください。ではこれで」

「おいおい。せっかく来たんだからまあ座れよ」

和也は自身のとなりの床をバンバンと叩いた。

「何かご用でしょうか」

「そうじゃないけど、いいだろ。ちょっとしゃべろうぜ」

ベンゾーは少し考え込むような仕草を見せ、それから和也のとなりに腰を下ろした。

「おまえ、ほんと変わってるよな。よく言われるだろう」

「たまに」

「なんだかロボットみてえだ」

そう評すとベンゾーは少し黙り込み、「意外とおっちょこちょいなんですけどね」と、そんなことをややはにかんで言った。

「おっちょこちょい？　おまえが？」

「ええ」

「たとえば？」

再び黙り込み、やがて、

「雨がとうに止んでいるのにひとりだけ傘を差し続ける、とか」

和也は噴き出した。なんとなくその姿が想像できたのだ。

「そういえばさ、おまえなんでおれらと同じ風呂に入んねえんだよ。いっつも遠くまで出掛けてるだろう」

ベンゾーは宿泊所のそばに設けられているドロ風呂ではなく、ここから徒歩で三十分ほど離れた地にある民間の銭湯を利用しているのである。

「手足を伸ばしてゆっくり浸かりたいんです。ここのお風呂はいつも人が多いですし、衛生的にもちょっと」

「そんなことを気にする奴がこんなとこで働くんじゃねえよ」肩を小突いた。「で、今夜もまた出掛けるのか」

「そのつもりです」

「ふうん。ご苦労なこった」

「ではそろそろ」

とベンゾーが腰を上げたので、「だから待てって」とズボンを摑んだ。

「まだ何か？」

「そうじゃねえけど、おれがこの煙草を吸い終わるくらいまで付き合えよ。慌ただしい野郎だな」

まったく。自分はベンゾーと親しくなりたいのだ。少しくらい歩み寄ってくれてもいいじゃないか。

「で、風呂から戻ってきたら試験の勉強か」

「そうですね」

「何時くらいまでやってんだ？」

「日によって違いますが、だいたい深夜一時くらいまでです」

「なんだ。意外と早く終えてんだな。明け方までやってんのかと思ってた」

「睡眠をしっかり取らないとこの仕事は務まらないでしょう。身体が持ちません」

「ま、そりゃそうだ」灰が今にも落ちそうだったので、慎重に指先を灰皿に持っていった。

「なあ、勉強って楽しいか」

「自分は好きです。どんなことでも学ぶというのは楽しいものです」

「ふうん。ならおれも勉強してみっかな」

なんとなく口にしてみた。本当に言ってみただけだ。

「なんか言えよ。おれなんかが勉強したって意味ねえと思ってんのか」

「そんなことはありません。意味のない勉強などありませんから」

「じゃあおれでもがんばれば大学とか行けるか」

「野々村さんが高校を出ていないとすれば、その前に高卒認定を取らないとなりませんが」

「そんな具体的なことは訊いてねえっつーの」

指先に熱を感じた。今にもフィルターに火種が届きそうだ。ただし消すことはしなかった。

これを消してしまったらベンゾーも去ってしまう。

「おまえさ、『学問のすすめ』って知ってるか」

「福澤諭吉ですか」

「人間はみんな平等なんだろ」

「大枠でいえば。厳密には少し意味合いが異なるようですが」

「そうなのか」

「ええ」

「ふうん」短くなった煙草を吸いつける。「ベンゾー。おまえは人が平等だと思うか」

「まったく思いません」

即答された。

「人生は不可解で理不尽なものです。それが運命という言葉で片付けられてしまうのならあまりに残酷です」

いきなりそんなことを言うので驚いた。和也は煙を吐き出しながらまじまじとベンゾーの顔を見つめた。

「野々村さん、火が消えました」

指摘され見やると、たしかに火種が消えていた。

「では、自分は出掛けるので」

ベンゾーがサッと腰を上げ、部屋を出て行く。ったく。どこまでも素っ気ない男だ。

その五分後、千川たちが部屋にやってきた。「行くぞ」と風呂に誘われる。

和也は少し考え、

「あ、おれ今日は風呂いいっス」

「は？」

「その、このあと人と会う約束があるんスよ」

「まさか女か？」ジロリと睨まれる。

「なわけないっしょ。だから構わず行っちゃってください」

みなが去ったのを見計らって、ベンゾーの部屋に向かった。だが施錠がされていて不在だった。すでに銭湯に出発したらしい。

和也はおもてに出て夜道を駆けた。今夜はベンゾーと一緒に風呂に入ろうと思った。みんなに素直に話さないのは、ベンゾーとの仲を詮索されたくないからだ。それに、なんとなくあいつとの関係は秘密にしておきたい。

走ること数分、前方の闇の中にベンゾーの姿を発見した。

追いつくと、ベンゾーは立ち止まり、「なんです？」と警戒の顔つきで口にした。

「今夜はおまえの風呂に付き合ってやるよ」

「……………」

「なんだよ」

「すみません。ぼくはお風呂はひとりで入りたいんです。申し訳ないですけど」

一瞬文句の言葉が出かかったが、飲み込み、代わりに「そっか」と言った。

「わかったよ。じゃあな」

身を翻《ひるがえ》し、和也は来た道を戻った。

淡い月明かりの下、ベンゾーのことを思った。あいつが嫌というのなら仕方ないな。不思議とそう思えたし、納得できた。

きっと、あいつの中には他人が立ち入れない領域というのがあるのだろう。ベンゾーほどでないにしろ、誰にだって、自分にだってある。ただ、いつかその内側に案内してもらえるとうれしいのだけど。

6

それからというもの、和也は無意識にベンゾーを観察することとなった。ベンゾーは相変わらず無口で、あちらから話しかけてくることは一度もなかったが、和也が話しかければ時折白い歯を見せてくれるようになった。そんなベンゾーの頬が緩む瞬間を和也は一度だって見逃すことはなかった。おかしな話だが、ベンゾーの笑顔を見ると、ああこいつもおれと同じ人間なんだと安心できるのである。

ベンゾーは仕事以外の時間は大抵部屋に籠《こ》もっていた。何度か用もなく覗いてみたが、「勉強したいので」と邪魔者扱いを受けた。ちなみにたまの休日はというと、ベンゾーは朝早くから外出し、夜遅くまで戻ってこない。ファミリーレストランに入り浸って勉強していると言っていたが本当のところはわからない。ベンゾーの話すことを疑っているわけではないのだが、すべてでまかせのようにも聞こえる。一度、平田がベンゾーを飯に誘ったらしいのだが、金を使いたくないという理由で断られたと話していた。平田が奢るつもりだと言っても拒否したそうなので、だとすると金が理由ではないということになる。「礼をさせてもらいたかったんやけどな」平田はさみしそうにそうボヤいていた。

一方、その平田はというと、怪我から二週間が過ぎたところで仕事に復帰することとなった。まだ完治はしていないらしいが、右肩に極端な負荷さえ掛けなければ働けるようだった。

そんなわけでこの日は仕事終わりに錦糸町に出掛け、安居酒屋で平田の復帰祝いをすることになった。メンバーは平田をはじめ、前垣、谷田部、千川、和也と、いつもの顔ぶれである。ベンゾーはここにはいない。和也は事の顚末《てんまつ》を仲間たちに話していないのである。ベンゾーから内密にするように言われているし、和也だって話す気はなかった。知れば前垣たちは自分らも会社から金を取れると考えるかもしれない。そうなれば面倒臭いことになる。

「ヒラさんの人生にこの先いい事はねえ。そうでなきゃ許せねえ」

座敷に片膝をついた前垣が言った。彼がこの台詞を口にするのはもう何回目になるだろう。

「当たり前っしょ。近いうち交通事故にでも遭うよ」漬物に箸を伸ばした千川が冗談めかして同調する。

「しっかしよォ、救いの神ってのは本当にいるんだな。そうそうこんな幸運はねえべ」

谷田部も手酌しながら言った。その顔はゆでダコのように赤い。飲み放題にしたので、彼はここぞとばかり浴びるほど飲んでいた。

実のところ、平田の手にした金は、彼の趣味である競輪で一発当てたことにしてあった。もちろん平田自身は本当の経緯を知っているが、前垣たちには絶対に言うなと和也からも口止めしてあった。

「ヒラさんよ、マジで救われたな」

「ああ救われた、救われた」平田が相好を崩して言った。「おめえらに迷惑掛けねえですんだしな。金の相談なんかしてすまんかった」

「なに、持ちつ持たれつだろう。困ったときはお互い様だ」

前垣がそう発言し、和也は鼻で笑った。金なんか貸す気なかったくせによく言う。谷田部と千川も冷笑を浮かべていた。

「そういやさ、ヒラさんどのレースで当てたんだよ？」

千川が何気なくそんなことを訊き、ここで平田の顔がみるみる強張《こわば》った。「ええと、あれやな。高松宮《たかまつのみや》記念やな」

「は？　何言ってんの。あれは来月でしょ」

「え、あ、そやったか。えええっとなんやったかな……」

おいおい。うまくやってくれよ。和也は顔をしかめた。

「ああそうや、函館《はこだて》のスターライトクラウンや」

「ふうん」千川は胡乱《うろん》げな視線を向けている。「じゃあそのときの順位を教えて」

「……そんなん覚えてへんわ」

「なんでよ。自分の勝ったレースでしょ」

「選手の名前言うてもおまえ知らんやないか。おまえはウマ専門やったろう」

「多少は知ってるよ。おれ、たまにチャリも買うもん」

この段になると前垣や谷田部も平田に懐疑的な目を向けていた。

平田が救いを求めるように和也を見てきた。和也は絶対言うんじゃねえぞと目で威嚇して、

「便所行ってきます」と腰を上げた。

まったく、平田はどこまでもダメなジジイだ。矛盾のない嘘くらいどうして考えておかないのか。

便所で滝のような放尿をしながら、ベンゾーのことを思った。あいつは今も部屋でむずかしい本でも読んでいるのだろうか。そういえばあいつは酒は飲めるのだろうか。いつかベンゾーが酔っ払ったところを見てみたい。ここ最近、和也はベンゾーのことが気になって仕方ない。

用足しを終えて、座敷に戻ると、平田以外の全員から冷めた視線を浴びた。平田はバツが悪

そうに俯いている。

「なんスか」

「和也。おまえ、おれたちに隠し事してねえか」

前垣に言われ、和也は平田を睨みつけた。さてはこのジジイ、ゲロりやがったな。

「別に隠してたわけじゃないっスよ」和也は平静を装って腰を下ろした。「本当のこと話すのも面倒だし」

「そういう問題じゃねえだろう」

「ちょっと待ってくださいよ。なんでおれが怒られなきゃならないんスか」

「別に怒ってねえさ」と千川。「でもよ、おまえどうやってギューボをやり込めたんだよ。すげえなと思ってさ。全部おまえ一人でやったんだろ」

「ああ、おれもそれが聞きてえ」と谷田部も身を乗り出した。「和也の武勇伝をな」

なるほど、ヒーローはベンゾーではなく自分ということになっているのか。平田が申し訳なさそうに手刀を切ってきた。ため息をつく。

仕方なく和也は事の顚末を、ただしざっくばらんに話した。もちろんベンゾーのことは伏せて。

三人が「すげえ、すげえ」と持ち上げてくるので、酒の酔いも手伝って和也は気持ちが良くなってしまい、ついつい自分も十万円の金を手にしたことも話してしまった。

「二発で十万かよ。そんなにもらえんならおれ、金子のサンドバッグになったたって構わねえ」

前垣が冗談とも本気ともつかない口調で言った。

「ガキさん、そういう話じゃないっスよ」と和也は笑った。

「いやしかし和也、おめえはたいしたもんだべ。まさか本当におまえがギューボから金ふんだくってくるとは思わんかった」

「別にふんだくったわけじゃないっスよ。本来もらうべきものをもらっただけです。ま、当たり前の権利を主張したってとこっスかね」

「なんだこいつ。言うこともなんかかっけえじゃん」

ついベンゾーみたいなことを言ってしまった。こんな風に話していると、本当に自分の功績のように思えてくるのだから不思議だ。

「所詮ギューボなんて零細っスからね。余裕っスよ」

ここに真実を知っている平田がいなければもっと吹かしていたかもしれない。もうだいぶ頭が痺《しび》れてきていた。今夜はいつもの倍飲んでいる。

ここで谷田部が声を掛け、前垣と千川を連れて便所に向かった。

「何も三人で連れションに行くことねえだろうに」

平田が鼻で笑って言い、煙草に火を点けた。和也もそれに倣った。平田はいつものように一本抜けた前歯の穴に煙草を挿し込み、手を使わないで吸っている。便利だから差し歯を入れないのだろうか。

「なあ和也。遠藤くんにどうにか礼ができんもんかな」鼻から煙を吐き出して言う。「メシ誘

って も断られてもうたしな」

「おれはあいつに二万やったけどね」和也は指を二本立てた。

「そうなんか」平田が目を丸くして言った。「ほんならおれも金渡さにゃ」

「もういいんじゃない、別に。時間も経っちゃったしさ。それにあいつ、ヒラさんの金は受け取ってくれない気がするぞ。なんとなく」

「けどもやな、なんかお礼はせんとなあ」

「ヒラさんって意外と律儀《りちぎ》なんだね」

「意外とはなんや。わしは昔から義理を大切にしとるんや」

「じゃああいつが困ってるときに助けてやりゃいいじゃん。そんなときがあるのか知らねえけど」

「それも言うた。わしにできることならなんでもするで、遠慮せず言うてくれって」

「で、ヒラさんへの頼み事なんてないって言われたんでしょ」

和也が笑うと、「いや」と平田は言った。

「個人でやってる便利屋みてえなの知らねえかって言われた」

「便利屋？」

「何を頼みたいんや、そんなんやったらわしがその便利屋になったる言うたんやけど、受け流されたわ。わしじゃ力不足なんかと思うたんやけども、そんなむずかしい頼み事ではないらしいねん。誰にでもできるっちゅうんや」

「誰にでもできるけど、ヒラさんにはできない、か。いっぱいあるな」

からかい口調で言ったのだが、平田は乗ってこなかった。

「で、誰か紹介したの？」

「せん。そんな知り合いおらん」と平田が首を横に振る。「でも、ウインズ辺りをうろついとる人間にちょっと小遣い渡せばなんでもやってくれるんちゃうかとは言うた」

ウインズというのは後楽園《こうらくえん》にある場外馬券発売所のことだろう。過去に競馬好きの千川に付き合って行ったことがある。ちなみに和也は競馬も競輪もパチンコもやらない。何度かやってみたことはあるものの、一度も勝てなかったからだ。

それにしても、ベンゾーの頼み事か。なんだろう。少し気になる。

やがて三人が戻ってきて、再び酒盛りが始まった。仕事の愚痴を肴に、水のように酒を飲んだ。和也も慣れない日本酒に手を出してみた。初めて悪くないと思った。

やがて、店員が伝票を持ってきた。もう制限の三時間をとっくに過ぎているのだ。近くにいた千川が受け取り、なぜかバケツリレーのようにそれが和也に回ってきた。目を落とすと、会計は一万八千九百円だった。平田を抜きにして四人で割ると、一人五千円弱だ。これだけ飲んでこの金額なら文句はない。

「和也さん、ごちそうさまです」

千川が頭を下げ、前垣と谷田部もそれに続いた。

「コラコラコラ」

和也はおどけて見せたが、三人はニヤニヤ笑っているだけで財布を取り出す気配がなかった。

「ちょっと。マジ勘弁してくださいよ」

「だっておまえが今一番金持ちじゃん」と千川。

「金持ちなわけないでしょう」

「おまえはトランプも調子いいしな。たまにはおれらに奢ったってバチは当たらねえぞ」

「ガキさんまで。やめてくださいよ」

あんたらが一度でもおれに奢ってくれたことがあるか。だいたい自分はこの中でもっとも若いんだぞ。

「和也」谷田部は二人とは違い、据わった目を向けてきた。「ひとつ思うんだけどよ、おめえが手にした金っちゅうのはおれらに配分があってもよかったんじゃねえのか」

「はあ？」

「いいから聞け。おめえに交渉役を任せたのはおれらだべ。つまりおれたちはチームだってことだ。なのに、おめえだけいい思いをするってのはちょっとちがうんじゃねえか」

「何言ってんスか。おれは金子に殴られた分の慰謝料をもらったんですよ」

「それはな。けど、ヒラさんの見舞金はおれらみんなの残業代をネタにギューボを強請《ゆす》って取ったんだべ？　そんでおめえはこのネタは金輪際《こんりんざい》使わねえって勝手にギューボに約束しちまったわけだ。これはどうかとおれは思うんだよな」

前垣と千川がしきりに頷いている。

和也は愕然《がくぜん》として三人の顔を見渡した。こいつらは本気でこんなことを言っているのだろうか。ヤクザでもつけないような難癖である。

「まあ待て待て。今夜はおれが払うわ」平田が宥めるように割って入ってきた。「みんなにはいつも世話になってるしな」

「それはちがうべ。今日はヒラさんの復帰祝いなんだからよ」

「だったらみんなで払うのがふつうじゃないんスか」

「だからな和也。おれらは本来おめえからもらうべきもんをもらってねえわけだ。だからここのお代はおまえが持って、そんですべてチャラだ」

怒りを通り越して呆れた。この男たちが条件の悪い現場で、その中でも末端の牛久保土木に雇われている理由がわかった気がする。浅ましいにも限度がある。

和也は彼らと同じ立場でいる自分が心底情けなくなった。こいつらと同類であることがみっともなくて仕方なかった。

和也は財布から一万円札を二枚抜き取り、テーブルに叩きつけるように置いた。

そしてそのまま何も言わずに店を出た。通りにはたくさんの酔客がいて、みな駅に向かって流れていた。少し歩いたところで大学生風の男とすれ違い、軽く肩がぶつかった。互いに振り向き、鋭い視線が重なる。が、相手は和也の風貌を見て目を逸らした。地面に唾を吐いて大股で歩き出す。

ほどなくして、「おい和也」と背中に声が降りかかった。見やると、闇の中にひょこひょこと小走りする平田の姿があった。

「すまんな。嫌な思いさせちまった」息が上がっている。

「別にヒラさんのせいじゃねえよ」

「あいつらも悪酔いして悪ノリしただけや。勘弁してやれ」

「いい。おれ、もうあの人たちとは付き合わねえから」

「そう言うな。仲間やないか」

「そう思ってたけど、さっきちがうって気づいた。あいつらマジでクソだよ」

「まあまあ。これで機嫌直せ」

平田が和也の手にしわくちゃの一万円札を二枚握らせてきた。「いらねえよ」

「ええって。もらっとき」

鼻で笑った。「ヒラさん、そうなると自分の金で復帰祝いしたことになるぞ」

「ちゃうわ。さっきはおめえに奢ってもらった。これは和也がおれのためにいろいろやってくれた礼や」

いろいろやってくれたのは自分じゃない。ベンゾーだ。

「ヒラさん、また金なくなるよ」

「心配いらんわ。まだ少し余っとるし、今日から仕事も復帰したしな。この金で女でも買ってこい」

平田はそう言い残して、また店の方に小走りで戻って行った。その小さい背中が見えなくなるまで和也は見送った。

せっかくなので、本当に風俗に行こうと思った。このままでは気分が悪くて寝付けそうにない。

猥雑《わいざつ》なネオンを放つ通りを歩き、顔見知りの客引きを探し出す。

「今日はお一人ですか？　珍しいっスね」

客引きが愛想よく言う。自分と同世代の金髪の男でいつだって低姿勢だ。そうじゃないと商売が成り立たないのだろう。

待つのも嫌だったので、すぐに遊べる子を、と伝える。

「今すぐだと――この子なんてどうですか？」

ｉＰａｄの画面を見せてきた。扇情的なポーズを取った茶髪ギャルが写っている。年齢は二十四、顔もスタイルも悪くない。もっともこれはプリクラみたいなもんで、多分に修正が施されている。だから結局は出たとこ勝負だ。

和也が了承し前金を払うと、名刺サイズのカードを手渡され、近くにあるホテルに先に入っているよう告げられた。

「では存分に楽しんできて」

客引きと別れた。

ほぼこの手の用件にしか利用されていないだろう安普請《やすぶしん》のホテルに足を踏み入れた。平日の夜だというのに待合室は男たちで溢《あふ》れている。みんな雑誌を読んだり、スマホをいじったりして時間を潰していた。こんな光景を見るたび、和也は男の悲しい性《さが》を思ってしまう。

受付にいるおばさんに客引きから渡されたカードを提示する。これを持っていると優先的に部屋に案内してもらえるのだ。

おばさんは目を合わさず、「701号室」とキーを差し出した。それを手にしてエレベーターに乗り込んだ。キーを使って部屋に入り、カードに書かれた番号に電話する。先ほどの客引きが出た。手短に部屋番号を伝え、電話を切る。

ベッドに腰掛け、テレビを点けて煙草を咥えた。バラエティ番組をやっている。イケメン俳優と人気芸人がカードゲームで対決をしており、白熱した展開になっていた。ルールがわからなかったが、つい見入ってしまう。宿泊所にはテレビがないので、たまに見ると新鮮な気分を味わえる。

十分ほどしてドアがノックされた。煙草を揉み消して、腰を上げる。

ドアを開けると、「ヒナノでーす」とサービス嬢がにこやかな笑みを浮かべて入ってきた。そのルックスに和也は胸の中で苦笑した。詐欺もいいところじゃねえか。画像で見た女と同一人物だと誰が信じられよう。それに絶対に二十四歳じゃない。

「待たせちゃってごめんねえ」

和也が明らかに年下だからだろう、ヒナノは馴れ馴れしく言った。作業着姿の和也に、「お兄さんは仕事帰りだ。おつかれさま」と身体をベタベタと触る。それだけで股間がむくむく膨張した。「あ、元気、元気」と手で優しく撫でられる。

「先にシャワー浴びる？」

「じゃあ先に」

「はい、そしたらこれ」

歯ブラシと、イソジンの入ったコップを手渡された。

ユニットバスで服を脱いで全裸になり、熱いシャワーを浴びた。首筋を手でゴシゴシと擦ると濁った水が垂れた。今日も一日、砂埃や粉塵《ふんじん》にまみれて働いたのだ。

歯を丹念に磨いて、イソジンでうがいをした。口内になんともいえない苦味が広がり、独特の匂いが鼻から抜けていく。

シャワーを止め、ユニットバスから出る。ヒナノは出迎えてくれなかった。ふつうならタオルを手にして待っていてくれるのに。サービスが悪い女に当たってしまったかもしれない。

見やるとヒナノはベッドに腰掛け、前のめりでテレビを凝視していた。ニュース番組を見ているようだった。

声をかけると、ヒナノはハッとして、「ごめんごめん。気がつかなかった」と慌てて立ち上がった。

「何見てんの？」

「ほら、例の脱獄犯の奴。懸賞金、三百万に上がったんだって。やばくない」

「ああ、あれか」

テレビに目をやる。『脱獄死刑囚、未だその行方知れず』画面右上にそんなテロップが表示されており、中央ではキャスターが何かを説明口調でしゃべっている。

「三百だよ、三百」ヒナノが興奮気味に言う。

キャスターは『公的懸賞金制度』というものについて説明していた。別名、『捜査特別報奨金制度』というらしい。過去に起きた殺人事件の情報を懸賞金付きで募集したところ、無事犯人を確保できたため、これをきっかけに正式に導入されたのだという。

その額が三百万円に上がったということらしい。もっとも前がいくらだったのか和也は知らないのだが。

「この脱獄犯、客で来ないかなあ。来てくれたら通報するのに」

「その前に殺されっかもよ」

「大丈夫。すぐヌいてぐったりさせちゃうから。そのあとにこっそり通報すんの」

冗談めかしてそんなことを言うので、つい笑ってしまった。

「じゃあ、あたしも入ってくるね。ちょっとだけ待ってて」とキスされた。

やがてシャワーの音が聞こえてきた。和也は立ったまま煙草に火を点け、何の気なしにテレビに目をやった。

〈――だってもう脱獄から六六日でしょ。なんで警察は二ヶ月もね、犯人の足取りを摑めないのかってね、ぼくはそれが不思議でならないのよ。正直、何やってんだろって気持ちなんですよ。しっかりしてくれよって〉

ここ数年、歯に衣着《きぬ》せぬ物言いで再ブレイクを果たした坂野《さかの》という男性タレントが眉間に皺を寄せてしゃべっている。若いときは俳優だったそうだが、その姿を和也は一度も見たことがない。バラエティにばかり出ていたはずだが、和也の知らぬうちにコメンテーターみたいな立場になっているようだ。

〈坂野さんのおっしゃることは、ごもっともだと思います。国民の皆さんも同じお考えだと思います。しかしですね、だからこそ警察はこうした懸賞金制度を使って、国民の皆さんの協力を要請しているわけです〉

そう話したのは元警察のお偉いさんだ。あまりテレビを見ない和也でもその顔に見覚えがあるのだから、いろんな番組に出まくっているのだろう。

〈ちょっと素朴な質問なんですけど、やっぱりお金をあげないと協力してもらえないものなんですか？　犯人が目の前にいたら、わたしだったらお金なんてもらえなくても絶対通報するけど〉

そう話したのは十代にカリスマ的な人気を誇る若い女性モデルだ。この女もいつの間にこんな真面目な報道番組に出演するようになったのか。きっと若い人たちにニュースを見てもらいたいから起用されたのだろう。

〈いえ、目の前に犯人と思《おぼ》しき男がいたら、どなたも通報してくださると思います。ただ、犯人の顔や特徴を記憶に留めておかないと、いざというときに気がつかず見過ごしてしまうかもしれないでしょう。ですから、こうした制度を利用して世間の関心を引きたいのです〉

〈ああ、なるほど。やっぱり世の中お金なんですね〉

ごく自然に女性モデルが言い、和也は噴き出してしまった。

〈では最後に犯人の特徴をおさらいしておきましょう〉

キャスターが言い、画面に若い男の顔が映し出された。この写真は一ヶ月前に公開されたものだ。ここ最近、刷り込みのようにネットでも街中でも至るところで目にするので嫌でも覚えてしまった。おそらく国民全員がそうなのではないだろうか。

ちなみに犯人の男は二ヶ月も前に脱獄したのに、写真公開がその一ヶ月後と時間差があったのには理由がある。犯人が脱獄した当時――そして今現在も――未成年だからだ。そしてそのタイムラグが結果的に犯人の逃走を手伝ったのだと、有名なジャーナリストが糾弾していた。警察としては写真公開に踏み切らずともすぐに捕まえられるとタカを括っていたのだろう、そうした油断と慢心があったのだとして舌鋒《ぜっぽう》は鋭かった。

和也はそんなの関係ないんじゃねえかと思っていた。たしかに警察が後手に回ったことには違いないだろうが、写真自体はもっと前からネットに出回っていたのだ。それこそ死刑が確定する前、この犯人が例の殺人事件を起こした数日後にはネットで顔写真が晒されていた。

とても人を三人も殺すような奴には見えないけどな。テレビに映し出されている同世代の男を改めて見て和也は思った。もっともそういう人間の方が危ないのかもしれない。きっと異常性格者というのはこういう奴のことをいうのだ。

鏑木慶一。十九歳。くっきりとした二重まぶた、鼻筋が通っていてシャープな輪郭をしている。はっきり言って誰がどう見ても男前だ。坊主頭であるが、高校球児のように見えないのは極端に色白だからだろう。首もほっそりとしている。いうなれば女形を演じる歌舞伎役者のようなのだ。

〈――また、左の口元に直径三ミリほどの黒子《ほくろ》があり――〉

そのキャスターの台詞で和也は唇に持っていこうとした煙草を持つ手を止めた。

頭の片隅で引っかかりを覚えたのだ。なんだ。

虚空を睨み、少し考えて正解がわかった。ベンゾーだ。そういえばあいつの口元にも似たような黒子がある。この黒子のせいで、野暮ったい風体のくせにどこか女っぽく見えるのかなと思って覚えていたのだ。

だが、痒《かゆ》いところに手が届いた気分を味わったのも、数秒だった。バッとテレビに視線を戻す。すでに別のニュースに切り替わっていた。

煙草を灰皿に放った。そしてやにわに自分の脱いだ作業着に駆け寄った。ポケットからスマートフォンを取り出し、慌てて『鏑木慶一　写真』と入力して検索に掛けた。

ヒットした画像を拡大した。鏑木慶一の顔が手元の画面に映し出される。先ほどテレビで見たものと同じ画像だ。ジッと目を凝らす。

しばらくその まま固まっていた。いっさい身動きを取らなかった。いや、取れなかった。

似ている。

脱獄犯と――ベンゾーが。

どこがどう似ているのかと問われると、明確な答えは持ち合わせていない。強いていえば鼻の形だろうか。だが、確実に面影はある。

ごくりと唾を飲み込んだ。まさか。いや、まさかな。そんなこと、あるわけがない。

和也はスッと目を閉じた。まぶたの裏にふだんのベンゾーの顔を映し出す。

やっぱり……似てないか。ただ、このイメージのベンゾーが本当の素顔かというと、それもまた違う気がした。ベンゾーはその渾名《あだな》の通り常に分厚い眼鏡をかけている。眼鏡を外したところなど和也は一度も見たことがない。そのせいで本来のベンゾーの瞳がわからない。輪郭だって同様だ。無精髭が両の揉み上げを繋いで生えているせいか、顔の曲線がわかりづらい。

だいいちベンゾーは仕事中はヘルメット、それ以外の時間は常に紺のニット帽を被っている。そこから長い前髪が眼鏡にかかるように垂れているのだが――そうか。和也は目を開けた。

やっぱり犯人とベンゾーは別人だ。

犯人は脱獄したとき坊主頭だったはずだ。脱獄したのは二ヶ月前だ。そんなに早く頭髪が伸びるわけがない。

そこまで考えて、和也は再びハッとなった。もしかしたらあれはカツラなのではないだろうか。だからあいつは常に帽子を被っているのではないか。そう考えれば自分たちと一緒に風呂に入らないことにも説明がつく。あれがカツラだとしたら絶対に風呂になど入れない。眼鏡だって外せないだろう。

「あ、煙草、消し忘れ」

横からそんな声がして和也はびくんと肩を震わせた。いつの間にかヒナノはシャワーを終えていたらしい。まったく気がつかなかった。

「火事になったら裸のままおもてに出なきゃいけなくなるぞ」

イタズラっぽく言い、煙草を揉み消してくれる。左肩にタトゥーが彫ってあるのに気づいた。紫色をした気味の悪い蝶《ちょう》だ。

「お待たせ」

手を取られ、ベッドに仰向けに寝かされた。その上にヒナノが乗ってきた。唇が重なり合う。舌がするりと入り込んできた。八の字を描くようにヒナノの舌が動き回る。それに合わせて和也も舌を動かしたが、まるで集中できなかった。

「お兄さんは攻めたい人？ 攻められたい人？」

「今日は、攻められたいかな」

いつもなら和也の方から女体にがっつくのだが、今はそんな気分じゃなかった。頭からベンゾーと犯人の顔が離れない。

乳首を舐められ、吸われた。股間に手が伸びてきて弄《いじ》られた。やがて、ヒナノの頭が下がり、和也の陰茎が含まれた。卑猥《ひわい》な音が部屋に響く。

きっと思い過ごしだろう。そうだ。絶対そうだ。

だが、ベンゾーがふつうの若者でないことはたしかだ。もしも世間を騒がせているあの脱獄犯なのだとしたら、それはそれで合点のいく解答のような気もしてしまう。

そういえば、二人の体格は一致しているだろうか。和也はふと思った。

ベンゾーはかなり高身長だ。確実に百八十センチ以上ある。犯人はどうだったろうか。そんなことこれまで気にもしていなかったので覚えていない。長身だという情報を耳にした気もするが、本当に気がするだけだ。これで脱獄犯がチビだったらすべては杞憂《きゆう》に終わる。

スマホに手を伸ばせばすぐに調べられるだろうが今はさすがに躊躇われた。これが終わったらすぐにでも検索を掛けてみよう。

どれだけ時間が経過しただろうか。集中には程遠かった。煩《わずら》わしささえ感じていた。和也の頭の中はベンゾーのことで占拠されていた。

自分の下腹部で上下していたヒナノの頭の動きが止まった。口からだらりとした陰茎が解放される。

「ちょっと疲れちゃった」

「ごめん」和也は詫《わ》びた。

「ううん。気にしないで。きっとお酒飲んでるからだね。若い人でもたまにあるんだよ。どうする？　お兄さんが攻めてみる？　それともローション使って手でやってみようか？」

「今日はもういいや。ごめん」

和也が言うとヒナノは一瞬眉根《まゆね》を寄せたが、すぐに笑顔をこしらえ、「じゃあ残り時間は楽しくお話ししよ」と明るく言った。内心、ラッキーと思っているのかもしれない。

和也は全裸でベッドを出て、デスクの上に置いたスマホを手にした。指を素早く動かし、『鏑木慶一　身長』と検索した。すぐにヒットした。

百八十二センチ――。

和也は動悸《どうき》というものを初めて感じた。

7

これまでに増してベンゾーの一挙手一投足に目を光らせる日々が始まった。ただし一度も接触はしていない。意識してそうしたわけではなく、できなかったのだ。

この日、和也は体調不良を訴えて仕事を欠勤した。柳瀬からは午前中だけでもと折衷案《せっちゅうあん》を打診されたが、和也はそれもできないとして強引に休みを取った。「ただでさえ人手が足りねえってのに」最後は嫌味を言われたが、気にならなかった。オリンピックなんてどうなろうが知ったことではない。それにこちらはもう九日間も連続で働いているのだ。実際に身体の疲労も限界に差し掛かっている。とはいえ、体調不良というのは方便だ。

本日はベンゾーの休日なのである。ベンゾーは休みのたびに早朝から出掛け、夜遅くまで戻ってこない。あいつはその間、いったいどこで何をしているのか。それを突き止めようと思ったのだ。

八時半、ベンゾーは宿泊所を出発した。紺のニット帽にグレーのパーカーにジーンズ、それとパンパンに張った黒のリュックを背負っている。田舎から出てきた冴《さ》えない大学生といった風貌だ。和也はそれを自分の部屋の窓から見届けて、急いで自身も宿泊所を後にした。

街路樹の並ぶ歩道を五十メートルほどの間隔を空け、視線をやや落としながら尾行した。こういうのはターゲットの背中を直視せず間接視野に入れておくのがいいと聞いたことがある。

今日は雲ひとつない快晴だった。照りつける太陽がアスファルトを宝石のようにキラキラと光らせている。風も穏やかで心地よい。

どうやらベンゾーの向かっている先は宿泊所からの最寄りである有明駅のようだ。長い足を存分に使って大股で歩いているのがわかる。堂々としたもので、少なくとも他者の視線を気にしているようには見えない。

やがて駅に到着すると、ベンゾーはゆりかもめの切符を購入し、改札を通り抜けて行った。バスじゃなくて助かった。バスに乗られてはさすがに隠れ場所がない。

ベンゾーがどこで降りるのかがわからないので、和也はその中で一番高い三百八十円の切符を買った。もったいない出費だが、今日は金に糸目をつけないつもりだった。尻にある財布の中には三万円もの大金が入っている。

ベンゾーを追ってホームに上がったところで、和也はすぐさま引き返すこととなった。ホームが閑散としていたのである。人は片手で数えるほどしかいない。仕方ないので、和也は階段の途中にその身を隠し列車を待った。

やがて列車が静かにホームにやってきた。ゆりかもめというのは電車と比べて静かなものだと今さらながらそんなことを思った。

階段を素早く上って、ベンゾーの入った乗車口とは離れたところから乗り込む。車内もまた閑散としていた。ベンゾーの姿が見える位置まで移動し、そこでシートに腰を沈めた。

ベンゾーは空《す》いているにもかかわらず、座ることなく、ドア付近に立っていた。そこからぼんやりと車窓の外を眺めている。時折、眼鏡を指で下げ、下から覗くようにしているのが遠目にもわかった。

もしかしたらベンゾーの視力は、本当はまともなのかもしれない。きっと人相を変えるためだけにあんな分厚いレンズの眼鏡をかけているのだ。しかし、だとすれば日常生活における眼精疲労は相当だろう。

一駅が過ぎ、二駅が過ぎた。ベンゾーに降車する気配はない。ただひたすら外を眺め続けている。

和也の中で、ベンゾー＝脱獄犯の説は日に日に高まっていた。先週、ホテルでテレビを見てからというもの、和也はインターネットでひたすら鏑木慶一について調べていた。世間を騒がせている話題だけにいくつもの情報が上がっており——もちろんその中には有象無象《うぞうむぞう》あったのだが——時間の許す限りそれらにアクセスした。

二〇一七年十月十三日。埼玉県に住む一家三人を惨殺し、平成最後の少年死刑囚となった凶悪犯。そんな男が二〇一九年三月三日、今から二ヶ月半前に、収監されていた神戸拘置所から脱獄を果たした。不可能を可能にした男、鏑木慶一。彼は一般囚人ではなく、絶対的な死刑囚なのである。

その生い立ちについても一通りの知識を得た。彼は児童養護施設で育ったそうだ。埼玉県さいたま市岩槻《いわつき》区に位置する児童養護施設『ひとの里』という、いわゆる孤児院だった。鏑木慶一の両親は彼が生まれて間もなく、交通事故で他界していた。

そんな両親に代わり、彼を養育した児童指導員らが語ったところによると、幼少期の鏑木慶一は絵に描いたような模範的な児童だったそうだ。穏やかで心優しい子供だったというのである。成長してもそれは変わらず、年下の養護児童や職員に対し、いつだって親切で、これまでトラブルを起こしたことなど一度もなかったという。また、本を読むのが好きで、学業の成績も驚くほど優秀だったそうだ。さらには運動能力まで高かったというのだから、まるで神童だ。

だからこそ、児童指導員らは鏑木慶一の起こした事件を受け止めきれなかった。指導員らがマスコミから受けた取材の中で、「何かの間違いじゃないか」という言葉を度々使ったことからもそれがよくわかる。ちなみにこの『ひとの里』という児童養護施設は世間から猛烈なバッシングを浴びた。モンスターを育て上げたとして、その責任を問われたのだ。もちろん実際には刑事責任などあるはずもないのだが、施設長である花井由美子《はないゆみこ》がしつこいマスコミに怒りを露《あら》わにし、「まったく関係ありません」という台詞を吐いたことから、これが大炎上に発展したのは和也の記憶にも残っていた。だが、詳しく調べてみると、これは鏑木慶一が人体の細胞生物学に関する本を複数所持していたことから、彼の中に異常な人体への興味、つまり猟奇的な側面があったのではないかという一記者の質問に対しての返答であったことがわかった。だが、マスコミはそのように報じることはなく、「まったく関係ありません」という場面だけを繰り返し流し続けた。

そうして約一年半の歳月を経て、騒ぎも収束した折に、鏑木慶一が脱獄という形で再び世間に解き放たれ、またもや『ひとの里』は執拗な取材攻勢を受けることとなった。ここでもまた花井施設長の「あなた方のやっていることの方がよっぽど犯罪じゃない」という失言が飛び出し、大顰蹙《だいひんしゅく》を買ったのは今から二ヶ月前のことだ。

そしてこの施設以上に批難の的となっているのは当然、警察だった。なにせ極悪非道の死刑囚を檻《おり》から逃がしてしまったのである。

肝心の脱獄方法については、法務省から正式に発表がなされていた。経緯は以下のようなものである。

鏑木慶一はその日、夕食を摂ったのちの二十一時過ぎ、刑務官を房に呼びつけ、体調不良を訴えたという。顔色を見て演技ではないと判断した刑務官は彼を拘置所内にある医務室へと連れて行き、常勤医による診察を受けさせた。そこで三十九度を超える高熱が確認されたため、しばらくベッドに横にして様子を見ていたところ、鏑木慶一はいきなり吐血をし、また、それが間欠的に複数回見られたため、その場にいた常勤医をはじめ刑務官らは慌てふためいた。こうして鏑木慶一は三人の刑務官に付き添われ、車で同市内にある総合病院へと緊急移送されることとなった。このとき鏑木慶一は手錠に腰縄をされた状態であったという。

総合病院で改めて診察を受けている最中、鏑木慶一は便所に行かせてほしいと申し出た。そこで三人の刑務官の内の一人が付いていくこととなったのだが――ここで鏑木慶一が蛮行に出た。いきなりその刑務官の顔面に頭突きを入れたのである。

戻りが遅いため、不審に思った刑務官二人が便所に様子を見に行くと、大便用の個室で同僚が気を失った状態で倒れているのを発見した。そして、鏑木慶一の姿は消えていた――。

大まかな一連の流れは以上である。問題点はいくつもあるのだが、世間がもっとも知りたかったのはこの脱獄劇が偶発的なものなのか、はじめから計画されていたものであったのかというところだった。

まず鏑木慶一が体調を崩し、発熱していたことは間違いないだろうというのが警察の見解だった。これは彼を診察した拘置所の常勤医も断言している。ただし、この医師の担当は外科であり、こうした夜勤のときだけ、専門外の患者の診察を行っていたという点は見過ごせないところだろう。だからこそ鏑木慶一の吐血を本物として信じ込んでしまったのだ。いや、実際に鏑木慶一が吐血したことに違いはないのだが、それは食道や胃、十二指腸潰瘍からの出血ではなく、彼が口腔内の粘膜を自らの歯で噛《か》み千切《ちぎ》ったことによる出血であったことが後にわかったのである。

刑務官らが迷わず鏑木慶一を獄外である総合病院へと連れ出す決断をしたのは、その二ヶ月前に福岡拘置所で起きた、とある事件が問題となっていたからだ。そこに勾留中であった四十代の男が体調不良を訴えたが、病院に連れて行ってもらえず、結果獄中死したのである。遺族は早く病院に連れて行ってもらえれば死ぬことはなかったとして、国家賠償法一条一項に基づいて慰謝料を国に請求する訴えを提起した。そして第一審裁判所は拘置所の職員、または医師が速やかに転医の手続きを取っていれば一命を取り留めた可能性が相当程度あったものと認め、国は賠償すべき責任があると判示して、この訴えを認容したのだった。刑務官らがくだんの事件と目の前の状況を重ね合わせたことは想像に難くない。

また、一番の問題だとして糾弾されたのは、鏑木慶一の便所への同行が刑務官一人だったという点だった。法務省は口が裂けても明言しないが、これについては二人の刑務官が病気に感染することを恐れ、もっとも若い刑務官の一人にその任務を押し付けたのではないかというのが、真相であるとされていた。なぜそれほど刑務官らが感染を恐れていたのかというと、その当時、世間ではエボラ出血熱が日本にも上陸したことがメディアに取り上げられ、その悲惨さが過剰に叫ばれており、必要以上に国民の恐怖を煽《あお》っていたのである。これについては憶測の域を出ないが、三人の刑務官全員がマスクとゴム手袋まで着用していたことからも彼らが警戒していたことはたしかだろう。また、職員の中に最近結婚した者がおり、その人間が新婚旅行にイギリスへ行っていたこともそこに拍車をかけたという話だ。当時イギリスではエボラ出血熱によって死者が十名も出ており、つまりは持って帰ってきてしまったのではないかと彼らが考えるのも自然な流れだったのである。

そして、これらすべてを計算に入れて、少年死刑囚、鏑木慶一は脱獄に及んだのではないかと言われていた。というのも、鏑木慶一は拘置所における生活の中で新聞や雑誌に毎日目を通しており、エボラ出血熱が連日世間を騒がせていることを認識していたのは明白で、また刑務官らと会話をする中で、イギリスに旅行に出掛けた職員がいることも彼は知っていたのである。その証拠に、彼は吐血した際、それとなく自分がその病気ではないかということを示唆する台詞を口にしていたこともわかっているのだ。あなたたちの同僚が旅行に出掛けたのはイギリスではなかったか、彼は刑務官にこう囁いたという。また、刑務官らにマスクとゴム手袋をつけるように提案したのは他ならぬ鏑木慶一だった。

本当にこれらすべてを計算に入れて事に及んだのだとしたら、鏑木慶一は恐るべき知能犯である。彼は少しでも芝居に真実味を持たせるため、自分の体調が崩れる日を虎視眈々《こしたんたん》と待っていたのではないだろうか。もしかしたら日々体調を崩す努力すらしていたかもしれない。

彼はこの計画を成功させるために、一日でも早く体調を崩さねばならなかった。なぜなら彼は死刑囚であり、悠長にチャンスが訪れるのを待っていたら、先に自分が死刑台に立たされてしまう可能性があるからだ。その最期の日がいつ訪れるのか、当人は知る由もない。

和也はここであくびを嚙み殺した。緊張感はあるのだが、車窓から射し込む陽が心地よくて、ついウトウトとしてしまったのだ。ここ最近、深夜に鏑木慶一のことばかり調べているので、睡眠が足りていないのである。まるで受験生にでもなったようだ。

そうした夜を過ごす中で、和也は自分の無知を痛感していた。また、不思議な話だが、知識を得ていくことに少しだけ喜びも覚えていた。知らないことだらけの世の中がぼんやりと見えてきた、と言っては大げさだが、自分は思っていたほど頭が悪くないんじゃないかという自尊心のようなものが芽生えてきたのである。知らなかったものを知ることは和也にとって楽しい作業だった。

たとえば、拘置所と刑務所の違いだ。死刑囚は拘置所の死刑囚房に収監されているのだが、和也は刑務所にいるとばかり思っていた。また、拘置所における死刑囚の生活があまりに自由であることには心底驚かされた。本や雑誌も読めるし、テレビもラジオも聴ける。買い物だってできるというのだから、これならよっぽどシャバにいるホームレスの方が悲惨な生活をしている。

そして大前提、彼らは働かなくてもいいのである。刑務所にいる囚人は、懲役という刑罰を以《もっ》て罪を償うが、死刑囚は自らの命と引き換えに罪を償うため、労働作業は科せられない。

こんなこと、和也はまったく知らなかった。これらが生きていく上で必要な知識かと問われたらそうではないかもしれないが、知らないよりは知っていた方がいいに決まっている。

そして、おそらくベンゾーはそのすべてを知っている。無論、ベンゾーが鏑木慶一、ならだ。

和也はなぜベンゾーに直接問いたださないのか、自分でも解せなかった。「おまえはあの脱獄犯じゃないのか」この一言でいいのである。もしくは警察に、「同僚に似ている奴がいる」と通報すればいい。それこそ、懸賞金が手に入るかもしれないのだから。

きっと、確信を得たいんだろうな。流れるように進むゆりかもめの中で和也は思った。かもしれないではなく、間違いないという確信を得て、行動に移りたいのだ。それがベンゾーに対する最低限の礼儀のような気がした。それに、万が一人違いだったなら、和也は深い自己嫌悪に陥ってしまうような気がした。

やがて豊洲《とよす》駅に到着すると、そこでベンゾーは降車した。和也も慌てて腰を上げた。階段を降り、改札を通り抜けるのを見届けて、その十数秒後に和也も続こうとしたがここで足止めを食らった。切符が見当たらないのだ。どうして？　一瞬パニックになった。ベンゾーの姿は遠ざかっていく。ポケットに入れたはずなのになぜない。ああ、そうだ。落としたら大変だと思って、財布の小銭入れの中に移し替えたのだ。

そうして改札を通り抜けると今度はベンゾーの姿が消えていた。焦りを覚えて、ダッと走り出すと、目の前の物陰からベンゾーがいきなり現れたので、急停止した。その距離、わずか数メートル。和也は足早に横に逸れた。少し歩き、振り返るとベンゾーは逆側に向かって歩いていた。よかった。気づかれはしなかったようだ。

それにしてもおれは何をやっているのか。探偵だったら即クビだろう。

ベンゾーの向かった先は有楽町《ゆうらくちょう》線で、今度は池袋《いけぶくろ》方面の電車に乗り込んだ。相変わらず、ドアの前を陣取り、車窓の外を眺めている。あいつはいったいどこへ向かっているのか。

そのまま十五分ほど揺られ、市ケ谷《いちがや》で降車すると、次は総武《そうぶ》線に乗り換え、二駅離れた水道橋《すいどうばし》で降りた。どうやらベンゾーが目指していたのはここだったようだ。

だが、水道橋にどんな用があるというのだろう。今日はドームでジャイアンツ戦もないし、遊園地だって絶対にちがう。もしかしたら、ベンゾーは馬をやるのだろうか。ベンゾーにギャンブルのイメージはないが、その可能性はある。

ベンゾーが向かった先は本当にウインズこと場外馬券発売所だった。ちょっと拍子抜けした気分だった。

平日の午前中だというのにウインズには人が大勢群がっていた。それも一様におっさんばかりで、どいつもこいつも平田と同じような匂いを放っている。おまえらどうやって生計立ててるんだ。そんなことを問いただしたくなる。

そんな男たちの間をすり抜けるようにしてベンゾーは颯爽《さっそう》と進んでいく。長身のため頭一つ出ているので助かるが、万が一ここで見失ったら探し出すのは骨が折れそうだ。和也も人を掻き分けて進んだ。

馬券を購入するものと思っていたが、なぜかベンゾーは売り場窓口を通り過ぎ、建物の裏手に回った。日陰となるそこの路上は人の密度がやや少なく、あちこち車座になって酒盛りをしているグループが目についた。いたるところにゴミや煙草の吸い殻が散らばっていて、女連れだったら確実に引き返すような通りだ。

そうした通りをベンゾーはゆっくりとした足取りで進んでいく。首を左右に振っているので、人探しでもしているのだろうか。ここでベンゾーがやにわに振り返り、和也はサッと人陰に隠れた。油断は禁物だ。もしここで会ったなら偶然は通用しないだろう。

その後もずっとベンゾーは、迷子になった我が子を探す親のようにキョロキョロとしていた。和也は死角となる場所からそれをずっと観察していた。

これはいつまで続くのか。もう二十分以上、ベンゾーはここにとどまっている。和也は腹に手を当てた。今日は起きてから何一つ口に入れていない。おにぎりの一つでも食っておけばよかった。

和也がため息をついたときだった。ベンゾーが動いた。向こうの通りから歩いてきたベージュのハンチングを被った男に近寄っていくと、ベンゾーの方から声を掛けたのだ。

そのまま何か話し込んでいる。どうやら二人は顔見知りの様子だ。男は後頭部に手を当て、薄笑いを浮かべているのがわかる。

男の年齢は五十、いや六十歳くらいだろうか、顎ひげが長く伸びており、髪の毛は後ろで結んでいる。格好は薄手のジャンパー、汚れたチノパン。どこかホームレスのようで、みすぼらしい。それはそれでこの場所に馴染《なじ》んではいるのだが。

二人は立ったまま二分ほど話し込んだのち、ベンゾーの方からその場を離れていった。

ここで和也は迷った。ハンチングの男に接触すべきか、否か。ベンゾーと何を話していたのかを知りたい。だが、少し考えて結局ベンゾーの後を追うことにした。きっとこのハンチングの男はいつもここにいるはずだ。だとすれば、接触は今でなくとも構わないだろう。

そうしてベンゾーの後を付いていくこと数分、彼は白山《はくさん》通りを逆側に渡ると、その道路に隣接して立つドン・キホーテの中に入って行った。危険だと思いつつ、和也もこのディスカウントストアに足を踏み入れた。

幸い、店内には人の姿が多く見られ、油断さえしなければ発見される心配はなさそうだった。

肝心の買い物といえば、ベンゾーはスーツ上下にワイシャツ、それと革靴をカゴに詰め込んでいた。また、レジに向かう途中にあった衛生グッズコーナーで髭剃りらしき物も手に取っていた。

和也は訝《いぶか》しんだ。これからどこかに面接にでも行くつもりなのだろうか。

ベンゾーがそのカゴを持ってレジの列に並んでいる。やがてベンゾーの番がくると、財布を取り出して支払いを済ませていた。金額はわからないがきっとどれも安物だろう。

こうして黄色いビニール袋を両手にぶら下げたベンゾーは、ドン・キホーテを出た足で、また先ほどのハンチングの男がいる場所へと戻った。

そして男を見つけるなり、そこから少し離れた人気《ひとけ》のない場所へと連れ出し、黄色のビニール袋を丸ごと手渡していた。どうやらスーツや靴は男のために購入したようだ。ベンゾーは身振り手振りで男に何か指示を与えている。男はハンチングを上下させて相槌を打っているのがわかる。そして最後にベンゾーは財布を取り出し、金を手渡していた。

ここで和也はピンときた。そういえば先日、平田がベンゾーからこんなことを訊かれたと話していた。便利屋のような人間を知らないかと。そして平田はウインズ辺りをうろついている人間を捕まえて、小遣いを渡せばなんでもやってくれるはずだと答えた。

間違いない。きっとベンゾーはこのハンチングの男に何かしらの頼み事をしているのだ。

だが、どんな頼み事をしているのか。こうした人間に頼むくらいだからおおっぴらにはできないことなのだろう。

やがてベンゾーは男と別れ、その後、神楽坂《かぐらざか》方面へと歩き出したので、和也もその後を付いて行った。

途中に交番があったが、ベンゾーは臆する素振りも見せず悠然と通り過ぎている。むしろ和也の方がお巡りから目を細められたくらいだ。和也はキャップを深々と被り、マスクをしているのだ。

そうして歩くこと十分、ベンゾーは通りにあったラーメンチェーンの一蘭《いちらん》へと入っていった。どうやらここで昼食を済ませるらしい。ベンゾーは豚骨ラーメンが好きなのだろうか。いや、そうではないのかもしれない。一蘭は濃厚なスープが特徴的な豚骨ラーメンだが、何より特筆すべきは半個室だということである。客一人ひとりに仕切りが設けられており、他の客はおろか、従業員とも一切顔を合わせずに食事することができるのだ。人に顔を見られたくない者にとってはこれほどありがたい飲食店もないだろう。

和也は店から二十メートルほど離れた路上から店舗を睨み、想像を膨《ふく》らませた。湯気で曇った眼鏡を外し、堂々とラーメンを啜《すす》るベンゾーの姿が脳裡《のうり》に映し出される。暑くなってニット帽も取っているかもしれない。

ふいに唾を飲み込んだ。自分だって腹ペコなのだ。時計を見たらもうすぐ正午を迎えそうだった。

首を左右に振って通りを見渡した。百五十メートルほど離れた先にコンビニがあった。ダッシュで菓子パンでも買ってこようか。だが、もしもその間にベンゾーが出てきてしまったらどうする。男ならラーメンなんて三分あれば食える。だが、このまま空腹で尾行なんて続けられるだろうか。今日は一日中、ベンゾーの行動を監視するつもりで休みを取ったのだ。

和也がそうこう悩んでいると、ベンゾーが出てきた。足早に店を離れ、また歩き始める。ひとつため息をつき、和也も足を繰り出した。

続いてベンゾーが入ったのは一蘭からほど近い場所にあった雑居ビルだった。縦に並んだ看板から、居酒屋、ボディマッサージ、ネイルサロン、漫画喫茶が入っているのがわかった。ベンゾーがエレベーターに乗り込んだのを確認し、和也は走った。階数表示のランプを確認する。四階で止まった。どうやら漫画喫茶に入ったらしい。

こちらも街のいたる所で目にする全国チェーン店だ。和也も終電を逃した際、寝床として何度か利用したことがあった。

鉢合わせしてはならないので数分ビルの下で待機し、それから和也もエレベーターに乗り込んだ。四階で降りて、漫画喫茶のドアを開けた。

そこにベンゾーの姿はない。すでに受付を済ませ、部屋に入ったのだ。

「いらっしゃいませ」

店員から声がかかる。

「お客様は会員証をお持ちでしょうか」

そうだ。この店は会員証がないと利用できないのだ。しかし、だとするとベンゾーはどうやって会員証を作ったのだろう。身分証明ができる保険証か免許証がなければ会員証は作れないはずである。

仮に自分のものを使ったのだとすると、ベンゾーは鏑木慶一ではないということになるのではないか。鏑木慶一ならば足のつくリスクを冒すはずがないし、そもそも脱獄した人間が身分証など持っているはずがない。

そんな思索に耽《ふけ》っていると、

「あのう、お客様」

店員から胡乱《うろん》げな眼差しを向けられた。

「ああ、三時間パックで」

和也は告げて、財布の中から会員証を取り出し、店員に差し出した。

「リクライニングとフラット、どちらをご希望でしょうか」

「ええと……」返答に詰まる。「あのさ、おれの前に来た背の高い男、実はツレなんだけど、どこに入った？」

店員は不審には思わなかったようで、「ああ」と頷いた。「前のお客様にはフラットのC７番をご案内致しましたが」

「じゃあとなりの６か、８空いてる？」

「６は埋まっておりますが、８であればご案内可能です」

「じゃあそこで」

受付表をもらい、ドリンクバーでカルピスソーダをコップに注いで、C８に向かった。となりのC７を見ると、たしかに見覚えのあるスニーカーが外に出ていた。ベンゾーのスニーカーだ。

和也はやや心臓を高鳴らせながら部屋に入った。腰を下ろし、一息つく。ベンゾーのいる側の壁を睨んだ。この薄い仕切り板の先にベンゾーがいる。

耳を澄ませるとカタカタという音がかすかに聞こえた。どうやらキーボードを叩いているようだ。何か調べ物でもしているのだろうか。きっとそうだろうと思った。

漫画喫茶には天板がないので、立ち上がり首を伸ばせばとなりの部屋の様子が覗けるのだが、さすがにそれはできない。

それにしても会員証の件だ。和也はカルピスソーダで喉を潤してから改めて考えた。

やっぱり、ベンゾーは脱獄犯の鏑木慶一ではない、のだろうか。漫画喫茶の会員証など些細《ささい》なことだが、それがなければこうして利用はできない。他人から身分証を借りるなんてのは意外とハードルが高い気がする。

いや、ちがうな。きっとベンゾーは他人の会員証を手に入れたのだろう。それこそウインズに常駐している人間からなら容易に手に入れることができるはずだ。仮に自分だったら漫画喫茶の会員証など五百円でも売り払う。

カタカタ、カタカタ。やはりキーボードの音が断続的に聞こえてくる。だがここにいる限り、ベンゾーがパソコンで何をしているのかはわからない。

和也は頭の後ろに両手をやって寝転がった。さて、ここからどうしようか。淡い蛍光灯の光を見ながら考えた。ベンゾーがいつ退店するかがわからないので、こうして待機しているほかない。待ちぼうけだ。

煙草を取り出し咥えた。火を点けようとしたところで手を止める。そういえばここは禁煙の部屋だった。ベンゾーが喫煙者ならよかったのに。

口の中で舌打ちして、起き上がった。とりあえず腹ごしらえだ。和也はスリッパを履き一旦部屋を出た。受付でカップラーメンとおにぎりを三つ購入し、お湯を入れ、再び部屋に戻った。おにぎりを左手に、右手に箸を握った。腹が減ってるので、こんなのでもご馳走だ。音が漏れても問題ないので、豪快に麺を啜りあげた。

そうして両手と口を絶え間なく動かしていた和也だったが、頭の中ではずっと考え事をしていた。調べたところ鏑木慶一は左利きであり、ベンゾーもまた左利きである。弁当を食っているとき、あいつは左手に箸を持っていた。これについては何度も見ているので間違いないだろう。

人相が似ていて、身長もほぼ同じで、共に左利き。そして特徴的な左の口元の黒子。ベンゾーはやっぱり鏑木慶一だと思う。だが、決定的な証拠を見つけたい。そうすれば自分は心置きなく警察に通報することができる。

おそらく和也のほかにベンゾーを疑っている人間はいない。みんな他人のことなんて気にして生活していないのだ。和也だって、ベンゾーに興味を持たなければ、こうした類似点に気がつかなかっただろう。

スープを飲み干し、食事を終えた。煙草が吸いたかったが我慢して横になった。相変わらず、キーボードの音が続いている。どこかに覗き穴でもないものか。

そもそも、なぜベンゾー——鏑木慶一——は三人もの人間を殺したのだろう。被害者家族とは面識はなく、当然そこに怨恨《えんこん》はないのだからより恐ろしい。

和也の知っているベンゾーは遠藤雄一《ゆういち》という名前で、陰気で無口だが、頭が良く、大胆な行動を取る青年だ。ふだんの仕事だって真面目《まじめ》にこなしているし、平田のような高齢者にも優しい。

そういえば先日、仕事中にベンゾーが平田と自身の一輪車をこっそり取り替えている場面を目撃した。ベンゾーの使用していた方が空気がしっかり入っていて、平田のものは空気が甘い一輪車だったのだ。それだけで荷を運ぶときの負担がまったくちがう。さりげない優しさというものを目の当《ま》たり《あ》にし、和也はああいう人間がいるんだと感慨に耽った。

そんな心優しい男が、罪もない三人もの人間を殺《あや》めた。にわかには信じられない。

和也は仕切り板に薄目を向け、透かすようにして見つめた。

なあベンゾー。おまえなのか？　おまえ、鏑木慶一なのか？　おまえ、人を殺したのか？

心の中で問いかけ、深々とため息を漏らした。

ベンゾーが現場にやってきてまだ一ヶ月とちょっとだ。結局、あいつのことなんて自分は何一つ知らないのかもしれない。

何はともあれ、ベンゾーはいつまでここにいるつもりなのか。そういえばあいつは何時間パックで受付をしたのだろう。このまま夜までいるつもりなのだろうか。

大口を開けてあくびをした。満腹になったからか、睡魔が確実にすり寄ってきていた。少し仮眠でも取ろうか。ここにいてもできることはないし、きっと三十分程度なら平気だろう。尾行は長丁場になるのだ。

だがこれが失敗だった。和也が目を覚ましたのは、それから二時間後だった。バッと起き上がり、部屋のドアから首を出して、となりの部屋の床に目をやった。ベンゾーのスニーカーは消えていた。すでに退店したのだ。

急いで部屋を出て、受付に走った。

「おれのツレ、いつ帰った？」

先ほどの店員に訊いた。さすがに店員もおかしいと思ったのだろう、不審な目を向けられた。

「あの、お連れさんだったたんですよね？」

「いいから教えてくれ」語気を荒らげた。

「十分か、十五分くらい前ですけど」

だとすると、まだ遠くには行っていないだろう。

急いで支払いを済ませて店を後にし、階段を駆け下りた。路地を見渡した。ベンゾーの姿はない。

和也は頭を掻きむしった。なんたる失態だ。自分のあまりのマヌケっぷりを呪いたくなる。

あいつは次にどこへ向かったのだろう。ベンゾーは休日は遅くまで宿泊所に帰ってこない。どこかで何かをしているのだ。

辺りを走り回って探そうか。だが、こんな大都会で見つかる可能性は低いだろう。それこそ森の中で一枚の木の葉を探すようなものだ。

和也は腹の底からため息を吐き出した。が、途中で息を止めた。

そうだ、ひとつだけアテがあった。


和也の向かった先は、先ほどのウインズだった。ベンゾーはまたあのハンチングの男のもとへ戻ったのかもしれないと考えたのだ。

例の路地裏に出る。午前中見た光景となんら変わらず、そこかしこでおっさんたちは陽気に酒盛りをしていた。きっと毎日こうしているのだろう。こういう人生は楽しいのだろうか。

しばらく歩いて探し回ってみたが、結局ベンゾーもハンチングの男も見つけられなかった。隈《くま》なく探したので、ここにはいないのだ。

和也は少し考えて、酒盛りをしていたひとつのグループに話しかけることにした。ハンチングの男の特徴を話すと、「ああ、そりゃモロさんだ」とみんなすぐにわかったようだった。モロさんと呼ばれる男の名は諸岡《もろおか》というらしい。

「今さっき、背の高いあんちゃんと連れ立ってどっか行ったけどな」

絶対ベンゾーだ。やはりベンゾーはここに戻ってきたらしい。

「どこに行ったかわかりますか」

「さあ、知らね」

「またここに来ますか」

「まあ週の半分くらいはここにおるけどね。でも、今日はもう来ねえんじゃねえかな」

だとしたら次の休みにまたここを訪れるしかないか。だが、それまでにベンゾーが自分の前から姿を消してしまうかもしれない。やっぱり今日中に諸岡に接触したい。

和也が諸岡の自宅を訊ねると、その場所は上野《うえの》公園だという。諸岡はやはりホームレスだったようだ。

だが、男たちは諸岡が上野公園のどこに住処《すみか》を構えているのかまではわからないようだった。そこで諸岡と親しい人物がとなりの酒盛りグループにいるとのことで、その人間を紹介してくれた。

「モロさん家《ち》ならおれん家の近所だ」

見るからにホームレスの男は半分ほど歯のない口を開いてそう言った。その言い方につい苦笑してしまった。

詳しい場所を教えてほしいと頼むと、男は露骨に目を細め、

「ニイちゃん、なんでモロさんに会いてぇんだ」

「訊きたいことがあるんスよ。別に怪しいもんじゃないっスよ」

「ふうん。でも、勝手に人ん家を教えるってのはできねえな」

「そこをなんとか」

「いいや、できねえ。とくにあんたみてえな若え奴《わけ》にはみんな警戒してっから」

聞けば最近、若者たちによるホームレス狩りが度々起きているという。男の仲間も先週やら

れたらしい。

「どうしてあんなことすっかねえ。おれらみてえなのいたぶってなんになるってんだ。え？」

「いや、おれに言われても。それに、おれはそんなことしないっスよ」

「だとしてもよ、やっぱり家は教えらんねえよ。すまねえな」

「これでも教えてもらえないっスか」

和也はダメもとで千円札を差し出した。男はそれを一瞥し、「ダメだ」とそっぽを向いた。

「じゃあこれだったら」と今度は三千円を差し出した。すると男は「仕方ねえな」と、あっさり場所を教えてくれた。ご丁寧に地図まで描いてくれた。

先日見たテレビで女性モデルが言っていた言葉が思い出される。「やっぱり世の中お金なんですね」仕方ない。それにもしもベンゾーが鏑木慶一なら、三百万という大金が転がり込んでくるのだ。三千円は手痛い出費だが、仕方ない。

和也は男に描いてもらった地図をポケットに入れて、その場を離れた。

上野までは歩いて行くことにした。時間はたっぷりあるのだ。おそらく日が落ちないと諸岡は帰ってこないだろう。

スマホのナビアプリを頼りに東京の街をひたすら歩いた。その間、ずっとベンゾーのことを考えていた。

三十分ほどで上野公園付近に到着した。ここからは手に入れた地図を頼りに歩いた。男の描いてくれた地図は大雑把《おおざっぱ》なものだったが、位置関係はかなり正確で迷うことはなかった。

不忍《しのばず》通りからちょっと逸れた脇道に、ダンボールで作られた住処が等間隔で点在しているのがわかった。おそらくこの中の一つが諸岡の家だろう。

「すみません。諸岡さんのお家はどれですか」

一番手前にあった段ボールハウスに外から声を掛けてみた。隙間から人がいるのは見えているのだ。

「諸岡？　モロさんのことか」

汚いダウンジャケットを着込んだ男が出てきた。ひどい臭気に鼻をつまみたくなる。

「そう、モロさんです。この辺りだって聞いたんスけど」

「モロさんに何の用だ」

やれやれ。ここでもこれか。和也が財布を取り出そうとすると、「あんた息子か」と訊かれた。

「息子じゃないけど、ちょっとした知り合いなんです」

足元から頭までを見られた。

「モロさんとこはあそこ。あれだ」

男の指差した先を見る。枝葉の広がった木の下に人ひとりが入れるくらいの段ボールハウスがあり、黒い傘が立てかけられている。洗濯物を干しているのだろう、衣服が紐に吊るされていた。

礼を告げてその場を離れ、諸岡の段ボールハウスを覗いてみると予想していた通り不在だった。

仕方ない。いつ帰って来るか知らないが、ここで待つしかない。和也は少し離れたところの木の下に腰を下ろし、諸岡の帰宅を待った。

それから二時間ほど経ったろうか、スマホに着信が入った。見ると千川だった。

千川とはあの居酒屋の一件以来、一切しゃべっていない。前垣や谷田部ともだ。あいつらには見切りをつけたし、こちらはベンゾーのことで頭がいっぱいだったのだ。

無視しようかとも思ったが、とりあえず応答することにした。だが、相手は千川ではなく、平田だった。平田は携帯電話の類《たぐい》を持っていないので、千川に借りたのだろう。今、現場は休憩中なのだそうだ。

〈おめえ、体調はどうや〉

「うん、平気」

平田にも仮病だということは話していない。バレても問題はないが、なぜ仮病を使ったのか理由を訊《き》かれると面倒臭いと思ったのだ。

〈なんか買うて帰ったるで、欲しいもんあるか〉

「いいよ別に。つーか、少し休んだら元気になっちゃってさ、今おもてなんだ」

〈なんやそうなんか。おまえが休むなんて珍しいさかい、寝込んどる思うて心配しとったのに。どこおるんや〉

少し考え、これには素直に答えた。

〈上野？　なんでそんなとこおる〉

「シャンシャンに会いにきたの」適当なことを言う。

〈誰やそれは〉

「知らねえのかよ。パンダだよパンダ」

〈パンダァ？　あんなオセロのクマ見て何が楽しい〉

その言い草につい噴き出してしまった。

〈今日は和也も遠藤くんも休みやろ、おもんないし、さみしいわ〉

ここだけ平田は声を落として言った。近くに千川たちがいるのかもしれない。

「明日はちゃんと現場出るよ。それよりヒラさんさ、ベンゾーと仲良いじゃん。そこでちょっと訊きたいことがあんだけど」

〈なんや。おまえかて仲ええやないか〉

「おれ以上にさ。で、ベンゾーのことおかしいと思ったことない？」

〈おかしい？　どういう意味や？〉

「だからなんていうか、行動が不審だなとか、そういうこと」

〈不審……ないな〉

「そう。それならいいんだけど」

〈なんでそんなこと訊くんや〉

「いや、あいつ、なんか得体が知れないじゃん。もしかしたら前科とかあんじゃねえかなって」

平田が黙り込んだ。やや間が置かれ、〈あっても関係あらへん〉と平田は言った。〈今がええヤツならそれがすべてなんとちがうか。仮にそうやったとしても人生やり直しとるならええことやないか〉

「ヒラさんは大人だね。ジジイなだけあるわ」

〈おれかて人に誇れるような人生歩んできとるわけでもあらへんしな〉

「たしかにそりゃそうだ」

〈そんな軽口利けるちゅうことは元気になった証拠やな。ほんじゃ、夜部屋に顔出すわ〉

通話が切れる。まったく。平田はどこまでもお人好しなジジイだ。

それから時間は刻々と進んでいった。日はとうに落ち、上空では星が瞬いていた。時刻は二十時に差し掛かっており、風もやや冷たくなった。

和也が腕を摩《さす》り始めた頃、一人の男が諸岡の段ボールハウスに近づいてくるのがわかった。男に目を凝らしてみる。距離が離れているのと、暗闇なので判然としないがスーツを着ているのは確認できた。だとすると、ちがうのか。

いいや、あれは諸岡だ。ハンチングを被っている。スーツはベンゾーにもらったものだろう。

和也は立ち上がり、男に近づいて行った。男が段ボールハウスに入るべく前屈みになったところに、「どうも」と背中に声を掛けた。男は大きく肩を震わせた。振り向き、和也を認めると、「なに、なんだよ」と警戒を示された。

「おれ、ベンゾー――遠藤の友達なんですけど、ちょっと話を聞かせてもらえないっスか」

「遠藤？　誰だよそれ。おれは知らねえよ」

「でもおれ、遠藤と諸岡さんが一緒にいるとこ見ましたよ」

諸岡が目を丸くする。昼間見たときと何かちがうなと思ったら、長く伸びていた髭が綺麗に剃られていた。こうして見ると意外と若いのかもしれない。五十手前といったところか。

「どうしておれの名前を知ってんだ」

「聞いたんスよ、人から」

「よくわからねえけど、おれは本当に遠藤なんて奴は知らねえぞ」

どういうことだ。諸岡に嘘をついている感じはしない。だが、すぐにピンときた。「そのスーツをくれた奴のことですよ」

「は？　佐野《さの》くんのことか」

やっぱり。ベンゾーは諸岡に対し、偽名を騙《かた》っているのだ。もっとも遠藤という名前だって怪しいのだが。

「そう。佐野ですよ、佐野。背が高くて、度のきついメガネしてる奴。遠藤ってのはあいつの旧姓です」

「旧姓？　ああ」

なぜか諸岡は合点がいったように頷いている。

「で、なんだよ。きみが佐野くんの知り合いだとしておれになんの用があんだ」

「そんな警戒しないでくださいよ。おれ、危ない奴じゃないっスから」

「いいからどんな用だと訊いている」

「実は――」

「あ、やっぱりちょっと待て」と辺りを素早く見渡した。「場所を変えよう」

そう言って諸岡が歩き出したので、そのあとをついて行った。

共に無言のまま不忍通りを二分ほど歩き、車道と歩道を隔てている柵に諸岡は腰を預けた。人の往来は少ないが、車は行き交っている。なるほど、人の目につく場所に移動したかったのだろう。

「それでなんだって？」

諸岡が横目で見てきて言った。

和也は理由をこう話した。佐野と自分は幼馴染みなのだが、ここ最近佐野の様子がおかしいので心配していた。そしてついには連絡もつかなくなったので、彼に何があったのかを探るために身辺を調べていたのだと。

「ふうん。けど、そういうことだったら佐野くんに直接当たればいいんじゃないのか。どうしておれなんかのところに来るんだよ」

「もう当たったんっスよ。でもあいつ、なんも言わねえし、おれのこと避けてるし。それで尾行っていうか、あとをつけてたら偶然、諸岡さんと仲良くしてるところを見たから、じゃあこの人ならなんか知ってるかなって」

「なんかめんどくせえ話だな。でも、おれはなんも知らねえよ。だいいち佐野くんと知り合ったのだって先週だ」

「どこでどう知り合いになったんスか」

「それは……」言い淀《よど》んでいる。そしてそのまま黙り込んでしまった。

「昼間、諸岡さんはあいつと何の話をしてたんスか。なんか頼まれてる様子だったけど」

訊くとプイッと諸岡は顔を背けた。「それも話せない」

「どうして」

「佐野くんとの約束だから」

「頼みますよ」

「できない」

その後、何度かの押し問答をしてから和也は財布を取り出したのだが、諸岡は金を見せてもなびかなかった。今手元にある金をすべてやると申し出てもダメだった。この男は意外と義理堅い人間らしい。きっと頭のいいベンゾーのことだ。こうした人間性を見定めてこの男に頼み事をすることにしたのだろう。

だが、こちらも坊主では終われない。

「しつけえな。あんたの立場はわかったけどよ、それとこれとは話は別だろ。それに金まで出して情報を得ようって、やっぱりあんたおかしいぞ。本当に佐野くんの友達かい？」

「本当っスよ」

「いいや。やっぱり変だ。おれは頭よかねえけど騙《だま》されたりはしねえぞ。あばよ」

そう捨《す》て台詞《ぜりふ》を残して、諸岡は去っていく。もちろんあとをついていった。来た道とは別の、公園の中を通る細い道を二人縦に並んで進んでいく。

「次はいつあいつと会うんスか」背中に声を投げかけた。

「教えねえって」

「別にそれくらいいいじゃないっスか」

「いやだ」

和也は駆け出して諸岡の前に回り込んだ。

「なんだよ、どけよ」

「お願いしますよ。おれも困ってるんスよ。この通り」深々と頭を下げた。

諸岡がため息をつく。「おれは佐野くんがどこに住んでるのかも知らないし、連絡先も知らない。本当に深い間柄じゃねえんだ。消えてくれ」

うんざりした口調でそう告げ、諸岡は和也を避けて再び歩き出した。

和也はぐるりと辺りを見渡した。人の目がないのを確認して、右手をポケットに突っ込む。

そして再び駆け出した。

諸岡はまた目の前に現れた和也に舌打ちをし、「いい加減にしろよ。おれは何も知ら――」と言葉を途切らせた。

和也から首元にペンナイフを突きつけられているからだ。

息を飲む諸岡に対し、和也は凄みを利かせて下から睨みつけた。

「刺されたくなかったら言うことを聞け。こっちに来い」

ペンナイフを持参してきたのは万が一、ベンゾーと揉め事になった場合を想定したからだ。あいつが本当に凶悪犯なら、正体を知った自分を生かしてはおかないだろう。

諸岡の首根っこを摑み、膝丈の柵を越えて、周囲から死角となる草むらの中に引きずり込んだ。諸岡はされるがままで抵抗しようとしなかった。

改めて対峙し、ナイフの切っ先を向ける。諸岡は顔面蒼白《そうはく》だった。唇が震えている。

「こっちの質問に素直に答えてくれれば何もしない。だが、黙ったり嘘をついたりしたらサクッといくからな。わかったな？」

諸岡が小刻みに頭を上下させる。

「まず、あいつとはいつどこでどうやって出会った」

「せ、先週の火曜に、ウインズで、声を掛けられた」

「なんて？」

「一万円やるからお使い頼まれてくれねえかって」

「どんなお使いだ」

「その前にこれ、しまってくれよ」ナイフに目を落とす。

「ダメだ。早く言え」顎をしゃくった。

諸岡は数秒逡巡し、

「……調査会社に行ってくれって」

「調査会社？」

——ある人の捜索を依頼していただきたいんです。

ベンゾーはこう言ったという。つまり諸岡に依頼人の肩代わりをしてくれということだ。どうしてそんな回りくどいことを、と当然諸岡も思った。だが、最初に一切の詮索をしないという約束を交わして金を受け取ったため、諸岡は疑問を口にすることはなかった。

「で、誰を探してほしいってあいつは言ったんだ？」

訊くと諸岡はスーツの内ポケットから四つ折りに畳まれたメモ用紙を取り出し、和也に手渡してきた。

和也はナイフを突きつけたまま、もう片方の手でメモ用紙を開き、目を落とした。

笹原浩子。現在四十九歳か五十歳。新潟県見附《みつけ》市の出身。そう書かれている。

どうやらベンゾーはこの女性を探しているようだ。当たり前だが和也には誰だかまったく見当がつかない。

「おれだって知らないよ。生き別れた母親とかそんなのかなって想像してたけど」

だから先ほど和也の旧姓って言葉に反応してたのか。

何はともあれ、それだけで一万円がもらえるのならと、諸岡は喜んで調査会社を訪ねた。場所は上野御徒町《おかちまち》にある小さなところをベンゾーに指定されたのだという。捜索の理由は、笹原浩子は諸岡が若い頃に一時同棲をしていた女性で、当時自分の甲斐性がなく別れてしまったが、一日会って謝罪をしたい――。

だが、調査会社はその依頼を引き受けてくれなかった。

「ストーカーと疑われたのか知らねえけど、あれこれ理由をつけられて断られた。今日、それを佐野くんに正直に伝えたんだ。きみに言われた通りにしたけど受けてもらえなかったって。そうしたら、これに着替えてもう一度、今度は別のところに行けって」

そしてまた一万円を受け取り、諸岡は再び調査会社を訪ねた。結果、これだけの情報しかないとなると確実に探し出せるか保証はできないが、調査をしてみるとのこと。調査費用は二十万～三十万を考えてほしいと言われたそうだ。

「あいつにはそれを伝えたのか」

「ああ、すぐに」

そして以後、調査の進捗《しんちょく》を報告するたびに、都度一万円が支払われる約束なのだと諸岡は言った。

「これがすべてだ。これ以上は本当に知らない」

和也は諸岡の目を射るように見つめた。たしかに嘘をついている様子はない。

「なあ、佐野くんは何者なんだよ。なんであんたみたいな人間に追われてるんだ」

和也が返答しようとすると、

「いいや、やっぱいい。聞きたくない。厄介事に巻き込まれるのはごめんだ」

「あんた、これ以降あいつとは――」

「会わない。連絡も取らない。なあ、頼むからこれしまってくれよ」

和也はふうと息を吐き、メモ用紙をズボンのポケットに押し込み、ペンナイフを下げた。

「こんなことしてすみませんでした。話を聞きたかっただけなんです。もう行っていいっスよ」

諸岡は何か文句を口にしようとしたが、それを飲み込み、小刻みに頭を上下させた。そして場を離れるなり、「助けてくれーっ」と大声で叫んだ。

あの野郎。舌打ちした。和也は急いでその場を走り去った。

8

和也が宿泊所に帰ったのは深夜零時を過ぎてからだった。下駄箱を覗くとベンゾーのスニーカーがあったので、あいつもすでに帰ってきているようだ。だとすると、自分の尾行はバレていないということだろう。

和也は自分の部屋で一服したのち、意を決してベンゾーの部屋を訪ねた。

「なんでしょうか」

いつものニット帽スタイルのベンゾーが出てきた。

「いつ帰ってきたんだ?」

平静を装って言ったものの、心臓はドクドクと激しく脈打っている。今、目の前にいるこの男の正体は怪物なのだ。

「つい先ほどですが」

「どこ行ってたんだよ」

「いつものファミレスで勉強してたんですよ」

「……ファミレス」

「それが何か？」

「なあ、これからおれの部屋で飲まないか？　コンビニで酒とつまみ買ってきたんだよ」

「すみません。もう少し勉強したいので」

「一晩くらい休んだって平気だろ。たまには酔っ払うのも大事だぜ」

「お酒は飲めないんです」

「じゃあおれに付き合ってくれよ」

ベンゾーは分厚い眼鏡の奥の目を細めた。

「おれら、友達じゃねえか」

「………」

「な。来いよ」

ベンゾーは困り顔を見せていたが、最後には「では、五分後に」と承諾してくれた。

和也は一旦ひとりで部屋へと戻り、やって来るベンゾーを待った。ビニール袋の中から缶ビールを取り出し、プルトップを開け、一気に半分ほど飲んだ。

煙草に火を点ける。落ち着かない気持ちを鎮《しず》めるよう、ゆっくり紫煙を吐き出した。

おまえ、あの脱走犯に似てねえか。この一言。あくまで冗談ぽく、軽い感じで言えばいい。あいつはどう反応するだろうか。正直、自分はもう、ベンゾーのことを鏑木慶一だと思っている。いや、確信している。

だとしたらこんな不要なことはせず、すぐに警察に通報すべきだ。それだけで三百万もの金が手に入るのだから。福澤諭吉が三百人分。とんでもない大金だ。

それに、要らぬ刺激をしたことで、襲われる可能性だってないわけじゃない。ベンゾーは人を三人も殺しているのだ。いきなり豹変《ひょうへん》することだって十分考えられる。

それなのに——なぜ、自分はベンゾーとこのような時間を設けたのだろう。和也は自分の気持ちがわからなくなっていた。いわば心と行動がちぐはぐなのだ。

やがてドアがノックされ、ベンゾーがやってきた。

「悪いな。先にやってるぞ」ビール缶を持ち上げて見せた。

ベンゾーは頷き、和也のとなりに腰を下ろした。

「おまえ、何飲む？」

「水はありますか」

「水？　んなもん金出して買うかよ。ほら、これ飲めよ」と缶チューハイを差し出した。「こんなのジュースみたいなもんだから」

ベンゾーは少し逡巡した様子を見せ、プルトップを引き上げた。

缶をぶつけて乾杯をした。初めての乾杯で、きっとこの先二回目はない。最初で最後のベンゾーとの酒だ。

和也は休むことなくしゃべり続けた。

「──だからさ、あの女がおれを捨てて出てったことも妙に納得しちまったんだ」

「お父さんは？」

「親父はきっとまだ地元にいるんじゃねえかな。あそこの土地しか知らねえし」

「じゃあ里帰りすれば会えますね」

「まあな。今さら会う気もないけど」

「いつか会いに行った方がいいですよ」

「なんで？」

「お父さんの方は実の父親でしょう」

「そんなの関係ねえよ。おれがいなくなって親父だってホッとしてるだろうしさ」

「そういうものでしょうか」

鏑木慶一は両親を知らない。児童養護施設で育ったのだ。

「──もうボッコボコだよ。おまえ、袋叩きなんてあったことねえだろ」

「幸いなことに経験はありません」

「途中からな、もう殺してくれって思うんだよ。こんな苦痛が続くなら死んだ方がマシだって」

「しかし、殺されずに済んでよかったですね」

「今思うとな。けどあの瞬間はマジで死にたかったよ。今まで仲間だった奴らから容赦なくリンチされてよ、泣いて謝っても許してくれねえんだ。誰一人、おれの言葉を信用してくれねえし、庇《かば》ってもくれねえ」

「集団心理というものでしょうか。そうした状況に陥《おちい》ると人は合理的思考ができなくなるようです」

「そんなの知らねえけど、とにかくむちゃくちゃだよ。ああ、一つ言っとくけど、おれは後輩を振り落としてなんかいねえからな」

「ええ。野々村さんはそんなことをする人ではありません」

和也は返答に詰まった。

おまえだって人を殺すような奴じゃねえだろう——ちがうのかよ。

酒の勢いを借りているからか、和也は今まで誰にも話したことのない過去を詳細に打ち明けていた。自分の生い立ちから、なぜ今ここにいるのかも、すべて。

だが、実際はまったく酔ってなどいなかった。いくら飲んでもアルコールが回らないのだ。

そもそもどうしておれはこんな話をしているのか。こんなつもりじゃなかった。自分の話ではなく、ベンゾーの、鏑木慶一の話を聞きたいのだ。なんで脱獄をしたのか、どうして人を殺したのか、納得のいく理由が聞きたかった。そんなものあるわけないのかもしれないが、ベンゾーの心の声を聞きたかった。

「そういやおまえ、ふつうに飲めるじゃん」

ベンゾーはすでに二本目の缶チューハイを空けていた。

「意外といけるようです」

その言い方が引っかかった。

「もしかしておまえ、これまで酒飲んだことねえの」

ベンゾーがこくりと頷いた。

驚きつつ、どこか納得してしまった。考えてみれば鏑木慶一は今現在もまだ未成年なのだ。

「なあ、ベンゾー」和也は低い天井に目をやって言った。「おれら、友達かな」

「先ほど野々村さんが自分でそう言っていたでしょう」

「おまえはどう思ってんだよ」

「友達だと思います」

「思いますって」

ベンゾーは一拍置き、「友達です」と言った。

「おれ――」ここで和也は腰を上げた。「ちょっとションベンしてくる」

和也は部屋を出て廊下を足早に進み、共同のトイレに入った。小便器が二つ、大便用の個室も二つ。人はおらず、薄暗い。小窓からわずかばかり月明かりが射し込んでいるだけなのだ。ずいぶんと前から蛍光灯が切れているのだが、誰も替えようとしないので夜は闇の中で用を足さないとならない。

和也は便所の奥まで進み、小窓の前でスマートフォンを取り出した。液晶が光を放ち、青白く照らされた自分の顔がガラスに滲んで映し出されている。

和也はゆっくりと1、1、0とタップした。

思えば和也が金子の件でこうして警察に通報しようとしたとき、ベンゾーが待ったをかけたのは別の理由があったのだろう。警察に踏み込まれては都合が悪かったのだ。

人夫とはいえ、牛久保土木のように前歴をまったく問わない職場などそうそうない。ベンゾーはこの仕事を失いたくなかった。だから、和也を思い止まらせるために、あのような手段に出た。

それだけだ。恩などない。あんな奴、友達でもなんでもない。

緑の通話マークをタップした。

スマートフォンを耳に押し当てる。プッ、プッ、プッ。

〈はい、警視庁です。事件ですか、事故ですか〉

男が冷静な口調で言った。

だが和也の唇は動かなかった。何をどう話していいのか、わからない。まるで言語を失ったようだった。

そのまま数秒が経ち、

〈聞こえますか。事件ですか、事故ですか〉

「……なんでも、ないです」

和也は通話を切った。

なぜ、なぜ、なぜ——。ここにあの脱獄犯がいる。これだけでいい。たったこれだけでいいのに。

自分は金を手にして、あいつは再び塀の中に戻る。そして殺される。

そう、あいつは殺されなければならない人間なのだ。国があいつを処刑すると決めたのだから。

和也はふと視線を上げた瞬間、全身が一気に総毛立った。目の前のガラスに映る自分の顔、そしてその後ろに人の姿が滲んでいたのだ。

和也はゆっくりとした動作で振り返った。数メートル離れた闇の中にベンゾーがいた。分厚い眼鏡が淡い月明かりをわずかに跳ね返している。それが和也には、獲物を前にした肉食動物の瞳の発光のように感じられた。

声が出ない。指先が震えている。スマートフォンを落とさぬようにするのに必死だった。

「電話、されていたんですか」

ベンゾーが一歩踏み出して言った。

和也は首を左右に振った。そのとき、手の中のスマートフォンがメロディを発した。狭い便所内にその音が響き渡る。視線を落とす。１１０番からだった。すぐに理由がわかった。通報は発信記録が残る。警察は先ほどの不審な電話の折り返しをしてきたのだろう。

和也は電源を落とした。

そして、

「おれ、言ってねえから」

かすれた声で言った。

「おれ、なんも、言ってねえから」

ベンゾーは無表情で和也を見つめている。そこから感情は読み取れない。

やがてベンゾーは無言で身を翻し、便所を出て行った。和也はその場にへたり込んだ。

タイルの冷たさがしんしんと伝わってくる。そんな冷たさに尻が麻痺して慣れるまで、和也はその場を動かなかった。

やがて和也は便所を出て、部屋に戻った。ベンゾーの姿はそこにはなかった。

そしてこれ以降、和也がベンゾーの姿を見ることはなかった。

9

ベンゾーが消えてから十日ほど経った昼下がり、飯場に警察がやってきた。最初はパトカー一台に制服警官が二名でやってきたのだが、すぐにその十倍もの捜査員が押し寄せることとなった。そしてこの日の現場は強制的に中止となった。牛久保土木、稲戸興業の全作業員に対し、個別に事情聴取が行われることとなったのだ。

警察がどうやってベンゾーの足取りを知ったのかはわからない。誰かのタレコミがあったのかもしれないし、捜査の中でここに潜伏していることを摑んだのかもしれない。いずれにせよ、ベンゾーが鏑木慶一であったことはこれで百パーセント確定した。もとよりわかっていたが、駄目を押されたようで、和也はなぜだろう、心底不快だった。

そしてそんな和也の事情聴取は二時間にも及んだ。ベンゾーと一番親しかった者として、警察からの扱いが他者とは異なったのだ。

「まったく気がつきませんでした」

和也は一貫してこう主張した。警察に疑っている節はなかったが、質問は多岐にわたった。和也の話す言葉を逐一メモに取り、そこから少しでも手掛かりを摑もうとしている様子だった。とりわけ複数人いた刑事の内のひとり、又貫という名前の若い男の捜査官は執拗で、目を異常なほどギラつかせて和也の一挙手一投足を観察していた。和也はそんな視線に耐えつつ、「気がつかなかった」と主張し続けた。

そんな自分の心理が和也はよくわからなかった。あいつを庇いたいわけではない。違和感があるだけなのだ。どうしてもベンゾーと殺人鬼とを、自分の中で結びつけられないのだ。

だが、

——あいつ、本当に人を殺したんですか。

和也はこの台詞を最後まで口にすることができなかった。

警察が去った夕方、和也は柳瀬から呼び出され、現場にあるプレハブ事務所に向かった。

「一応訊くけど、きみは本当に知らなかったんだよな」

ワークチェアに座る柳瀬が目の前に立つ和也に向かって言った。柳瀬のとなりにはスーツ姿の初老の男もいた。初めて見る顔で一言もしゃべらないが、もしかしたらこの男が牛久保土木の社長なのだろうか。

警察に話した通り、まったく気がつかなかったと和也が答えると、

「そう。じゃあもう行っていいよ」

柳瀬は力なく言い、顎をしゃくった。その顔には悲愴感が漂っていた。牛久保土木は脱獄犯を雇った責任を問われるのだろうか。そんなことはないと思うが、何かしら二次的な被害が出ているのかもしれない。この会社は今日まで労働基準法など無視してやってきたのだ。

和也が事務所を出てとぼとぼと歩いていると、「おい小僧」と背中に声が降りかかった。

振り返ると、稲戸興業の金子が立っていた。憎悪のこもった目で和也を睨みつけている。

「きさま、おれに殴られたことまでサツに話しやがったな」

「こうなった以上、黙ってるわけにはいかないっスよ」

「関係のねえことを謳《うた》いやがって」

「あいつとのエピソードはすべて話せって言われましたから」

金子が舌打ちする。「おかげでおれは懲戒食らって減給だ。どうしてくれんだ」

鼻で笑い、和也は身を翻して再び歩き出した。

そんな和也の背中にまた声が投げかけられた。

「本当はおめえ、居どころ知ってんじゃねえか」

足を止めた。

「知ってんなら素直に吐け。おれがこの手であの殺人鬼を処刑してくれてやる」

和也は拳を固く握り締めた。

そして振り返るなり、金子に向かって突進していった。

三章　脱獄から一一七日

10

　ノートパソコンとにらめっこし、うーん、と唸《うな》っていると後ろを通りがかった花凜《かりん》が足を止め、「先輩。鬼みたいな顔してますよ」と耳元で茶化してきた。安藤沙耶香《あんどうさやか》は手を振り上げ、叩くフリをしてアラサーの後輩を追い払った。

　再びノートパソコンに目を戻す。もうこれでいっか。沙耶香は自分を納得させ、視界の端に位置する室長の稲本美代子《いなもとみよこ》に向けてメールを送った。

　数分後、その稲本から「安藤」と名を呼ばれ、目をやると、頭の上で○マークを作ってくれていたので、沙耶香はホッと胸を撫で下ろした。

　早速、承諾を得た記事を自社のニュース配信サイトに登録する。タイマーは二時間後の十八時にセットしておいた。OL向けの記事なので、この時間帯がもっとも適しているのだ。

「安藤」

と、また稲本。今度は頭上で三本指を作っている。あと三つ、記事を出せという意味だ。

沙耶香は笑顔で頭を下げ、こっそりため息を漏らした。

渋谷にオフィスを構える、株式会社メディアトレンダーズで沙耶香が働き始めたのは八年ほど前だ。

当時沙耶香が勤めていた広告代理店の取引先として、度々社に出入りしていたのが稲本だった。稲本は沙耶香よりも七つ年上で、美人で敏腕なのだがとっつきにくいところがあり、沙耶香にとって内心おっかない存在だった。だからそんな彼女から相談があるとご飯に誘われたときは驚いた。

知人がライフニュースを発信するメディア会社を立ち上げるので、そこに来ないかと誘われているのだと稲本は打ち明けた。

「で、安藤さん。あなたも一緒に来ない？」

いわゆるヘッドハンティングで、取り立てて秀でた能力を持たない自分にこうしたことが起きるとは思ってもみなかった。

当時の仕事に不満はなかったが、魅力もなかった。少なくともハリのある毎日ではなかった。だったら冒険してみるのも——。

こうして今の会社で稲本の部下として働くこととなったのである。

創設時は渋谷区松濤《しょうとう》にある一軒家を仕事場としていたのだが、そこから徐々に駅近へと転居していき、今では宮益坂《みやますざか》にある二十四階建のビルのワンフロアを借りるまでに成長した。

社員の九割が女性で、その人数は五十人に満たないが、売上はどこの部署も右肩上がりだ。その中でも沙耶香が在籍するマーケティング部は、六月の半ばにして、すでに上半期の目標売上に届かんとしている。

その分仕事は過酷だった。十時半出社なので朝はゆっくりしているのだが、夜が遅い。日を跨《また》ぎ、タクシーで帰ることもしょっちゅうだった。さらには今年から沙耶香の肩書きはチーフディレクターとなり、それに伴い受け持ちの部下が増えたので、毎日が時間との戦いだった。

その代償として、納得のいく高給を得ている。去年の年収は九百万だった。今年はさらに上振れるだろう。身近な友人たちに自分より稼いでいる者はいない。が、彼女たちは沙耶香の持たないものを持っていた。家庭。

沙耶香は今年で三十五歳になる。ここ数年は友人たちの結婚式に参列することも減ってきた。飲みに行くのは仕事の同僚ばかりだ。

わたしには仕事がある、と割り切れるほど、沙耶香はキャリアウーマン志向ではなかった。

人並みの幸せを求める、平凡な女だった。

業務を管理するチャットワークアプリを覗くと、今月から入った新人の男性ライターから一件、原稿が届いていた。中身は新作コスメを使用した感想をブログ形式で綴《つづ》ったものだ。こんなものを男が書いていると誰が思うだろう。冷静に考えるとゾッとする話である。

記事自体は可もなく不可もなくの出来だった。ブログにしては文体が硬いし、言葉選びもちょっとダサい。だが男であることと、新人であることを思えば上出来だろう。マストワードも指定回数分使っているし、納期だってこうして守ってくれているのだから、褒めてやってもいい。

沙耶香の多岐にわたる業務の一つに、在宅ライターたちの管理がある。アルバイトとして雇用している彼らにテーマを与えて記事を書かせ、それを沙耶香自身の手で加筆修正をし、ウェブ上にアップするのである。

至って単純な作業だが、これが結構なセンスを問われるのである。原稿を書く在宅ライターたちの能力もさることながら、それを整える編集作業もまた骨の折れるものだった。とはいえ八年も同じことを続けているのでコツはそれなりにわかっている。

取り扱うテーマは様々だが、基本は女性に向けたものばかり。その中でもメイク、ファッション、ダイエット、SEXの記事が多数を占める。それらは時代の流行《はや》り廃《すた》りによって、毎年若干の変化は見られるものの、根っこは何も変わらない。繰り返し繰り返し同じことを発信し続けているのである。

沙耶香は時折、自分はいったい何をやっているのだろうと虚《むな》しくなってしまうことがある。そして、ここ最近はそれが頻繁にある。

「ウッソ。もう別れたの?」

思いのほか大きい声が出てしまい、沙耶香はさっと周囲を見回した。会社からほど近い、このイタリアンレストランは騒々しい渋谷にあって店内がいつも静かなのだ。

対面の花凜は澄ました顔でワインを傾けている。

二十九歳のこの後輩から、美大講師の男と付き合うことになったと報告があったのはたしか先月末だったはずだ。

「あんた、さすがに見切りつけるの早過ぎない？　高校生じゃあるまいし」

花凜はその前の彼氏も三ヶ月を待たずして別れているのである。

「先輩、逆ですよ逆。この歳だからこそ、合わないと思ったらすぐ次いかないと」

「にしたって。で、なんで別れたの？」

「先週の休みに彼に誘われて映画を観に行ったんですよ。そしたらこれが超つまんなくて、なんていうか妙に観念的で、メッセージ性みたいなのが強過ぎたんですよね。でも彼は素晴らしい映画だって感動してて」

「は？　それだけ？」

「ざっくりいえば。けどそういう価値観の相違って、結構なことだと思うんですよ。『きみはまずイデオロギーの概念と定義を知るところから始めよう』とか言われて無理と思っちゃいましたもん。何も始めねえよみたいな」

花凜のグラスが空《から》になったので、沙耶香は笑いながらワインを注ぎ入れてあげた。

「ということで先輩。今週、一緒に合コン行きません？」

「行きません。もう懲りごり」

今年の春先だったか、花凜にしつこく誘われて五対五の合コンに行ったのだが、これが最悪だった。男性陣の徐々に増えてくる下ネタにはまだ我慢できたのだが、二次会となったカラオケで王様ゲームをしようと言われたときはさすがに引いてしまった。沙耶香はトイレに行くと告げて席を離れ、そのままタクシーで帰宅したのだ。

「あれはマジ失敗。お金も割り勘だったし。でも、今回はきっといい出会いがある。そう信じましょ」

「結構です」

「先輩」花凜がグッと身を乗り出してくる。「失恋であいた穴は新しい恋でしか埋まらないんですよ」

「そんな月並みな台詞をドヤ顔で言わないの」

「今日掲載したコラムにも書いちゃいました」

チームは違えど花凜も沙耶香とほぼ同じ作業を毎日行っている。

沙耶香は六つ年下のこの後輩が好きだった。裏表がなく、喜怒哀楽をありのままに表現する。お体裁屋の自分にはとてもできない芸当だった。

いや、正確には、今の自分には、だ。沙耶香も昔は花凜のように振る舞えた。友人にはどんなことも打ち明けたし、精神が病んでるときは、「病んでる」と素直に吐露できた。秘密など持たない主義だった。

それがいつしか妙に繕《つくろ》うようになった。悲しいとき笑うようになった。秘密を抱えるようになった。

「先輩。今でも前の彼氏のこと思い出します？」

「全然」

ほら。こうだ。

「八年も付き合ってたのに？」

「わたしからフッたんだもん」

「ああ、そっか。でも別れて正解だったと思いますよ。借金を隠してたなんて許せないですよね」

半年前、八年付き合っていた男に多額の借金があることがわかり、別れる決断をした――という理由を花凜含め、周囲には話していた。実際はちがう。付き合っていた十歳年上の男には妻子があった。不倫だったのだ。

男が既婚者だと知ったのは交際を始めてから二年後のことだった。知ったときは愕然とした。怒り狂った。そんなにも長く気がつかなかった自分はあまりに愚か者だと思った。

だが、それからも男の「妻とは別れる」という言葉を信じ、その後六年、計八年間も交際を続けたのだから救いようがない。

そしてその幕切れも実にお粗末なものだった。男の妻に浮気を突き止められてしまったのである。弁護士に間に入ってもらい、結果慰謝料二百万円を支払うこととなった。痛手ではあったが、男の妻に思い切り平手打ちをされたことの方がよっぽどショックだった。「あんたみたいな女は一生不幸な人生を送るよ。絶対」思い出すと今でも筆舌に尽くし難い、苦い気持ちが込み上げてくる。

そして、これほどまでに惨めな思いをしたにもかかわらず、未だに男のことを忘れられないのだから、どうしようもない。最近は、自己嫌悪を通り越して憐憫《れんびん》すら覚えている。

「そうやって悠長に構えてると、室長みたいになりますよ」

チーズを口に放り込んだ花凜がそんな失礼なことを言った。

室長の稲本は独身だった。本人は臆することなく、「結婚も出産もあきらめた」と公言している。

「先輩はそうじゃないでしょ。結婚願望あるんでしょ」

「まあ」

「じゃあ待ちはやめて、攻めなきゃ」

「あなたは攻め過ぎだと思うけど」

室長みたいになる——。何気ないこの言葉がワインをひどく渋くさせた。

以前、稲本に質問したことがある。どうして自分をこの会社に誘ったのかと。稲本はこう答えた。

「あなたの書く文章にセンスを感じたの。それと——」

稲本は憂うような眼差しを向け、

「似てるのよ、あなた。若い頃のわたしに」

このあとは恵比寿《えびす》にある行きつけのバーに移動し、深夜二時まで飲んだ。金曜の夜は毎週こんな具合だ。

帰りのタクシーの車内、まだ人の往来がある街並みをぼうっと眺めていた。みんな何を考えて生きているんだろうと、そんなことを思っていた。


翌週からは雨が続いた。梅雨《つゆ》真っ只中なので仕方ないが、通勤の電車が湿気でムンムンとしているのには辟易《へきえき》させられる。もっとも三軒茶屋《さんげんぢゃや》に住む沙耶香が満員電車に揺られるのはたったの五分だ。けど、その五分が地獄なのだ。

そうした気分とは裏腹に、今週はオフィスが連日にぎやかだった。この一週間は、在宅ライターたちが給料を受け取りに会社にやってきているからだ。関東圏に住むライターへの原稿料は担当の社員から現金手渡し。メディアトレンダーズでは、三年前からこのシステムを取り入れていた。

本来はその名の通り、在宅ライターたちは家で仕事をしたい人々である。主婦が多いのもそういう理由からだ。だが、月に一度の原稿料の受け取りだけは、わざわざ会社に足を運ばせているのである。

これはライターたちにとっても、沙耶香たちにとっても面倒なことだった。

にもかかわらず、こんなアナログなやり取りが行われているのには二つの理由があった。一つは、ふだん顔を合わすことのないライターたちと面と向かってコミュニケーションを図り、彼らの要望や不満を直接聞き、円滑に業務を進ませるため。

もう一つは、彼らが飛ばないようにするためだった。とにかく在宅ライターというのは、すぐに音信不通になる。原稿が書けず、そのままサヨナラとなることが驚くほど多い。割合でいえば、約三分の一くらいの人間が半年以内にそうやって消えるのである。社会人としてどうなのかとも思うが、気持ちはわからないでもなかった。彼らは別に仕事を持っていたり、専業主婦だったりと、ライターとしての仕事はあくまで副業という位置付けで行っているのである。それが納期の短い難しい原稿を要求されたり、さらには沙耶香たちから催促を受けたりすれば、もういいやとなるのは自然のこととも言える。相手とは面識もないのだからさほど心も痛まない。

だが、顔見知りの人間から原稿料を直接受けとることを思うと、一瞬躊躇うだろう。それでも飛ぶ人間は飛ぶのだが、このシステム導入後はその数が確実に減った。ちなみにこれを考えたのは室長の稲本だ。

夕方を迎えた頃、一階にあるフロントの受付嬢から〈お約束の那須《なす》様がいらっしゃいました〉と内線が入り、沙耶香は席を立った。

那須というのは今月から入った在宅ライターである。今日が初めての原稿料の受け渡しで、顔を見るのも初めてだった。基本、在宅ライターの雇用は面談を行わない。インターネット上でのやり取りのみで合否を出すのである。

那須は二十三歳の男性で、三、四十代の女性の多い在宅ライターの中では珍しい存在だった。まだ簡単な原稿しか任せられないが、納期はきちんと守ってくれるし、レスポンスも早い。この先戦力となってくれそうな人材なので、しっかり挨拶をしておかなければならない。

沙耶香がエレベーターホールで待ち構えていると、やがてスラッと背の高い金髪の男が降りてきた。右手には黒い傘、左手には小ぶりのキャリーケース。白の七分袖シャツにキレイ目のチノパンをロールアップして穿いており、足元は水色のスリッポン、そして今風のスクエア眼鏡を掛けている。その奥の目と視線が重なった。

「那須さん、でしょうか」

彼の胸元には『GUEST』と書かれた入館証のバッジがある。

「那須隆士《たかし》です。初めまして」と金色の頭を下げられた。

「安藤です。わざわざお越しいただきありがとうございます。どうぞこちらへ」

沙耶香は平静を装っていたが、内心はかなり驚いていた。男が若くして在宅ライターなんかをやるくらいだから、もっと陰気な青年をイメージしていた。目の前の男は爽やかで、洒落《しゃれ》ていて、読者モデルでもやっていそうな風体なのだ。

パーティションで仕切っただけの簡易な応接間に那須を案内し、アイスコーヒーを差し出した。

「どうですか、お仕事は慣れましたか」

沙耶香はそんな切り口から会話を始めた。

「まだまったく。勝手が摑めなくて四苦八苦してます」

「最初はどなたでもそうですから。でも、那須さんは筆が早いし、ルールもきちんと守ってくれるので、こちらも助かってます」

「そう言ってもらえるとうれしいです」

那須がはにかむ。並びのいい白い歯がキラッと光った。二十三歳らしいが、もっと若く見える。二十歳と言われても違和感はないだろう。

それとカラコンを入れているのにも気がついた。スクエア眼鏡の奥にダークブルーの、やや拡大された瞳が控えている。そんな瞳と凹凸のある顔とが相まって、わずかながら西洋の匂いを醸《かも》していた。そして中性的でもあった。今流行りのジェンダーレス男子というやつだろうか。よくよく見てみると、うっすらだが那須はメイクもしていた。

だがなぜ、こんな青年が在宅ライターをやろうと思ったのだろう。履歴書の志望動機にはどう書かれていただろうか。

それを問うと、彼は少しはにかんでこう答えた。

「実はぼく、小説家を夢見ているんです」

思い出した。たしかに履歴書にそう書かれていた。そのための訓練をしたいとも。

そしてそれは沙耶香を苦笑させる志望動機だった。

在宅ライターの中には売れない小説家や脚本家といったプロの物書きが何人かいた。だがそうした人間が優秀かというとそうではなかった。彼らは個性や自己主張が文章に滲み出ていて、使いづらいというのが実情であった。この仕事は与えられたテーマを与えられた通りに書きさえすればいいのだ。オリジナリティは一切求められていない。

続いて支払明細の確認に入った。金額は渋谷までの交通費を入れて三万円弱。とはいえ初月でこんなに稼ぐ在宅ライターは中々いない。

「ではここに受け取りの印鑑を」

那須がシャチハタを取り出し、用紙に『那須』と赤い判を捺《お》した。

次に、那須の要望について訊ねると、彼はとにかく稼ぎたいと言った。

「御社のライターさんの中で、トップの方はどれくらい稼いでいるんでしょうか」

「その月にもよりますが、弊社にいる方だと五十万くらいだと思います」

もっともその人間は本業として在宅ライターをやっており、一日に最低でも五本は原稿を書いている。仮に沙耶香が同じことをやれと言われたら狂ってしまうだろう。その人物は所謂《いわゆる》エキスパートでライターランクは社内規定でA。同じ原稿を書いてもそのランクによって報酬が異なるのである。

「現在那須さんはEランクですが、あと十二本、原稿を書いていただければ自動的にDランクに昇格します。そこからはスキルなどを考慮し、都度こちらで審査させていただきます」

とはいえ、Cランクまで上がる人間はそう多くない。A、Bともなるとほんの一握りだ。

「わかりました。ぼくがんばるので、たくさんお仕事を振ってください」

目に痛いくらい、爽やかな笑顔で言われた。

最後に、身分証明のコピーを取るため提出を求めると、那須は申し訳なさそうに後頭部を掻いた。

聞けば、彼は身分を証明できるようなものを持っていないのだという。税金を長く滞納しており、国民健康保険証も持っていないというのだから困ったものだ。

「病院にかかったりするときに困ってしまうでしょう」

「ええ。だから早く稼げるようにならないと」

だったらどこかに就職すればいいじゃない。口の中で言った。もっともそうなると困るのは沙耶香の方だ。ライターはいつだって人材不足なのである。

それと、那須には家もないのでは、と思った。だからこんな雨の日にキャリーケースを引いているのではないか。

若い在宅ライターの中には難民生活をしていると思しき者たちが少なからずいた。その時点で在宅ではないのだが、なんにせよ彼らは漫画喫茶などに寝泊まりし、原稿をしこしこ書いているのである。

彼の履歴書には住所の記載があったし、こうして目の前にしてもそうした難民生活を余儀なくされている若者にはとても見えないのだが。

結局、身分証の件は、「なる早でいただけると」と伝えておいた。正直、なくても支障はないのだが、ルールはルールだ。

那須をエレベーターホールまで見送り、そこで別れた。

変わった子だな。沙耶香はひとりでに頬を緩めた。でも、悪い子じゃなさそうだ。言葉遣いも丁寧だし。それに、かわいい顔してる。

その後、溜まっていた仕事を一気にやっつけた。むしろこういう日の方が集中できていいのかもしれない。今夜はいつもより早く帰れそうだ。

最後にチャットワークを開くと、那須から沙耶香宛に個別のメッセージが届いているのがわかった。今日のお礼とかその類かと思ったがちがった。那須はビルの入館証である『GUEST』と書かれたバッジを持ち帰ってしまったらしく、対処の仕方を教えてほしいとのことだった。

来訪者あるあるだった。とくに那須のように夕方やってきた者はこれが多い。というのも、やってきた際はフロントで受付嬢と呼ばれる女性からバッジを手渡されるのだが、退館時はこれがシニアの警備員に代わっており、彼らは来訪者に対しいちいち声を掛けるようなことをしてくれないのだ。

沙耶香は次の給料日に持ってきてほしいとメッセージを返信した。

するとすぐにレスポンスがあり、『今、ビルの前に到着しました』とあったので驚いた。よくよく見返してみたら最初のメッセージが届いていたのは一時間前だった。沙耶香から返信がなかったので、渋谷まで引き返してきたのだろう。

沙耶香は、『お迎えに上がりますので下でお待ちください』と返信した。わざわざこのためだけに戻らせて、逆に申し訳ない気持ちだった。

どうせならそのまま帰宅しようと手早く支度を整え、席を立つと、「先輩。もう帰るんですに「お先でーす」と嫌味たっぷりか」と花凜が抜け駆けを咎めるような口ぶりで言ってきた。「お先でーす」と嫌味たっぷりに笑顔を振りまいてやった。

エレベーターで一階に降りると、ガラス張りの入場口の外に那須の姿があった。真っ黒な大きい傘を差し、雨に打たれている。服装と傘がまるで合っていないのがおかしかった。

沙耶香は唇と身振りで、裏門に回るよう伝えた。この正門の自動ドアはすでにロックされている。

そうして裏門の扉の外に出て待っていると、やがて那須が小走りでやってきた。

「すみません。こういうところに来たことがないものですから、うっかりしてしまいました」

さも申し訳なさそうな顔で、入館証のバッジを手渡してくる。

「全然。逆にごめんなさい。それもこんな雨の中。わざわざありがとうございました」

その後、成り行きで那須と傘を並べて、渋谷駅まで歩くこととなった。街にはたくさんの傘が行き交っている。那須は背が高いので、彼の傘は沙耶香の傘に少し覆うようにして広がっている。

「家に帰ってから入館証に気がついたんですか」

那須はそれには答えず、「ぼく、おっちょこちょいなんですよ」と苦笑して言った。

「じゃあ同じだ。わたしもいつもやらかします」

「みんな、同じなのかな」

「そうですよ。人間はやらかす生き物なんです」

同じリズムで肩を揺する。

「那須さんは渋谷にはよく来るんですか」

「いえ、あまり。人が多いのが苦手で」

「わたしも。毎日通ってるけどすぐ疲れちゃう」

「じゃあ、我々は本当に似た者同士ですね」

「ですね。ただ、人混みが好きだって人も中々いないと思うけど」

「それもそうですね」

そんな他愛《たわい》もない会話を二、三交わしていると、駅の構内に下りていく階段がもう目の前だった。

彼が相模大野《さがみおおの》に住んでいるのだとしたら地下鉄には乗らない。ここでさようならだ。

もう少しだけ、おしゃべりしたかったな。ふと、そんな思いが首をもたげ、

「那須さん、夕飯はもう食べたんですか」

自然と言葉が口からこぼれた。

「いえ、まだ」

「じゃあ、軽く食べて帰りません?」

言ってから顔がカァーと熱くなった。自分は結構なことを口にしてしまった。

那須は足を止め、戸惑った表情を浮かべている。当たり前だろう。一回り歳の離れたおばさんに食事に誘われているのだ。

そんな深い意味はないの。仲のいい在宅さんとはたまにご飯を食べたりするからその延長線上で——。胸の中で訴えるものの、なおさら言い訳じみていて口には出せない。

那須はうんともすんとも言ってくれない。傘を叩く、雨音だけが響いている。


身を抜き取られた串が束になって、串入れに挿さっている。そしてとなりにはハツを頬張る那須が座っている。

沙耶香はさりげなくそんな那須の横顔を見ていた。

結局、那須は食事の誘いに乗ってくれた。無理強《むりじ》いしてしまったと後悔したが、その後の彼の言葉にはドキッとさせられた。

「個室のあるところであれば」

何を食べたい、という沙耶香の問いに対する返答がこれだったのだ。どうして、とその心の内は訊けなかった。

何はともあれ若い男が好みそうで、個室のある渋谷の店——沙耶香の手札の中には道玄坂《どうげんざか》にあるこの焼き鳥屋しかなかった。時折、例の不倫男と訪れていたのである。

店側からごく自然にカップルシートを案内されたときは戸惑った。ふつうのテーブル席の方がよかったが、それを申し出ることはしなかった。そしてちょっぴり嬉しくもあった。これだけ年齢差があるのに、そういう関係だと見られたのだ。

「もう何回チェックしてるんですか」

沙耶香は笑いながら言った。

那須は焼き鳥が届けられるたびに、それが鳥のどこの部位に当たるのか、目の前に用意されているシートで確認しているのである。

「貴重な経験なので」

そんなことを言うので、声に出して笑ってしまった。そわそわした気分を落ち着けるため、今夜はいつもよりややハイペースで飲んでいる。別に大酒飲みのおばさんと思われても構わない。この先、那須とどうなるわけでもないのだから。

ここで、那須が初めて焼き鳥屋に来たということを知り、驚いた。

「本当に初めて?」

那須が首肯する。

ふつう二十三歳の男なら、彼女や友人たちと行くだろう。

「じゃあ、ふだんはどこに飲みに出かけるんですか」

那須はお酒も飲んでいる。すでに四杯目だから飲めるクチなのだ。

「飲みには出かけません」

そしてお酒を飲むこと自体、今回が人生で二回目なのだと言った。

「ウソでしょう」思わず声が大きくなってしまう。「もしかして、わたしに付き合って無理してるんですか」

「いいえ。美味しくいただいてます」

この子はやっぱり変わっている。不思議な青年だ。

「ちなみに記念すべき一回目はいつどこで？」

「一回目は……」一瞬、目を遠くにやった。「数ヶ月前。友人と缶チューハイを」

その後、沙耶香は酒の勢いを借りて、いくつかのプライベートな質問を那須に投げた。甥《おい》っ子に対しお節介を焼く叔母といったように。

そして、那須には現在彼女がいないことを知った。それどころか、これまでそういう存在がいたことはないというのだから驚きだ。

「なんで？　どうして？」

沙耶香が急いて言う。二十三歳の美男子なのに。あ、もしかすると那須は――。

「男色ではありません」

沙耶香の心を読んだのか、那須が先回りして言った。それにしても男色なんて言葉を使うのがまたおかしい。なぜこの青年がおもしろいのか、理由がわかった。見た目と言葉遣いがアンバランスで滑稽なのだ。

それにしても自分は店に来てからずっと笑っている。

その後も矢継ぎ早に質問を飛ばしていると、「ぼくの話はここまで。次は安藤さんの話を」と制された。

「おばさんの恋愛話なんて興味ないでしょう」

自分のことをおばさんだなんて本当は口にしたくはないが、この青年の前では無理なく言えてしまうのだから不思議だ。

「ぼくは人の話を聞くのが好きなんです」

身体をこちらに開いてそんなことを言うものだから、沙耶香は、「じゃあ、これは友人の話なんだけど」と前置きし、語り始めた。

八年続けた不倫が破綻したものの、未だ呪縛《じゅばく》から逃れられない未練がましい女がいるの——。

沙耶香は途中から自分のこととして語っていた。

不思議な気分だった。なんでわたし、こんなことを話してるんだろう。これまで親しい同僚や友人、家族にも話したことなかったのに。人様に知られたくない絶対の秘密だったのに。

惨めでみっともない、情けない過去。それを無理なく語っている自分が不思議だった。別れ際の修羅場を、「もう地獄」と笑って話している自分がいたのだ。

那須が歳の離れた若い男で、他人だからだろうか。この青年にどこか浮世離れした感があるからだろうか。

「世の中にはこういうだらしない女がいるの。社会勉強になるでしょう」

言葉は自然と崩れていた。那須は、「どう、お答えしていいものか」と、こめかみを指で掻いている。

「笑い飛ばしてよ」

「笑える類の話ではないかと」

「じゃあ引いてるの」

だった。

もっとも、この青年の住処が本当にそこにあるのか怪しいものだが。それも今なら訊けそうにかけてあげないとならない。相模大野なら零時に店を出れば帰れるだろう。大人として終電は気

こんな夜は酒が進む。ただし、腕時計には小まめに目を落としていた。

沙耶香は腹から笑い声を上げた。このしゃべり口調が愉快で仕方ない。

「いいえ。そんなことは断じて」

「ねえ那須くん。あなた本当はお家ないんじゃない」

那須の足元にあるキャリーケースを一瞥して言った。

那須が顔を曇らせる。

「いいの。いるのよ、在宅さんの中にそういう人。それに、こちらは原稿さえきちんと書いてもらえれば、別に家がなくたって構わないわけだし」

「……どこか、身を置ける場所を探してはいるのですが」

「ならわたしの家においでよ」

軽い冗談のつもりだったのに、「よろしいのですか」という台詞が返ってきた。

焼酎のグラスを傾けていた沙耶香は、それをテーブルに置き、真横を見た。

那須は神妙な顔をしていた。スクエア眼鏡の奥の、人工的なダークブルーの瞳が真《ま》っ直《す》ぐ自分を捉えている。

捨てられた子猫のよう――。こんな表現は、こういうときに使うのだろうか。

「おやすみ」

を、これほど奇妙な感覚で発したのは初めてだ。

リビングを離れ、寝室に入る。電気を消し、ベッドに横になった。

だが、眠れるだろうか。沙耶香の胸中で形容し難い罪悪感が渦を巻いていた。

事情はどうあれ、初めて会った男を、それも自分より一回りも若い男を持ち帰ってしまった。

そんなこと、これまでの人生で一度だってしたことない。

耳を澄ませた。何も聞こえはしない。けれど、この壁の先のリビングにはたしかに那須が横たわっている。

布団の用意はあった。花凜がたまに泊まりに来るので以前彼女のために買ったものだ。あの布団を花凜以外に使用した人間はいない。不倫の男は今沙耶香が横たわっているこのダブルベッドで一緒に眠っていた。思い出が詰まったベッド。買い換えようかと考えたこともある。だが、できなかった。それどころか、この家には彼が残していったアメニティグッズや、下着類もまだ置いてある。

思えばこの賃貸マンションも、男との生活のために借りたものだった。家賃は共益費別の十八万。今は無理なく払えるが、当時の収入からすれば贅沢《ぜいたく》過ぎる1LDKだった。週に一度しかやってこない男のために、背伸びして借りたのだ。

そんな巣に、他の男がやってきた。

別に悪いことをしているわけじゃない。自分に言い聞かせる。ただ、他人には話せない。こうしてまた、自分は新たな秘密を作った。

11

化粧室の鏡の前でパフをあてていると、稲本が入ってきた。横に並んできて、彼女もまた同じように化粧直しを始めた。四十過ぎとはいえ、美人で仕事もできるのに、結婚も出産もあきらめたと公言する稲本。彼女のことだからきっと本心だろう。どうしてそんなふうに考えられるのか、沙耶香には理解できない。価値観は人それぞれなのだろうけど。

「安藤。あなた新しい彼氏できたでしょう」

口紅を引いている稲本が鏡を見たまま、唐突に言った。

沙耶香の手が止まる。「どうしてですか」

「あなたわかりやすいもの」

「できてませんよ」

「あらそう」

「はい。本当に」

稲本が意味ありげな微笑を鏡を介して寄越した。

「お先に失礼します」

沙耶香は逃げるように化粧室をあとにした。足早に歩き、自分のデスクへと戻る。

嘘ではない。彼氏ではなく、ただの同棲者である。

那須との生活は今日で十三日目になる。七月も半分を過ぎ、例年より長く続いた梅雨も明け、太陽が勢いづいてきた。そんな気候の変化と共に、沙耶香の気持ちもまた変わってきた。

楽しみなのである。帰宅することが。

「ただいま」と家のドアを開ければ「おかえり」と迎えてくれる相手がいる。食事時には、「いただきます」と両手を合わせ、眠るときは「おやすみ」と告げる。朝は「おはよう」で始まり、「行ってらっしゃい」と送り出される。そしてまた「ただいま」に戻る——。

こんなルーティンが沙耶香にはたまらなく幸せに感じられた。白黒でくすんでいた日常が色を持ち輝きを放った。大げさにいえば、そういうことだ。

もちろん那須は恋人ではない。二人の間に肌の接触は一切ない。寝室だって別々だ。そもそも互いに恋愛感情などない。少なくとも那須にはこれっぽっちもそうした思いはないだろう。けれど、そんなのは瑣末《さまつ》なことだ。もう少しだけ、この生活を続けたい。沙耶香が願うのはそれだけだった。

夜になり、次のコンペに向けた企画書をプリントアウトしていると、「先輩。聞いてくださいよォ」と後ろから花凜が抱きついてきた。

ホワイトのレースのトップスに薄イエローのフレアスカート。そんな出で立ちの彼女の話は昨夜の合コンの失敗談だった。他の人に聞こえないように小声で、それでいて早口で花凜が捲したてる。

いろいろ言っていたが、要は意気投合した相手と一晩過ごしてしまったらしい。

「なのに、さっきＬＩＮＥがきて、『おれ結婚してるけど、それでもいい？』って。いいわけねーだろ。ふざけんなよ」

「仕事でもよく言われてるでしょう。事前確認を怠るなって」

「ちがうんです。昨日は独身って言ってたんです。詐欺じゃないですかそんなの」

「それを見抜けなかったあなたの負け」

花凜が意気消沈の面持《おもも》ちでため息をつく。「先輩。今夜はヤケ酒付き合ってくださいよね」

「ごめん。先約あり」

「なんでー」と顔をしかめる。「まさか男ですか」

「さあね」

「え、マジ？」

「ただの接待よ」

「なんだ」

書類を束ねて、席へ戻る。メールをチェックし、届いていた原稿に目を通した。この時期多い、脱毛エステの広告記事である。文章を整え、何度か推敲《すいこう》をして、稲本に確認してもらう。すぐさま承認を得た。

その後も手を止めず、ひたすら業務をこなした。一分でも早く帰りたいのだ。

最近の沙耶香は退勤が早く、日付を跨ぐこともなかった。仕事というのは気の持ちようでこうも進捗具合が異なるものかと今さらながら思い知らされた。

――あなたの負け。

先ほど自身が吐いた台詞がふと脳裡に浮かぶ。

そう、わたしは負けたのだ。先ほどの言葉はすべて過去の自分に向けたものだ。

けれど、今はもうなんともない。傷口はしっかり塞がり、傷痕もキレイに消えた。

――失恋であいた穴は新しい恋でしか埋まらない。

やっぱりあれは正しい。もっとも、これは恋ではないのだろうけど。

ワイングラスを優しくぶつけると、コーンという軽やかな音色が食卓に響き、「こんな音が鳴るんですね」と那須がいたく関心を示した。きっとこうしてワイングラスで乾杯するのも初めてのことなのだろう。今ではもう驚かなくなった。この青年は大人びているようで、同世代の若者に比べても幼い部分がある。欠落といっても差し支えないほど知らないことがあるのだ。

「でもね、ワイングラスって本来はぶつけたらダメなんだって」

「そうなんですか」

「フォーマルな場ではマナー違反に当たるそうよ。目線の高さに上げるのが正しい乾杯なんだとか」

「素敵な音色なのにもったいないですね」

「ね。だからわたしたちは毎回ぶつけましょ」

テーブルには、生ハムサラダ、海老のアヒージョとバゲット、ナポリタン。すべて那須が作ったものだ。そして、どれも美味しかった。

沙耶香がいつものように料理の才能があると褒めると、那須もいつものように、「レシピ通りに作っただけですから」と謙遜《けんそん》した。

同棲が始まってからというもの料理はすべて那須が作ってくれている。もっとも彼が料理をするのは小学校の家庭科の授業以来だそうで、その手つきは危なっかしいものの、味付けはお世辞抜きによかった。彼は料理の楽しさに目覚めたらしく、毎日違うメニューに挑戦している。ちなみに沙耶香も料理をするのが好きだ。平日は時間がなくてできないのだけど。

「それから今日はベランダの窓ガラスを拭いておきました」

「助かる。自分じゃ中々やる気にならないから」

そう、彼は部屋の掃除も毎日やってくれている。「住まわせていただいてるんですから当たり前です」とのこと。家事の中では唯一、洗濯だけが沙耶香の仕事だった。さすがに自分の下着なんかを那須に洗ってもらいたくはない。

「今日は難しい原稿をよく書き上げたね」

「出来はどうでしたか」

「うーん、七十点」本当は六十点。彼の書く文章には柔軟性がないのだ。

「そうですか。いつか満点を取れるようにがんばります」

　那須はこれまで通り在宅ライターを続けているので、その他大勢と同様に彼とは日中から何度かメッセージのやりとりをしており、その仕事ぶりも把握している。

　那須の一日は朝食を作るところから始まる。沙耶香を送り出した後は、部屋の掃除をして、それから仕事に取り掛かる。そうして夕方過ぎから食事の支度を始め、沙耶香の帰りを待つのである。彼はこうした変わらぬ一日をずっと続けている。外に出ることはめったにない。

「週末さ、どっか行かない？」

　沙耶香が言うと、那須はフォークを持つ手を止めた。「どっかとは？」

「隆士くんは行きたいところとかないの？」

「正直、あまり」

「どこかに遠出しようよ」

　もっともそれは電車の旅となる。すぐ近くにレンタカー店があるのだが、那須は免許を持っておらず、沙耶香はペーパードライバーだった。

「ぼくはそれよりも先週と同じような休日を過ごしたいです」

「反対」

「安藤さんも理想的な休日だとおっしゃっていたかと」

「それはそうなんだけどさ」

　先週の土日は海外ドラマを一日中見ていた。長く続くシリーズ物で、毎晩一話ずつ那須と共に見ていたものの続きをまとめて視聴したのだ。夕方一緒にスーパーに出かけたのだが、外に出たのはそれくらいだ。

「あ、お金のことなら気にしなくていいよ」

「そういうことではなく、ドラマの続きが気になるんです」

「隆士くんはあんまり外に出るのが好きじゃないんだね」

「はい。好きではないんです」

那須は割とはっきり言った。沙耶香が、ふう、とため息をつく。

「話変わるけどさ、安藤さんっていうの、そろそろやめてよ」

「では、どのように呼べばいいですか」

「考えて」

那須が目を細める。「沙耶香さん」

「つまんない」

「さやっさん」

「なんかおっさんっぽい。さん付け禁止」

「……さーや」

「いい、それ」

那須が苦い顔をして腕を組んだ。「呼べるかなあ」

「慣れだよ慣れ。ほら、練習」

「さーや」

「なあに、隆士くん」

「やっぱり……やめませんか」

「やめません。これから安藤さんって呼ばれても返事しないから」

今夜も笑いの絶えない、楽しい夕食だった。

食器は那須が洗った。それくらいやるよと言ったのに、那須が許さなかった。居候としての立場がないのだろう。

それからは例のごとく、海外テレビドラマの続きを一緒に見た。元が取れていないと思っていた月額定額制のビデオオンデマンドが、今や大活躍してくれている。ただし先は長い。まだ総量の三分の一にも達していないのだ。

ドラマを見終えたあとは風呂に入った。先に沙耶香が入り、その後、コロコロローラーやスチーマーなどを用いて念入りにフェイスケアをしている最中に那須が入る。これもいつものことだ。

風呂から上がった那須がタオルを首に巻いてリビングに入ってきた。彼が着ているテネリータのパジャマは先日沙耶香がプレゼントしてあげたものだ。彼はひどく恐縮していた。

「お水を一杯いただきます」

そう言って冷蔵庫を開ける。いちいち言わなくていいのに。

「隆士くんさ、ずっとその眼鏡してるけど、そんなに視力悪いんだ」

「ええ、だいぶ」と背を向けたままの返答。

那須は寝るとき以外、眼鏡を外さない。さすがにカラコンは風呂から上がったあとは外しているが、朝にはすでにそれも装着されている。そしてメイクすらしている。一度、「外に出るわけでもないのに」というと、「しないと落ち着かないんですよ」と返答があった。まったく、ジェンダーレス男子というのは女よりも女だ。

「おやすみなさい」

共に言い、沙耶香は寝室へ向かった。

電気を消してベッドに横になる。幸せの余韻がぬくもりとなって布団の中に広がっていく。今夜もぐっすり眠れるだろうなと思った。

12

そうした生活がしばらく続き、やがて八月を迎えた。陽射しは日に日にその苛烈さを増し、那須でなくとも外に出るのを躊躇ってしまう。気を抜いたら一瞬で小麦色の女に変貌を遂げてしまいそうだ。若い頃の自分は何を思って肌を過剰に露出し街へ繰り出していたのか。今なら考えられない。

「あんたの子供のころにそっくり」

日傘を差してとなりに立つ母が目を細めて言った。その視線の先には四歳になる柚莉愛《ゆりあ》が麦わら帽子を揺らしながら、公園内をぴょこぴょこと駆け回っている。柚莉愛とは沙耶香の弟の篤人《あつと》の娘で、姪《めい》に当たる。

沙耶香は今朝から実家のある名古屋に帰省していた。お盆休みは来週なのだが、篤人が仕事の都合でその週は休めないらしく、一足早く家族で集まることとなったのである。ちなみに本日一泊して明日の夕方の新幹線に乗って東京へ帰る。

「あんな柚莉愛ももうすぐお姉ちゃんだでねえ」

篤人の奥さんの裕子《ゆうこ》は現在二人目の子を身籠《みご》もっていた。今年の十一月に出産予定だ。そんなこともあって裕子は実家でくつろいでいた。本当は彼女も公園に来ようとしていたのだが、玄関先で父と母に止められたのである。「このお日様は害や」と留守番を言いつけられたのだ。ちなみに篤人は旧友たちに会いに一人で出掛けて行った。

「ああ、かなわん。お母さん、交代」

汗だくの父が顔を上気させて戻ってきた。代わりに母が日傘を沙耶香に預け、柚莉愛のもとへと向かう。無限に体力のある柚莉愛の遊び相手はこうしてかわりばんこで務めないと身体が持たない。ちなみに沙耶香も朝から散々柚莉愛の相手をさせられており、すでにへとへとだった。

「なんやこれ。ぬるいなあ」

一時間ほど前に買ったスポーツドリンクを一口含んだ父が顔をしかめて言った。

「この陽気だで仕方ないわ」

実家に帰ると自然と方言が出る。いや、意識的かもしれない。一度、標準語でしゃべったら、

「すっかり東京の人」と母から蔑みの眼差しを向けられた。

「お父さん、再就職するんだってね」

先ほど母から聞いた。父は今年で六十歳となり、四十年以上勤めた市役所を定年退職するのである。

「働かんと食われんでな」

「どこか当てはあるの？」

「美濃《みの》のおじさんのとこと話しとる」

その人物は父の妹の旦那だ。沙耶香も何度か会ったことがあり、その顔は覚えている。

「美濃のおじさんって建設会社やっとるんだっけ？」

「そう。おっきいとこやないけどな」

「雇ってもらえるの」

「たぶんな」

「でもお父さん、そこの会社で何するの」

「経理の手伝いをしてほしいと言われとる」

なるほど。父に任せる仕事はないのだろう。要するに小さい天下りだ。もしかしたら元役人の父から公共工事の入札情報を得たいとかそういう目論見《もくろみ》があるのかもしれないが。

土地柄なのか、名古屋は地縁、血縁がやたらモノを言う。それは沙耶香自身、子供の頃から様々な場面で目にしてきた。何を隠そう、弟の篤人が勤める食品会社も母の従兄弟《いとこ》が管理職におり、その口利きで入れてもらったのだ。篤人は高卒で、二十代半ばまでバンドに明け暮れており、夢に敗れたあとは定職に就くことなく毎日フラフラしていた。

そんな篤人も今や家庭を持ち、二児の父にならんとしている。仕事も順調らしく、エリアマネージャーという肩書きをもらっていると聞いた。

成績が良く物分かりのいい姉と、不良でわがままな弟。十代の頃はこういう構図だった。それが今や逆転してしまった。地元を捨て東京でひとり気ままに暮らす放蕩《ほうとう》の娘と、親元の近くに住み孫の顔を拝ませてくれる孝行の息子。極論かもしれないが、両親からすればこうだ。それもまた人生だとかそういう話は両親には通用しない。彼らははっきりと口にする。沙耶香の子供を抱きたいと。

三十を迎えた頃、両親が沙耶香に内緒で勝手に結婚相談所に登録をしていたときはさすがに堪忍袋の緒《お》が切れた。「わたしの人生はわたしのものです。いらんことせんで」初めて面と向かって両親を批難した。だが、彼らがそれで怯《ひる》むことはなかった。「節介焼かれるの嫌やろうけど」と前置きしては、度々見合いの話を持ってきた。沙耶香は相手の写真を見ようともしなかった。見合いが嫌だったのではなく、当時は付き合っている男がいたのだ。もっともそれを両親は知らない。教えれば会わせろというに決まっている。妻子持ちの男を実家に連れて帰るなど誰ができよう。もしも、娘が不倫していただなんて知ったら、父と母は卒倒するか発狂するかのどちらかだろう。

沙耶香は晴れ渡る空を見上げた。そして、同じこの青空の下にいる那須のことを思った。

今、彼はひとりで東京のマンションで留守番をしている。帰省するため二日間家を空けることを告げると、那須は少しだけ寂しそうな顔を見せた。沙耶香はそれが嬉しかった。

もしも父と母に那須を紹介したら、ふたりはどんな反応を見せるだろうか。とりあえずは狼狽《うろた》えることだろう。一度、ドッキリでそんなことをやってみようか。もちろん思うだけで実行に移す勇気はない。

けれど、もしもそんなことができたら痛快だろう。そしてそれはきっと幸福なことだ。

彼との生活はまだ一ヶ月とちょっと。だが、那須隆士という青年はすでに沙耶香にとって大切な存在になっていた。

那須に対し恋愛感情があるのだろうか。沙耶香は毎日のように己に問いかけていた。そうすること自体、すでに恋心が芽生えている証拠なのかもしれない、そう気づいたのは、名古屋へ向かう新幹線の中だった。

那須は今この瞬間何をしているだろう。昼食を食べているだろうか。掃除をしているだろうか。仕事をしているだろうか。いずれにせよ、きっと小説は書いていない。

彼が在宅ライターに応募した動機は、小説家になるための、文章を書く訓練である。那須はそう話していた。だがきっとあれは嘘だ。

那須に言わせれば、日中に執筆しているとのことだが、本当はそんなもの書いていないだろう。その証拠に、沙耶香が読ませてほしいとせがんでも、恥ずかしいからと言って拒まれてしまう。ではどんなジャンルのどんな物語を書いているのかと問うても、彼の返答は今ひとつ要領を得ない。極めつきは、編集者の紹介を受けなかったことだ。沙耶香の大学の同級生が出版社で文芸編集者をしているので、一度その人間に原稿を送ってみてはどうかと進言してみたものの、まだ人に読ませるレベルにないという理由で断られたのである。

小説家になりたいというのが方便だとするなら、本当はどんな理由があるのだろう。お金が欲しいだけならそれこそ定職に就けばいい。那須はたしかに変わっているが、暗いとか人間関係が苦手だとか、そういったコミュニケーションの障害はないのだ。

だが、沙耶香がそれを追及することはない。那須は何を訊いても一通り答えてくれるが、そんなとき彼の顔はいつだって曇っている。影が射している。

だから沙耶香は彼の過去や心の内を詮索するのを意識的に避けていた。いつか那須が自ら心を開いてくれるのを待っている——そういえば聞こえはいいが、本当は怖かった。仮に沙耶香が那須のすべてを知ったとき、きっと目の前に彼の姿はない。なぜかそんな気がしてしまうのだった。

ジャングルジムのてっぺんにいる柚莉愛がこちらに向かって手を振っている。父と共に手を振り返す。

そういえば那須は子供は好きなのだろうか。ふとそんなことを思った。

「あ、そうだ。姉ちゃんも一緒に行こうぜ」

座敷で片膝を立て、手羽先にむしゃむしゃと齧《かじ》りついている篤人が言った。

誘われたのは、来週に控えている犬山《いぬやま》の花火大会である。沙耶香が子供の頃からやっている催しで、昔の安藤家では毎年それを家族みんなで見物しに行くのが習わしだった。木曽川《きそがわ》に浮かぶ船から大型花火が連発され、犬山城の見守る夜空を鮮やかに彩るのである。

「来週はあんた忙しいんじゃないの。それだでこうして今週に集まったわけだし」

「夜は平気よ。その日くらい仕事早《はよ》う抜けられるでさ――柚莉愛もおばちゃんと一緒に花火見たいよな」

「みたい」

と、柚莉愛が手元を見ながら言った。一生懸命、補助箸でそうめんを摑もうとしているのだ。沙耶香はそのぎこちない箸の動きに那須を重ね合わせていた。彼もまた箸の使い方が下手だった。食事中、よく食べ物をポロポロとこぼしているのだ。ちなみにそんな那須は字も下手だ。

「じゃあ決まりだ。姉ちゃんも行こう」と篤人。

「ごめん。わたし、来週は予定入れてしまったの」

「あんた、またヨーロッパ行くの」母がしかめ面《つら》で口を挟んできた。

「ちがうって。ただ友達と会うだけ」

「それだけならこっち来たらええじゃないの。裕子さんだって歳の近い女がおった方が何かと助かるんだで。ねえ」

水を向けられた裕子が苦笑する。お腹《なか》が出てきているので彼女だけは椅子に座っていた。

「たしかにお義姉《ねえ》さんがいてくれたら嬉しいですけど、無理しないでください」

篤人の妻の裕子はまだ二十六歳だった。だから歳が近いというわけでもない。だが裕子はできた女である。若くして気配りの人で、父も母もすぐに彼女のことが気に入った。

「あんた、新幹線代は出したるでもっぺん戻っといで」

「そういうことじゃないの。わたしから誘ったんだもの。それをキャンセルできんわ」

「そんなことというてわたしとの食事は土壇場で断ったでしょう」

またその話か。何年か前に母が上京した際、一緒に食事に行く約束をしていたのに、沙耶香は当日になってドタキャンしたのだ。理由は不倫していた男のわがままだった。今夜どうしても会いたいというのでそれを断れなかったのだ。なぜあのときの自分は男の言うがままになっていたのだろう。今思えば不思議でならない。

「前々から約束してた母親との食事はキャンセルできて、友達との遊びは――」

「母ちゃん」と篤人。「いい加減しつこいわ。せっかく帰ってきた姉ちゃんの気ィ悪うさすな」

そう咎められたものの、母は「いい歳した女が友達と遊びって」と忌々《いまいま》しそうに言い、台所へと消えた。

「そういえば姉ちゃん、今給料いくらもらっとるん」

篤人が唐突に失礼なことを訊いてくる。ただ、本当は姉に気を遣っているのだろう。沙耶香が高給取りであることを話題にして、姉を立ててくれようとしているのだ。利かん坊で自己中心的だった弟がいつのまにかこうして人に気を遣うことを覚えた。時間というのは人を育てるのだ。

「人並みだよ人並み」と、沙耶香が煙に巻いたときだった。柚莉愛がタイミングを見計らったように、オレンジジュースの入ったコップを倒した。「あーっ」と一斉に声が上がる。

子供とはなんてありがたい存在なのか。実際に柚莉愛のおかげで、正月も深刻な話題を避けることができた。万事が柚莉愛中心に動くことで、周りの大人が救われる。

そんな柚莉愛もほどなくして眠ってしまい、風呂から上がった父も加わって大人だけの空間となった。

みんなで日本酒を舐めながら他愛もない会話を交わす。あの人は今どうしてるとか、そんな話題ばかりだ。それも尽きると沈黙が続き、自然とテレビが点いた。ただし、それを真剣に見てる者はいない。篤人など寝そべってスマートフォンを弄り出す始末だ。

「あつくん。こんなときくらいゲームはやめて」と裕子。

「ゲームじゃない。ネットニュース」だからいいだろといった具合に篤人が答える。

そういえば以前裕子から、篤人が毎月二万円もアプリゲームに課金しているのでやめさせたいと相談を受けたことがある。沙耶香は姉として弟に電話をし、苦言を呈したのだ。

しばらくして、そんな篤人が、「日本とは限らねえわ」と独り言をボソッとつぶやいた。

「何が限らんて」父が反応する。

「脱獄犯。コラムにさ、『今も日本のどこかに鏑木慶一は潜んでいるのだ』とか書かれとるで」

「ああ。もうおらんかもな、日本に」

「あたしはまだおると思うけどね」と母。「パスポート持っとらな、外国には逃げられんでしよう」

「母ちゃん。そういう奴は船で逃げるんだわ。密輸船とかで」

「そんなうまく行くもんかね」

「それは知らんけど」

「だいいち誰が斡旋《あっせん》してくれる？」

「だから知らんて」

「わたしはすでに死んでるんじゃないかなと思うけど」裕子も談義に加わった。

「自殺ってこと？　ないない」篤人が一笑に付する。「自殺するような奴が脱獄なんかせんわ。死刑が怖くて逃げたのに、自ら死んだら笑いもんや」

「でも、これだけ見つからないんだもん。精神的にも追いつめられて死を選ぶこともあるんじゃない」

「ふつうの奴はな。こいつは異常者だでそんなふうに考えんの。今に次の殺人事件起こすがね」

「けど、お母さんテレビ見とって、本当はそんな悪い人じゃないのかもと思ったけどね」母が身を乗り出して言った。「仕事も真面目にやっていたそうだし、とても親切だったって。前歯のない男の人が泣きじゃくりながらインタビューで話しとったのよ。なんか必死で訴えとるの見て、お母さん胸が苦しなったわ」

「ああ、あのおっちゃんね」篤人がニヤリと笑った。「でもあのおっちゃん自体、前科モンだったんだぜ」

「あら、そうなの？」

「そう。ネットで話題になっとったもん」

「なあんだ。そうなの。それじゃああかんね」

「それにしても東京におったとはなあ」父が猪口《ちょこ》を呷って言った。「大胆ちゅうか、神経が図太いちゅうか」

平成最後の少年死刑囚となった殺人鬼。そんな少年が五ヶ月前に神戸拘置所を脱獄し、今もなお逃げ回っている。その名も鏑木慶一。

鏑木慶一が有明の工事現場にいたとわかったのは、三ヶ月ほど前のことだ。これには警察だけでなく、世間の誰しもが驚いた。

鏑木慶一は自らを遠藤雄一と名乗り、他の作業員に交ざって毎日仕事をしていたらしい。ちなみに、鏑木慶一が来年開催されるオリンピックのテニス会場を造っていたことを一部メディアが報じず、物議を醸した。些々《ささ》たるものとはいえ、死刑囚で脱獄犯の男が、神聖なるオリンピックに携わっていたことを報じたくなかったのだ。

「お義姉さんの会社は、そういう事件の記事も書いたりするんですか」

「ううん。うちはメイクとかダイエットとかそんなんばっか」

「姉ちゃん。東京住んどるんだで、もしかしたらどっかで犯人とすれ違っとったかもよ」

「おっかないねえ」沙耶香は身を震わせてみせた。

「案外まだ東京におったりしてな」

篤人がそんなことを言い、この話題は終わった。


久しぶりに実家の風呂に浸かり、上がってくると父がまだひとりで晩酌をしていた。もう零時近いので、母や篤人たちは眠っている。

「お父さん。飲み過ぎとちがう」

「そんな飲んどらん」

「気をつけなあかんよ。もう若くないんだで」

「ああ」

父の対面に座り、基礎化粧品の入ったポーチを開いた。卓に鏡を立て、まずは化粧水を肌に馴染ませていく。父の前だとなんの恥じらいもない。那須の前では少し気恥ずかしい気持ちになるのだけど。

「沙耶香」

ふいに名を呼ばれ、目線を上げる。

「シワ増えたな」

「怒るよ」

本当に気分を害した。そんなの誰よりも自分がわかっている。

少し沈黙があり、

「お父さん、再就職するいうただろう」

「あ、うん」沙耶香は手を止めずに反応した。

「本当はせんでも、なんとか食ってける。もちろん贅沢はできんけどな」

「うん」

「だからってずっと家におるのもな。お父さん、趣味とかないで」

「釣りは？」

「釣りはたまに行くからいいんだ」

「そっか」

父は二ヶ月に一度のペースで、早朝から釣りに出かけていた。釣果《ちょうか》が芳《かんば》しくなくとも本人は楽しいようで、昔からずっと続けていた。

「来年から、お父さんの第二の人生が始まる」

突然そんなことを言うので沙耶香は手を止め、父を見た。

「おまえはおまえの人生を生きたらいい」

「何よ、急に」

「今までうるさいことばっか言うてすまんかった」

「………」

「人様に迷惑を掛けな、どんな生き方したっていいわ。お父さん、いつだって沙耶香の味方やでな」

「うん。ありがとう」

そしてご苦労様。胸の中で言った。

父は四十年以上も働いて、家族を守ってきた。それがどれほどすごいことなのか、この歳になって少しだけ理解できるようになった。

親孝行しないとな。素直にそう思った。


やがてその父も横になり、全員が寝静まった深夜、沙耶香はスマートフォンを持って庭に出て、縁側に腰掛けた。夏の夜風が心地いい。空にはまるで夏みかんのような満月がぽっかり浮かんでおり、周囲の闇を和らげていた。

「ねえ、そっちからも満月見える？」

訊くと電話の向こうにいる那須は、〈いえ、カーテンが閉まっているので〉と、つまらない返答をした。

「開けて見てよ。すっごく綺麗だから」

〈少々お待ちを〉移動するような物音。〈はい、見えました〉

「どう？　綺麗じゃない？」

〈まあそうですね〉

つい噴き出してしまった。

〈何かおかしいですか〉

「隆士くんはロマンチストじゃないんだね」

この青年はメルヘンな見た目と違って、中身は不粋そのものだった。ただ、それがまたいいのだけど。那須隆士という人間はいろんなところがアンバランスで、そこが魅力的なのだ。

「今日は一人で何してたの？」

〈仕事してました〉

「それだけじゃないでしょう」

〈もちろんそれだけではありませんが〉

「じゃあどんな一日だったかちゃんと教えて」

まるで女子高生が彼氏にせがむように、そんなことを言ってみた。那須と同棲が始まってからというもの、長らく心の奥の方に引っ込んでいた乙女心が度々顔を覗かせる。

〈掃除したり、洗濯したり、食事を作ったり。一人分の食事というのは意外と難し――〉

「ちょっと待って。洗濯したの？」

〈ええ。一応〉

洗濯機の中には沙耶香の下着類などもたくさん入っていたはずだ。

「それわたしの仕事」

〈でも、結構な量が溜まっていたので〉

「いいの。いっぱい溜められるようにあえておっきいの買ったんだから」

一人暮らしの勤め人は休日にしか洗濯ができない。そのためにわざわざビートウォッシュという巨大な縦型洗濯機を購入したのだ。

〈すみません。嫌でしたか〉

「嫌というか……」恥ずかしい。ただそれだけだ。「以後、気をつけるように」

その後は他愛もない会話をした。取り立てて用はないのだ。明日になれば自宅で顔を合わすし、おしゃべりだっていくらでもできる。ただ、こうして一日離れているだけでその声が聞きたくなる。本当に、自分は乙女に立ち戻っている。

最後はいつもの「おやすみ」で通話を終えた。これがないとその日が終われない。

やっぱり、好きになっちゃったんだろうな。

沙耶香は吸い込むように満月を見つめ、しみじみ思った。

13

品川駅に到着し、そこからはタクシーに乗り込んだ。さすがに贅沢が過ぎるかとも思ったが、自分を甘やかすことにした。実家に帰省して疲れて帰ってくるのは毎度のことだった。その上、今回はこの大量の荷物である。

ちなみにそのほとんどが土産だ。会社用もあるが、半分は那須のために買ったものである。那須は名古屋に行ったことがないと話していたので、彼に名物を食べさせたくて、あれもこれもカゴに放り込んでいたらあっという間に両手が塞がってしまった。

時刻は二十時に差し掛かろうとしている。日曜なので車の往来はさほど多くない。そんな花《はな》房山《ぶさやま》通りを信号に捕まりながらタクシーは進んでいった。

シートに背をもたれた沙耶香は鞄からスマートフォンを取り出した。ＬＩＮＥを立ち上げる。やっぱり既読がついていない。名古屋を出発するとき、那須に向けて『今から新幹線に乗ります』とメッセージを打ち、それに対しては返信があったのだが、『品川に着きました』というメッセージに対しては既読すらついていないのだ。通話マークをタップする。すると、それも回線が繋がらなかった。これは電源が落ちているわけではなく、おそらく那須がインターネット環境のある場所にいないのだろう。

那須の持つスマートフォンはどこのキャリアとも契約がされていなかった。つまり、端末だけを所持しており、Ｗｉ－Ｆｉをキャッチできる環境下のみインターネットが使用できるのである。当然、電話番号も持っていない。もっとも彼に言わせれば公共のＷｉ－Ｆｉだけで不便はないそうだ。実に現代の若者らしい。

何はともあれ、那須が外出していることはこれで確定した。いったい、どこへ出掛けているのだろう。

やがて自宅マンション前に到着した。初老の運転手がトランクから大量の荷物を取り出してくれる。それにしてもまたずいぶんと買い物をしたものだ。我ながら呆れてしまう。

よし、と気合いを入れ、荷物を両手で持ち上げエントランスに向かった。オートロックを解除するために一旦荷物を床に置く。沙耶香は鞄から鍵を取り出したものの、それを差し込まず、自宅の403号室のボタンを押してみた。

五秒、十秒。まだ那須は帰ってきていないようだ。なんだよな、出迎えて欲しかったのに。沙耶香は唇を尖らせた。ふだん外に出ないくせにこんなときばかり留守にしなくたっていいじゃない。帰ってきたら文句を言ってやろうと思った。

鍵を差し込み、捻る。ロックが解除されドアが開いたとき、

「沙耶香」

と真後ろから声を掛けられた。振り向いた沙耶香は目を丸くし、息を飲んだ。

一人の男が立っていた。矢川直樹《やがわなおき》。沙耶香が八年交際、いや、不倫していた男――。

「久しぶり。元気してたか」

沙耶香は声が出なかった。代わりに一歩後ずさった。

「そんな警戒すんなよ」

「……何しに来たの」

半年ぶりに見る矢川の顔はやつれていた。若々しいのが魅力的だったのに、一気に老け込んだように見える。実年齢の四十五歳そのままの風貌だ。

「実家に帰ってたのか」沙耶香の手にある荷物を一瞥して言った。

「何しに来たんですか」

「なんだよ、その敬語」

「帰って下さい」

「話を――」

矢川が言葉を切る。住民が外から入ってきたからだ。自動ドアが開いているので、「こんばんは」と言って沙耶香たちの横を通り過ぎていく。

住民の姿がなくなったところで再び矢川が口を開く。「おれの荷物を取りに来ただけだよ」

「荷物、おまえん家に置いたままになってるから」

「あなたの荷物はすべて処分しました」

「ウソだな。今してるピアス、昔おれがやったもんだろ」

「………」

たしかに両耳にぶら下がっているこれは矢川からプレゼントされたものだった。深く考えずつけていたが……。これはもう捨てようと思った。

家にある矢川の荷物も本当に近々捨てるつもりでいた。不思議なもので、矢川に対して気持ちがなくなると、沙耶香の中でその荷物が自宅にあろうがなかろうが瑣末なこととなっており、逆に放置してしまっていた。

「あとで宅配便で送ります。だから帰って下さい」

「せっかく来たのにそんな無下《むげ》にすんなって。下でずっとおまえを待ってたんだ。必要な物だけまとめたらすぐ帰るから」

また、住人がやってくる。今度は中からだ。沙耶香たちに訝しげな視線を送り、エントランスを出て行く。

「本当に、用を終えたらすぐ帰って下さい」

そう告げ、沙耶香は荷物を持ち上げ歩き出した。矢川とともに自動ドアをくぐり抜ける。

「半分持つよ」と手を差し出してきたが、「結構です」と断った。

エレベーターに乗り込んだ。ドアが閉まり、身体が持ち上がる。

「懐かしいな」

矢川がつぶやいた。沙耶香は反応しなかった。

この男はどの面を下げてやってきたのだろうか。半年前、矢川の妻に不倫がバレたとき、この男はあっさり沙耶香を捨てた。目の前ではっきり、「遊びだった」と言い切った。

矢川の妻に罵倒される沙耶香を庇ってくれなかった。彼女から平手打ちを食らったとき、矢川はそっぽを向いていた。

四階でエレベーターを降り、廊下を進み、自宅のドアの前に立つ。那須が不在でよかった。心からそう思った。

沙耶香はここで振り向いた。

「何が必要か言って下さい。わたしが取って来ますから」

「上げてくれないわけ」

「当たり前です」

矢川がため息をつく。「じゃあおれのスーツを一式取ってきて」

沙耶香は施錠を解除し、ドアを開けた。そして身を玄関に入れると、後ろから矢川も続いて入ってきた。

「ちょっと」振り向きざま声を荒らげた。

「そう邪険にするなって。自分で荷物まとめるから」

そう言って矢川はサッと靴を脱ぎ、勝手に居間に進んでいった。

居間の電気を点け、

「あんまり変わってないな」

矢川が周囲を見回して言う。そしてソファに腰を下ろした。

「座らないで」

すぐさま言った。

「少しくらい話を聞いてくれよ」

「荷物を取りに来たんじゃないの」

「いいから落ち着けって。いつからそんな気性の激しい女になったんだよ。おまえそういう女じゃないだろ」

その言い方が無性に癇に障った。「用がないんだったら今すぐ出てって」

「だから用はあるよ。話を聞いてほしいんだ」

「なんの話？　傷つけてごめんとかそういうのだったらいらないから。わたし、もうあなたのこと忘れてるし、思い出したくもないの」

本心だった。もっといえば思い出すこともなくなった、だ。那須が我が家に来てからというもの、本当に矢川のことは思い出さなくなっていた。沙耶香にとって目の前の男は、遠い過去の人なのだ。

「あのあとな、いろいろあってな」

矢川が指を組み、勝手に語り始めた。不本意ながら沙耶香は立ったままそれを聞く形となった。

長ったらしく話していたが、要は矢川は妻と離婚したそうである。

「自分の気持ちに正直にならなきゃ一生後悔すると思ったんだ。妻や子供を捨ててでも」

矢川が神妙な眼差しを向けてくる。沙耶香は乾いた気持ちで矢川を見下ろしていた。

直感で嘘だと思った。離婚したことは事実だろうが、矢川は捨てたのではなく、きっと捨てられたのだ。

「けじめとして仕事も辞めた。心機一転、おまえと一緒に人生を歩んでいきたいんだ」

これもおそらくは嘘。クビになったのではないだろうか。

矢川は外資系のファイナンス会社で営業マンをしていた。不倫が発覚する直前、彼は仕事でトラブルに巻き込まれていた。直属の上司が会社の経費を長年使い込んでおり、潔白である自分にも累が及ぶ可能性があるなどと話していた。そのときは同情したが、今思えばあれだって疑わしい。本当は経費を使い込んでいたのは矢川自身だったのではないか。

こうして離れて、矢川という人間を冷静に観察してみると、すべてが虚飾で糊塗《こと》された人物に思えてくる。そもそも妻子があることを沙耶香に隠していたのだから。

「沙耶香。おれとやり直してくれないか」

そんな言葉も沙耶香の心には何も響かなかった。交際中、掛けられていた魔法はすでに解けていた。

ているのだ。

「ごめんなさい。できません」沙耶香は静かに、ただしはっきりと告げた。「あなたに奥さんと子供がいると知って、それでも付き合い続けたのはわたしの意思です。だからあなたを恨んではいません。けれど、もうこれ以上わたしに関わらないでください」

矢川は沙耶香の返答が予想外だったのか、狼狽していた。「今のおれには妻も子もいない。堂々とふたりで暮らせるんだぞ」

「そういうことではなく、あなたに未練がないの」

「……他に男がいるのか」

「関係ありません」

「いいから教えろよ。男がいるのか」

一拍置き、沙耶香は首を縦に振った。

矢川は視線を床に這《は》わせ、「……けんなよ」と唇だけでつぶやいた。ふざけんなよ。そう言ったのだろうか。

「あなたとは終わったんです。帰ってください」

沙耶香が再度告げる。

だが、矢川は腰を上げようとはしなかった。下唇を噛み、ずっと虚空を睨んでいる。

「お願い。もう帰――」

「手切れ金」

「は？」

「手切れ金払えよ。別れるなら」

沙耶香は返答に窮した。何を言われているのか、理解ができなかった。

「おれは家庭も仕事も失って、どうしておまえだけ何事もなかったように再出発してんだよ」

「わたしはあなたの奥さんに慰謝料を払いました」

「おれはもらってねえだろう」

「なんであんたに払わなきゃいけないの。冗談じゃないわよ」

怒りが込み上げてきた。瞬く間に身体に激情が充満する。

「早く出てって。二度とわたしの前に現れないで」

そう言いつけると、矢川がバッと立ち上がった。

沙耶香は後ずさりした。だがすぐに背中が壁にぶつかった。

「おまえ、いつからおれにそんな口を利くようになったんだよ」

一歩ずつにじり寄ってくる。

「来ないで」

「なあ、沙耶香。おまえ、本当はまだおれのこと――」

手が伸びてきた。沙耶香はその手を払った。

矢川の顔つきが変わる。憎悪が剝き出しだった。

両の手首を摑まれた。物凄《ものすご》い力だった。

「放して」

足を掛けられ、共に床に倒れこんだ。レスリングのように上に覆いかぶさってくる。

「やめてよっ」

「おまえ、激しくされるの好きだったろ」耳元で荒い息を吐き掛けられた。

「やめてーっ」

矢川の唇が首筋を這う。沙耶香は必死に抵抗を示した。だが、力の差は歴然としていた。男の暴力の前に女はなす術がない。

着ていたTシャツが捲り上げられた。そして、ジーパンのボタンが外され、ジッパーが下ろされた。沙耶香はそれだけは脱がされないように身をよじらせ、懸命に足搔《あが》いた。

そうした攻防を繰り広げていると、突然ピタッと矢川の動きが止まった。

恐るおそる真下から見上げると、矢川は上半身を起こした状態で首を横に捻り、廊下の先を睨んでいた。

その視線の先に目をやった直後、沙耶香は息を飲んだ。

キャップを被った那須が玄関に立っていた。手には見覚えのあるマークが描かれたビニール袋がある。近所のスーパーのものだとわかった。

矢川が身体から離れ、立ち上がる。沙耶香はすぐさま乱れた衣服を直した。

「一緒に住んでんのかよ」

どちらにともなく矢川が言った。顔にはうすら笑いが浮かんでいる。

「早く出てって」

床に座り込んだ状態で沙耶香は叫んだ。

「はいはい。お邪魔しました」

矢川が不貞腐れたように言い、玄関の方へ向かって行く。その背中を沙耶香は睨みつけた。

やがて玄関で矢川と那須が対峙した。那須がサッと脇に逸れ、矢川の動線を確保した。

「あんた、やたら若いな。年増好きか」

そんなことを矢川が言ったが、那須は答えなかった。

「こんな女と暮らしてるとろくなことがねえぞ。この女は疫病神だからな。ま、どうせあんたも遊び――」

ここで矢川が言葉を途切らせた。

まじまじと那須の顔を覗き込んでいる。那須がその視線を避けるように顔を背け、靴を脱いでこちらに歩み寄ってきた。そんな那須の背中に矢川は目を細めている。

「早く出てけっ」

沙耶香は再び叫んだ。やがて矢川はドアを開け、出て行った。

そのドアが閉まると同時だった。沙耶香の目から涙が溢れた。

那須は何も言わず、沙耶香の傍らで膝をつき、ずっと背中をさすってくれた。

14

翌日、昼下がり。遅めの昼食を摂るために沙耶香は花凜と連れ立って職場のビルを後にした。頭上から降り注ぐ陽射しは相変わらずで、ふたりはなるべく日陰になっているところを歩くように努めた。

花凜が冷やし中華が食べたいというので『始めました』と店頭にボードの出ていた定食屋に入った。十四時を過ぎているからか、店内は比較的空いている。

「あれ、なんか今日、目腫《は》れぼったくないですか」

席に着き、向かい合ったところで花凜が言った。

「寝不足なの。溜まってたドラマ見てたらつい寝るのが遅くなっちゃって」

水の入ったコップに手を伸ばしながら沙耶香が答える。

「ドラマか。わたし、今期一つも見てないや」

やがて冷やし中華が二つ届き、それを啜りながら会話を交わした。花凜は七月に入ったボーナスで九十万もするエルメスの鞄を買ったのだという。花凜もそれなりに高給を得ているが、さすがに分不相応な気がした。もちろんそんなケチをつけるようなことは口にしないが。

「自分へのご褒美ってことで思い切ったんですけど、失敗だったかなって」

「どうして？」

「職場に持っていくのも気が引けるし、かといって合コンとかデートの場に持っていくと金のかかる女って思われそうで」

「じゃあどうして買ったのよ」

「あとになってそういうことに気がついたんですよ」

花凛はしかめっ面でため息をついている。

「堂々と持てばいいじゃない。花凛ががんばった証《あかし》なんだから。それにさ、男の人ってエルメスくらいはわかってもその鞄がいくらとかそういうことまでわからないと思うよ」

「ですかねえ」

花凛はこう見えて、玉《たま》の輿《こし》狙いの女ではなかった。もちろん相手の年収が自分より下なのは嫌らしいが、それも男性側の立場を考え、気後れさせては可哀想《かわいそう》だからと以前話していた。ふつうの仕事をしていて、ちゃんと自分を愛してくれる人ならそれでいいのだそうだ。

「別に白馬に乗った王子様を待ってるわけじゃないんだけどなあ」

そんなことをぼやき、光った唇で麺をツルツルと啜った。

白馬に乗った王子様、か——。

那須のイメージはそれに近い。若手のイケメン俳優と紹介されれば、素直に納得できる容姿だ。もっとも本当の那須は定職のない、ホームレスである。

それでもやっぱり、沙耶香にとっては那須は王子様かもしれない。

昨夜、矢川が去ったあと、沙耶香は一時間泣き通した。那須は何も聞き出そうとはせず、無言で、ただ静かに自分のそばに寄り添っていてくれた。それがどれだけありがたかったか。最後の方は那須の優しさに涙していた気もする。

その後、沙耶香は何があったか、すべてを那須に打ち明けた。那須は一言、「警察に届けるんですか」とだけ質問してきた。そんなこと考えてもいなかったが、たしかにあれは強制性交未遂だ。だが沙耶香はしないと答えた。泣き寝入りするわけではなく、あの男とは金輪際関わりたくなかった。よけい惨めな気持ちを味わうだけだ。八年の歳月をなかったものにはできないが、これ以上思い出を汚すこともしたくなかった。そう伝えると、那須は納得したように何度か頷いていた。

そして、昨夜は那須と初めて一緒に眠った。沙耶香からそう頼んだのだ。ベッドの中でふたりに何かがあったわけではない。手すら繋いでもいない。

ただ、彼のぬくもりを感じ取れるだけで沙耶香は眠りにつくことができた。最悪な一日に終わりを告げることができた。

「今週末、久しぶりに先輩の家に泊まりに行こうかなあ」

先に食べ終えた花凜がそんなことを言った。

「今週は……ダメ」

「どうして？」

焦った。その理由を持ち合わせていない。

「怪しい」花凜が懐疑的な目を寄越した。「最近やたら帰るのが早いし、あたしとの飲みも断るし、家にも来たらダメだという。これはどう考えても怪しいですな。お嬢さん」

犯人を追い詰める刑事のような口調で言う。

「白状しなさい。新しい彼氏ができたんでしょう」

それでもなんとかあしらっていたものの、花凜は執拗だった。さすがに沙耶香も観念して、同居している男がいるとだけ告白した。

「ただ、彼氏って感じじゃないんだよね」

「一緒に住んでて彼氏じゃないわけないでしょ。で、いくつ？　何してる人？　どうやって出会ったの？」

矢継ぎ早に質問を飛ばしてくる。沙耶香は自分と同い年の証券会社に勤める男だと話した。さすがにうちで雇っている在宅ライターだとは言えない。それも一回り若い男だなんて、口が裂けても言えない。

「一緒に暮らしててやらないってやばくない？　先輩、女として見られてないんじゃない？」

花凜が直球な疑問を口にする。おまけに、声がでかい。

「大きなお世話」口に人差し指を当てて言った。

「先輩が拒否してるってこと？　お預けしてるんだ？」

「うるさいって。いいでしょ、別に」

花凜はなおも色々訊いてきたが、沙耶香は取り合わなかった。

「それにしても、あたしに相談もなく、陰でそんなことしてるとはねえ」花凜が斜めから見てきた。「とりあえず近いうちに紹介してくださいよ」

沙耶香は、「いつかね」と返答を濁した。花凜ならいいかという気もするが、きっと那須が嫌がるだろう。「そういう場は控えさせていただきます」そんなことを言いそうだ。

食後にアイスティーを頼み、共にそれを飲んでいると、沙耶香の仕事用のスマートフォンに着信があった。知らない番号だった。取引先の誰かだろうと思って応答すると、〈おれだよ〉と知っている男の声が聞こえた。一瞬で身体が硬直する。

相手は矢川だった。沙耶香は言葉を発することができなかった。そんな沙耶香の様子を花凜が不思議そうに見ている。

花凜に手刀を切って席を立ち、足早に店の外に出た。ムワッとした熱気が絡みつき、眩《まぶ》しい光に晒される。

〈昨日は悪かった〉

「どうしてこの番号を知ってるの」

〈会社に電話したら不在だっていうから、じゃあケータイ教えてくれって頼んだんだよ〉

舌打ちした。きっと仕事の関係者を装ったのだろう。

「これ以上つきまとうなら警察に通報しますから」

〈ってことはまだ言ってないんだな〉

「ええ。でもあなた次第です」

〈心配するな。もう何もしない。約束する。だからその、昨日のことは水に流してくれ〉

なるほど。昨夜のことを警察沙汰にされるのを恐れていたのか。

「被害届を出すつもりはありません。その代わり、もう二度とわたしの前に現れないでください」

〈ああ。本当にすまなかった〉

沙耶香が通話を切ろうと、スマートフォンから耳を離したときだった。〈あの金髪のノッポ、素性は？〉と矢川が言った。

「そんなのあなたに関係ないでしょう」

〈あの見た目じゃまだ二十そこそこだろう。売れないバンドマンとかその類か〉

「関係ないって言ってるでしょう」

〈どこの誰なんだよ、あいつ〉

「もう切ります」

〈あいつ、似てねえか〉

「……誰に？」

〈例の脱獄犯だよ。鏑木慶一〉

馬鹿なこと言わないで。そう口にしようとしたものの言葉にならなかった。

一瞬、沙耶香の脳裡で像を結んだ脱獄犯の顔が、那須と類似したものだったのだ。

〈おかげさまでこっちはヒマでな、毎日テレビばっか見てんだよ。昨日の昼間もちょうどワイドショーであの脱獄犯のことをやってて、なんとなく犯人の顔が頭に残ってたんだろうな、それであの金髪の顔見たときに『ん?』ってなったんだよ。あの後、改めてネットで調べてみたんだけど、やっぱり似てる気がするんだよな。一見、別人のようだが、身長だって同じくらいだろう〉

「……」

〈おい沙耶香。聞いてるのか〉

「……冗談は、やめてよ」声が震えた。

〈おれだって本気で言ってるわけじゃないさ。で、ちゃんとあいつの素性わかってんのかよ〉

「わかってるに決まってるじゃない。運転免許証も、パスポートだって見てるし」

〈なんだ。そうなのか〉一気に興味を失ったように矢川が言った。〈まさか脱獄犯じゃなくとも、おまえのことだから、てっきりヤバい野郎に利用されてるんじゃねえかって思ってさ〉

自分を棚に上げてこの男は何を言ってるのか。

〈ま、この期《ご》に及んで東京なんかに潜んでるわけねえよな〉

「……当たり前でしょう」

最後は、〈お幸せに〉と、取ってつけたような台詞が届き通話が切れた。

沙耶香は動けなかった。強烈な直射日光に晒されているのに、その場から一歩も足を踏み出せなかった。

本当は、運転免許証も、パスポートも見ていない。那須は身分を証明できるようなものを何一つ持っていないのだ。

まさか。そんなことあるわけない。そんな馬鹿なこと――。

唾をごくりと飲み込んだ。

手の中のスマートフォンに目を落とす。ゆっくり指をスライドさせ、『鏑木慶一』と文字を起こし、グーグル検索に掛けた。

続けて画像マークをタップした。すぐさまいくつかの鏑木慶一の顔が表示された。どれもどこかで見たものばかり。求めずとも、この凶悪犯の顔は至るところで目にしてきているのだ。

ただ――全然似てないじゃない。始めそう思った沙耶香だったが、徐々に血の気《け》が引いていった。矢川の持った感想と、同様のものが沙耶香の中にもじわじわと広がっていったのだ。

一見まったくの別人。だが、よくよく見てみると、たしかに似ていた。たとえば鼻。そして唇。一箇所に焦点を当ててみると、それがよくわかる。目もそうだ。那須がカラコンを外したときの印象と、手の中のこの画像はとてもよく似ていた。

それから沙耶香はどれだけの時間をその場で立ち尽くしていただろう。思考はぐるぐると巡っているが、先へ進まない。同じところで足踏みしている。まるで脳が考えることを拒否しているかのように。

「先輩」

と背中から声を掛けられた。振り向くと花凜が立っていた。

「待ちくたびれて出てきちゃいましたよ」

「……会計は」

なんとかその言葉だけ絞り出した。

「奢りでいいですよ。ささやかなお祝い」とウインクを飛ばしてくる。

沙耶香は礼も告げず、花凜と共に歩き出した。

「早く屋内に避難しないと。焼けちゃう、焼けちゃう」と花凜。

沙耶香は足を懸命に繰り出していた。肉体が自分のものではないようだった。少しでも気を抜いたら、この熱せられたアスファルトの上に倒れ込んでしまいそうだった。

オフィスに戻るまでの間、花凜が何かをずっと話していた。ただ、沙耶香はそれを一つも覚えていない。


T字形のドアノブに手を掛けたところで動きが止まった。自宅に入るのがこんなにも怖いのは初めてだ。息苦しささえ感じていた。まるでこの扉の向こうに猛獣が待ち構えているような、そんな恐怖と沙耶香は戦っていた。

午後からの仕事は散々だった。まるで新人のようなケアレスミスを連発し、室長の稲本から久しぶりに叱責を食らった。

深呼吸をし、意を決して、ドアノブを下ろした。

ドアをふだんより勢いよく開け、「ただいまー」と努めて明るく言った。

奥の廊下から那須が姿を現す。こうして毎回、帰宅した沙耶香を出迎えてくれるのだ。

「おかえりなさい。さーや」

その声を聞いた瞬間、ゾッとした。身の毛がよだつというのはまさに今この瞬間のことだ。

沙耶香は下を見たまま靴を脱ぎ、彼を通り越して居間へと進んでいった。

途中、洗面所で手を洗い、うがいをした。鏡に自分の顔が映っている。明らかに強張っていた。意識的に微笑んでみる。笑みが歪んでいた。

寝室に移動し、部屋着に着替え、居間へ向かう。那須は背を向けてキッチンに立っていた。

沙耶香はソファに腰を沈めた。

「辛いものが好きだとおっしゃっていたので、今日はゴーヤと春雨の甘辛味噌炒めというのに挑戦してみたんですが、少し味付けが濃くなってしまったかもしれません」

「ご飯が進みそうじゃない」

「何度も味見していると段々と舌の感覚が狂ってしまって……言い訳がましいですね」

「料理あるあるだね」

こんな会話ですら必死だ。平然を装うのがこんなにも難しいこととは知らなかった。

やがて食卓につき、夕食が始まったものの、まったく食べ物が喉を通ってくれなかった。空腹なのに食欲はこれっぽっちも湧かない。

「やっぱり、少し濃かったですか」那須が申し訳なさそうに訊いてきた。

「ううん。ちょうどいいよ」

沙耶香は微笑み、それから機械的に箸を動かした。定期的に彼の手元を見ながら。

彼の右手にある箸は、例のごとく何度か食べ物を摑み損ねていた。

これまで手先が不器用なのだと思っていたが、それはちがうのかもしれない。本当は左利きなのではないだろうか。あの脱獄犯がそうであるように。

続いて、沙耶香はさりげなく視線を那須の口元にやった。そこに黒子はなかった。脱獄犯・鏑木慶一の左の口元にある、直径三ミリほどの特徴的な黒子。那須にはこれがない。

ただ、沙耶香は知っていた。風呂を上がったときにだけ、那須の左の口元に黒子が出現することを。

ふだんはメイクで隠しているのだ。濃いコンシーラーを使えば黒子を塗りつぶすことなんて造作ない。

黒子はコンプレックスなのだろうと思っていた。彼の美意識に反するものだから隠したいのだろうと思っていた。

その後、食事を終え、毎晩の習慣である海外ドラマを一緒に見た。だが今日ばかりはドラマの内容がまったく入ってこない。頭の中ではとなりにいる那須にずっと問いかけている。

あなた、本当は誰？　何者なの？

沙耶香の中では、未だ半信半疑だった。ここにいる那須隆士が、脱獄犯・鏑木慶一である確証はどこにもない。ただ顔が似ている。それだけだ。この世には自分と同じ顔をした人物が三人存在するという。芸能人のそっくりさんにだって本人と見分けがつかないくらい似ている人だっている。そんな迷信や特例を取り上げてみては、沙耶香は自分を励まさんとしている。

だが、心の奥深いところでは、すでにあきらめているのかもしれない。もう、決めつけているのかもしれない。

なぜなら、もし那須隆士があの脱獄犯ならば、日頃沙耶香が感じていた違和感のすべてに解答が与えられてしまうからだ。

住所がないことや、身分証がないこと。外に出たがらないことや、常にメイクをしていること。細かいことをいえば他にもたくさんある。たとえば那須が配達された品を自宅で受け取ろうとしないこと。このマンションには宅配ボックスが設置されており、受取人が不在の場合はそこに荷物が入れられるのだが、彼はそこから沙耶香の荷物を受け取っていた。常に在宅であったにもかかわらずだ。

さらには、彼が若くして在宅ライターを始めたことも腑《ふ》に落ちてしまう。人に会わずに金を得るため。なぜそれが沙耶香の勤める会社だったのか。おそらく原稿料を手渡しで受け取れるからだ。銀行口座のない者にはこれほどありがたいこともないだろう。

沙耶香は湯船の中でもずっとこれらを考えていた。考えれば考えるほど、他人の空似という一縷《いちる》の望みは希薄なものとなり、同一人物だという厳然とした解が重くのしかかってくる。

いつしか湯はぬるくなっていた。沙耶香は追《お》い焚《だ》きボタンを押して風呂から上がった。

「今日はずいぶんと長風呂でしたね」

沙耶香は頭にタオルを巻きながら、「なんかぼうっとしちゃって。疲れてるのかも」と答えた。

「夏バテですか」

「うん。そんな感じ」

その後、那須が着替えを手にして浴室に向かった。やがてシャワーの音が聞こえてくる。いつものようにフェイスケアをしていた沙耶香はここで手を止め、立ち上がった。

そしてやにわにクローゼットを開けた。この中には那須のキャリーバッグが仕舞ってある。取り出してみるとかなりの重量があることがわかった。中身がぎっしり詰まっているのだ。だが、小型の南京錠で施錠されていた。これでは開けられない。

キャリーバッグを元に戻し、今度は居間の隅に置かれた彼のリュックに触手を伸ばした。恐るおそる覗いてみると、中には衣服や財布、化粧ポーチのほか、いくつかの本が入っているのがわかった。その内のもっとも分厚い一冊を抜き取る。辞書かと思われたそれは『六法全書』であった。こんなもの何に必要なのか――。

また、その他の本は認知症、アルツハイマーに関する書籍であった。ますますわけがわからない。

続いて財布を手に取った。量販店で安売りしているような代物《しろもの》である。開くと三万円ほどのお札と、小銭が少々。カード類は一切入っていない。これだけで異様な財布であることがわかる。

次は化粧ポーチを開いてみた。ファンデーション、コンシーラー、ブロンザー、ハイライター、チーク、ヘアブラシ、アイライナーやビューラーまで入っていた。女子顔負けの品揃えだ。

それから沙耶香はリュックを隅々まで調べてみたが、これ以上特筆すべきものは見つからなかった。きっと大切なものや、見られてはならないものはキャリーバッグの方に入っているのだ。

ダメ元でテーブルに置かれている彼のスマートフォンやパソコンにも触れてみたが、やはりどちらもロックが掛かっていた。共に数年前の機種で、おそらくこれらは中古で手に入れたものだろう。こんなものどこにだって売っているので、誰でも容易に入手できる。

沙耶香はその後も、彼の数少ない所持品を順々に、隈なく手に取った。ゴミ箱も漁《あさ》った。せわしなく手を動かしながら、なぜ自分はこんなことをしているのだろうと思った。那須に直接問いただせばいいだけの話なのに。それが怖いのなら、彼に一言、「出て行ってほしい」と告げればいい。きっと那須は何も言わず去っていくことだろう。いや、何よりも先に警察に通報すべきなのだ。我が家に脱獄犯がいると――。

たぶん、自分は探しているのだ。那須隆士が鏑木慶一である証拠ではなく、そうではないという証拠を――。

やがてシャワーの音が止み、ほどなくして顔を上気させた那須が姿を現した。いつものようにスクエア眼鏡を掛けている。

沙耶香はさりげなく近づき、その顔を、左の口元を観察した。

そして改めて絶望した。やっぱり、あってほしくなかったものはそこにあった。

沙耶香は体調が優れないと告げ、ふだんよりも早くベッドに入った。「お大事に」彼のそんな言葉もどこか恐ろしく、そして切なく響いた。

布団に包《くる》まり、闇の中で深い絶望を味わった。涙など出ない。ただただ、静かに絶望を体感していた。やがて、自分の中の何かが壊れていくような、失われていくような、そんな感覚に襲われた。砂で作られた山が風を受け、さらさらとその姿形を細らせていくような……。

真夜中、沙耶香は夢遊病者のようにベッドから這い出た。音を立てぬようにドアを開け、暗闇の中にいる那須に目を凝らした。リビング中央に敷かれた布団に横たわる、たしかな人影。すう、すう、と一定のペースで寝息を立てている。

沙耶香は立ったまま、その寝息をずっと聞いていた。


翌日は睡眠不足もあって倦怠感《けんたいかん》に包まれた一日となった。仕事にはまるで身が入らず、周りから不審がられ、稲本にはまた叱責され、散々だったが気にならなかった。そんなのどうでもよかった。

一方、自宅に帰ってからはふつうに過ごした。那須とふだん通り会話を交わし、食事を共にして、ドラマを見た。これまでとなんら変わらぬ二人の夜を過ごしたのである。むしろ会社にいるときの方が不安や、恐怖が大きいくらいだった。

もちろん頭の中では——この子、人を殺したんだよな——と思っていた。死刑判決を受け、さらには脱獄までした、とんでもない罪人なんだよなと思っていた。けれど、それらすべては、ここにある現実とどこか遊離したもので、奇妙なことに恐怖には繋がらなかった。

麻痺しちゃったのかな。熱いシャワーに打たれながら沙耶香はそんなふうに自己分析してみた。きっと自分の心は麻酔を打たれてしまったのだろう。それは恐怖や倫理をも遠のかせる、劇薬かもしれない。

「なんか今日、変ですよ」

那須に指摘され、沙耶香は自然と笑みを零《こぼ》した。

この夜、沙耶香は再び那須を寝床に招いた。那須は困惑していたが、沙耶香は彼の背中を押して強引にベッドに引きずり込んだ。

沙耶香は那須をきつく抱き締めながら眠りについた。なぜだろう、こうしていると安心できた。離れていたら怖いのに、密着していたら怖くない。この矛盾した感情と感覚は自分にしかわからない。ただ、その本質は沙耶香自身もよくわかっていない。

それからは出勤することが億劫《おっくう》になった。家を一歩出たその瞬間から、心に憂苦が纏《まと》わりつき、それは帰宅するまでけっして剝《は》がれることはない。ずっと重たくて、煩わしくて、息苦しいのだ。

かろうじて毎日出社しているものの、これもいつ途切れるかわかったものではない。きっと一度でも欠勤したら、自分は二度と会社に行かないだろう。

沙耶香はくだらないと思っていた。仕事も日常もすべてくだらないと思っていた。家の中にある、非日常だけが沙耶香のまともな空間だ。

15

この日の仕事終わり、室長の稲本に誘われ、食事に出かけることとなった。もちろん断ったのだが、稲本がそれを許さなかった。沙耶香の腕を取り、「たとえインフルエンザでも連れていくから」と、七つ年上の女上司はいつになく強硬だった。

タクシーに乗せられ、猿楽町《さるがくちょう》にある隠れ家的な和食料理屋に連れて行かれた。稲本は予約を取っていたようで、小ぢんまりとした個室に通された。

稲本はビールを、沙耶香はウーロン茶を注文しグラスをぶつけた。

そしてトンと卓にグラスを置いた稲本が口火を切った。

「なんで食事に誘われたか、わかる？」

沙耶香は俯いたまま、「最近、ミスばっかりだから」と答えた。

「ミスとかそういうレベルじゃないけど。今のあなたの仕事ぶり」鼻から息を漏らし、身を乗り出して沙耶香の顔を覗き込んでくる。「ただ、仕事のことなんてどうでもいいの。ねえ安藤、あなたが今一緒に住んでる人、わたしに紹介できる？」

沙耶香は顔を上げた。

「楠木《くすのき》が教えてくれたの」

花凜のことだ。

「わたしが無理やり問い質《ただ》したんだから、楠木を責めないで。安藤先輩の様子がおかしくなったのは新しい彼氏と同棲を始めてからだって、楠木はそう話してた」

「別にそれとは――」

「楠木泣いてた。力になってあげたいけど、避けられちゃうって。何を訊いても答えてくれないって。あの子、あなたのこと慕ってるから、心配で仕方ないのよ」

そう、花凜のことはずっと無視していた。会社で話しかけられても業務以外のことは返答をせず、何度かあった電話やＬＩＮＥも返していない。

「わたしも同じ。この会社に誘ったのはわたしだし、あなたはわたしの部下。でもね、あなたにはそれ以上の思いがあるの」

「……ありがとうございます」

「礼はいい。で、何があったの」

「……」

「わたしにも言えないんだ」

「とくに、何もないので」

「じゃあ紹介して。あなたの恋人」

「……」

「できない？　会わせられない？」

沙耶香は腹が立った。なんなんだ、この詰問するような言い草は。あんたなんかに那須を会わせてたまるか。

「もしかしたら、前の人とヨリ戻したとか、そういうことなのかしら」

「ちがいます」

沙耶香が即答すると、稲本は少し考え込むような顔を見せた。

しばらく沈黙が続き、

「あなた、ずっと不倫してたでしょう」

驚いた。なぜ稲本が知っているのか。誰にも話したことがないのに。

「やっぱり」と、納得したようにひとつため息をつく。「なんとなくそんな気がしてたの」

この上司の勘の鋭さはなんなのだろう。

「前にも言ったと思うけど、あなたはわたしに似てるから」

だとすると、稲本も過去に不倫をしていたのだろうか。そんなこと今さらどうでもいいのだが。

稲本は沙耶香を正視してから、改めて口を開いた。

「これは、少しだけ長く生きている女からの説教。不幸になるとわかっている恋は自分で終わらせなさい。周りに祝福される恋愛をしなさい。そういう人を愛しなさい」

毅然《きぜん》とした口調で言われた。

「……わかりました」

「本当に理解してる？」

「はい。してます」

「ならいい」

「ご心配お掛けしてすみません。わたし、ちゃんとします」

「うん。ちゃんと」

「はい」

「よし。食べよう」

それから二時間ほどこの場にいた。上品な料理とお酒と稲本の話。全部うんざりだった。わたしという人間は、いつからこんなにもひねくれてしまったのだろうか。自分のためを思って話してくれる人の言葉に、聞く耳を持てない。ありがたみなんて微塵《みじん》も感じられない。親身になってくれる稲本も花凜も、所詮《しょせん》は他人。そんなふうに思ってしまう。早くお家《うち》に帰りたいな。沙耶香はずっとそう思っていた。

もしかしたら、稲本はそんな自分の気持ちにも気づいていたかもしれない。ただ、それでも構わない。心配なんていらないから、ほうっておいてほしい。


「そういえばさ、初めて会ったとき、なんでわたしと一緒にご飯食べてくれたの？　隆士くん、初対面の人との食事なんて敬遠しそうなのに」

沙耶香はベッドの中で訊いた。そういえばさ、なんて口にしたものの、本当はずっと訊きたかった。訊きたくて訊きたくて、でも訊けなかったことだ。

おまえを利用できると思ったから――そんなこと、那須は口にしないとわかっているけど。

「腹ペコだったんですよ」

「それ、マジで言ってる?!」

「ええ、マジです」

「なあんだ。そっか」

本当かどうかわからないけど、素直に受け取ることにしようと思った。

一拍置かれ、那須が「それと――」と、ポツリと言った。

「人恋しかったのかも、しれません」

沙耶香は返答しなかった。胸が締めつけられていた。

那須は気づいているだろうか。沙耶香が気づいているということに。ただ、そこに触れることはけっしてない。那須も、沙耶香も。

ただ、最近彼は眼鏡を掛けなくなった。メイクもすることなく、その特徴的だった黒子は常に左の口元に浮き出ている。そして箸を左手で持つようにもなった。つまり、そういうことなのだろう。

那須隆士と暮らし始めて、もうすぐ三ヶ月になる。暑かった夏にもようやく終わりが見えてきた。

もうすぐ秋を迎え、いつしか冬が訪れる。冬を迎えれば[illegible]夏に思いを馳《は》せる。

このサイクルを那須と指を重ねてなぞるのだ。来年も再来年も、ずっと。

わたしが彼を守らなきゃならない。ダメで頼りない自分だけど、弱音など吐いていられない。

だってこの人、捕まったら殺されちゃうんだもの。

16

この日は朝から何かがおかしかった。メイクがきまらないし、電車で摑んだ手すりもヌルッとしていた。買い換えたばかりのパソコンの動きが微妙に重く、ずっとイライラさせられた。

昨夜いいことがあったから、神様がそのバランスを取っているのだろうか。

就寝前に、那須がこんなことを囁いてくれたのだ。「さーやといると、安心できるんです」と。涙が込み上げるほど嬉しかった。こんな台詞を那須が口にしてくれるとは思ってもみなかった。彼の心境にどういう変化があったのか知らないが、無意識に吐露された感じがあった。

だとしたらなおのこと嬉しい。

とはいえ、きっと那須は自分に対して恋愛感情を持っていないだろう。その証拠に、これだけ一緒にいても沙耶香は一度も手を出されていない。切ないけれど、これればかりは仕方ない。一回りも年上の女なんて対象外に決まっている。トレンディードラマのようにはいかないのだ。

それでもいい。自分が彼の精神安定剤なのだとしたら、喜んでその役割を受け入れる。

夕方、取引先と打ち合わせがあると言って、沙耶香はひとりオフィスを出た。もちろんそんな予定はない。そのまま直帰するだけだ。最近、沙耶香はこんなことばかりしている。同僚たちには嘘だとバレているだろうが誰も何も言ってはこない。そのうち稲本から注意されそうだが、そうなったら「以後気をつけます」で乗り切ればいい。

仕事は最低限のことだけこなしている。部下を含め、周りに多少迷惑を掛けているだろうが、自分はこの会社で古株なのだ。少しくらい甘えたっていい。

ただ、やり過ぎには気をつけねばならない。あまりに逸脱し過ぎると、クビになりかねない。どうでもいいと思っていた仕事だが、ここ最近沙耶香はその考えを改めた。生活していく以上、金は必要だ。自分は二人分、稼がなくてはならないのだから。

渋谷から電車に乗り込み、二人の巣がある三軒茶屋で降りた。もう何百回と往復したであろう改札を通り抜け、見慣れた街を歩く。この変わらない光景にも沙耶香はどことない違和感を覚えた。いったいなんだろう。その正体が摑めないのが気味悪かった。虫の知らせというやつだろうか。悪い虫じゃないといいのだけど。

帰路の途中にある馴染みの酒屋を覗いた。今日は二人の小さな小さな記念日だ。一緒に暮らすようになってから見始めた海外ドラマも残すところあと一話。今夜、いよいよ最終話を視聴する予定なのである。

昨夜はベッドの中でその結末を互いに予想し合った。「ハッピーエンドだといいなあ」暗闇の中で那須がそう漏らしていたのが印象的だった。

酒屋では奮発してシャトー・シュデュイローを買った。蜂蜜みたいに甘ったるい白ワインなのだが、今夜はこれがぴったりな気がした。

あ、そういえばチーズは冷蔵庫の中に残ってたっけ。沙耶香は酒屋を出たところでふと足を止めた。たしかまだ余っていた気もするが、先日食べ切ってしまった気がしないでもない。

那須にＬＩＮＥ電話をし、確認することにした。

〈チェダーチーズとブルーチーズがほんの少し残ってます〉

「ほんの少しってどれくらい？」

〈そうですね〉一拍置かれ、〈どちらも消しゴム程度でしょうか〉

笑った。「じゃあ買っていった方がいいね。ほかに何か買って帰るものある？」

〈いいえ。今夜は品数が多いので〉

「あら、そうなの？」

〈はい。いつもより豪勢になる予定です〉

「へー。楽しみ。じゃあ、あと五分で着くから」

電話を切る。こんなささやかなやりとりだけで幸せが込み上げる。

やがて自宅マンションであるコンクリートの建物が見えてきた。遠くの夕陽が後光となり、その形をオレンジ色が縁取っている。

引っ越そうかな。ふと思った。もう少しだけ都会から離れて、那須と静かに、つつましやかに暮らしたい。通勤時間を思うと悩ましいが、真剣に検討してみてもいいかもしれない。

そうして沙耶香がマンション付近までやってくると、エントランスの外にスーツを着た恰幅《かっぷく》のいい男が二人立っているのに気づいた。一人は五十代、もう一人は沙耶香よりも少し若いくらいだろうか。歩を進め、横を通り過ぎるとき、二人の視線を感じた。

エントランスに入り、沙耶香が郵便ボックスのダイヤルに手を伸ばしたときだった。

「ちょっと失礼」

後ろから声を掛けられた。振り返ると、外にいたはずの二人がエントランス内にいた。年嵩《としかさ》の方は好々爺《こうこうや》のような笑みを浮かべ、一方、若い方は無表情だ。

「もしかして403号室にお住まいの安藤さん？」年嵩の方が言った。

「あ、はい」

二人は顔を見合わせ、目だけで頷き合っている。

「あのう――」

「ああ、ごめんなさい。我々、こういうものでして」

直後、電気ショックが走ったように心臓が跳ねた。年嵩の男が胸元から警察手帳のようなものをチラッと見せてきたからだ。

「ああ、警戒なさらずに。ちょっと――」

「何なんですか」遮って言った。

「安藤さんが同居されている方にお伺いしたいことがございまして」

「はあ。わたし、一人暮らしですけど」

再び、二人が顔を見合わせる。

「本当にお一人？」

「ええ」

心臓が胸を突き破らんばかりに暴れまわっている。なぜ？　なぜバレた。

「おかしいな」と年嵩の方が眉間に皺を寄せる。「だとするとあの通報はやっぱり――」

「我々は少し前からここにいるんですが――」若い方が遮って口を開く。「先ほど部屋のカーテンが閉まったのがおもてから見えたんですが。――でしたよね」

若い方が年嵩の男に水を向ける。

年嵩の男は一瞬、虚を衝かれたような顔をしてから、二度頷いた。

嘘だ。自分を引っ掛けようとしている。

「怖いこと言わないでください。わたし、本当に一人です」

「じゃあ部屋がちがったんですかね。こういう立派なマンションだと部屋がたくさんあるから」

白々しい芝居をしている。

しかし、なぜバレた。もしかして矢川か。いや、あの男が那須と出くわしたのは一ヶ月以上も前だ。今頃になってタレ込むとは思えない。じゃあ何だ。街で那須を見かけた誰かが通報したのだろうか。那須はめったに外出をしないが、まったくじゃない。先日だって、沙耶香と二人で買い物に出かけたばかりだ。そうしたときに誰かが那須の顔を見て、不審に思ったのだろうか。いや、うちの住所がわかっているのだからこのマンションの住人かもしれない。

今さら考えてもどうしようもないのに考えずにはいられない。

「失礼ですけど、現在お付き合いされている男性は？」若い方が訊いてくる。

「いません」

「本当に？」

「なんで嘘をつく必要があるんですか」

「では、男性の友人で安藤さんのご自宅にやってくるような方は？」

「……いないこともないですけど」

沙耶香がそう答えると、年嵩の方が「ああ、じゃあその人のことかなあ」と、顎をぽりぽりと掻いた。

「ほんと何なんですか、いったい」

沙耶香が不審な表情を露わにすると、「おもてで説明させてください」と若い方が促してきた。エントランスを出て、マンション横の脇道に入る。

周囲に人気がないのを確認して、

「いやあ、実はですね、これは気分を害さずに聞いていただきたいんですが——」年嵩の方が首を揉みながら言った。「お宅に出入りしている男性——我々は彼氏さんなのかなと思ってたんだけど、その方が我々の追っている容疑者にちょっとばかり似ているんじゃないかなんて、そんな通報が署の方に寄せられましてね。それでこうしてお伺いした次第なんですよ」

沙耶香はその場で膝からくずおれそうになるのを必死に堪《こら》えた。

「なんですかそれ。冗談はやめてください」憤慨して言った。

「ええ、もちろん我々もそんなことあるわけないとわかってます。ただほら、我々はこういう仕事なもんだから、市民から通報を頂戴した以上、一応調べないわけにはいかんのですよ」

「どこの誰がそんなひどいことを言っているんですか」

「すみません。こればかりは」と手刀を切る。「で、ここはひとつ捜査協力してもらえませんかね」

「協力って、何を？」

「ほんの少し、ご自宅に上がらせてもらえるとありがたいんですが」

「そんな。困ります。急に」

「そこをなんとかお願いできないかなあと」

「だって今は誰もいないって言ってるでしょう」

「そのようですが――」若い方が口を挟む。「こちらも引き下がれないんですよ」

年嵩の男が驚いたようにとなりを見た。そして何か口にしようとしたのを若い方が手で制した。この二人、もしかしたらこちらの若い男が上司なのだろうか。

「わたしがその容疑者を匿《かくま》ってるとでもいうんですか」

「いえ。けっしてそんなことはありません――が、どうかご協力を」

なんなのだこの強引さは。実際の刑事というのはこんな乱暴な捜査をするのか。

「体調が悪いので、また今度にしてもらえませんか」

そう告げると、若い男が目を細め、沙耶香の手元を指差した。「体調が悪いのに、ワインを？」

「そんなの、わたしの勝手でしょう」気色《けしき》ばんで言った。

「そりゃそうだ」年嵩の方が大きく頷く。「又貫課長、ここは一度――」

「黙ってて――安藤さん、お願いできませんか」

又貫？　変わった苗字だ。だがつい最近どこかで耳にした気がする。しかし今はそんなことどうでもいい。

「失礼します」

沙耶香はそう告げ、足早にエントランスに向かった。「安藤さん、お願いできませんか」背中に声が降りかかる。

「ちょっと。ついてこないでください。ご近所さんに不審がられるでしょう」

「ほんの数分で結構です」

「こういうのって任意なんですよね。強制力はないはずですよね」

「ええ、もちろん。ですからこうして頼み込んでいるわけです。どうか我々の捜査に手を貸してください」

「嫌です。拒否します」

途端、顔つきが変わった。又貫の目が冷徹なものになった。

「そうですか。ご協力いただけませんか――ガミさん、今夜は帰れそうもないのでそのつもりで」

又貫が年嵩の男に向けてため息をついてみせた。

「何をするつもりですか」

「おもてで張り込ませてもらいます。万が一の場合、容疑者を取り逃がすことになるので」

「万が一って、ちょっと冗談でしょう」

「迷惑にならないようにしますので」

「そんなの迷惑に決まってるじゃない」

「目立たぬようにしますから」

「そういう問題じゃないです。気味悪いでしょう」

「我々も必死なんですよ」

「ちょっと警察――」

を呼びますよ、とバカなことを口走りそうになってしまう。

冷静になれ、冷静に。沙耶香は胸の中で言い聞かせた。

ここで頑なに拒んで目をつけられる方が危険かもしれない。逆に、この危機さえ乗り切ればマークは外れるということだ。おそらくこの二人も本当に我が家に脱獄犯がいるとは考えていないはずだ。じゃなければ二人なんかではなく、もっと大勢で詰め掛けてくるはずだし、自分の帰りを待つこともしないはずだ。あくまでいくつもあるだろう通報のひとつを受け、この場にやってきたに過ぎないのだ。

だとしたら、なんとかできるかもしれない。おそらく部屋をざっと見渡し、誰もいないと判断すれば帰るだろう。もちろんリスクはあるが、要注意人物として本格的にマークされるよりかはマシだ。

沙耶香は意を決した。絶対にこの状況を打破する。

「わかりました」沙耶香はため息と共に言った。「協力します」

ここで初めて又貫が白い歯を見せた。「大変助かります」

「ただ、すぐ帰ってください。これだけは約束してください」

「ええ、お約束します」

再びエントランスに入り、沙耶香がオートロックを解除するため鞄から鍵を取り出し、それを鍵穴に差し込もうとすると、「お待ちを」と横から又貫が制止した。

「403と押していただけませんか」

「なんのために?」

「念のためにです」

じっと目を見合った。

「無意味なことはしたくありません」

沙耶香は鍵を差し込み、オートロックを解除した。又貫の顔を見られなかった。やはり家に入れるのは失敗だったろうか。ただもう後戻りはできない。

自動ドアを通り抜け、共にエレベーターに乗り込んだ。

「ところで訊いてませんでしたけど、いったいどんな容疑者を追ってるんですか」

上昇しながら、訊ねてみた。

「スリの常習犯ですわ。こいつがタチの悪い野郎でね」と年嵩。

よくもまあそんなデタラメを。そんな小物のタレ込みが市民から届くわけないだろう。

「そういった通報って多いんですか」

「まあわんさかと」ため息混じりの苦笑をしている。「ありがたいんですけども、こちらの手も足りんもんで、毎日てんやわんやしとります」

「ガミさん」と又貫が諫《いさ》めた。

鏑木慶一に関する通報は全国から寄せられており、目撃情報は星の数ほどあるとネットニュースに書かれていた。少年死刑囚の脱獄というのがセンセーショナルだったこともあるだろうが、懸賞金が跳ね上がったせいもあるだろう。先月、ついに五百万円という金が鏑木慶一の首に懸けられたのだ。そのせいで目撃情報が玉石混淆となっており、逆に捜査の妨げになっているという本末転倒な事態が起きているらしい。

エレベーターを降り、廊下を進んで、自宅の403号室の前に立った。

「下着類が部屋に干してあるんで、それだけ取り込ませてください」

沙耶香は振り返って告げた。

又貫がその真偽をたしかめるように沙耶香の目を覗き込んでくる。そして年嵩の男に向けて、目配せをした。すると年嵩が「わたしはここで」と言い、引き返して行った。

「あの人、どこへ？」年嵩の男の背中を見て言った。

「さあ、忘れ物でもしたんでしょう」

舌打ちしたいのを堪えた。絶対にちがう。万が一容疑者がいた場合、ベランダから逃げられないようにマンションの裏手に回らせたのだろう。

「では自分はここで待ってますので」

沙耶香は鍵を取り出し、施錠を解除した。ドアを少しだけ開き、身を滑り込ませるように入った。すぐさま鍵を掛け、土足のまま居間に向かった。

那須が姿を現し、「おか——」言葉を止めた。

沙耶香が人差し指を唇に当てているからだ。

那須は土足の沙耶香とその形相《ぎようそう》を見て、事態を察したのか、カッと目を見開いた。

沙耶香はそんな那須をきつく抱きしめた。

「聞いて」耳元で囁いた。「今ドアの向こうに刑事が来てる。今から部屋に上げなきゃならない。大丈夫。通報を受けて、たしかめにやってきただけ。本当にあなたがここにいるとは思っていない。わたしは一人暮らしだって言い張ったからそれがわかれば帰るはず。いい？　あなたはこれからわたしの部屋のクローゼットの中に隠れてて。三分で追い返すから」

「……………」

「絶対、大丈夫だから。絶対」

沙耶香は自分に言い聞かせるように言った。

「さーや、やっぱり気づい――」

「あなたは那須隆士。わたしにとってはそう。過去なんて関係ない」

「……………」

「こうなった以上、引っ越さなきゃね。どっか遠くで暮らそう」

　身体を離したあとは、互いに素早く、それでいて物音を立てないように慎重に動き回った。那須は自分の数少ない荷物をまとめ、沙耶香はテーブルに用意されていた料理を、次々とゴミ袋に放り込んだ。心が痛んだがそんなこと言ってられない。匂いが漏れないようゴミ袋の口をきつく結んだあとはキッチン周りの片付けに取りかかった。痕跡は何一つ残してはならない。身体中からアドレナリンが噴き出ていた。

　周囲を見渡す。一通り目につくものは片付いただろうか。これで女の一人暮らしと思ってもらえるだろうか。

　次に那須の背中を押して寝室に向かった。クローゼットを開ける。クリーニングのビニールカバーに包まれたロングコート類を掻き分けた。

「この奥に隠れてて。さすがに開けられることはないと思うけど、万が一そうなったとしても、息を潜めてればいい。服に触るなって言うから。さあ、入って」

　だが那須は動かなかった。顎に手を当て、クローゼットの奥の闇に向けて目を凝らしている。

「早く」

　それでも那須は動かない。

　そしてやにわに身を翻し、寝室を出て行った。

「ちょっと。どこ行くの」慌ててその背中を追う。「ベランダなら無理だよ。もう一人の――」

　だが那須が向かったのは洗面所だった。そしてそこにある洗濯機の蓋を開けると、中に入っていた衣服をすべて取り出した。

「嘘でしょう。まさかこの中に入るつもり？」

　いくらこの洗濯機が大型とはいえ、さすがに無理があるだろう。自分ならどうにかなるかもしれないが、細身とはいえ那須の背丈は百八十センチはある。物理的に絶対に不可能だ。

　だが那須は制止する沙耶香の声に耳を貸さず、洗濯機の中に片足を突っ込んだ。続いて身体を持ち上げ、両足を入れた。そして膝を折り曲げると、強引にその中に沈み込んだ。メキメキと鈍い音が鳴る。だが入った。本当に那須の身体がすっぽり収まったのだ。曲芸を見せられたような気分だった。

「さーやの下着類を入るだけいっぱい詰め込んで」那須が苦しげな顔で言った。

　すぐに意図するところがわかったので、指示に従った。沙耶香は箪笥《たんす》から真新しい下着を鷲掴みにし、那須の姿を覆い隠すように詰め込んでいった。万が一、洗濯機の蓋を開けられても女性の下着が目につけば触ることはしないはずだ。

　沙耶香は必死だった。大の大人がこんな滑稽でクレイジーなことをしているのに、真剣そのものだった。

　最後に、やや飛び出た那須の頭を押さえつけるように洗濯機の蓋を閉めた。構造上、中からは開かないだろう。

「ねえ、ちゃんと呼吸《いき》できる?」心配になって訊くと、「大丈夫」と、くぐもった声で返答があった。

沙耶香はその場を離れ、最後にもう一度、居間と寝室をチェックしてから玄関に向かった。三分、いや五分は掛かっている。下着類を取り込むだけにしては長いかもしれないが、不自然でもないはずだ。そう言い聞かせる。

深呼吸をしてから施錠を解除し、ドアを開けた。その先には又貫。顔から感情は読み取れなかった。

「お待たせしました。どうぞ」

「お邪魔します」と、早速足を踏み入れてくる。

靴を脱ぎ、「立派なおうちだ」と世辞を言い、内見にやってきた者のように首を振りながら廊下を進む。

「広いリビングですね。何畳あるんですか」

「別にふつうですよ」

「安藤さんはいつからここにお住まいに?」

「五年ほど前です」

「結構長いんですね」

「そうですね——あ、勝手に触らないでください」

又貫が棚の上に置いてあるエアコンのリモコンに手を伸ばしているのだ。

「安藤さん、冷房はいつおつけに？」又貫がリモコンに目を落としたまま言った。

「え？」

「やたら涼しいものだから。先ほど帰ってからつけたにしてはずいぶんとお部屋が冷えてるなと思って」

なんて嫌味な言い方なのか。だが、これは揺さぶりだ。おそらく沙耶香の反応を見たいだけ。

「寒いなら消しますか？」

「いえ、このままで。おもてはまだまだ暑いから」

その後、又貫はリビングを動き回った。その行動は実に厚かましかった。一応の断りはあるものの、又貫はまるで泥棒が物色するように抽斗《ひきだし》なども一つ一つ開けては中を確認している。人を探しているというよりは、その痕跡を探しているのだろうか。那須の荷物が極端に少なくて助かった。

「いい加減にしてもらえませんか。そんなふうに漁られるなんて、わたし聞いてませんよ」

目にあまるので抗議した。

「すみません」

そう口にするものの、又貫に自重する気配はない。

続いて又貫はキッチンに入り、シンクに目を落とした。そこで動きを止めている。沙耶香は訝った。先ほど片付けたので何もないはずなのに——口の中で舌打ちした。もしかしたらシンクが水で濡れていることが引っかかったのかもしれない。

また、しきりに鼻をひくつかせている。匂いを嗅《か》ぎ取っているのだ。料理はすべて捨てたはずだが、その匂いが微《かす》かに残っているのだろうか。

そんな様子を沙耶香は固唾《かたず》を呑《の》んで見守っている。

次に、又貫は窓を開けてベランダに出た。沙耶香も付いていき、首だけを外に出した。手摺《てすり》の先を覗き込むと、下にある立体駐車場のところで年嵩の刑事が煙草を吸っているのが見えた。

やっぱり、そういうことだったのだ。「ガミさん」又貫が上から咎めるように声を発した。年嵩の刑事が慌てて煙草を消している。

又貫がベランダから屋内に戻ってきたところで、

「もう十分でしょう」

沙耶香が言うと、「できれば寝室の方も」と又貫。

「それはさすがにやめていただけませんか。わたし、女なんですけど」

「そうなると、またお宅を訪ねなくてはなりません。わたし共もこれっきりにしたいんです」

おもむろにため息をつき、不快感を示した。「どうぞ」

寝室に案内すると、「大きいベッドですね」と又貫は言い、すかさず下を覗き込んだ。

「人の入るスペースなんてありませんよ」

又貫はそれには答えず、立ち上がると、「こちらのクローゼットは開けても?」と指差した。

「嫌だって言っても、どうせ開けさせるんでしょう」

「すみません」

沙耶香はクローゼットを開け、手で吊るされた衣服類を押し込んで見せた。人が隠れていないというアピールをしたのだ。那須がここに隠れていなくて本当によかった。まさか洗濯機の中に人間がいるとは考えつかないだろう。

今も那須は窮屈な闇の中で息を潜めている。きっと拷問のような時間だ。一刻も早くこの男を追い返さなければならない。

いったい、又貫はどの程度自分を疑っているのだろう。本当に鏑木慶一がここにいると思っているのだろうか。いいや、そんなことはけっしてないはずだ。ただ、沙耶香の挙動が不審だったので、何か隠し事をしているくらいは思っているかもしれない。冷静に努めているつもりだが、おそらく動揺は隠しきれていないだろう。

今、又貫は動きを止め、枕元を凝視している。何を見ているのだろうか。そして手を伸ばし、指で何かを摘まみ取った。又貫の指先には金色の髪の毛があった。息を飲んだ。

「これは?」又貫が沙耶香に指先を向けた。

「ただの髪の毛でしょう」

「金色のね。我々が追っている男も現在金髪にしている可能性がありまして」

「何をおっしゃりたいんですか」

「なぜ一人暮らしの黒髪の女性のベッドに金色の毛髪が落ちているのかなと」

「わたし、言いましたよね。たまに男友達もこの家にやってくると」沙耶香は不敵に笑んだ。

「その人が金髪なんです」

「ですがなぜその方の毛髪がこのベッドに？」

「そういうこともあるでしょ。大人なんだから」

「なるほど」

沙耶香は激しく後悔した。動揺のあまり、反論するような形を取ってしまったが、知らぬ存ぜぬで通せばよかった。過剰に反応するとかえって逆効果だ。頭ではわかっているのに、平静を保てない。

又貫が寝室を調べ終えたところで、

「さあ、お帰りください」

「最後にトイレと浴室もお願いできませんか」と又貫。

「何がなんでもわたしがその容疑者を匿っていることにしたいんですね」

「いえ、そんなことは」

「どうだか。こちらはまるで犯罪者にされた気分です」

「不快ですか？」

「当たり前でしょう」

又貫が頭《こうべ》を垂れる。「これっきりですから」

もう限界だった。この男はあえてこうした口ぶりで沙耶香に揺さぶりを掛けている。どうしてもっと落ち着いて対処できないのか。

沙耶香は又貫をまずは洗面所に案内した。

そして、ここが肝《きも》だ――。心臓がまるでロデオのように暴れ回っている。カラカラに乾いた口から飛び出してしまいそうだった。

沙耶香は洗濯機の前に立ち、振り向いた。背後には、那須がいる。

「どうせお風呂場も見るんですよね」

沙耶香はそう言い、自ら横の浴室の磨《す》りガラスのドアを開けた。この男の注意を絶対に洗濯機に向けさせてはならない。

又貫が「失礼」と言いながら浴室に足を踏み入れる。風呂の蓋を引き上げ、中を確認している。

続いて、「これは髭剃りでは?」とT字形のカミソリを手に取って見せてきた。舌打ちしそうになる。これは那須が使用しているものだ。ここまで気が回らなかった。

「ムダ毛処理に使ってるんです。それが使いやすくて」

納得したのかしていないのか、又貫は曖昧に頷いた。

沙耶香は経験したことのない緊張感に気持ちが悪くなっていた。自分の真後ろにある、お尻で触れているこの洗濯機。どうか物音が立ちませんように。沙耶香は祈るような気持ちで懸命にバランスを取っていた。少しでも気を抜いたらこの場にくずおれてしまいそうだった。

「ずいぶんと大きい洗濯機ですね」

又貫は浴室から出てくるなり、沙耶香の後ろを見て言った。

「ええ、休日にまとめて洗濯するものですから」

「わたしは四人家族ですが、うちのものより大きいですよ」

「便利ですよ。大きい方が何かと」

しまった。今の発言は不要だったか。又貫が糸のように目を細める。その視線に耐えられず、沙耶香は目を背けた。

「中を見せろなんて言わないでくださいよ。下着なんかも入ってるんですから」

「ええ。さすがにそこまでは」

沙耶香は洗面所から出ていくよう、目で又貫を促した。又貫が身を翻す。そして沙耶香がホッと一息ついたときだった。洗面所にある鏡を介して又貫と視線が重なった。安堵《あんど》のため息を見られたのだ。

又貫は立ち止まっている。

「早く出てください」

一拍置き、又貫は足を繰り出し、洗面所を出て行った。そのまま廊下を歩き、トイレのドアを開けて中を覗き込むと、すぐに閉めた。そして玄関へ向かう。

終わった。これで終わったのだ。

「ご協力ありがとうございました」革靴に足を通した又貫が振り返り言った。

「名刺置いていってくれませんか？　あとで署の方にクレーム入れますから」

「気分を害されたのであればこの通り謝罪します」

「謝るくらいならこんな乱暴なこと――」

「我々はこれが仕事なんです。どうかご理解を」

又貫は語気を強めて言い、胸元から名刺を取り出して差し出してきた。受け取り、目を落とす。

『警視庁世田谷警察署　刑事部第二課　警部課長　又貫征吾《せいご》』

こんな若い男が警部で課長。警察組織のことなどまったく知らないが、キャリア組というやつだろうか。なんにせよ、この又貫という変わった苗字はやはりどこかで――。

沙耶香は名刺を棚の上にぞんざいに放った。

「もう二度と来ないでください」

又貫は深々と頭を下げてから、ドアを開けて出て行った。

沙耶香はすぐさま鍵を掛けた。そして支柱を失ったかのようにその場にへたり込んだ。膝が冷たいタイルに触れ、ヒヤッとなった。必死で酸素を取り込んだ。左胸に手を押し当てる。心臓が突き破らんばかりノックしていた。

地獄のような時間だった。又貫の滞在時間は数分程度だったろうが、こんなにも時を長く感じたことはない。

沙耶香はここでハッとなり、慌てて立ち上がった。足早に洗面所に向かう。

入るなり洗濯機の蓋を開けた。直後、地中からモグラが顔を出すように那須の金髪の頭部が飛び出た。はあ、はあ、と荒い呼吸をしている。

「もう大丈夫」

沙耶香が告げると、那須は小刻みに頷いた。額には玉の汗が浮いていた。

那須がその身体を洗濯機から出すのにおよそ一分ほどの時間を要した。もとより無理なところに強引に押し込んだため、中々その身体を持ち上げることができなかったのだ。激痛だったのだろう、那須はひどく顔を歪めていた。

苦労の末、ようやく解放された那須と共にリビングに向かった。彼はひどく消耗しており、足元はフラついていた。数分とはいえ、あんな狭いところに固まって入っていたのだから当然だ。

その那須が倒れこむようにしてソファに横になる。沙耶香はその上に体重を掛けないようにして覆いかぶさった。

那須も沙耶香も口を開かなかった。無言のまま、互いの体温と息づかいを感じていた。

那須は震えていた。いや、震えているのは自分かもしれない。その振動を分かつように、鎮めるように二人は抱き合い続けた。

そのときだった。ドンドン。玄関のドアが叩かれた。

互いに身動きを止め、息を飲む。

そして、同時に立ち上がった。

「だれ」

沙耶香は誰に言うでもなく唇だけでつぶやいた。それから那須を見て、

「一応、どっかに隠れてて。念のため」

そう告げ、沙耶香は玄関へ向かった。途中廊下で振り返ると、寝室に入っていく那須の姿が見えた。

そして、玄関のドアスコープから外廊下を覗くと、そこにはつい数分前までここにいた又貫の姿が映っていた。

舌打ちした。この男――今度はいったいなんだというのだ。

沙耶香はわずかばかりドアを開け、顔を覗かせた。

「なんなの。二度と来ないでって言ったでしょう」最初から喧嘩腰で対応した。

「何度も申し訳ありません。わたし、どうやら警察手帳をお宅に落としてしまったようで」又貫は冷静にそんなことを告げた。「おそらくお部屋を動き回ってる際、どこかで落としたんだと思――」

「そんなもの落ちてません」遮って言った。ふざけるなと一喝してやりたかった。

「どうしてわかるんです？」

「じゃあなんでうちで落としたってわかるの」

「可能性は一番高いでしょう。ここに来るまで携帯していたことはたしかなんです」

「でも、ないものはないから」

「少し探させてもらえませんか。ないと困るんですよ」

冗談じゃない。上げてなるものか。

「どうせ口実でしょ。そんなもの本当は落としてないくせに。まだ調べ足りないって言うの？」

「いいえ、本当に落としたんです」

「だったら、わたしが探してきます」

「いえ、それは忍びないですから」

又貫は微笑んで言い、そして——いきなりドアを乱暴に開いた。内側からノブを摑んでいた沙耶香はドアに引っ張られる形となり、外廊下に半身が飛び出た。

そしてそんな沙耶香の脇をすり抜けるようにして又貫が中へ入って行く。

突然の又貫の豹変ぶりに呆気に取られたものの、すぐに正気に戻り、

「信じられないっ。何するのっ」

その背中に叫んだ。

「ですから警察手帳を——」言いながら靴を脱いでいる。「探させてもらうんですよ」

「嫌だって言ってるでしょう。やめてください」

沙耶香は又貫の腕を摑んだ。だがすぐに振り払われた。なんなのこの男。本当に刑事か——。

又貫は廊下を大股で進んでいく。「不法侵入で訴えますよ」その背中を叩くと、「公務執行妨害で逮捕しますよ」振り返らずに言われた。

又貫は真っ先に洗面所へと踏み込み、すぐさま振り返った。

「先ほどまで閉じていた洗濯機の蓋が今は開いている。中はスカスカ」

沙耶香に向けて、だが独り言のように言った。

「だから何？」

「いえ、別に」

又貫は手で沙耶香をドンと押し退《の》け、今度はリビングに向かった。カーテンを両手で一気に開き、窓を開け、ベランダに顔を出した。素早く左右を見渡して、また身を翻す。

一連の動きは明らかに人を探しているものだった。本当になんなの——。この男、あまりに常軌を逸している。沙耶香は寝室のドアの前に立ち、その場から「もうやめてっ」と叫んだ。

その沙耶香のもとに又貫が一直線に向かってくる。

対峙した。又貫は背丈は低いもののガッチリとした体格をしている。目には不気味な血走りがいくつも延びていた。

「通してもらってもよろしいですか」又貫が目を見開いたまま言う。

「嫌です」

「寝室に落としたんですよ、きっと」

「関係ない。早く出て行って」

又貫がため息をつく。「どきなさい」

「は？」

「どけーっ」

又貫が眼前で叫び、唾が顔に飛び散る。この男、何かおかしい。狂ってる。だけど、絶対にここを通してはならない。

沙耶香は両手を広げ、通せんぼの形を取った。だが、無意味だった。両肩を摑まれ、力任せに薙《な》ぎ払われたのだ。

転倒した沙耶香はすぐさま立ち上がり、又貫の後を追った。

又貫はベッドの上の掛け布団を乱暴に引っぺがし、次に再びベッドの下を覗き込んだ。

続いて又貫はクローゼットに手を掛けた。沙耶香は又貫の腰に両腕を巻きつけて制止した。だが、すぐさまベッドに叩きつけられた。

そして又貫がクローゼットを勢いよく開けた。

その瞬間、又貫の身体が吹き飛び、沙耶香の上に落ちてきた。咄嗟に両腕を上げて顔を守った。

すぐそこには那須が立っていた。クローゼットを開かれたと同時に、那須が又貫に向かって体当たりしたのだ。

「鏑木ーっ！」

又貫が叫び、那須はその声と同時に寝室を飛び出して行った。すぐさま立ち上がった又貫がその後を追う。沙耶香も立ち上がり、遅れて寝室を出た。

リビングで三メートルほどの間隔を空け、那須と又貫は臨戦態勢で対峙していた。那須の手にはワインボトルが握られていた。先ほど沙耶香が買って帰り、食卓の上に置いていたものだ。

今夜はあのシャトー・シュデュイローで乾杯する予定だった。甘い夜を二人で過ごすはずだった。

それがこの有様だ。沙耶香は目の前にある光景が信じられなかった。現実感が露ほどもなかった。

二人は互いに目を剝き、睨み合っている。那須の方は歯まで剝き出していた。これまで見たことのない、まるで獣のような恐ろしい形相だった。これが那須の素顔――?

「もう逃げられんぞ。観念しろ」

又貫はそう言い、背広の内側に手を突っ込んだ。直後、沙耶香の身体が条件反射のように動いた。

無意識だった。気がついたら又貫に飛びかかっていた。

「逃げてっ。逃げてーっ」

又貫ともつれ合いながら、腹から叫んだ。

那須は背を向け、後方にある窓を開けてベランダに飛び出た。そして手摺に足を掛け、その身体をぐんと持ち上げた。

那須が一瞬振り返る。視線が重なった。やめて。声が出ない。

「よせ。やめろーっ」

又貫が叫ぶ。

その声に後押しされるよう、那須隆士の身体はフワッと宙に浮き、手摺の向こうへと消えていった。

四章　脱獄から二八三日

17

あっ、と思った直後、バリンッという耳をつんざく音が広い厨房《ちゅうぼう》に響き渡った。

文句を言いにきたのだろう、奥から料理長が険のある顔を覗かせたが、相手を見て何も言わずに引っ込んだ。

渡辺《わたなべ》淳二《じゅんじ》は誰に言うでもなく、「すみません」と口にし、床に散乱した皿の残骸の片付けに取りかかった。皿を割るのは二日連続だった。働き始めてからこの一週間ですでに五枚はダメにしている。

食洗機から出したばかりの陶器がこんなにも熱いことを淳二は五十三年間知らなかった。自分と同様、住み込みで働く若者たちはこれに難なく触っているので、自分の皮膚だけが特別熱に弱いのではないかと、淳二はそんなことを疑っている。

だが、それも言い訳にはならない。仕事は仕事なのだから。

「ドンマイですよ、ドンマイ」

亜美《あみ》が濃いメイクを施した顔で励ますように言った。小鼻のピアスがキラリと光っている。

彼女はとなりで大量の小鉢に漬物を盛りつけているが、元はこれも淳二の仕事だった。中年男が手間取っているのを見兼ねて、自分の受け持ちの仕事を終えた亜美が手伝ってくれているのだ。

　この二十三歳の亜美に限らず、ここでは誰しもが年長の淳二に気を遣ってくれる。ありがたいと思う反面、辛かった。

　自分はいったいこんなところで何をしているのだろう。考えないようにしても、無理だった。きっとこうした苦い気持ちを味わうこともある、そう覚悟して働き始めたものの、現実は予想をはるかに上回り、事あるごとに言葉にならない虚しさや自己憐憫が押し寄せた。

　五十三歳にして旅館の住み込み働き――。日も昇らぬ早朝五時から宿泊客たちの朝食準備を行い、九時からはその後片付けと客室清掃が始まる。それが終わるのは大体昼過ぎで、それから五時間ほど間隔が空き、十七時から夕食の準備に取り掛かる。そしてまた後片付け。すべての工程を終えるのは二十二時。そんな毎日だ。

「今日の雪、どんな具合かなあ」

　亜美が小窓の外を眺め、嘆息混じりに言った。小窓の向こうには真っ白なゲレンデが広がっており、多彩なスキーウェアを纏った人々がその上を滑走している。

「また滑りに行くの？」

淳二が反応すると、

「当たり前ですよ。そのためにこんなとこで働いてるんですから」

亜美はそう小声で言って、ふふと笑った。彼女は休憩時間になると自前のスノーボードを担いでは連日のようにゲレンデに繰り出していた。

長野県の菅平《すがだいら》高原にある旅館『山喜荘《やまきそう》』では、住み込みで働く者にリフトのフリーパスチケットが配布されていた。淳二などはまったくありがたみを感じていないが、亜美はその恩恵を十二分に受けている。そもそも彼女はこれが目当てでこの地にやってきたのだ。

ちなみに夏は沖縄の離島にあるペンションで働いていたらしく、そこでも毎日スキューバダイビングを楽しんでいたというので、つまるところシーズンスポーツに目がないのだろう。いかに安くそれらを堪能できるかを追い求めた結果、こうなった次第なのだと語っていた。

もっとも周りに気の合う友人はおらず、いつも単身で乗り込むというのだから冒険心と行動力に溢れたお嬢さんである。「ラーメン屋に一人で入る。あたしにとってはその延長なんです。変わり者って言われることもあるけど、自分に正直に生きた方が幸せじゃないですか」そんな風に八重歯を覗かせて語った彼女は実に清々《すがすが》しかった。

そして同時に淳二は深く落ち込んだ。同じ住み込みバイトなのにこれほどまでに境遇に開きがあるのかと、そもそも比べる対象がおかしいにもかかわらず、気が滅入ってしまうのだった。

淳二は今年の三月まで、都内にある中規模の法律事務所に所属していた。れっきとした弁護士だったのだ。

もっとも口下手《くちべた》であがり症の気があり、若い頃はなぜこの仕事を選んだのだろうと後悔ばかりしていた。ハンカチ弁護士なんて揶揄《やゆ》をされたこともある。法廷でずっと額の汗を拭っているからである。

そのぶん数字に強く、企業の財務やファイナンス案件には自負があり、業界でも一定の評価を受けてきた。それらは膨大な資料との戦いで、そうした地味な作業の方が淳二には向いていた。

弁護士には定年がないので、気力が続く限り現役でいるつもりでいた。自分の生涯は法曹界で終えるものだと思っていた。

だがそれは呆気なくついえた。悪夢のような、あの事件によって――。

以降、ずっと家に引き籠もっていた。一歩も外に出たくなかった。

妻はそんな夫を目の当たりにして気が気でなかったのだろう、折を見ては励ましの言葉を掛けてくれた。いつしかそれすら夫の負担になると思ったのか、素人《しろうと》には手が負えないと思ったのか、近隣のメンタルクリニックのパンフレットを集めてきては、淳二の目の届くところに置いたりもした。淳二は妻を安心させるため、また、少しでも気分が楽になるのなら、そんな思いで実際にクリニックに足を運んでみた。これだってありったけの勇気を振り絞ってのことだった。

担当してくれた女性のベテランカウンセラーはなるほど、聞き上手だった。いつしか淳二はすべてを正直に打ち明けていた。一度話し出したら腹の奥底に溜まっていた感情が堰《せき》を切ったように溢れ出した。弁護士のくせに理路整然とは程遠く、感情に任せ、淳二は言葉を吐き出し続けた。ボロボロと涙をこぼしながら。

救われたと思った。自分の思いを吐き出すことが、そしてそれを人に受け止めてもらうことがこんなにもありがたいことなのかと、この歳ながら初めて知った。

だが終盤、カウンセラーの何気ない一言ですべては崩れ去った。

「渡辺さんはもう大丈夫。二度と過ちは犯さない」

言った瞬間、カウンセラーはしまったという顔をした。失言に気づいたのだ。「いや、そういう意味ではなくて――」あれこれ言い訳を並べ立てていたが、すべて淳二の耳を素通りした。きっと気が緩んだのだろう。いくらプロとはいえ、淳二が予定していたカウンセリング時間を大幅に超えて話し続けたため、うんざりしていたのかもしれない。

だが、関係ない。この吐露された言葉がカウンセラーの本音には違いないのだから。

結局、信じてなどいなかったのだ。自分は何も過ちなど犯していない、淳二はそう訴えたはずなのに。

妻には、「行ってよかったよ。元気をもらってきた」と伝えた。夫の無理に気がつかなかったのか、妻は素直に安堵の表情を見せていた。

ただ、本当に行ってよかったのかもしれない、そんな思いもわずかながらあった。誰も自分の言葉を信用してくれないということが改めて知れたのだから。

妻だって本当の、本当のところはわからない。夫の無実を信じていると口では言っても、その心の内はわからない。それは同居する二十四歳の娘も同じだ。

夫は、父は、本当はやったのではないか——。

自殺しようか。冷静にそんなことも考えた。ただ、それは負け犬のすることだ。死んでしまったら犯していない罪を認めることになってしまう。汚名をそそぐことは不可能でも、自分だけは己を信じてやらなければならない。おまえは絶対にやっていないんだと。

死ぬことができないのなら、当たり前だが生きていくしかない。淳二は社会復帰の計画を綿密にノートに書き出した。没頭できた。こうしたものを書けるようになったのだから、自分の精神は少しずつ快方に向かっていると思えた。

もちろん日によってはその計画が陳腐な夢物語のようにも思え、負の感情に押し潰されそうになることもあった。一方その翌日は、自分は再起できると根拠のない自信に満ちたりもした。サイコロの目のようにその日次第で淳二の気分はコロコロと変わった。躁鬱《そううつ》というのはこういう状態を指すのかなと、少しだけ冷静な自分がいたのが救いだった。

そうした毎日を繰り返し、やがて年の瀬を迎えた。立てた計画の中では、年内に復帰の第一歩を踏み出す予定だった。このまま年を越してはならない。淳二の本能が訴えていた。年を越してしまったらズルズルとこの状態が続き、家から永遠に出られなくなるかもしれない。社会から完全に離脱してしまうかもしれない。自分はもう十分休んだ。きっと大丈夫だ。

だとしたら具体的に動かねばならなかった。そうして意を決し、地方旅館の住み込みバイトに応募したのが十日ほど前のことだった。十八歳以上、六十歳未満の健康な男女。単純労働。

三食付き。特典はゲレンデの無料リフト券、施設内の温泉も利用可と書かれていた。その分、日当は安いがそれは構わなかった。お金をもらえるに越したことはないが、幸い切羽詰まった状況でもない。

もっともこの時点で計画からはだいぶ逸れていた。本来の計画では、通勤圏内で塾の非常勤講師をするつもりだったのだ。だがよくよく考えてみると、塾講師を務めるにはいくつもの障害があることに気がついた。当たり前だがまず動機を話さなくてはならない。この歳で塾講師を志望するのだから過去を詮索されるに決まっている。適当な理由でお茶を濁し、運よく採用されたとしても、万が一、出回っているあれを見られたら、自分が犯罪者だと塾生たちに思われてしまったら——そんなことを思ったら心の底から恐怖を覚えた。

やっぱり、社会復帰の第一歩は誰も自分を知らないところがいい。自分がどこの誰なのか、なんの興味も持たれないような環境がいい。まずは人と、社会と関わり合うところからスタートする。調べてみたら菅平という場所は標高千三百メートル、雲の上にあるらしい。そうした世間離れした立地も今の自分にはおあつらえ向きだと思った。

正直に言えば、妻や娘とも離れたかった。針のむしろといえば大げさかもしれないが、家の中に身の置き所がなかったのはたしかだ。彼女たちの発する言葉や何気ない仕草、そのすべてに自分に対する哀れみが込められているようで……それ自体被害妄想なのかもしれないが、一度独りきりになりたかった。自分という人間を一から見直し、バラバラに崩れた心を丁寧に積み直したかった。

だが、やはり現実は過酷で残酷だった。

なぜ自分はこんなところにいる。なぜこんなことをしなきゃならない。それればかり考えてしまうのだった。

いいや——我慢。堪《た》えどきだ。熱い皿を布巾《ふきん》でせっせと拭きながら淳二は己に言い聞かせた。この歳で新たな社会勉強ができていると思えばいい。きっとこの経験が復活の足掛かりになる。

だが、本当にそうだろうか。この仕事に励んだからといって、東京に戻ったらまた同じなのではないか。振り出しに戻るだけなのではないか。だとしたら、これはなんの生産性もない、無意味な時間なのではないか。

いいや、そうではない。今、自分は一歩目を踏み出した。それが二歩目への勢いとなり、本格的な社会復帰への助走となるのだ。

まるで二人の自分がドッジボールをするかのように、淳二の自問自答は止むことがない。

日が暮れてから作業が一旦中断された。住み込みバイト全員、裏手にある事務室に集まるよう声が掛かったのだ。全員といっても六名で、このわずかな人数で旅館内の三十部屋、約百人の宿泊客の世話を担っている。

「——ということなんですが、心当たりのある方は？」

淳二と同世代の旅館の女将《おかみ》が全員を見回して言った。

女将の話では、先ほど宿泊客の男性から財布が盗まれたと届け出があったのだという。その男性客曰《いわ》く、朝食後に友人たちとゲレンデに向かい、夕方になって部屋に戻ってみると、リュックの中に仕舞っていた財布が消えていたということらしいのだが――。

「あなたたちには口がないんですか」女将が子供を叱るように言う。「大前提、お客様の紛失物に関して旅館側に責任はないし、補償義務もありません。貴重品を部屋に残して外出するお客様の不用心もどうかと思います。しかし、それを差し置いても大事件です。なぜならお部屋の鍵はしっかりと掛かっていたからです。となれば、犯人は鍵を持ち出すことのできる我々従業員の中にいるということになってしまうでしょう。今日211号室の清掃をした方は？」

「自分です」

挙手したのは袴田勲《はかまだいさお》という背の高い青年だ。

「あなたが清掃に入ったときに財布はあった？」

「わかりません。寝具やアメニティグッズ以外に触っていないので」

「財布があることも知らなかった？」

「はい。知りませんでした」

「それを信用してもいいんですね」

なんてひどい、無礼なことを言うのかと淳二は義憤に駆られた。こういうときこそ慎重に慎重を重ねなければならないのに。

「袴田さんは犯人じゃないと思いますけど」

見兼ねたのか、ここで亜美が口を挟んだ。

女将が般若《はんにゃ》のような顔で亜美を睨みつける。

「だって自分が清掃した部屋の荷物なんてふつう盗みませんよ。そんなことしたら疑われるのは――」

「そう、だから全員に集まってもらったわけです。あなた方の誰しもが鍵を持ち出せたわけだから」

また全員が押し黙った。

ここで働く従業員は自分たちだけではないだろう。料理長を含めたコックたちもそうだし、地元の主婦なども数名働きに来ている。だいいち鍵を持ち出せるという点でいえば、大旦那や女将自身だって容疑者の一人になる。

その大旦那は現在、奥の方でひっそりと事務作業をしている。こちらの様子をチラチラと窺《うかが》いながら。

その後、昼過ぎからの休憩時間にどこで何をしていたか、一人一人詰問された。アリバイを調べられたのだ。もっとも警察でもないので、証言の真偽などわかるはずもない。

だが、ここで淳二はある人物の証言に引っ掛かりを覚えた。それは、「ずっと部屋でお昼寝をしていました。一歩も部屋の外には出ていません」と答えた三島花苗《みしまかなえ》という三十代後半の女の証言だ。

それは嘘だった。なぜなら休憩中、淳二が用足しに共同便所に向かった際、このふくよかな女の後ろ姿を廊下で見かけたのだ。そんなこと、この場で口にするつもりはないが。

淳二たち住み込みバイトにも部屋が一つずつ割り当てられていた。それは客室とは隔離された場所にあり、四畳半の中に寝具とテレビ、それと小型の石油ストーブが置かれているだけの簡素な房室《ぼうしつ》だった。とはいえ不衛生でもないし、小窓から望める景色がいいのでそこに文句はないのだが、廊下にある一つの便所を男女共同で使用しなくてはならないことだけが不満だった。単純に気を遣うのだ。

廊下で花苗を見かけたとき、彼女はその便所とも、部屋ともかけ離れた位置にいた。だからそのとき、淳二は彼女がどこかに出掛けるんだろうなと思ったのだ。

「全員、身に覚えがないってことね」腕組みをした女将が頷きながら言った。「わかりました。信用します。ただ、こうしたことが起きたとき真っ先に疑われるのはあなた方ですからね。そこだけは肝に銘じておいてください。じゃあ作業に戻ってよし」

女将はそう告げたものの、自分の方が先にその場から去った。

あまりの言い草にみな呆気に取られており、その場を動けずにいた。

「なんなのあれ」

やがて亜美が憤りの面持ちで漏らした。

「うちらなわけないじゃん」

「そうよねえ」と花苗。

そこに、奥で事務作業を行っていた大旦那が身を小さくしてやってきた。ひどく顔を歪めている。

「すみません。あまりこういうこともないから、うちのもきっと動揺していて、それでああいう言い方を……」

初めてこの大旦那と会ったとき、その腰の低さに感心したが、一週間を経た今は単に気の弱い人物なのだとわかった。妻である女将から罵倒されている場面を淳二は何度か見かけている。

「気分悪か。あげな言い方されたら」

そう口にしたのは花苗と同世代の茂原一馬《もばらかずま》という博多弁をしゃべる男だ。ふだんは寡黙で目つきが鋭いのだが、酒が入ると人が変わったように陽気になり雄弁になる。三日前の深夜、さして話したこともない淳二のもとに、「ナベさん、一杯やろうや」と一升瓶を片手に突然やってきたのだ。からみ酒でなかったのが救いだが、長居されたのでこの夜は十分な睡眠が取れなかった。

ちなみに茂原の背中や肩にはびっしりと和彫《わぼり》が入っている。館内の温泉を利用した際、たまたまそこに居合わせた彼の裸を目にしたのだ。このことを知っていたら、先ほどの女将の態度もちがっただろう。

「だいたい客室の鍵があんな目につく場所にあんのもどうなんだよ。あれじゃあ誰でもサッと奪えるし、こっそり元に戻しておけばわかんねえじゃん」

そう奥を指差して発言したのは最年少十八歳の田中悠星《たなかゆうせい》だ。一年前に高校を中退したことを亜美に自慢気に語っていたのをそばにいた淳二はそれとなく聞いていた。不良というわけではないが、不良に憧れている少年という印象だ。そのせいか悠星は茂原を妙に慕っていて、いつも彼にくっついて過ごしている。

　そしてそんな悠星の指摘はごもっともだった。客室の合鍵は奥にある壁に並んで掛けられており、従業員なら誰でも容易に持ち出すことができるのだ。大前提、この事務室はほとんどの時間が無人なのである。

「たしかにそうよねえ。あれを管理しているとは言い難いわよねえ」と花苗。

「これから客室清掃に関してはうちら以外の人にやってもらえばいいんじゃない。信用できる人に」

　亜美がそんな嫌味を口にし、悠星がすかさず「それいいっスねえ」と名案とばかり同調した。茂原と花苗もまたしきりに頷いている。

　いっせいに矛先を向けられ、大旦那がオロオロとし出した。自分と同世代の男性が吊るし上げられる様は哀れを催した。

　見兼ねた淳二が口を開こうとしたとき、

「起きてしまったことは仕方ありません」

　これまで黙っていた袴田が口を開いた。静かな口調だったが、場を制するような響きがあった。自然と全員の視線がこの青年に集まる。

「以後、客室の鍵は厳重な管理をお願いします。我々が鍵を持ち出す際も許可制にしていただき、いつ誰がどの部屋の鍵を持ち出したのか、そちらで明確にわかるようにしていただけると助かります。そこが徹底されていれば我々もあらぬ疑いを掛けられずにすみますし、安心して仕事に励むことができますので。では、我々は持ち場に戻ります」

そう言い終わるや否や、袴田は颯爽と事務室を出て行った。全員がぽかんとした顔つきでその後ろ姿に目を送っている。

これによってなんとなく場の空気が白けた。残された面々はため息を漏らしている。そして「ほんと頼みますよ」と口々に大旦那に言い、事務室をあとにすることとなった。


「あー未熟者」

亜美が箒《ほうき》を持つ手を止め、嘆くように言った。がらんとした食堂にその声が響き渡る。先ほど宿泊客たちのにぎやかな夕食が終わり、食堂の清掃に取り掛かった。淳二が椅子を一つ一つ食卓に上げていき、追従する亜美が床を掃く役割だ。他の者も与えられた持ち場で本日最後の業務を行っている。

「どうしたの」

淳二が反応した。亜美はやたら独り言をボヤく癖がある。思ったことを口にせずにはいられないのだろう。

「あたし、大旦那のことといじめちゃった」

すぐに夕方の一件を指しているとわかった。「いじめたってほどのことでもないと思うけど」

「いいえ、あれは集団いじめですよ。女将への怒りを大旦那にぶつけちゃったもん。別に大旦那が悪いわけじゃないのに」深々とため息をついている。「あたしがみんなを扇動したみたいなところもあったし。あ、扇動って使い方合ってますか？」

「うん。合ってる」

「ほんとダメな人間」

「そんな。大げさだよ」

止めていた手を動かし、再び作業に取り掛かる。

亜美は天真爛漫《てんしんらんまん》で自由奔放、もちろんそれも偽りのない彼女なのだろうが、こうして自分の行いを省みて落ち込むこともあるのだ。淳二にはそれが微笑ましく思えた。

その亜美がほどなくして、

「あたし、学生時代いじめられてたんですよ」

急にそんな告白をした。今度は作業をしながらだ。

「なんか周りに合わせるの苦手で、独りで行動してたらいつの間にか標的になっちゃってたっていうか」

「亜美ちゃんは目立ちそうだしね」

淳二は椅子を持ち上げながら答えた。

「でも、しばらく我慢してたら勝手にターゲットが替わって、他の子がいじめられるようになったんです」

「それもよく聞くよね。いじめの標的はバトンのようなものだと」

思春期の子供は他人をストレスの吐け口にしてしまうことが往々にしてある。芽生え始めた自我や欲求を内側だけで処理することができず、歪んだ形で外に放ってしまうのだ。

「そうそう。結局はバトンなんですよ。ただ、そのバトンを渡したあと、あたしもいじめる側に回ったんです」

「え。亜美ちゃんが？」

「はい。上履き隠したり、悪口を書いた手紙を机の中に入れたり。別にその子のことを嫌いなわけでもなかったのに、なんでそんなことしたんだろうって考えたら、やっぱりまたいじめられる側になりたくないっていうのと、きっと心のどこかで、人をいじめる快感みたいなものを感じてたんだと思うんですよ」

淳二の手は自然と止まっていた。

「でも、いつのまにかその子もターゲットから外れて、またあたしにバトンが返ってきちゃって……。けどそのとき、その子は一切いじめに加わらなかったんです。それどころか、こっそりあたしに話しかけてくれたりもして」

「へえ。えらい子だね」

「あたし、自分が超恥ずかしくなっちゃって。なんていうか、人間として完全に負けたっていうか」

淳二は相槌を打って先を促した。

「で、あたし、そのとき誓ったんです。あたしも他人の痛みを理解してあげられる側の人間になろうって。でも、夕方はそれができなかった。あのとき大旦那の立場になって考えられてなかった」

亜美は根が純で真っ直ぐな人間なのだろう。初めて会ったとき、その派手な見た目に偏見を持った自分を淳二はこっそり恥じた。

「その点、渡辺さんは偉いですよね」

急にそんなことを言われる。「わたしが？　どうして？」

「だって、あのときあたしたちの輪に加わらなかったから」

「別にそれは——いや、だとしたら袴田くんの方がよっぽど偉いと思うよ」

「なんでですか」

「彼、あのときさりげなく大旦那を救ったでしょう」

「救った？」

「彼、こう言ったじゃない。『我々が鍵を持ち出す際も許可制にしていただきたい』って。あれは、大旦那に向けてボイコットはしませんよっていうのと、みんなにもそういうことはよそうよって、遠回しに伝えたんだと思うな」

「え、そういうこと」

「きっとそういうことなんじゃないかな。若いのにすごいなって感心したよ」

本心だった。あの青年は一番うまいやり方で場を収めたと思った。頭に血が上りボイコットも辞さないとした亜美たちをいくら宥めても、そこでまた新たな議論が生まれるだけだ。だから大旦那に対し毅然と要求をし、それさえ徹底してもらえばこれまで通り仕事をすると伝えたのだ。彼はあのとき何度も「我々」という言葉を使った。あれもきっと意図的だったのだろう。

そしてそれが決定事項とばかり、すぐに場を去った。すべて計算ずくの行動だとしたら相当に優秀な青年だ。

「あ、救ったといえば——」亜美が人差し指をピタッと顎に当てる。「あのあとあたし、袴田さんにお礼を言われたんです」

「お礼?」

「あたし、袴田さんが女将に疑われたとき、『袴田さんは犯人じゃないと思います』って言ったじゃないですか」

たしかに亜美はそんな発言をしていた。

「あれがすごく嬉しかったんですって」

「ああ、なるほど」

「でもちょっと恐縮っていうか……だって、あたし別にあの人を庇ったわけじゃなくて、自分が清掃した部屋の荷物を盗んだら自分が疑われるに決まってるから、誰もそんなバカなことしないでしょってことを女将に伝えたかっただけなんですよ。それなのにわざわざ、『救われました』って頭まで下げられちゃって。そんな大げさなことでもないのに」

「ふうん」

「悪い人じゃなさそうだけど、ちょっと変わった人ですよね。あの人」

「そう。ふつうの青年だと思うけど」

「なんかこういうところで働く感じの人には見えないじゃないですか。インテリっぽいっていうか」

脳裡に袴田の姿を浮かべた。年齢は亜美と同じくらいだろうか、長身痩軀で洒落た七三刈り。鼻の上に小さい丸縁眼鏡が載っかっており、手入れされた髭が口の周りを覆っている。今時の若い男によくよく見かけるスタイルだ。たしかに彼には知的労働の方が似合っている気はする。

とはいえ袴田は誰よりも手際よくこの仕事をこなしている。袴田は淳二がやってきた当初からここで働いており、最初のうち仕事のやり方を教えてくれたのは彼だった。十一月の中旬からここにいるらしいので、住み込みバイトの中では一番の古株となる。

「まあ、それは渡辺さんもそうか」

「うん？」

「こういうとこで働く人には見えないってこと」

淳二は返答に詰まった。

「茂原さんとか三島さん、悠星くんはいるいるって感じだけど。ま、そういうあたしも」

その後、黙々と作業をこなし、清掃がいち段落したところで、

「あ、落ちた」

亜美が窓の外を見て言った。窓の向こうにはゲレンデが広がっており、一面にナイターの照明が灯《とも》っていたのがたった今消えたのだ。

「早く休みにならないかなあ」

亜美は待ち焦がれるように目を細めていた。彼女は休憩時間に滑るだけでは飽き足らないようで、次の休みは一日中ゲレンデに出るつもりなのだと話していた。いくら若いとはいえ、この小さい身体のどこにそんな体力があるのだろう。淳二など毎日が疲労困憊《こんぱい》で、そうした休憩時間はもちろん、寸暇《すんか》を見つけては身体を休ませることに専念している。

「変な意味じゃないんだけど、スノーボードって何が楽しいの？」

何気なくそんなことを訊くと、よくぞ訊いてくれましたとばかり亜美が目を輝かせた。そしてスノーボードがいかにおもしろいのかを興奮気味に捲し立てた。「風になって雪と踊るんですよ」そんな洒落たことを言うのでつい笑ってしまった。

「っていうか、渡辺さんはやったことないんですか」

「まあ、スキーならちょこっと」

「え、そうなんですか。じゃあ一緒に滑りましょうよ」

「いや、経験があるっていうだけで滑れるわけじゃないんだよ」

淳二の世代なら誰しもがスキーの経験があるだろう。淳二が二十歳くらいのとき、『私をスキーに連れてって』という映画が大ヒットし、それをきっかけに日本に爆発的なスキーブームが到来したのである。みなが競うようにして雪山を目指したため、スキー場どころか、高速道路まで閉鎖される事態に発展したほどだ。

だからといって誰しもが滑れるわけではない。当時、淳二も大学の友人たちに誘われて、何度か挑戦してみたものの、まるでダメだった。硬い雪に自ら身体を打ちつけに行っていたようなものだった。

　ちなみにそんなスキーブームは十年と持たず、衰退の一途を辿《たど》った。それはバブルの描いた曲線とぴったり重なっていた。今では若者すら、ウインタースポーツをやらないと聞く。

「それならもう一度、挑戦してみましょ。今度はスノボーで」

「いやあ、この歳じゃ――」

「あ、年齢を言い訳にしたらダメですよ」

「え」

「人間は何歳だって新しいことを始められるし、変われるんです」

「………」

「って、いろんな人がそんなこと言ってるじゃないですか。格言、みたいな」

と、亜美はイタズラっぽく笑った。

「その通りだね」淳二は二度頷いた。「だけどスノーボードは遠慮させてもらうよ。もっと若い人を誘ってみたらどう？　それこそ袴田くんとか」

「あの人、運動とか嫌いそうじゃないですか」

「それならわたしだってそうだよ」

「じゃあ袴田さんがやるならやります？」

「いや、そういうことじゃなくて――」

「なら誘ってみよっと」

「ちょっと、亜美ちゃん」

亜美はウインクを飛ばすと箒と塵取りを持って食堂を出て行った。淳二の伸ばした手が行き場を失っている。

不思議だった。なぜあの子はこんな見ず知らずの中年男に構うのだろう。亜美はこれに限らず、仕事でも度々淳二に手を貸してくれる。ありがたい反面、不可解だった。これを変わり者という言葉で片付けていいものだろうか。

淳二はひとつ洟《はな》をすすり、足を踏み出した。壁に手をやり、パチッと食堂の電気を落とす。食堂が闇で埋め尽くされ、さらに静寂が増したような気がした。

18

亜美は有無を言わさずだった。

翌日の昼下がり、淳二はレンタルショップで借りた紺色の地味なウェアを纏い、これまで触れたことすらないスノーボードを担ぎ、白銀の世界へと連行されたのだ。

ただ、それは淳二だけではなかった。もう一人、自分と丸々同じ格好をした男がいた。袴田だ。

聞けば、彼もまた亜美に強引に連れ出されたのだという。淳二は申し訳ない気持ちになった。

袴田がここにいるのは淳二が名前を出したからにほかならない。

「ほら、ワクワクしてきたでしょ」

三人乗りリフトの真ん中に位置する亜美が足をぶらつかせ、嬉々として言った。

ワクワクとは程遠い気分だった。リフトに揺られるのは三十年ぶりで恐怖が先立っていた。もとより高所が苦手なのだ。数メートル下には真っ白な雪のカーペットが敷かれている。柔らかそうに見えるが、落ちたらどうなってしまうのだろう。

いつもなら部屋で休息している時間なのに。淳二は眩しい太陽に目を細め、ため息をついた。何よりこのあと仕事だって控えているのだ。

一方、逆どなりに位置する袴田はしきりに上下左右に頭を振っていた。気乗りしていないものと思っていたが、意外とそうでもないのかもしれない。彼はこれまでウインタースポーツとは縁がなく、リフトに乗ること自体が初めてなのだそうだ。

「結構揺れるものなんですね」

その袴田がこちらを向いて言った。これもレンタルショップで借りたのか、顔の半分を覆うような大きいスノーゴーグルをつけている。光を反射するタイプの物でレンズには亜美と淳二の顔が映し出されていた。

リフトは傾斜に沿ってなだらかに上昇していき、それに比例するように視野が徐々に広がり、遠くまで望めるようになった。見渡せる山々は一様に雪化粧がなされており、横に延びた歪《いびつ》な稜線が空の青とを隔てている。上空にある太陽はそのすべてに光を与えていた。もう見慣れてはいるものの、改めて壮大な景観に圧倒された。

ここで、数百メートルほど離れているだろうか、薄い靄《もや》のような雲が横にたなびいているのを発見した。それは淳二たちのいる高さと同じか、やや下に位置しているように思えた。

初めてこの菅平高原にやってきたとき、その標高の高さをすぐに思い知らされた。何度耳抜きしてもすぐに空気が溜まってしまい、その日は一日中キーンという音のストレスに悩まされたのだ。また、一軒だけあったコンビニへ入ると、スナック菓子の袋がすべてパンパンに張っているのが目についた。その理由は考えるまでもないが、この地に自分が順応できるかが不安だった。

しかし、そんな不安をよそに淳二の身体はすぐに環境に慣れた。耳鳴りは消えたし、倦怠感も去った。人間の身体というのはかくも柔軟に作られているものかと感じ入ってしまった。

一方、心の方はまだまだだ。慣れない労働に戸惑いを覚えているものの、亜美や周囲の人間との間に取り立ててトラブルもなく、平穏といえば平穏な毎日を過ごしているのだが、どうしてもこの現状に追いやられてしまった不憫《ふびん》な自分を思うと、形容しがたい激情と自己憐憫が込み上げてくるのだった。

「えっ、じゃああたしの方が年上なんだ」

亜美が驚いたように言った。

袴田は現在二十二歳で亜美の一つ年下だということが知れたのだ。

「袴田くんってすごく落ち着いているから二十五歳くらいなのかと思ってた」

たしかにこの青年は歳の割に物腰が落ち着き払っている。ただ、よくよく見ると肌艶《はだつや》にはまだ少年のような張りがあった。インテリ風な眼鏡や口の周りを覆う髭が大人びて見せているのだろう。

「袴田くんは学生さん？」

淳二が少し首を前に出して訊いた。

「はい。都内にある大学に通っています」

その大学名を訊くと淳二の母校だったので驚いた。三十年前、淳二が四年間通った大学に、今現在袴田が通っているのだ。偶然とは恐ろしい。

もっともそれ以上に驚いていたのが袴田だったのだが。

ちなみに現在は四年生で、冬休みを利用してここにアルバイトをしに来ているのだそうだ。

「学部は？」

「理工です」

「じゃあ生田《いくた》だ」キャンパスは違ったようだ。「わたしは法学部で駿河台《するがだい》だったから」

沈黙が訪れた。袴田と亜美の頭に、なぜそんな人間がこんなところで住み込みバイトをしているのかと疑問が浮かんだのだろう。

「どうせあたしは高卒ですよー」

混ぜっ返すように亜美が口を尖らせて言った。そんな亜美の優しさがまた淳二を切なくさせた。

リフトはやがて中継地点に差し掛かった。ここで降りれば初心者コースとなり、このまま乗り続ければ中・上級者コースへと導かれる。当然、淳二たちはここで降りる予定だ。

「いいですか。こうやって左足を前に出して、着地した瞬間にボードの上に右足を置くんです。そうすれば勝手に滑ってスムーズに降りられますから」

簡単に言ってくれるよな。これだけで淳二はガチガチに緊張していた。

そうしていざ、左足からボードを雪面につけ、自由になっている右足をボードの上に置き、えいと立ち上がった。おお。できた。

だが次の瞬間、淳二はバランスを崩し、尻餅《しりもち》をついた。ビーッという音と共にリフトが止まる。

数メートル先に進んでいる亜美が手を叩いて爆笑している。その傍らには袴田もいた。どうやら彼は上手《うま》いこと降りることができたようだ。

「バインディングはきつく締めないと途中で足が抜けちゃいますからね」

スタート地点の隅に三人横に並んで座り、亜美のレクチャーを受けながら右足をボードに固定した。周りを見てみると、自分と同世代の人間はいることはいるのだが、みな家族連れの様子だった。そして彼らはスキー板を履いていた。スノーボードをするオヤジは一人として見当たらない。これで上手ければまだ様になるものの、そうではないのだから悲惨なのである。

改めて前方に広がる雪の下り斜面を見下ろす。初心者コースなので傾斜は緩やかだが、ここを自分が滑走している画《え》が浮かばない。

準備が整うと、亜美がさっと立ち上がり、

「じゃあまずはまっすぐ滑るところから。見ててください」

そう言った直後、彼女はその場でぴょんと跳ねると、そのまま雪の斜面を滑り降りていった。

そして十メートルほど進んだ先でクルッと雪を跳ね上げて半回転し、こちらを振り向いて止まった。

「はい、やってみて」

こうして亜美の講習が始まった。もちろん苦労したのは淳二だった。進むことはできても止まることができないのである。淳二の止まる手段は尻から雪の上に落ちる、この一択だった。

「もう。何度言ったらわかるんですか。そこで身体をこうやって捻るんですって」

亜美が腰に手を当てて言う。

「頭ではわかってても身体がその通り動かないんだよ」

雪に横たわりながら淳二が嘆く。いったい、自分はこの一時間で何度雪の上に寝たことだろう。

「言い訳は結構。それじゃあいつまで経っても上達しませんよ」

そもそも上達したいという欲求自体がないのだが。何はともあれ、亜美はことのほかスパルタだった。

「ほら、袴田くんを見て」

亜美が下方を指差す。そこでは袴田がゆっくりとスラロームをしている。ぎこちない動きだったが、器用にバランスを取って滑っていた。

「あの人、結構センスある」

亜美が感心したように言った。

「彼みたいな若者と比べられても」

と、つい負け惜しみを口にしてしまう。

とはいえ、若さを差し引いても袴田は驚くほど飲み込みが早かった。あの青年は亜美が教えたことをすぐに理解し、体現してしまうのだった。きっともとの運動神経がいいのだろう。仮に淳二が若くてもああはならないはずだ。

ニット帽やゴーグルでその表情はわからないものの、袴田が夢中になっているのはよくわかった。彼はもう何度も一人でリフトを往復していた。

「渡辺さん、いつまで寝てるんですか。さ、起き上がって」

その後、時間を経て淳二もわずかながら滑れるようになった。止まることや方向転換も不格好だができるようになったのだ。亜美の指導と、自身の努力の賜物《たまもの》だった。ほんの少し、スピードを楽しむ余裕も生まれてきた。

淳二がそうした喜びに浸っていると、「じゃああとは自分でがんばってください」と亜美から独り立ちを突きつけられた。

当たり前だが、彼女だって滑りたいのだ。こんな中年男のお守りだけじゃつまらないだろう。淳二も、「ありがとう。楽しんできて」と彼女を送り出した。

こうして上級者コースへ向かった亜美がいなくなり、それぞれのペースで滑走を続けることとなった。袴田とは同じ初心者コースを滑っているのだが、すでに腕前には開きがあるので、淳二もその方が気が楽だった。

その袴田とリフト乗車場で出くわし、一緒に乗ることとなった。三人掛けシートの真ん中を空けて、両端に座る。

「正直、嫌々連れて来られたんだけど、わるくないね。スノーボード」

上昇が始まり、淳二から声を掛けた。

「ええ、本当に。世の中にはこんなに楽しいものがあるんだって思いました」

そんな大げさなことを言う。

「袴田くん、ハマっちゃったね。明日から毎日ゲレンデに出るんじゃないの」

「いえ、今日限りです」

「どうして?」

「毎日やってしまうとお金が持ちませんから」

なるほど。割引されるとはいえ、ウェアやボードのレンタル代もバカにはならない。亜美のように自前で用具を一式持っていれば話は別だが。

「わたしも今日限りかな。こちらは身体が持たないし」

このあと控えている仕事のことが脳裡を過《よ》ぎり、憂鬱な気分が押し寄せた。今日だって夜遅くまで働かねばならないのだ。

ここで、リフトのすぐ下をまだ十歳にも満たなそうな少年が猛スピードで通り過ぎて行った。明らかに慣れた動きなのできっと地元の子だろう。

「ここら辺の子はみんな雪に慣れてるんだろうね」

「そうでしょうね」

今度は若いカップルが並走して滑ってくるのが見えた。彼女の方はへっぴり腰で、「怖い怖い」と叫び声を上げており、リードする彼は笑い声を上げている。

「そういえば来週はクリスマスだね」

「あ、そういえば」袴田が思い出したように言う。

「どうやらイブと当日の宿泊客はカップルがほとんどらしいよ」

先日、パートでやってきている地元の主婦らがそんなことを話していた。

「なんだか騒がしくなりそうですね」

あまり好ましくないような口ぶりだった。

「袴田くんに彼女はいないの？」

軽い気持ちで訊くと彼は一瞬黙り込んだ。そして、「少し前、離ればなれになってしまいました」と乾いた口調で言った。

「ああ、そうなの。ごめんね」

「いえ、別に」

二人の間にしばしの沈黙が訪れる。その沈黙を嫌い、「亜美ちゃんなんていいんじゃない」

と、淳二はまたよけいな軽口を叩いてしまった。

「玉代《たましろ》さんは素敵な方ですが、ただ、あちらにも選ぶ権利はありますから」

そんな言葉でかわされる。玉代とは亜美のことだ。

「ところでお二人はとても仲がいいですよね。以前からのお知り合いですか」と袴田。

「まさか。ここで初めて会ったんだよ。それに仲がいいというか、なんだろう……なぜだかわたしのことを色々と助けてくれるんだよね。わたしも不思議に思ってるんだけど」

「親切な方なんでしょう」

「うん。ちょっと強引なとこがあるけど」

二人で肩を揺すった。

「そういえば袴田くんは亜美ちゃんになんて言われて誘われたの」

訊くと袴田の口元が緩んだ。「あたしが恩人なんだとしたら言うことを聞かないとダメなんじゃないですか、と」

声を上げて笑ってしまった。恩人ときたか。くだんの事件で真っ先に疑われた袴田を亜美が庇う発言をしたのだ。ちなみに一日経った今も財布が見つかったという報告は受けていない。無論、窃盗犯も。

「例の窃盗の件、警察に盗難届は出したのかな」

淳二が独り言のように言うと、「まだ出していないそうです」と袴田。

「どうしてだろう」

「なんでも財布の中には現金が六千円程度しか入っていなかったようで、被害にあったお客さんも手続きが面倒だからいいと話しているそうです」

「面倒って、交番に行くだけじゃない。おそらくカード類だって入ってたでしょうし」

「その交番が菅平にはないんですよ。ここから一番近いのは下山した先にある上田《うえだ》警察署になるので、その苦労と被害金額を天秤《てんびん》に掛けたんでしょう。どちらにしろ財布の盗難くらいでは警察は捜査までしてくれないでしょうから、結局落とし物として届けられるのを待つしかない。だとすれば、後日届出を出しても遅くはないという判断なのではないでしょうか」

なるほど。合点がいった。下山するには車か、もしくは一日に十本ほどしか出ていないバスに乗らねばならない。それだけで片道一時間弱の時間を要する。被害者は旅行の大切な時間を奪われたくなかったのだろう。それにしても袴田がやたら事情通なので驚いた。

「いったい誰が盗んだんだろうね。女将さんはハナから我々の中に犯人がいると決めつけているようだったけど」

「施錠されていた部屋から失《な》くなったわけですから、我々が疑われても仕方ない部分はあります」

「きみは大人だね」淳二は笑った。「あ、そういえば」

そう前置きして、淳二は三島花苗のことを話した。部屋から一歩も外に出ていないと証言した彼女の姿を廊下で見かけた、と。

すると、袴田も「実は自分も見かけました」と言った。

「じゃあ、もしかすると彼女が――」

「それはどうでしょうか」遮って言われた。「三島さんの単なる記憶違いか、もしくは疑われたくないがためにそう話したのかもしれません。大前提、疑わしきは罰せずが原則ですから」

淳二は頷いて見せた。そして軽はずみだった己を反省した。軽率な噂話をするべきではなかった。何より、疑わしきで罰せられてしまった自分が一番してはいけないことだった。

ほどなくしてリフトが中継地点に差し掛かる。時間的にこれが最後の一本だろう。淳二が降りる体勢を取ると、「ではここで」と袴田。

「このまま中級コースに行くの？」

「ええ、最後に挑戦してみようかなと」

「そうだね。きみはもうそっちの方がいいよ。じゃあまた後ほど」

そうして淳二だけ先にリフトから降りた。袴田の背中が上昇しながらどんどん遠ざかっていく。

それからの仕事はふだんの倍、しんどかった。淳二の肉体はかつてないほど悲鳴を上げていた。「すぐに筋肉痛がくるってことはまだ若い証拠ですよ」と亜美が軽く言ったが、明日が来るのが怖かった。きっと今よりもひどくなっているにちがいない。

〈あなたどうしちゃったの？〉

電話で妻にスノーボードを初体験したことを伝えると、彼女の第一声はこうだった。ただ、その声は弾んでもいた。ここ数日夫から連絡がなかったから心配していたのだそうだ。

〈そっちは東京と比べものにならないほど冷えるでしょう〉

「うん、夜はとてもおもてに出られないよ。ただ、一日の大半を屋内で過ごしているから」

〈ご飯はちゃんと食べてるんですか〉

「まかないを出してもらってるからね。結構美味しいよ」

〈そう、よかった〉ここで妻が息を吸い込んだのがわかった。〈あのね、郁恵《いくえ》がね、今度お父さんに会ってもらいたい人がいるって〉

「それって……」

〈うん、そういうことだと思う〉

敷布団の上で胡坐《あぐら》を掻きながら淳二は忙《せわ》しなく視線を散らした。殺風景な狭い部屋に石油ストーブのボーという音だけが響いている。

娘の郁恵に交際している男性がいることはなんとなく知っていた。ただ、娘はまだ二十四歳で、結婚はもう少し先のことだと勝手に思っていた。彼女が大学を卒業し、日本橋《にほんばし》にある製薬会社の営業事務として働き始めて、まだ二年も経っていないのだ。

「いつ頃かな？　ぼくは今年いっぱいこっちで働かなきゃいけないから、年明けじゃないと」

〈だから年始にうちに挨拶に来たいんだって〉

「まあ、それなら大丈夫だけど」

〈あなた、平気？　郁恵に言ってもう少し後にしてもらおうか〉

「いや、大丈夫。でも、結婚とかいきなりそういう話なのかな」

〈結婚はもう少し先のようなこと言ってたけど。ただ、それを前提にね、来年から同棲を始めたいんだって〉

なるほど。相手側はその挨拶に来たいということなのか。少しだけホッとした。

「ところで相手の方は何をされている人なの？」

訊くと、妻が黙り込んだ。

そして、〈隠していても仕方ないから言うけど〉と前置きし、〈塾講師のアルバイトをしているそうなの〉と言った。

「アルバイト？」つい声が裏返ってしまった。「定職に就いてないわけ？」

〈それにはちょっと事情があって……〉言い淀んでいる。〈その人、弁護士になるために司法試験の勉強をしているみたいなの〉

淳二は息を飲んだ。続いて、唾を飲み込んだ。娘の彼氏が弁護士志望――？

〈歳は二十六歳で、今は岡山の方にいるみたい〉

「岡山って――じゃあ当然、その彼が上京してくるんだよね」

〈ううん。郁恵が岡山に行くって〉

「本気で言ってるのそれ」

〈実をいうと郁恵ね、職場が肌に合わなくて、ずっと悩んでたの。だからこの機会に辞めて岡山で新たに仕事を探したいんだって〉

混乱した。立て続けにいろんな話が降ってきて気持ちが追いつかない。

「郁恵が悩んでたなんて、そんなの初耳だよ」

〈うん。ずっと我慢してたんだけど、そろそろ限界だって〉

「きみは前から知ってたの」

〈一応〉

「じゃあどうしてぼくに相談してくれなかったんだよ」

〈だって……あなたも自分のことで大変だったし〉

淳二が荒い鼻息を漏らす。「せっかくいいところに就職できたのにもったいないんじゃないかな」

〈それがあの子にとってはいいところじゃなかったのよ〉

「じゃあ岡山で何をするわけ？」

〈だからあっちに行ってから考えるって――〉

「そんな見切り発車で向かうのはぼくはどうかと思うよ。だいたい郁恵は東京での暮らししか知らないんだから、いきなり地方に住むって少し考えが甘いんじゃないのか。そもそもその男も定職にも就いていない状況で――」

〈ちょっと。わたしに怒らないでくださいよ〉

電話を遠ざけて、思いっきり荒い息を吐いた。淳二の心は千々《ちぢ》に乱れていた。娘が会社を辞め、我が家を出て、地方に住む彼氏と同棲を始める。なんたることだ。

いや、そうではない。今一番自分が動揺しているのは、娘の彼氏が弁護士を志望していることだ。

だからといってそれを疎ましく思っているわけではない。けっしてそうではないのだが、心中穏やかではいられないのはなぜなのか。

だいいち、その男とどう向き合えばいい。どんな顔をして対峙すればいいのだ。仕事の話を振るのも振られるのも勘弁だ。大前提、娘の彼氏は知っているだろうか。交際相手の父親が弁護士であったことを、そして職を追われた理由を——。

ダメだ。とてもじゃないが会えない。その男が知っていようがいまいがだ。

「ごめん。やっぱり挨拶の場はきみ一人にお願いできないかな。同棲を許せないとかそんなのじゃないんだけど」

〈……うん〉

「郁恵にも申し訳ないと伝えて。いずれちゃんとした場を設けるからと」

〈承知しました。しっかり伝えておきます〉

「ほんと、ごめん」

〈そんな、暗くならないでくださいよ。郁恵だってもう子供じゃないんですから、わかってくれますよ〉

最後は妻の〈また連絡くださいね。風邪をひかないように〉という言葉で通話を終えた。

淳二はスマートフォンを握りしめたまま、布団の上で身動《みじろ》ぎせずにいた。思考が巡っているようで何も考えられていない。

しばらくすると息苦しさを覚え、淳二は立ち上がった。狭い部屋で石油ストーブを焚《た》いているので、小まめに換気をしないと一酸化炭素中毒を起こしてしまう。

曇った窓に目をやった。そこには惨めな男がぼんやり映っており、哀れみの眼差しを自分に向けていた。

手でガラスを拭うと男の姿が消え、向こうの景色が覗けた。粉雪が緩やかに、絶え間なく夜空から舞い降りている。

窓を数センチ程度開けると、雪女の息吹《いぶき》のようなひんやりした冷気が侵入してきた。淳二はその前に立ち、顔が痛くなるまで息吹に晒されていた。

19

ぐるりと三百六十度、たくさんの人が自分を取り囲んでいた。知った顔もあれば知らない顔もいる。のっぺらぼうもいた。囲まれているので後ずさることもできず、淳二はその場で自転を繰り返していた。ただ、みんな敵意はないようだった。哀れむような目で中央の淳二を静かに見据えているだけだ。

これは夢だとわかっていた。身体はたしかに眠っているのに、脳の一部が覚醒している。こうした状態を経験するのは初めてのことだ。しかし、夢とわかっていても恐怖にはちがいなかった。

やがて、誰かの口元が動いたのがわかった。見やると、学生時代の恩師だった。今となっては年賀状のやりとりだけだが、関係は続いていた。その恩師は断続的に唇を動かしていた。声は聞こえない。その口元を凝視する。やがて、彼が何を言っているのかわかった。「ざんねんだ」そう言っていた。

先生、ちがうんです――。そう訴えたいが声に出せない。

続いて恩師の両隣の人間までも唇を動かし始めた。いや、全員が唇を動かしていた。

ざんねんだ。ざんねんだ。ざんねんだ。

ちがう。わたしじゃない。

ざんねんだ。ざんねんだ。ざんねんだ。

わたしはやってない。やってないんだ。

叫びたいのにどうやって発声していいのか、その方法がわからない。淳二は頭を抱えた。

ふと、集団の中に妻の姿を発見した。ただし、妻も周囲と同様だった。

ざんねんだ。ざんねんだ。ざんねんだ。

きみだけは信じてくれ。ぼくはやってないんだ。

淳二はふらふらとした足取りで妻のもとへ向かった。妻の両肩を摑む。身体は岩のようにピクリとも動かない。表情も変わらない。ただ、唇だけが別の生き物のように動き続けている。

淳二はその唇を手で塞ごうとした。すると、ここであることに気がついた。

妻は、いや、他の者たちも「ざんねんだ」と言っているわけではなかった。彼らはこう言っていたのだ。

はんにんだ、と。

戦慄《せんりつ》したと同時だった。布団の上でびくんと身体が跳ね上がった。続いて身体の自由が利かなくなった。足の先から頭のてっぺんまで、すべての神経が麻痺を起こしたのだ。

金縛《かなしば》りというやつだろうか。視覚だけはまともで暗闇の中に低い天井があるのが見える。ところどころにある染みまでもわかった。部屋は冷え切っているのに、全身にびっしょりと汗を掻いていた。

一分ほどそのままでいただろうか。身体は相変わらずだが、徐々に冷静さを取り戻した。きっと疲労が溜まっていたのだろう。二日前にスノーボードをしたことも影響しているのかもしれない。未だ筋肉痛は続いている。だからこんな悪夢を見て、金縛りなんかにあったのだ。

そうしたことが分析できるようになると、指先がわずかに動かせるようになった。続いて膝を曲げられるようになった。少しずつ身体の神経が正常に戻っていき、やがて寝返りを打てるまでになった。そこからは早く、完全に正常に戻ることができた。

長い安堵のため息をつき、淳二は立ち上がった。部屋の電気を点けた。すると、ここで自分が寝巻きではなく、仕事着のままだということがわかった。記憶を探る。

そうか。風呂に入っていないのか。昨夜仕事を終えると、部屋の中で少しだけ横になった。そしてそのまま眠ってしまったのだ。

枕元に置いてある腕時計を拾い上げて見ると、深夜三時だった。舌打ちをする。中途半端な時間に目覚めてしまった。五時からは朝食準備が始まるので、ふだんは四時半に起床しているのだ。このあと再び寝るべきか、それとも風呂に入るべきか。

少し悩んで風呂に入ることに決めた。横になっても眠れるかわからないし、昨日の汚れだって落としたい。今もこうして汗を掻いているのだから。

着替えを持って淳二が廊下に出ると、どこかの部屋から男たちの話し声が聞こえた。茂原の部屋からだ。声からすると、どうやら悠星が茂原の部屋にいるようだ。

その前を通り過ぎようとしたとき、茂原の部屋のドアが開いた。悠星が顔を覗かせている。

「あ、ども」と会釈《えしゃく》され、すぐに振り返り、「渡辺さんでした」と中にいるだろう茂原に報告していた。

淳二が立ち去ろうとすると、「ナベさんも一杯どうや」と、茂原のどでかい声が廊下に響き渡った。

自分たちの足音だけが廊下にこだましている。茂原の後ろを歩いていた淳二はやや歩速を上げ、彼の斜め前に移動した。酒臭くてかなわない。

自分は今から風呂に入るからという理由で茂原の誘いを断ると、「じゃあわしらも酔い醒《ざ》ましに入るか」と二人がついてきたのだ。

「毎晩こんな時間まで飲んでるんですか」

淳二が訊いた。静まり返っているので声がよく響く。

「いや、今日は特別。こいつん話ば聞いてやっとったら遅うなっちまった。眠くてしゃーないばい」

となりの悠星が苦笑している。実際は茂原に捕まっていたのだろう。

ちなみに悠星は素面《しらふ》だった。十八歳だから当たり前なのだが、その理由がおもしろかった。茂原から、「未成年はジュース飲め」と言われたらしい。

ほどなくして前方に『男』『女』と書かれた暖簾《のれん》が見えた。館内にある温泉浴場は客の利用時間外であれば自由に利用していいことになっていた。ささやかな贅沢である。もっともこんな深夜に利用するのは初めてだ。

淳二たちが『男』の方の暖簾をくぐり、脱衣所に足を踏み入れると、「あれ、誰かいる」と悠星が言った。たしかにいくつもある籠《かご》の中に服が折りたたまれて入っているものがあった。

「ああ、あいつばい。袴田のあんちゃん」と茂原。「あいつはいつもこげな時間に風呂入っとーったい」

知らなかった。言われてみれば袴田とだけは風呂で出くわしたことは一度もなかった。

ここで悠星が舌打ちをした。淳二が不思議そうに見ていると、「恋敵やけんな」と茂原がそんなことを言って豪快に笑った。

その茂原が衣服を脱ぎすてると、彼の背中から威風堂々たる阿弥陀如来《あみだにょらい》が姿を現した。お目にかかるのは二度目だが、やはりものすごい迫力だ。よく見ると腰の辺りに創傷痕《そうしょうこん》もあった。

「やっぱイカツイっスねえ」悠星が嘆息を漏らす。「おれもいつか絶対墨入れよ」

「やめとけ。不便なだけや」

「おれはタトゥーっすよ」

「それもよせ――なあ、ナベさん」

「いや、その……よくよく考えてからの方がいいと思うけど」

「ナベさん、大人がもっとビシッと言うたらな。こっちは消しぇるもんなら消したかってんに」

「そうなんですか」

「そらそうや。もう稼業も引退しとーしな」

裸になって三人で浴場に向かうと、そこにはたしかに袴田らしき人物の後ろ姿があった。湯煙の中で半身浴をしている。

淳二たちの気配を察した袴田が勢いよく後ろを振り返る。彼は目を丸くして驚いていた。眼鏡がないからだろうか、ふだんとは雰囲気がちがって見えた。

「やあ」淳二が軽く手を上げた。「わたしたちも今から風呂なんだ」

「そうでしたか。自分は上がるところだったので、お先に」

そう言い、立ち上がったとき、「あんちゃん、わしら同じ釜《かま》の飯を食うとる仲間なんや、少し付き合わんかい」と茂原が待ったを掛けた。この男は酒が入るとこうなのだ。

「すみませんが、のぼせ上がってしまいますから」

「いいや、あかん。——悠星、おまえもあんちゃんに話があるもんな」

そう振られた悠星が気まずそうに俯く。「いや、別に」

「なんやおまえ。さっきまで決闘したっちゃよかくらい息巻いとったとに。情けなか」

決闘？　なんの話かよくわからない。

結局、袴田は淳二たちに付き合わされる形となり、四人で中央にある広々とした風呂に浸かった。ほどよい熱さの白濁した湯で、硫黄《いおう》の香りが鼻腔をついた。全身の筋肉が弛緩《しかん》していく。

「——ちゅうわけなんや。で、あんちゃんはどうなんや」

茂原が愉快そうに袴田に訊いた。

「どうと言われましても……少なくともぼくはそうした感情は持っていないので安心してもらって結構ですよ」

後半、袴田は悠星に向けて言った。袴田は頭から手ぬぐいを垂れ下げていて、その表情は淳二の位置からはよく見えない。

どうやら悠星は亜美に惚れているらしい。だがその亜美は袴田のことが好きなのではないかとこの少年は疑っていて、ずっとヤキモキしていたのだそうだ。淳二は遠い気持ちで話を聞いていた。

ちなみに悠星がどこでそう思ったのかというと、二日前、亜美にスノーボードに誘われたのが自分ではなく袴田だったことが起因しているらしい。もっとも誘われたということでいえば淳二もそうなのだが、さすがに悠星もこの中年男はライバルとして見なさなかったようだ。

「それなら悠星、もう真っ向勝負しかなかやろ。亜美の姉ちゃんに突撃してこい」

茂原がばちんと悠星の背中を叩いた。

「でもおれ、亜美さんより五歳も下だし、相手にしてもらえないような気がして」

悠星は悩ましげな顔でため息を漏らしている。

「またそん話か。何度も言うたっちゃろ。恋に歳は関係なか。おまえん男ば見しぇればよかばい」

青春真っ只中の少年が元ヤクザに恋愛指南をされている構図はなんだか笑えた。

ただ、このあとも悠星は終始ウジウジしていて、茂原からお湯を浴びせられていた。

「渡辺さん、探り入れてくれません？」

悠星が顔をタオルで拭って言った。亜美が自分をどう思っているのかさりげなく訊き出してほしいということらしい。だがなぜ淳二なのか。

「だって渡辺さんが一番亜美さんと仲いいじゃないですか」

「だからってわたしにそういうことは……」

この歳で若者の色恋沙汰に関わりたくはない。ただ、悠星からしつこく「頼みますよ。この通り」と懇願され、最後には淳二も「まあ訊くだけなら」と了承してしまった。すぐに後悔が押し寄せる。この歳でいったい何を頼まれているのか。

「かあー。情けなか。男ならイノシシのように突っ込まんかい。ええか、わしの若い頃は——」

ここから茂原の昔話が始まった。昔惚れた女はヤク物中毒で、チンピラの情婦として囲われており、身も心もボロボロだった。茂原はその女にクスリを断たせ、チンピラを追い払い、どん底から救い出した。そしてその女と結婚したのだそうだ。なんだかお伽話《とぎばなし》を聞かされているようだった。

「最初はな、わしんことなんか見向きもしてくれん。ばってん毎日張り付いてな、愛の言葉をこれでもかと浴びせるったい。そげえしたらいつんまにかこっちに惚れとるっちゅう寸法や」

「それって洗脳なんじゃ……一歩間違えればストーカーっスよ」

「ストーカー？　結構やないか。勝負は最後に勝てばよかや」

「でも結局その女の人、茂原さんが懲役行ってる間に逃げちゃったんですよね」

悠星がおちょくるような感じで言った。怖いもの知らずにもほどがある。ただ、それで茂原が気分を害するようなことはなかった。

「まあ、十年もほったらかしにしとったんやけん、仕方なか」

茂原は少し憂うような顔を見せて言った。

それにしても、この男はいったい何をして捕まったのだろう。淳二の顔に疑問が浮かんでいたのか、「敵対してる組の事務所にチャカぶっ放したんスよ。で、敵の組員は全滅チーン」と、悠星がなぜか自慢げに教えてくれ、「素人んガキがチャカなんて符牒《ふちょう》ば使いなしゃんな」と、すぐ頭を叩かれていた。

「それに誰も死んどらん。人を勝手に人殺しにするな。それとな、実際やったんなわしやなか。

兄貴分や。女房と子供の世話してくれるって約束で被《こうむ》ったっちゃけどな。生活費寄越してくれたんも最初ん何ヶ月かで、あとは知らん顔や。あの男だけは許せん」

このときばかりは顔に凄みが利いていたので、淳二は咳《せき》払いをして視線を逸らした。

するとここでも悠星が、「じゃあそいつを探し出してケジメつけなきゃっスね」と、よけいなことを言った。

「探さん」

「どうして？」

「会《お》うちまったらまた塀ん中に戻ることになるやろう。やけん会いとうねえんだ」

茂原は遠くを見るような目で言い、両手で湯をすくって顔を洗った。そして、「ま、今会うたっちゃどこん誰だかわからんやろうけど」と、そんなことを補足した。

悠星が理由を問うと、

「数年前にフダが出てな、それ以来ツラ変えて逃げてしもうたらしいけん。今はどこかで別人として生きとるはずや」

ここで今まで黙っていた袴田が口を開いた。「フダというのは逮捕状のことですか」

「そうや。そん男は立派な指名手配犯ばい。あんちゃんらも交番なんかで写真見たことあるんやないか」

「そういった方が整形手術なんて受けられるものなんですか」

「いくらでも。もちろんまともなところじゃ無理ばってんな」

「いわゆる、ヤミ医者というものでしょうか」

「ああ。内科医、外科医、整形外科医、闇の世界にも勢揃いや」

「そうした方々が警察に通報する恐れは？」

「まずなか。タレ込んだのがバレたら二度と商売はできんし、もともとヤミ医者なんてんな叩いたらホコリだらけけん人間や。あいつらがサツに諂うことはできんのや」

袴田が頭を上下して聞いている。その表情は手ぬぐいで遮られており、よく見えない。

その袴田が、「ではそろそろ」と立ち上がり、先に風呂を出て行った。だいぶ長湯したことだろうから、さすがに茂原も止めなかった。

「あのあんちゃん、ワケありやな」

茂原が脱衣所の方に視線を送りながら言った。磨りガラスの向こうで袴田が服を着ている。

「というと？」これは淳二が訊ねた。

「根拠はなか。ばってんわかるんや。わしには」

淳二にはよくわからなかったが、とりあえず「へえ」と相槌を打った。

その後、三人になっても茂原の昔話は続き、淳二は強制的にそれを聞かされることとなった。

ただ、茂原は話し上手で、悲惨な過去も落語のようにおもしろおかしく語ってくれるので、淳二はこの男に対して徐々に恐怖心が薄らいでいった。

「あー、だいぶ酔いが醒《さ》めてきたな。今何時や？」

「四時過ぎってとこじゃないっスか」

「じゃあと百数えたら上がろ」

「イーチ、ニー、サーン――」

「心ん中で数えんかい。うっとうしか」

なんとなく淳二も心の中で数字を数えた。まだ暗い夜空をぼうっと眺めながら。

銀砂《ぎんしゃ》をまぶしたような星がキラキラと瞬いている。東京で見るよりもその一つ一つがくっきりと見えた。こんな夜中に、ましてやこんな雪山で茂原や悠星のような人間と温泉に浸かっている。この瞬間が不思議だった。

数字が七十に達したときだった。

「亜美さんは、いつ風呂に入ってたんだろう」

悠星が積み上げられた岩壁を透かすように見つめながら言った。その向こうには女湯がある。

「こんエロガキ、前にあそこん岩よじ登って覗いたらしいばい」茂原が口元を緩め、淳二に向けて言った。「そしたらあらびっくり、三島んおばはんの裸体があったげな」

思わず噴き出してしまった。悠星は顔をしかめている。「マジで悪夢っスよ」

「バチが当たったんや。ばってんおまえ、あんおばはんに金払わないかんぞ。タダでハダカ拝ませてもろうたんやけん」

「冗談じゃないっスよ。あんな泥棒デブに」

「泥棒？　どういうこと？」

「ああ、あいつなんスよ。財布盗んだの」

軽く言うので驚いた。「どうしてわかるの」

「だって、茂原さんがそう言うから」

悠星が茂原に視線を送ると、彼は「十中八九《じっちゅうはっく》な」とニヤリと笑った。ただ、茂原にも根拠があるわけではなく、「わかるんや、わしには」と、また同じ台詞を口にした。

淳二は、休憩中に彼女の姿を見たことを二人には言うまいと思った。噂がさらなる信憑性《しんぴょうせい》を持って独り歩きしてしまう。


風呂から上がってから、早速この日の仕事が始まった。なんだかいつもより身体が軽い気がした。朝風呂というのも悪くないなと思った。

やがて宿泊客たちの朝食が終わり、厨房で後片付けに取り掛かった。亜美と横並びで皿をせっせと拭き上げる。

「そういえばさ」と、淳二は手元に目を落としながら切り出した。「悠星くんもスノーボードやりたがってたよ」

それとなく自分に対する印象を探ってほしい——。約束は約束なので果たさねばならない。とはいえ、どのような手法を取ればいいのかがわからない。とりあえず二人の時間を作ってあげればお役御免だろう。

「へえ。じゃあやればいいのに」

淳二が横目で亜美を見る。彼女のことだから「じゃあ誘ってみよ」と二つ返事をするものだと思っていた。

「彼も未経験らしいから先生が必要なんじゃないかなあ」

「あれだけ若ければ周り見て勝手に覚えますよ」

どうやら悠星に手ほどきする気はないらしい。自分にはしつこく誘ってきたのに。このちがいはなんなのか。

淳二が頭を悩ませていると、「あたし、ここに彼氏つくりに来てるわけじゃないですから」と、亜美が先回りして言った。

手を止め、横を見る。

「悠星くんに頼まれたんでしょ？　あの子、あたしのこと気になってるみたいだから」

「いや、その……」

「ふふ。渡辺さんって全部顔に出ちゃうタイプ」

淳二は頭を掻いた。これでも元弁護士だと言ったら信用してもらえるだろうか。

亜美がふーっと息を吐きだす。「わかりました。スノボーは誘ってあげます。でも、くれぐれも言っといてくださいよ。あたしが彼氏を募集してないって」

「あ、うん」

さて困った。悠星にそのまま伝えてもいいものだろうか。彼は意外と繊細なタイプなようだから気落ちしてしまいそうだ。

その後、黙々と作業をしていると、「あたし、年下の男に興味持てないんですよね」と亜美が聞こえるか聞こえないかの小声でつぶやいた。淳二は聞こえなかったフリをした。

まさか、と思った。女性の中には父親ほど歳の離れた男に好意を抱くモノ好きがいる。亜美はそれなのではないか。

いやいや、何を考えている。自分は誰が見ても冴えない中年で、こんな男を亜美が好きになるはずがない。

亜美はそんな思考すら読み取ったのか、「でも、年上過ぎてもムリだけど」と牽制《けんせい》してきた。淳二は自分の顔が赤くなっていないか不安になった。

「やっぱり同世代くらいがいいかな」

「じゃあ、袴田くんとかは？」

「彼も年下じゃないですか。いっこだけど」

袴田も亜美にとっては対象外のようだ。これは悠星に伝えてあげようと思った。ただ、亜美はこうも言った。

「ぶっちゃけ、ちょっといいなと思ったけど、袴田くんは好きな人がいるらしいから」

「あ、そうなんだ」

「ちょっと前に別れた彼女がいて、その人のことがまだ好きなんですって」

そういえば袴田がそのようなことを言っていた。

「なんか一緒に見てたドラマがあって、その最終回だけ見れずに別れちゃったらしくて、いつかそれを二人で見たいんだって言ってました。未練たらたらなんだなあと思ったら一気に冷めちゃった」

亜美のことだ、きっと根掘り葉掘り訊いたのだろう。何はともあれ、悠星の恋路は険しそうだ。

だが休憩に入り、その悠星が目を輝かして淳二のもとへやってきた。そして、「渡辺さん、マジ神っスよ」と手を握られた。

どうやら早速亜美からスノーボードに誘ってもらえたらしい。そんな浮かれた悠星を前に、脈がないとは伝えられなかった。その代わり、がんばれと心の中で応援した。可能性はゼロではないのだから。

若者たちの青春に触れ、遠い昔を思い出した。自分にも甘酸っぱい青春時代がたしかにあった。淳二はここへ来てよかったと少しずつ思い始めていた。

20

聞いていた通り、クリスマスの山喜荘は若いカップル客でひしめき合うこととなった。客室清掃を終えたあと、「ここはラブホテルじゃないよ」と三島花苗が膨れっ面でボヤいていた。

そしてこの日は朝から悠星がふだんの倍はしゃいでいた。どうやら彼は十日に一回使える半休を取り、昼から夜までをゲレンデで過ごすらしい。亜美と一緒に。

先週から、悠星は休憩時間になると亜美と連れ立ってゲレンデへと繰り出していた。彼はバイト代をすべてはたいてボードやウェア一式を買い揃えることまでしていた。もっともスノーボード自体は、「まあまあっス」とのことなので、恋愛成就のための投資と判断したのだろう。

この日の夕食の準備が始まった。亜美と悠星をのぞいた住み込みバイトたちは与えられた持ち場で作業に勤《いそ》しんでいる。いつもの二人がいないので今夜は地元の主婦がヘルプで入ってくれているが、慣れない作業に手間取っている様子だった。そのせいもあってこの日はふだんより仕事が終わるのが遅くなった。

部屋でひと休みしていた淳二が風呂に入ろうと廊下に出ると、例のごとく茂原に捕まった。

「せっかくのクリスマスなんやし、一杯くらい飲もうや」と自室に引きずり込まれたのだ。

そうして彼と酒を舐めているとスキーウェア姿の悠星がやってきた。ただ、肩を落としている。そして、「フラれました」と力なく告げた。

「あかんあかん。そんなんじゃあ誠意が伝わらん。そもそも亜美の嬢ちゃんは告白されたて思うとらん」

と、赤ら顔の茂原がダメ出しをする。どうやら悠星は、「好きになっちゃったかも」と曖昧な言い方をしたようで、それに対する亜美の返事は、「ふうん」だったらしい。

「あんたを好いとー。騙されたと思うてわしと付き合うてくれ。必ずあんたんことば幸せにして見せる――ほれ、復唱」

「あんたを好いとー。騙されたと思うてわしと――」

「おまえの言葉でやらんかい」

「あなたが好きです――」

これを十回繰り返したところで、茂原が「よし、行って来い」と、悠星に向けて顎をしゃくった。

「今からっスか」

「当たり前やろう。明日になったらおまえは怖気《おじけ》づく。ほれ、もうすぐクリスマスマジックが終わってまうど。行け」

悠星はしばらくグズグズとしていたが、やがて腹を決めたようで、なぜか敬礼のポーズを取って部屋から出て行った。だが、「不在でした」と、またすぐに戻ってきた。

「おかしいな。まだ滑ってるのかな」

「一緒に戻ってきたんやなかとか」

「いえ、フラれたから気まずくなっておれだけ先に帰ったんスよ」

「まだ滑ってるってことはないよ」淳二が口を挟んだ。「もうとっくにナイター照明も落ちてるし」

「ちゅうことは風呂にでも入ってるんやろ」

「そうっスね」

そうして一時間ほど経ち、再び悠星が亜美の部屋に向かったのだが、またしても彼女は不在だった。「おれ、ちょっと裏玄関見てきます」と悠星。亜美はいつもそこにボードを立て掛けて置いているのだという。

「遭難でもしとんやなかやろうな」と、茂原が縁起でもないことを口にし、淳二は「まさか」と笑った。

だが、その数分後笑えなくなった。戻ってきた悠星が蒼白な面持ちで、「ないんですけど。亜美さんのボード」と口にしたからだ。

場が沈黙に支配される。淳二は窓の外を見た。激しくはないが、吹雪《ふぶ》いている。続いて腕時計に目を落とす。日付を跨ごうとしていた。

「つまり、まだ帰ってきとらんってことか」

茂原は確認するように静かに言い、立ち上がった。

「悠星、ケータイ知らんのか。亜美のねえちゃんの」

「LINEは知ってますけど、でも亜美さん、壊れるの嫌だからってスマホ持っていってないです」

茂原が舌打ちする。「一応、袴田のあんちゃんと三島のおばはんにも訊いてみよ」

そうして二人の部屋を訪ねてみたものの、やはり二人とも亜美を見ていないという。茂原が女湯を見てくるよう三島花苗を使いに出したが、戻ってきた彼女はあっさり「いなかったわよ」と報告した。

「おれが一人で帰ってきちゃったから。どうしよう」

悠星が泣き出しそうな顔で言う。彼は亜美と別れて五分ほどしてゲレンデに流れた閉場のメロディを耳にしたという。閉場は二十一時だ。仮に亜美が遭難したのだとすれば三時間以上彷徨《さまよ》っていることになる。この極寒の雪山の夜を。

亜美が凍えながら一人雪道を歩いている姿が脳裡に浮かび、淳二は唾を飲み込んだ。

「まだ遭難しとーって決まったわけやなか」

「けど、ボードがないってことは確実に戻ってきてないってことっスよ」

「でもさあ、ゲレンデで遭難するなんてことはないいんじゃないの」と花苗。「登山してるわけでもないいんだし」

「今日行ったとこはダボスって山で、いろんなコースがあるんスよ。いくつも枝分かれしてて。それにおれらが滑ってるときも、最後の方はほとんど人もいなくなってたし」

「けどねえ。そこにはスタッフやレスキュー隊もいるでしょうに」

たしかにそうした人間が最後に一通り見回りを行っているはずだ。

「もしかしたら――」袴田が顎に手を添えて口を開いた。「玉代さんは人目につかない滑走禁止区域に入ったのかもしれません。彼女のような上級者はそうしたところを滑りたいものなのではないでしょうか。そこで何らかのアクシデントがあり、身動きを取れずにいるとか」

「ああ、それはあるな」茂原が大きく頷いた。

「だとしたら一刻を争います。警察に連絡して救助隊を出してもらいましょう」

早速、悠星が110番をし、繋がったところで茂原が、「貸せ。わしの方があいつらに慣れとる」とスマートフォンを奪い取った。茂原は冷静かつ丁寧に状況を説明し、「どうぞよろしく頼みます」と告げて電話を切った。

「レスキュー隊ば向かわせるって。ヘリも飛ばしてくれるみたいや」

なんだかいきなり大掛かりなことになってきた。これで亜美がひょっこり帰ってきたらどうなるのだろう。だが、早とちりだとしてもいい。あとで笑い話になってくれるのが一番だ。

「よっしゃ、わしらも行こか。探しに」

茂原が全員を見回して言った。

「素人が無理よ、こんな真夜中に」と花苗。

「心配せんでもあんたは連れていかんばい。あんたは待機。男連中だけや」

「予報だと菅平の天候はこれから荒れます」袴田が冷静な口調で言った。

「やとしたらなおのことやろう。人手は多いに越したことない——悠星、行くよな」

「当たり前っス」

「ナベさんは？」

「わたしも行くよ」

即答した。危険だろうが、居ても立ってもいられなかった。このままここで待機しているなんて拷問だ。亜美と知り合ってまだ一ヶ月も経っていないが、とても他人とは思えない。

「あんちゃんはどうする？」

茂原が訊いたが、袴田は黙り込んだまま返答をしなかった。

「そんじゃあんちゃんと三島さん、あんたらは大旦那や女将に連絡ば取って、そんで地元住民らにも手伝うてもらうよう頼んでみてくれ」

「いえ――」と袴田。「自分も行きます」

こうして男四人が山喜荘を出発することとなった。それぞれ防寒着を着込み、雪山用の長靴を履き、手には山喜荘にあったスキー用のストックを持っている。また、停電したときのために用意されていた懐中電灯も一本ずつ拝借した。その懐中電灯で前方を照らしながら雪道を踏みしめて歩く。光線の中で無数の雪が吹き乱れている。何度目を擦っても視界が滲んだ。まつげに付着した涙が一瞬で凍ってしまうのだ。それは茂原や悠星も同じようだった。

唯一、袴田だけが被害を受けていなかった。前にスノーボードをしたときにつけていたゴーグルは自前だったようで、彼はそれを装着していた。マスクもしているので、声を聞かなければ誰だか判別ができない。

十分ほど歩くと悠星の話していたダボス山の入り口に辿り着いた。当たり前だが、ゲレンデは真っ暗だった。リフトも動いていない。黒い山が人の侵入を拒むように立ちはだかっている。

「まだレスキュー隊の方々、到着されていない様子ですね」淳二が言った。

「なんばボケボケしよんや。手遅れになってまうやろう」

手遅れ――そんなことあってはならない。

「亜美さーん」

悠星が山に向かって思いっきり叫んだ。ただ、その声は風に掻き消され、まったく響かない。

「よっしゃ。登ろか」

とりあえずリフトの下を通って登れる所まで登り、そこから二手に分かれて亜美を捜索しながら下りてこようということになった。

ザッ、ザッ、ザッ。一歩ずつ、雪の斜面を登っていく。それぞれが「おーい」と叫びながら。三分に一回は誰かが足を滑らせて転倒した。この長靴の底には深い凹凸があり雪道に適しているのだが、あくまで平地用だった。ストックを持ってきて正解だった。これがなければまともに登ることすらできないだろう。

三十分ほどして約半分ほど登っただろうか。すでに足腰が悲鳴を上げているが、弱音など吐いていられない。

ここで後方からバババと風を切り裂く音を鼓膜が捉え、それは瞬く間に大きくなり、やがて一筋の光を放ったヘリコプターが姿を現した。救助隊のヘリだ。

みんなで手を振って見せた。すると、ヘリコプターから発せられている光線が自分たちに向けられた。あまりの眩しさに目を開けられない。茂原が身振り手振りで自分たちが亜美を捜索していることを伝える。理解できたのか、ヘリは上方へ飛んで行った。

そしてその数分後、ゲレンデのナイター照明が灯った。また、リフトも動き始め、下方からいくつものスノーモービルのエンジン音が聞こえた。十数名いるだろうか、人の姿も見えた。本格的な捜索が始まったのだ。

淳二たちも途中からリフトに乗り、頂上を目指した。こんな形で再びリフトに乗ることになるとは思ってもみなかった。

「今のうちに全員の電話番号を交換しときましょう」

淳二が言い、茂原と悠星がスマートフォンを取り出す。だが、袴田だけはそうはしなかった。聞けば、彼は最近スマートフォンを紛失してしまったらしい。

「まあよか。ナベさんと連絡取れりゃ事足りる」

淳二と袴田、茂原と悠星の二手に分かれて捜索することになっているのだ。

リフトを降りたところで、二人と別れ、捜索を開始した。絶対に亜美を見つけるのだ。


捜索から一時間ほど経った深夜二時半、無事、亜美は発見された。彼女がいたのは袴田の予想通り、やはり滑走禁止区域で、そこはところどころに白樺《しらかば》の木が生えている地帯だった。彼女はそこを滑っている最中に木に激突して転倒し、意識を失ってしまったようだ。ほどなくして意識を取り戻したようだが、そのときはボードごと下半身が新雪に深々とめり込んでいる状態で、雪の重みで足を引き抜くことができなかったのだという。夜になって気温が下がり、雪が硬度を増していたせいもあるのだろう、自力ではどうしようもない状態だったそうだ。彼女は死の恐怖と戦いながら、救助隊がやってくることを祈り、待ち続けた。

発見したのはレスキュー隊の面々で、滑走禁止区域にわずかにスノーボードが通った形跡があるのを見つけ、それを辿ったそうだ。淳二たちも近辺を通ったはずだが、自分たちは見落としていた。やはりプロは仕事がちがう。

淳二たちが亜美と顔を合わせたとき、彼女は衰弱していたものの意識ははっきりとしていて、「最悪なクリスマスになっちゃった」と舌をペロッと見せる余裕もあった。もっとも茂原から、

「ねえちゃん、たいがいにせいや」と低い声で一喝され、「本当に申し訳ありませんでした」と、みなに謝罪した。

こうしてクリスマスの騒動は収まった。

幸い亜美に目立った外傷はなく、凍傷の恐れもないようだったが、念のため彼女は救急車で菅平を下山した先にある上田総合病院へと運ばれた。同乗したのは悠星と淳二だ。茂原から「ナベさん、ここは気ィ遣《つこ》うてやる場面とちがうか」と言われたが、未成年の少年だけでいいわけがないと思い、一緒に向かうことにした。

ちなみに袴田はというと、レスキュー隊が亜美を発見したと知らせがあったところで、ひとり山喜荘へ帰って行った。どうやら彼は体調が悪くなってしまったようで、「先に休ませていただきます」と、途中で別れたのだ。

病院には亜美の母親も駆けつけた。娘とはちがい、地味な雰囲気の人で、淳二はいくつか会話を交わした。そこで亜美に父親がいないことを知った。

お調子者の悠星は今回の騒動をどう捉えたのか知らないが、「なんか今告白したら成功しそうな気がする」と、先のことで頭がいっぱいな様子だった。それもこれも亜美が無事だったからだ。彼女が生きていて、本当によかった。

亜美は一日だけ検査入院をし、すぐに山喜荘へと戻ってきた。彼女の契約は二月いっぱいまでらしいので、そこまでまっとうするそうだ。もっとも、今季はスノーボードはもうしないとのこと。

一方、淳二に残されたここでの生活はあと五日。契約は年内いっぱい、大晦日《おおみそか》の夕方、新幹線で東京へと戻る。約一ヶ月間を経て、少しずつ心が通い始めてきた面々とお別れになる。おそらくこの先彼らに会うことはないだろう。そう考えたら、少しだけ切ない気持ちになった。

21

やがて十二月三十日を迎え、雲の上での生活も残すところ、今日を含めて二日となった。そしてこの日は亜美の様子がおかしかった。なんとなく淳二に対してよそよそしいのである。ふだんなら他愛もない話を絶え間なく振ってくるのだが、今日はとなりで作業をしていてもまったくその口を開こうとしない。淳二から話しかけると返答はあるものの、素っ気ないものだった。何かあったのかと訊ねてもみたのだが、「別に何もありませんよ」と言う。ぎこちない笑みを浮かべながら。

そしておかしいのは亜美だけではなかった。茂原、悠星、三島も同様で、この三人に関してはあきらかに淳二を避けていた。三島からは露骨に嫌悪の眼差しを向けられ、「わたし、何かしたかな」と話しかけた悠星には無視される始末だった。淳二としては何がなんだかさっぱりだった。

「袴田くん、ちょっといいかな」

周囲に人の目がないのを確認し、厨房で働いていた彼を先ほど閉じたばかりの食堂へ連れ出した。彼だけはふだんと変わらず淳二に接してくれている。

「実は昨夜――」

事情を話し、何か知らないかと訊ねると、袴田は気まずそうに口を開いた。

昨夜、悠星が各部屋を訪ねて回っていたのだという。袴田の部屋にもやってきた。そして、興奮気味の顔でこう捲し立てた。「とんでもないもん見つけちゃいましたよ。これこれ」悠星の手にはスマートフォンが握られていたそうだ。「とりあえず見て」と言われ、袴田は半ば強制的に動画を見せられた。

そこには――あの日の淳二が映っていた。

淳二はその場にへたり込んでしまいそうになった。身体のどこかに穴が開いていて、そこから血液が垂れ流されてしまっているような気がした。

きっと悠星がそれを見つけたのは偶然だったのだろう。あの動画は事件後すぐにＳＮＳで拡散され、ＹｏｕＴｕｂｅにも転載されている。過去に一度だけ自分でも見てみたが、気の遠くなるような視聴回数だった。

「渡辺さん、大丈夫ですか」と、袴田が心配そうに顔を覗き込んでくる。

淳二は過呼吸に陥っていた。心臓がバクバクと暴れまわっている。

「先に戻ってて」胸に手を当てながら淳二は言った。

「でも――」

「頼むから、一人にさせてくれ」

袴田は目を伏せ、やがて食堂を出て行った。

淳二は壁にドンと背をもたれ、滑らせるようにしてしゃがみ込んだ。両手で頭を抱えた。髪の毛をくしゃくしゃに揉んだ。

思考がうまく巡らなかった。脳の回路がショートしていた。

やがて興奮が鎮まり動悸が収まったとき——死んでしまいたい。淳二は心底、そして静かにそう思った。その思いは常に心の中にあった。だが今この瞬間ほどはっきり死を意識したことはない。

結局、あれがある限りうまくいかないのだ。何をやっても、どう足掻こうとも。

約十ヶ月前、自分は沼に落ちた。黒く澱《よど》んだ、底なしの沼に。一度落ちてしまったら最後、どうもがこうが抜け出すことはできない。

それなら、力を抜いて沈み込んでしまえばいい。頭までどっぷりと。


冷え切った部屋で頭から布団を被り、身を丸くしていた。小さな闇の中で、淳二はこれまでの人生を走馬灯のように思い返していた。

他人から見たら取るに足らないものだろうが、それなりに山あり谷ありだった。そこにはたくさんの喜怒哀楽が存在した。自分だけしか知らないドラマがいくつもあった。

悪くない人生だったと思う。たくさんの友と出会えた。伴侶を見つけ、子供にも恵まれた。両親を看取《みと》ることもできた。

ないのだ。

最後の最後、悲劇に見舞われたがそれはなかったことにしよう。自分史に書き加えてはならない。

曲がりなりにも司法に携わってきた人間が自ら命を絶つなどあってはならないのかもしれない。人道に反することなのかもしれない。実際に淳二もずっとそう信じてきた。だが、それはまちがっていたのではないか。自死は神が人だけに与えてくださった特恵《とっけい》なのではないか。

とはいえ、淳二は信心深い人間ではない。ゆえに、死後の世界を想像することもない。死ねば肉体は土に還《かえ》り、魂は去る。完全な無となる。それでいい。ただただ、終わりにしたい。早く現実から逃れたい。

「あんたも散々悪さしてきた男に言われとうないやろうがな、わしはどげんしてんあげな行為だけは受け入れられれん」

先ほど茂原と廊下ですれ違ったときに言われた。おまえには避けられるだけの理由があると伝えたかったのだろう。

淳二は否定をしなかった。どうせ信じてもらえないに決まっているのだから。

あの動画を見て、いったい誰が淳二の言葉を信じてくれるというのだろう。仮に淳二が第三者だったら同じように嫌悪感を抱き、その男に近づきたくないと思うはずだ。誰がどう見ても、あれは渡辺淳二が犯人なのだ。

淳二はすっとまぶたを下ろした。さらに深い暗闇へと誘《いざな》われた。

「今、触りましたよね」

手首を摑まれ、眼前で言われた。制服姿の女子高生が血走った目で自分を睨みつけている。何を言われているのか、淳二には理解ができなかった。

「次の駅で降りてください」

ガッチリと腕を取られた。周囲の冷たい視線が自分に注がれていた。

淳二は釈明したものの、女子高生は聞く耳を持たなかった。

とても冷静になどなれなかった。パニックだった。こうした冤罪《えんざい》事件に自分が巻き込まれるなどと夢にも思っていなかった。

そのとき、淳二は自分が弁護士であることを完全に忘れていた。

やがて駅に到着し、ドアが開いた。女子高生に腕を引っ張られ、強制的に下車させられた。

ここで淳二は自分でも信じられないような行動を取った。気がついたら女子高生を突き飛ばしていた。彼女は倒れ込み、そして淳二は脱兎《だっと》のごとく駅のホームを駆け出した。だが、すぐに周囲にいた男性らに捕まえられ、警察に身柄を拘束された。

その後、冷静さを取り戻した淳二は断固として罪を認めなかった。女子高生を突き飛ばし逃げ出したことは心から詫びたが、触っていないものを触りましたなんて口が裂けても言えない。もし口にしてしまったら最後、自分は犯罪者になってしまう。行動を顧みれば分が悪いが、自分が認めない限り無罪は確実だ。訴訟だって起こせない。

当の女子高生も最初こそ「言い逃れすんな」と喚《わめ》いていたが、淳二が丁寧に状況を説明すると、最後は「もしかしたらこの人じゃないかも」と過失を認めてくれた。

だが、問題はそこではなかった。騒動の一部始終が一般人のスマートフォンによって録画されていたのである。女子高生を突き飛ばし、逃げ出した男はどこからどう見ても犯人であった。法的に無罪でも世間的には有罪であった。そしてそれがすべてだ。

動画が恐ろしいスピードで拡散されていることを教えられたのは、知り合いの弁護士からだった。誰が見つけてきたのか、淳二が弁護士であることも突き止められてしまった。

いったい、こんな不幸がどこに転がっているというのだろう。それに自分が躓《つまず》くとは誰が想像するだろう。青天《せいてん》の霹靂《へきれき》とは、地獄とはまさにこのことだった。

もちろん、動画を消すためにできることはすべてやった。だがそれもイタチごっこだった。削除してもしても転載され、追いつきようがなかった。これをデジタルタトゥーという。一度インターネット上に公開してしまったものは永遠に消えはしないのだ。

だから、もういいのだ。やれることはすべてやったのだ。こうして再スタートを切ろうと奮起してみたが、結局こんなところでも爪弾《つまはじ》きにされる人間に成り果ててしまったのだ。自分の未来は完全についえた。人生は破滅した。妻や娘も、きっとわかってくれる。

あとは、いつ、どこで終わりにするか、だ。

淳二は布団からのっそりと這い出て、静かに支度を始めた。防寒着を着て、ニット帽を被った。使い捨てカイロをいくつか手に取ったところで笑ってしまった。こんなもの、持って行っても仕方ない。

こうして淳二は身一つで山喜荘を出た。財布もスマートフォンも部屋に置いたままだ。

しんしんと冷えた雪道に一歩一歩足を繰り出している。もうすぐ二十二時に差し掛かるので人の往来はまったくない。風もなく、夜空からはらはらと粉雪が舞い降りている。等間隔で立ち並ぶ街灯が寒々とそれを浮かび上がらせていた。

白い息を吐きながら歩いていると、奇妙な巡り合わせを感じた。自分がこの雪の国にやってきたのは、今日こうして死ぬためだったのではないか。こじつけのような気もするが、運命を感じずにはいられなかった。

不思議と穏やかな気分だった。死への恐怖はあるが、生はもっと恐ろしい。単純にそういうことなのだろう。

「渡辺さん」

ふいに背中に声が降りかかり、淳二は息を飲み、足を止めた。ゆっくり振り返ると、数メートル後ろに袴田が立っていた。まったく気がつかなかった。

「お出かけになるのが部屋から見えたものですから。こんな夜更けにどちらへ？」

穏やかな目で訊かれた。

淳二は答えられないでいる。

「身体の具合はいかがですか」

淳二は体調不良を訴え、仕事を早引きさせてもらっていたのだ。袴田は仕事を終えて間もないのだろう、仕事着のままだった。明らかに外に出る服装ではない。

「おかげさまで。もう元気になったからちょっと散歩をと思って。ほら、わたしは菅平の夜は今夜が最後だから」

そう答えたものの、袴田からの返答はなかった。

沈黙が流れる。ほどなくして袴田が中指で眼鏡を押し上げ、再び口を開いた。

「若輩者がすみません。よしましょう」

何を、とは訊けなかった。

再び沈黙。互いに白い息を吐き、じっと見合っているだけだ。

やがて、

「……わたしはやってない」

淳二はふいに言った。己の意思ではなく、唇が勝手に動いていた。

袴田は黙っている。

「あれを冤罪だと話したら、袴田くん、きみは信じてくれるか」

「冤罪なんですか」

「ああ。わたしはやってない」

「それならぼくは信じます」

二つ返事に、淳二は鼻で笑ってしまった。「いいよ。無理しないでも」

「いいえ、信じます」

「よしてくれ」

「信じます」

「よせって。軽々しく、そんな……やめてくれよっ」淳二の中で突如として激情が込み上げ、一気に弾けた。ぶわっと視界が滲んだ。「き、きみにわかるか。わたしの気持ちが。身に覚えのない罪で制裁を食らう屈辱がわかるか。今まで積み上げてきたものを一瞬で失っ……こ、こんな理不尽があるか。ううっ……わたしは、わたしは何もしていないんだ。なのにどうして、どうして——」

淳二は膝からくずおれた。顔を伏せ、両手を汚れた雪の地面につき、その間に涙を落とした。行き場のない怒りと悲しみの涙はとめどなく溢れ、一滴、一滴、落ちては雪を小さく凹《へこ》ませた。淳二の慟哭《どうこく》が辺りに響いている。

やがて袴田がザッ、ザッと雪を踏みしめ、淳二の目の前までやってきた。淳二はゆっくりと面《おもて》を上げた。すると、そこには自分と同じように涙する袴田の顔があった。彼の両目からもまた涙がこぼれ落ちていた。

袴田は両膝をそっと地面についた。そして、そのまま淳二を抱きしめた。

「ぼくにはわかります」

彼は耳元で囁いた。涙声だったが不思議な力強さがあった。

淳二は脱力したまま、指先一つ動かさなかった。袴田に身を任せ、彼の放つぬくもりに包まれていた。守られているような気がした。まるで力が入らない。心もそうだ。ほろりほろりとゆるんでゆくようだった。彼の体温と息遣いは、たしかに淳二を安堵させ、癒してくれた。まるで幼子が母から抱かれているかのように。

袴田は自分の半分も生きていない青年だ。彼は今、何を思って自分を抱擁《ほうよう》しているのだろうか。中年男の悲劇を知り、感傷に触れ、同情したのだろうか。真意はわからない。わかっているのはもう少しこのまま抱きしめていてほしいと自分の心が願っていることだけだ。

雪山に住む獣だろうか、甲高《かんだか》い遠吠えが聞こえてきた。そんなものいるはずないのに、そう思ったらすべての現実感が遠のいた。

22

業務用食洗機からビーッと音が鳴り、淳二は中から皿やコップを素早く取り出した。慣れというのはすごいものだ。今でも熱いことには変わりないが、耐えられるようになった。思えばこの一週間は一枚も皿を割っていない。

東京へ戻ったら家庭用の食洗機を購入してみようと思った。おそらく妻は使ったことがないだろうからその便利さに驚くはずだ。

「亜美ちゃん、そこの布巾取ってもらえる?」

亜美から布巾を手渡された。ただし無言で、淳二の顔を見ようとはしなかった。

今さらどうしようもないが、できれば彼女にだけは知られたくなかった。仲のいいままでお別れをしたかった。

淳二はため息を漏らし、皿ふきを開始した。この厨房とも今日でお別れだ。夕方、淳二は新幹線で東京へ帰る。そして明日より、また以前の生活が始まる。

結果的にここに、菅平高原にやってきてよかったのだろう。袴田勲という人間に出会うことができたのだから。

彼があのとき引き止めてくれなければ、自分は今頃近隣の雪山で死体になっていただろうか。途中で怖気づいて自ら踏みとどまっていただろうか。考えても仕方ないが、昨夜の自分は本気で死ぬつもりだった。

もっとも、出会って間もない青年に引き止められただけで断念するのだから、昨夜の自分の覚悟はなんだったのかと思う気持ちもある。ただ、それだけ袴田の抱擁には説得力があった。それは名状し難いものだ。

あのとき、自分と袴田の心はたしかに通じていた。袴田は自分の苦しみ、怒り、絶望を深いところで理解してくれている気がした。妻でもなく、カウンセラーでもなく、あの青年だけが。

もっとも、この先もまた自分は障壁を前に、思い悩むことになるのだろう。置かれた状況が変わったわけではないのだ。気持ちが沈み込み、悲嘆に暮れればまた死に手を伸ばしてしまうかもしれない。それでもそのたびに昨夜のことを思い出し、一線を越えることなく、持ち堪えようと思っている。淳二は今、たしかにそう思っている。

小窓から見えるゲレンデに目を細めた。大晦日だというのに、大勢の人で賑《にぎ》わっている。彼らはここで新年を迎えるつもりなのだろう。

まもなく二〇二〇年がやってくる。来年は良い年になってくれるといい。淳二は心からそう願った。

正午を過ぎ、山喜荘での最後の仕事を終えた淳二が一ヶ月世話になった部屋を清掃していると、大旦那がやってきた。

また説得されるのかと心が重くなった。淳二の代わりとなる住み込みバイトがまだ確保できていないらしく、それまで働いてもらえないかと先週から何度も懇願されていたのだ。もっともそれは淳二が曖昧な態度を取っていたためだろう。実際にもう少し延長してもいいかもと心の片隅で思っていたのだ。しかし、あの動画が出回ってしまった今となっては、その選択肢はない。

だが、大旦那の用件はまったく別のものだった。

「はあ。というのは？」

淳二はぽかんとして説明を求めた。

「だからその、ないんです」

大旦那が消え入りそうな声で言う。

これまで働いた分の淳二の給料がないのだという。正確には、用意していた現金の入った給料袋がなくなったというのである。

それは事務室の大旦那のデスクの抽斗の中に保管されてあったそうだ。

「他の方のお給料は？」

「他の方の分はまだ用意してません。渡辺さんは先にここを出られてしまうのでこちらも早く準備しておいたんです」

「鍵は掛かってたんですよね？　抽斗の」

「それがその……」

デスクの抽斗は鍵付きらしいが、もう何年も前にその鍵自体を紛失してしまったようで、つまり誰でも開けられる状態だったというのだ。

さすがに呆れてしまった。お粗末にもほどがある。安い日当とはいえ、一ヶ月間ほぼ休みなく働いたのだから、少なく見積もっても二十万弱はあっただろう。そんな大金を鍵の掛かっていない場所に保管しておくだなんて。ましてや、ついこの間盗難事件があったばかりだというのに。

「で、わたしにどうしろと？」

「もちろんお支払いはするのですが、少しお時間をもらえないですか。後日お振込の形でお願いできればと」

「だとしたら期限を設けていただけませんか」

けっして金が目当てで働いていたわけではないが、それでも曖昧なことにしてもらっては困る。これから金は必要になってくるのだ。自分は生きる道を選んだのだから。

結局、一週間以内に支払いをしてもらう約束をした。また、念書も作成してもらうように要求した。

そして最後に大旦那はこんなことを言ってきた。

「どうか妻にだけは内密に。どうかこの通り」

「それは構いませんが、警察には届けないのですか」

被害額を考えればすぐにでも通報すべきだ。だが、大旦那はしないと答えた。すれば当然女将の知るところとなり、彼は過失を妻から責め立てられることになる。彼にとってはそれが何より嫌なのだろう。

「それと、これをお願いできると」

大旦那が差し出してきたのは給料の受領書で、そこに捺印《なついん》してくれということだ。妻を欺くために。

さすがにこれは断った。虚偽のサインはできない。「そうですよね」と、大旦那は肩を落として去った。

だがその後、時間を経て再び大旦那が部屋にやってきた。給料袋が見つかったのかと思ったがそうではなく、住み込みバイト全員、食堂に集まってほしいとのことだった。もしかしたら早速女将にバレてしまったのかも知れない。訊くと、彼は憔悴《しょうすい》の面持ちで頷いた。受領書に淳二のサインがなかったからだろうか。

それぞれ部屋で休んでいた面々が廊下に出てきて食堂へ向かった。しっかり全員いた。これまでであれば休憩時間は亜美はゲレンデへ出ているのだが、くだんの事件後、彼女はスノーボードから遠ざかっている。となれば当然、悠星もスノーボードをやる理由がない。

食堂では顔を真っ赤に上気させた女将が待ち構えていた。淳二たちは並んで椅子に座らされた。その前に女将が立ち、口を開いた。

「いったいどうなっているんですか」

第一声をこう発した女将は例のごとく、ハナからこの中に犯人がいると決めつけていた。彼女は完全に取り乱していた。給料袋が見つからなければ旅館側の損失になると、当たり前のことを感情的に訴えた。

その間、茂原がチラチラと三島花苗の方に視線を送っているのを淳二は視界の端で捉えていた。彼曰く、前回の盗難事件は彼女の仕業《しわざ》だということだ。もっとも根拠はないそうだが。

「ひどい。なんでそんなふうにあたしたちばっかり疑われるんですか。だいたい盗まれたのもそっちの落ち度じゃない」

亜美が不満の声を上げた。悠星が、「そうだそうだ」と続く。

「仕方ないでしょう。あなたたちが一番得体が知れないんだから」

さすがにこの発言は場に緊張を走らせた。

「ちょっと待て。今のは聞き捨てならねえ」茂原が低い声で口を挟んだ。「わしらの得体が知れんって？　もうあかん。わしは今すぐここば出ていく」

「この卑怯者」

「卑怯者やと？」茂原が椅子を引き倒し、勢いよく立ち上がった。「おばはん、もっぺん言《ゆ》うてみぃ」

「だってあなたやましいことがあるから逃げたいんでしょ」

「このクソババア、もう堪忍ならん。どつきまわしたろか」

「茂原さん、一旦落ち着きましょう」

淳二が手を伸ばして制した。その手を茂原が乱暴に弾き飛ばす。

「ナベさん。実んとこあんた自身が盗んだやなかとか」

いきなりそんなことを言われ、淳二は面食らった。「どうしてわたしがそんなこと——」

「あんた、あげん卑劣なことする男や」

えぐられたような痛みが胸に走った。「そんな……わたしじゃない。わたしは何もやっていない。あれだってわたしはやってないんだ」

「渡辺さん、それはちょっと無理がありますよォ」花苗が小馬鹿にするように言った。「あれは誰がどう見たってあなたがやったでしょう」

「ちがう。やってない」

「じゃあどうして女の子を突き飛ばして逃げたのよ。本当にやってないなら堂々としてればよかったじゃない」

「あれは、その……パニックになってしまって。だけどわたしは本当に何もしてないんです」

「どうだかねえ」花苗が鼻で笑った。「茂原さんが言うように、ああいうことをする人はお金だって盗むわよねえ」

「あなたたち、いったいなんの話をしているの」

その後も稚拙な口論は続いた。何を思ったのか、悠星が「やっぱり三島さんが怪しい」と唐突に言い出し、ヒステリックになった花苗が食ってかかり、ますます場は混乱を来した。

淳二は淳二で、もう盗難事件のことよりも自身の冤罪を訴えることに躍起になってしまい、

「絶対にわたしはやっていない」と声を張り上げ続けた。

「もういいです」女将が制するように言った。「警察に通報します。あなたたち一人ひとり徹底的に調べてもらいますから」

「ああ、上等や。デカでもヤクザでもなんでも寄越せ」

「逃げるんじゃないわよ」

捨て台詞を残して女将が大股で食堂から出て行く。身を小さくした大旦那がそのあとを追った。

淳二たち残された面々は黙りこくっている。空調の音だけが食堂に響いていた。

やがて、

「あのう、おれ、一年くらい前に万引きで捕まったことあるんスけど。そのとき警察呼ばれちゃって」

悠星が誰に言うでもなく発言した。

「だから？」亜美が反応する。

「警察から変に疑われたりしないっスかね」

「そんなんゆうたら容疑者筆頭はわしや。事件が起きればまず前科モンに目が向けられる」

亜美が驚いた顔で、茂原を見た。彼女は知らなかったのだろう。

ここで終始おとなしくしていた袴田がスッと立ち上がった。

「あんちゃん、どこ行くんや」

「お手洗いに。すぐ戻ります」

袴田が扉を開け、食堂を出て行く。その背中をなんとなく淳二は見送っていた。そしてこれが淳二が見た、袴田の最後の姿となった。

これっきり、彼が戻ってくることはなかった。

23

やがて山喜荘にやってきた制服警官の事情聴取は実にあっさりしたものだった。窃盗犯は姿を消した袴田であると、誰しもが決めつけていたからだ。淳二は信じられなかった。あの袴田がそんなことをするとは到底思えなかった。「まさかあのあんちゃんやったとはなあ。わしの目も曇っとったってことか。人はつくづくわからん」茂原がそう話していたが、それでもやはり淳二には受け入れられなかった。仮に袴田が盗んだのだとしても、それ相応の理由があったはずなのである。だから淳二は、今もこうして山喜荘に残っている。彼が再びここに戻ってくるのを願って。

乗車を予定していた新幹線はキャンセルした。妻にはもう一日だけここに残ると伝え、さみしい年越しをさせてしまうことを詫びた。

犯人が確定したことで諍いも有耶無耶《うやむや》になり、また、女将から一応の謝罪があったため、全員が夕方からの仕事にあたった。ただ待っていても仕方ないので淳二も働くことにした。だが、ずっと心ここにあらずだった。もし袴田が盗んだというなら、その理由を聞かせてほしかった。理由次第では、お金は彼にあげたって構わない。

こうして仕事を機械的にこなし、ひとり部屋に向かうと、廊下で茂原、悠星、亜美、花苗の四人に出くわした。何やら話し込んでいる様子だ。

「おい、聞いたか」茂原がでかい声で言った。

淳二は首を傾げて見せた。

「あんちゃんじゃなかったばい。盗んだんは」

「本当ですか」思わず淳二も声が大きくなった。「じゃあいったい誰が」

「大日那だとよ」

「大日那？」

「ああ。もともとあんたの給料なんか用意しとらんかったんやと。あのおっさん、自分で金使い込んじまったようで、そんで支払う金が手元にのうて自作自演の芝居を打ったんやて。状況ば話しとーうちに辻褄《つじつま》が合わんくなって、お巡りがちょっとつついたらあっさり白状したそうや」

つまり、すべてはあの男の狂言だったということか。どうりで淳二にここに残るよう執拗に頼みこんでいたのだ。淳二はここを出る最後の日にまとめて給料をもらう手筈《てはず》になっていたのだから。人の好さそうな顔をしてとんでもない男である。

だが、怒りよりもホッとしている自分がいた。袴田は窃盗犯じゃなかったのだ。

しかし、こうなるとますますわけがわからなくなる。なぜ彼は突然行方をくらましたのだろう。意味不明だ。

「でも大旦那のヤツ、前の窃盗事件は自分じゃないって話してるんスよね」

「それもどうだかねえ。そんなこと言っても今さら誰も信用してくれないわよ」

「そもそもあの人、なんでこんなことしたんだろ。結局、旅館側が負担しなきゃいけないわけだから、遅かれ早かれ自分のところからお金が出ていくわけじゃない」

「ねえちゃん。あげな男にとってな、一番怖いのは嫁さんなんや。女房に金の使い込みがバレとうなかったんやろ。その一心やったんや。これからが悲惨やで、あの夫婦」

そんなやりとりをしているところに淳二は割って入った。「で、袴田くんの行方は？」

茂原が肩をすくめて見せた。

いったいなぜ彼は消えたのだろう。突然何があったというのか。

淳二が頭を悩ましていると、「あ、パトカーの音」と亜美が言った。耳を澄ませるとたしかに遠くからサイレンが聞こえた。徐々に大きくなってくる。ここに向かっているのだろうか。

自然と全員の視線が窓の外に向けられた。

そして、やってきたその数を見て全員が目を疑った。パトカーが二台、覆面らしきセダンが二台、表玄関前に停まり、何人もの男たちがそこから吐き出されたのだ。

「なんやこれ」

窓ガラスに手をついている茂原が漏らした。

「大旦那、逮捕までされちゃうんスね」

「アホ。あんなもん厳重注意でちゃんちゃんや。あのおっさん一人にこげん大仰《おおぎょう》なことせんわ」

「じゃあ、なんスかこれ」

「わからん」茂原が目を細める。「まるで大捕物《おおとりもの》や」

パトカーの赤色灯が闇の中で威圧的な光を放っている。

24

あと三十分で日本中のあちこちで除夜の鐘が鳴り響く。そんなことすら、遥か遠くのことのように感じられた。なぜだろう、この地だけがまるで世界から取り残されてしまったような、隔離されてしまったような、そんな馬鹿げた錯覚に淳二は陥っていた。現実感がずっと希薄なのだ。

それは淳二だけでなく、全員が似たような状態かもしれない。驚きや困惑や動揺、そうした情動を一通り経て、今や誰しもが放心していた。

袴田勲が鏑木慶一――。世間を震撼《しんかん》させている脱獄犯であり、死刑囚である男。

警察がこれに気づいたのは、悠星が撮影していた動画からだった。当初、窃盗の容疑者として袴田の顔がわかるものを提供するように言われた淳二たちだったが、ここでは写真を一枚も撮っておらず、そういったものはいっさい持っていなかったのだが、彼だけはちがった。

淳二がここにやってきて間もない頃、住み込みバイトが集まって賄《まかな》いを食べている最中に悠星はスマートフォンでこっそり動画を撮っていたのだ。つまりは隠し撮りだ。それは亜美を狙ったものだったのだが、その中に偶然、袴田の姿が見切れて映っていたらしい。

この動画を提供された警察たちもすぐには気がつかなかったにちがいない。だから時間を置いて駆けつけてきたのだ。淳二たちはすぐに取り調べを受けることとなった。その数時間前に行われた窃盗のときとは警察官たちの顔つきが明らかにちがった。みな、目を剝いて淳二たちの言葉に耳を傾けていた。

宿泊客らもこの騒動に気がついた様子だったが、女将から警察へ「お客さんには伏せて下さい」という申し出があったため、詳しいことを知らずにいる。当然、淳二たちにも箝口令《かんこうれい》が敷かれた。もっとも早朝には日本中に知れ渡ることとなるだろう。すでにマスコミと思しき人間もやってきているのだ。二〇二〇年の正月は報道番組が視聴率を稼ぐことになるにちがいない。

今、淳二ら住み込みバイトは食堂で卓を囲んでいる。誰かが集合をかけたわけではなく、一人、また一人と自然に集まってきたのだ。

空気は重苦しく、淳二以外の者は疲弊した面持ちで黙りこくっている。淳二はというと、スマートフォンの画面を睨みつけ、忙しく指を動かしていた。鏑木慶一の起こしたとされる事件について調べているのだ。

「どうして気がつかなかったんだろ」

ポツリと声を発したのは悠星だった。

「実をいうとおれ、ずっとあの人誰かに似てるなって思ってて、でもまさか――」

「あとの祭りや」茂原が遮った。

再び沈黙が訪れる。

自分たちが気がつかなかったのも無理はない。世間に出回っている鏑木慶一の写真と袴田勲の風貌はまるでちがった。そうと思って見てみれば同一人物だとわかるが、知らなければ気づけない。とくに淳二はそうだ。

この一年間、淳二は徹底してテレビや雑誌、インターネットを避けてきた。刺激的な情報が入ってこないよう、意図的に排除していたのだ。鏑木慶一が脱獄を果たし、世間が騒然としていたときもそうだ。その数日前、自分自身が例の冤罪事件によってとんでもない状況に置かれていたのだから。あの当時、戦争が始まろうが経済が破綻しようが淳二には瑣末なことのように感じられただろう。

そんな淳二ですら、鏑木慶一の起こした事件や脱獄劇についてそれとなく知っているのだから、メディアの力というのは強大である。欲してもいないのに、一方的に情報を投げつけてくるのだ。もっとも今はその情報が正確に知りたい。

「ねえ、煙草吸っていい」

花苗がそう切り出し、誰も返答しなかったが彼女は勝手に火を点けた。宿泊客の食堂だから吸っていいはずはないのだが、誰も咎めようとしない。

「あの男、今ごろどこにいるのかしらねえ」煙を燻《くゆ》らせながらボヤいている。

当然、警察は厳戒態勢を敷き、検問を張り巡らせていることだろう。だが彼がここを発《た》ったのは十時間も前だ。それだけの時間があれば日本中どこにだって行ける。

ほどなくして、「わしにも一本もらえるか」と茂原が花苗に要求し、彼も火を点けた。深々と吸い込み、「十年ぶりや」そんな独り言を言った。

やがて吸い殻を空き缶に落とすと茂原はひとり食堂を出て行った。そして数分後、戻ってきた彼の手には一升瓶が握られていた。「飲むか」と訊かれたが、みな首を左右に振った。

茂原がコップにとくとくと酒を注ぎ入れる。彼はそれを一気に呷り、またなみなみと注ぎ入れた。

「こんなこと言うとアレなんだけどさ、たいしたもんだよ、あの男。いつもギリギリのとこで逃げちゃってさ。永遠に捕まんないんじゃないの」

花苗がまた煙草に火を点けて言った。

「前回はマンションから飛び降りたんでしたっけ」と亜美。

「そうっス。潜伏してた女の部屋で刑事と格闘して、ベランダから飛び降りて逃げたんですよ。四階っスよ、四階」

その通りだった。鏑木慶一はベランダから飛び降り、下に停めてあった車のルーフに落ちたのだ。そこにも一名の刑事が待ち構えていたのだが、鏑木慶一に投げ飛ばされ、結果的に振り切られた。

「それな、現場におった二人のデカの片割れが警察庁長官官房長の息子だって噂や」

「そうなんスか？」

「事実かどうかは知らん。ばってん、そうなら親子揃って赤っ恥や。親父は警察の顔で、マスコミや国民から散々吊るし上げられとーけんな。息子は親父のためにも必死やったんやろうが恥の上塗りをしただけや」

たとえそうでないにしろ、警察の面目が丸潰れであることにはちがいない。

「たしか一緒に暮らしてた女は未だに犯人を庇ってるのよね」花苗が嘆息を漏らす。「泣けるじゃない。なんかわかるのよねえ。人殺しだろうがなんだろうが、女は自分にさえ優しければそれでいいんだし」

「ここでもふつうにいい人でしたしね。あたし、未だあの人が殺人鬼だったなんて信じられないですもん」

「そうっスか？　おれは薄気味悪い野郎だってずっと思ってましたけどね。何考えてるかわかんないっていうか。笑って人刺すヤツってああいうタイプっスよ」

「悠星、そげんヤツは世ん中にごまんとおるったい。わしん周りはそげんヤツらばっかりやった」

「でもそれって相手もワルモノでしょう」と花苗。

「ワルモノときたか。まあそうや。ガキまで殺《や》る鬼畜はそうはおらん。芯までイカれとる」

茂原が鼻に皺を寄せて吐き捨てた。

そう、鏑木慶一は被害者夫婦の一人息子、まだ二歳の子すら手に掛けているのだ。

「でも、たしか頭がよかったみたいな報道もありましたよね」

「あったあった。知能検査したら物凄く高い数値が出たんでしょ。そういう頭脳をどうして悪い方向に使っちゃうのかしらねえ」

「ふん」悠星が不快そうに鼻を鳴らした。「なんにしろ、この世に生まれてきたらいけない野郎だったたんっスよ」

「みなさん、ちょっとよろしいでしょうか」

堪《たま》りかねて淳二は言った。全員の視線が集まる。

「袴田くんは――あえてそう呼びますが、彼は本当に罪を犯したのでしょうか」

みな、一様にぽかんとした顔をして、そのあとすぐに眉をひそめた。

「罪って例の一家惨殺のこと？　したに決まってるでしょうよ」

「しかし世の中には冤罪事件もたくさんあります」

「だからってねえ」

「わたしは身に覚えのない痴漢《ちかん》をしたとして捕まりました」

「あなたのはどうだか知らないけど、さすがにあの男は間違いないでしょう。現場に警察が駆けつけたとき、あの男は血《ち》まみれで立ってたらしいじゃない。凶器にも指紋がべったりだったってニュースで報道されてたわよ」

「だとしても、わたしには信じられないんです」

「ナベさんよ。あんたのそげな個人的な感情をここでわしらにぶつけられたっちゃ困るわ。どうせいっちゅうんや」茂原が鼻で笑った。「あんたがそう思うんな勝手や。ただしゃべらんと胸ん中で思うといてくれ」

淳二は手の平で思いきり卓を叩きつけた。激しい物音が立ち、全員が仰《の》け反《ぞ》った。

「わたしの一件を冤罪だと話したら、彼はわたしの言葉を信じてくれました。『ぼくにはわかります』と言ってくれました」

「やけんなんやちゅうんや。冤罪の被害者同士やけん理解し合えるとでも言いたいんか。あんた今な、子供みたいなこと言いよーぞ。いきなりトチ狂うなや」

「彼は法廷で自分は殺していないと、無罪を主張していたんです」

「でも結果的に死刑判決受けたでしょう。再審も行われなかったそうだし」

「再審請求はされています。ただし棄却されているようですが」

「やけんその必要はなかと判断されたんやろう」

「日本の司法はこれまでいくつも過ちを犯してきています。それも、あってはならない、人の一生に関わるようなものまで判決を誤っている。そういう過去がいくつもあるんです」

「なあナベさん、落ち着けや。あんたいきなりどうしたんや」

「それにあの男、一度は罪を認めてるんじゃなかった？　なのに途中で無罪を主張し始めたんじゃなかったかしら。うろ覚えだけど」

「あんたもうええって。蒸し返さんで」

「合ってます」悠星が三島に向けて身を乗り出した。「鏑木慶一は最初、精神異常者のフリして罪から逃れようとしてたんだけど、それが無理だとわかったらいきなり自分はやってないとか言い出したんスよ。おれ、この事件に興味あってめっちゃネットで調べましたもん」

「それにたしか殺されずに生き残った女性がいたでしょう。同居してた夫の母親だったかしら。その人がはっきり言ったそうじゃない。あの男が犯人だって」

淳二は下唇を嚙み、視線を悠星に据えた。

「悠星くん、もしもきみが殺人犯に仕立て上げられたらどうする」

「は？　なんスか」

「どうすると訊いている」

「そんなのやってねえって言うに決まってるじゃん」

「罪を認めたら生かす。認めないなら殺すって言われたらどうだ。それでもきみは無罪を主張し続けられるか」

「余裕っスよ。おれは脅しとかに屈しないから」

「脅しじゃなく、本当にそうなるとわかったらどうだ。証拠はすべてきみが犯人だと物語っている。それでも正義のために死ぬことができるか。どうか想像力を働かせてみてほしい」

「………」

「人は弱い。追い詰められるともう何がなんだかわからなくなってしまうんだ。ましてや逮捕されたとき、彼は弱冠十八歳の少年だ。悠星くん、今のきみと同じ年齢なんだよ」

「おっさん、たいがいにせいや」茂原が凄んだ。「なんであんたの演説ばわしらが聞かなならんのや。しゃべりたいんやったら、おもて出て雪山に向かって吠えてこい」

「茂原さん。あなたもまた、犯していない罪で服役したと言っていましたよね」

「もうあんたと話はせん」

「実際にそれを経験したあなたがどうして理解できないんですか」

「あんなあ、それとこれとはまったく話がちがうやろう」茂原がうんざりと言った。「サツやってわしがやっとらんのは重々知っとったわ。ばってん誰か犠牲にならな収拾がつかんのや。カタギの世界とこっちは別モンや」

「彼も同じように誰かを庇っている可能性だってあるでしょう」

「ならなして無罪を主張した？」

「………」

「ほれみい。もう手詰まりや。さ、不毛な議論大会は終わりや」

「わたしはいくつもある可能性のひとつとして話をしたんです」

「そのすべての可能性を検証して、司法が死刑を言い渡したんでしょう。映画じゃないんだし、逆転無罪なんてありえないわよ」

「ありえないことが歴史では何度も起きてます」

「ほんまあ言えばこう言う。あんた、ここは大丈夫か」

茂原がこめかみを指でトントンと叩いた。

わかっている。自分が冷静でないことも、これらのやりとりが不毛であることも重々わかっている。それでも淳二は訴えずにはいられなかった。どうしても認めたくないのだ。彼が殺人を犯したなどと、絶対に認めたくないのだ。

「三島さん、前に宿泊客の財布が盗まれたとき、あなたは部屋から一歩も外に出ていないと話していましたね」

「何よ、急に」

「わたしは休憩時間中にあなたの姿を廊下で見ました。そして、袴田くんもあなたを館内で見かけたと話していました」

「だから何なのよ。あたしが犯人だって言いたいの」

「わたしはあなたを疑いました。けれど彼はちがった。疑わしきは罰せずだと彼はわたしを諫めたんです」

「で?」

「彼はそういう考え方のできる人間なんです。そんな彼が人を殺めるでしょうか」

「だから殺めたんでしょうよ。あなたさっきからずっと何を言ってるのよ」ため息と共に紫煙を吐き出している。「だいたいさ、うちらもあの男と知り合ってまだ一ヶ月かそこらでしょ。

そんな短い時間で人間性なんてわからないわよねえ」

「わかります。わたしには」

「ああそう。ご立派」

「付き合いの長さで人は測れません」

「ああもうダメ。ギブアップ。あたしこの人と話してるとおかしくなる」三島が立ち上がった。「渡辺さん、すべてあなたのいう通り。あなたは痴漢してないし、あの男は殺人を犯してないし、財布はあたしが盗みました。これで満足でしょ」

そう言い残し、三島は食堂を出て行った。

「わしらも行こか」茂原が悠星に向けて顎をしゃくる。「あんたはつまらん弁護士ごっこをしとったらよか。ひとりでな」

茂原も一升瓶を持って立ち上がり、出入り口に向かった。悠星は残された亜美の方を見て逡巡していたが、やがて茂原のあとを追った。

とたんに静寂が訪れた。亜美はずっと下を向いて視線を逸らしている。淳二は肩で息をしていた。興奮がなかなか鎮まってくれない。

やがて、

「渡辺さん、ごめんなさい」

亜美がポツリと言った。

「あたし、あの動画を見て、勝手に嫌悪感を抱いちゃって……でも、渡辺さんがやってないっていうなら、あたしは渡辺さんを信じます」

目を見て言われた。

淳二は深く頷いた。「ありがとう」

「ただ――」亜美が再び俯く。「やっぱり袴田くんは……」

そのあとの言葉は続かなかった。

淳二は亜美に向けて身を乗り出した。

「亜美ちゃん。きみが遭難したとき、真っ先に警察に救助を要請しようと言ったのは袴田くんなんだ」

「え」

「彼はどうしてそんなことをしたと思う」

「それは……」

「自分よりも、きみの命の方を優先したんだ」

「………」

「わたしは彼を信じる。きみがわたしを信じてくれると言ったように」

それから五分ほど経ったろうか、亜美が立ち上がり、ゆっくりと窓辺に寄った。そのままおもての闇を眺めている。

淳二は再び、スマートフォンで鏑木慶一について調べている。

「三年前、お父さん、いなくなっちゃったんです」

亜美がふいに言った。淳二は手を止め、亜美の背中に目を送った。

「事業に失敗して、破産して。そのあと、ずっと家に引き籠もってて。あたし、そういうお父さんを見てるのがどうしても耐えられなくて、一度おもいっきり大ゲンカして、そのときひどいことを言ったんです。そうしたらそれっきり、お父さん、家に帰ってこなくなっちゃった」

乾いた口調で訥々《とつとつ》としゃべっている。

「きっともう死んじゃってると思うんです。そういう人だから。プライドが高いし、人の下について働くなんて絶対しないし。惨めな思いまでして生きていたくないって、そんなことよく言ってたし。でも――」

ここで亜美が振り返り、淳二を見た。

「もしかしたら渡辺さんみたいに、こうやって、どこかでお父さんも働いてるのかなあって――なんか、すみません。勝手に重ね合わせちゃって」

淳二は小さく首を左右に振った。

亜美は再び反転し、窓の向こうを見た。

「今もどこかで、生きていてくれたらうれしいな」

ここで隅に置かれている古時計がボーン、ボーンと低い声で鳴った。広い食堂の隅々まで響き渡る。

今、年を越し、新年を迎えたのだ。

「年、明けましたね」

「そうだね」

どちらからも、おめでとうございますの言葉は出なかった。二人はいつまでも時計の調べに耳を傾けていた。

五章　脱獄から三六五日

25

思っていたより時計の針が十分も進んでいて、近野節枝《こんのせつえ》は慌てて出支度に取り掛かった。髪にさっとブラシを通し、ファンデーションを塗りたくって眉毛《まゆげ》を描く。今日の化粧はこれだけだ。火の元と戸締りを確認し、最後に和室を覗いた。

「じゃあお義父《とう》さん、行ってきます。夕方には帰りますから」

ベッドの上の義父は首だけをこちらに傾け、「あい」と声を絞り出した。

家を出て、山形ナンバーの付いたダイハツのミラに乗り込む。向かうのは町の外れにあるミノリ製菓のパン工場だ。そこが節枝の勤め先で、自宅からは車で十五分の場所にある。

一ヶ月後には美しく咲き乱れるだろう桜並木の通りをやや飛ばし気味で走った。ランドセルを背負った小学生の集団をあっという間に追い越して行く。

『――鏑木慶一死刑囚が脱獄してから本日で丸一年。未だ逃亡を続けている同死刑囚ですが、その足取りは依然として――』

車内にラジオニュースが小さく流れている。が、右から左で節枝の耳には入ってこない。目的地である工場が遠くに見えてきたところで信号に捕まった。「もう」思わずつぶやいた。一分でも遅れるとタイムカード上では十分遅れたことにされてしまう。

節枝が指でトントンとハンドルを叩いていると、となりの車線に見覚えのある軽自動車が停まった。パートの同僚の大久保信代《おおくぼのぶよ》だった。

節枝が助手席の、信代は運転席のウインドウを同時に下げた。

「おはよう。ボサボサしてたら出るの遅くなっちゃった」節枝から声を掛けると、「こっちは寝坊。つい二度寝しだっけ」と、信代が苦笑混じりに言った。

それでも信代の顔はあきらかに寝不足だった。節枝の一つ年上で五十六歳の信代は、別の食品工場でも週二で働いている。そっちの方は夜勤らしいので、生活リズムが狂っているのか、いつもあくびばかりしている。

「どうかな。間に合うかしら」

「間に合わしぇんな」

そう笑った信代は信号が青になると同時にビュンと飛び出していった。節枝のミラもあとに続くが、ゆったりした滑り出しだった。停まっている状態からアクセルを強く踏み込むとガソリンがグンと減るという話を聞いたことがある。本当かどうか知らないが、節枝は慎重に発進することを心掛けていた。このL700型のミラを買ったのは十五年前で、走行距離は十四万キロに差し掛かっている。

工場の敷地に入り、裏手の駐車場に車を停め、小走りで建物の中に入っていった。

更衣室では先に到着していた信代がいた。すでに白い作業着を纏っている。節枝も作業着を纏い、頭髪をキャップの中に押し込み、マスクをつけた。石鹸とアルコールで念入りに手を洗い、手袋を装着してから作業場に向かった。途中に設置されている除菌エアシャワーを全身に浴び、作業場に足を踏み入れると、すでに同僚らが一箇所に集まっていた。その数約四十人。

「では点呼を取りまーす」

社員で監督を務めている古瀬《ふるせ》が手を後ろに組んで言った。よかった。間に合ったのだ。

一人ずつ名前が読み上げられていく。節枝も呼ばれ、「はい」と声を発した。

「えー、連絡事項としましては、今日も派遣の方が数名来られています。中には初めての方もいるので、パートのみなさんは仕事の進め方を教えてあげてください。また、今日から新商品のレーズンバターパンが入ってます。これについてはわたしが直接やり方を落とし込みます。それと最後にケーキ班の方々、苺《いちご》の選別の基準をもう少し厳しめに。見た目の良くないショートケーキは買われません。出荷先から本社の方にクレームがいくつか入っているようなので、ご注意ください。では本日も一日がんばりましょう」

各々持ち場に散って行く。

心を無にしてひたすら手を動かしていると、ふと自分がロボットにでもなったような気分になる。ベルトコンベアから流れてきたショートケーキの上に苺を載せる。これを何時間も繰り返すだけなのだ。たまに集中力が途切れてケーキを崩してしまうことがあり、そうしたものは即座にゴミ箱行きとなる。最初はもったいないと心を痛めていたが、すぐに何も感じなくなった。節枝がこの工場に勤め出したのは三年も前だ。パートの中ではベテランに分類される。

「そうなっだらもうね、うぢらはコレよ」

信代が首に手刀を入れ、続いてメロンパンを大口で頬張《ほおば》った。

食堂でテーブルを囲んでいるのは節枝と信代、そして笹原浩子だ。浩子は一年ほど前にやってきた五十歳の女で、節枝と信代とはウマが合ったのか、こうして一緒に昼食を食べる仲になった。

ちなみに食堂ではダメパンが食べ放題だ。ダメパンとはその名の通り、何らかの欠陥があり出荷不可となったパンで、ここではみながそれを昼食として食べていた。たまにお弁当を持参する人もいるが、それだけで「ブルジョアさん」などと囁かれたりする。

「でも、今だって人手が足りてないくらいなのよ。クビってことはないんじゃない」

節枝が言った。

「今はね。でも来年はわがらねよ」

信代の話では、近いうち工場の機械が一新されるというのだ。そうなると今まで人の手で行われていた作業が不必要となり、作業員が要らなくなる。すでに新たな機械を導入している他の工場では成果が上がっているようで、大幅な人件費削減が見込めるらしいのだ。

「もしそんなことになったら困っちゃう」

浩子が深刻そうな顔で言った。

「働くところもそうだけど、うち、家族が多いからダメパンでずいぶん助かってるの」

「うちだって同じよ」と節枝。「ここに勤めてからパンなんて一度も買ってないもの」

ダメパンの持ち帰りは自由だった。本当は一人三個までと決まっているが守ってる者などいない。パンだって捨てられるより食べられた方が幸せに決まっている。

「あ、古瀬さんだ」信代が立ち上がって言った。「ねえねえ、ちょっと来で」

呼ばれた古瀬がやってくる。信代がとなりの椅子を引き、バンバンと叩いて座るよう促す。

「ねえ、ここにも新しい機械入れるって聞いだんだげんど、本当?」

単刀直入に信代が訊くと、古瀬が目を丸くした。

「よく知ってますね。さすが大久保さん」

「で、本当なの?」

「ええ、まだだいぶ先の話だと思いますけど」

「先っていづ?」

「いや、ぼくのようなヒラに正確な時期はちょっと」

「じゃあもしそうなったらうぢらクビ?」

古瀬が笑う。「そんな。むしろ人を紹介してほしいくらいですよ。では」

そう言って古瀬は立ち上がり、逃げるように去って行った。「怪しい」信代がその背中に目を細め、つぶやいた。「あの男の口にするごとは信用でぎねからね」

三十九歳の古瀬はこれまで三回ほど無断欠勤をした過去があり、パートたちの信用を失っていた。それなのにパートたちの遅刻や欠勤について小言を言うので反感を買っているのだ。とはいえ古瀬には同情する部分もある。パートたちの管理が彼の仕事であり、会社から厳しく取り締まるよう命令されているのだろう。もともと彼が無断欠勤をしたことだって、彼がパートたちの愚痴を延々聞かされていたことや、パート同士のつまらない諍いに巻き込まれたことで疲れ果て、精神が病んでしまったからにほかならない。板ばさみとなる中間管理職は大変なのだ。

「はあ、やだやだ。近え将来、人間はロボット様に追いやられるよ」

信代はそう嘆いてパンをかじり、牛乳で流しこんだ。


台所で夕飯の支度をしていると、夫の博《ひろし》が帰って来た。夫は地元の不動産会社で支店長を務めているが、ここ数年やたらと帰宅が早い。一度理由を訊ねたが、「旦那が早く帰ったらいげねのが」と機嫌を損ねられたので、それ以来訊くのをやめた。もっともヒマなのだろうと想像している。給料は下がる一方で、去年はボーナスさえ出なかった。

現在、日本全国に八五〇万戸もの空き家があると聞いた。その原因として所有者である親が亡くなれば子が相続するのが当たり前だったものが、そうではなくなり、結果として放置されてしまっているからなのだという。人口減少に伴い、借り手もなく、さらに厄介なのが解体して更地にしてしまうと、固定資産税の問題が出てきて負担額が六倍にもなるというのだから、相続したくないという子が多いのも道理なのだ。何はともあれ、不動産業界の未来はけっして明るくない。

「お義父さんに話してくれた？」

向かいにいる夫に節枝が声を落として切り出すと、「まだ」と、夫が発泡酒を呷りながら答えた。

「早くしないとあそこも埋まっちゃうかもしれないし、そうなるとまたイチから探さなきゃならなく――」

「それなんだげんど、やっぱりうぢで面倒見んべよ」

「…………」

節枝は箸を投げつけたい衝動に駆られた。これまで何度も話し合って、義父を特別養護老人ホームに入れようという話でまとまっていたのに。そのために先週は仕事を休み、二人で施設に見学にも行ったのに。

「おれ、あそご見だら正直気分が沈み込んじまった。狭いとこに寝だぎりの年寄りが何人も横だわってでよ、あれじゃあまるで野戦病院だ。あの中に親父入れるのがど思ったらこだな親不孝はねえなって」

「でも、お義父さんだって寝たきりなんだし、仕方ないでしょう」

「だどしたってよ、親父がかわいそうだべ」

どの口が言うんだと思った。博は節枝に義父の介護を押し付けて、自分ではまったく面倒を見ようとしないのだ。食事もそうだし、オムツ交換など一度もしたことがない。それについて博の言い訳は、「親父も息子にやられたくないべ」だ。

「それにな」夫はここで身を乗り出した。「きっと親父も先は長ぐねど思うんだ。んだがらもう少しだけおれたちも我慢すんべ」

我慢するのはあなたではなくわたし。これが言えたらどれだけ楽だろう。ただ、そうした夫婦関係をこれまで築いてこなかった。従順な妻を三十年も演じてきたので、これがスタンダードになってしまった。

「ところでおまえ、今週末もあの変な会に顔出すのが」

夫が険しい顔つきで話題を変えた。

「変な会じゃないわよ。救心会《きゅうしんかい》」

「なんだっていいげんとも、入会は許さねがらな」

「入会するつもりなんかないって。信代さんの付き合いなの」

夫が鼻を鳴らす。「ああいう宗教はろぐなもんでねえ」

少しだけ反論したい気持ちが込み上げた。何も知らないくせに。

先々週の日曜日、節枝と浩子は信代に誘われて救心会という新興宗教の説教会に初めて参加した。信代は数年前から入会しているらしく、「いっぺん出でみなって。目から鱗《うろこ》が落ぢっから」と、その誘いは執拗だった。節枝も浩子も乗り気ではなかったのだが、断りきれずに首を縦に振ったのだった。

結果、目から鱗は落ちなかったが、思っていたよりもずっとフランクで楽しい会合だった。教祖は不在だったが、その代理となる先生のお話はとてもためになるもので、また時折ユーモアを交えつつ巧みに話すものだから眠くなることもなく、気がついたら終わっていた。一緒に参加した浩子はというと、節枝以上に感銘を受けたようで、入会について信代に具体的な質問をいくつかしていた。

そして今週末もまた救心会の説教会が同じ場所で開かれると信代から知らされた。初回は無料だったのだが、二回目の参加費は五百円かかるとのこと。貧乏だけどそれくらいなら払ってもいい。

結局、義父の身の置き所について有耶無耶になったまま、夫は先に寝入ってしまった。夫は帰ってきてから一度も義父に顔を見せていない。どうしてここに嫁いでしまったのだろう。若かりし自分は大きな決断を誤った。

説教会には信代の車に同乗して向かうこととなった。会場まで車で一時間ほど掛かるので各々で行くよりも安上がりだ。もっとも信代からガソリン代として三百円徴収されたのだが。

「教祖様に会えるのは会員だけ。それでも年に一回か二回かな。実際お目にかかれるのは」

運転席でハンドルを握る信代が言った。

「やっぱりすごい方なんですか。教祖様って」後部座席の浩子が訊く。

「そりゃあもう。初めで見たどぎは自然と涙が込み上げだよ。うぢらと同じ人間どは思えねんだがら」

へえ、と浩子と共に嘆息を漏らす。とはいえ半分は演技だ。信代はなんでも大げさに話す癖がある。

そもそも救心会というのは、仏教を正しく伝えるために七年前に創立された新興宗教で、創始者である教祖はある日の修行中に天啓を受け、悟りを開くに至ったという話である。俗世の苦悩、煩悩から目を背けるのでなく、真正面から向き合った上で一線を画したときに初めて解《げ》脱《だつ》を体得できるのだそうだ。一線を画すというのは、簡単にいえば赦《ゆる》すことである。諦《あきら》めるのではなく、赦す。俗人の節枝にはいまいちピンとこない。ただ、教祖代理の先生の話が魅力的なのでこうして来たまでである。信代に言わせると、「最初はそれでいいの」とのこと。

やがて車は深い森を縦断する道路に入り、有名なゴルフ場を通り過ぎた。

ここで助手席の節枝はサイドミラーを見た。五十メートルほど後方に、まだ原付バイクの姿はあった。この原付バイクには数十分前に気がついたのだが、ずっと自分たちと同じ進路をひた走っている。フルフェイスのヘルメットを被っているが、その姿形からすると若い男だろう。

「うしろのバイク、まだ一緒だね」節枝が言った。

「ああほんとだ。もしかしたら救心会の会員がも」

「男の会員もいるの？」

「そりゃいるよ。少ねえけど」

やがて山の麓《ふもと》まで行くと救心会の建物がひょっこり現れた。外観は古い公民館のような造りをしている。もっともこれは救心会が建てたものではなく、以前からここにあったものを居抜きで使用しているらしい。その前がなんだったのかは節枝は知らない。ちなみにここは支部で、本部は東京のあきる野《の》市という場所にあるそうだ。救心会は全国各地に支部があり、その会員数は現在三万人に上るとのこと。

敷地内の駐車場がいっぱいなので、空き地に駐車するように係の者に言われた。だがその空き地にも車がぎっしり詰まっていて、スペースを見つけるのに何度も右往左往した。

そうして三人で建物の中に入り、畳の大広間に足を踏み入れると、そこは前回以上に大勢の人で賑わっていた。百人はいるかもしれない。そのほとんどが自分たちと同じ中高年の女性で、男性は数えるほどしかいない。

自分たちの座る場所を確保し、座布団を敷いて腰を下ろした。みな、あちこちでペチャクチャとおしゃべりをしている。信代もたくさんの人に声を掛けられていた。会員同士、仲がいいのだろう。

やがて、教祖代理である尾根《おね》先生が姿を現すと喧騒《けんそう》がピタッと止み、厳粛な空気へと変わった。学校の朝のホームルームのようだ。

尾根先生は前回同様、目の痛くなるような蛍光の黄の法衣を纏っていた。六十前後で肥満体型なので最初見たときは何かのマスコットのようで滑稽に思ったのだが、二回目ともなるとなんだか神々《こうごう》しく映るのだから不思議だ。

「みなさん、ようこそおいでくださいました」

野太い声が大広間の隅々にまで響き渡る。尾根先生は地声が大きく、早口なのが特徴だ。

「おや、マスクしてる人が多いね。まあ花粉がきつい時期だから仕方ないね。ちなみにぼくは花粉には強いの。なんでかというと目が細くて鼻がぺちゃんこだから。花粉だって侵入できないでしょ」

どっと笑い声が上がる。たしかに尾根先生の顔立ちはお世辞にも整っているとはいえない。顔の平べったいキツネといった感じだ。

このあとも尾根先生はいくつかの自虐や時事の話題で笑いを取り、場の雰囲気を和らげた。まるで漫談を聞いているような気分になってくる。

「さて、こんなふうにふざけてばかりいると教祖様にお叱り受けちゃうからね。そろそろ真面目なお話を。じゃあまずは——はい、目が合った佐藤《さとう》さん」

名指しされた佐藤という三十代の地味な女性がすっと立ち上がり、自身の悩みを赤裸々に打ち明けた。前回もそうだったが、こうして会員たちの日々の悩みをみんなで聞き、それに対して尾根先生が助言をする形で説教会は進行する。

佐藤の告白はとても他人事とは思えなかった。姑が嫌味な性格で、炊事、掃除、洗濯、あらゆる家事について小言を吐かないと気が済まないのだという。夫はそんな義母の味方で、孫は甘やかしてくれる祖母に懐《なつ》いていて、佐藤は孤独と虚しさを覚える毎日なのだと涙ながらに語った。

節枝は自然と相槌を打っていた。自分も姑には散々いじめられたのだ。過去に夫の浮気が発覚したことがあり、そのときはすべて妻に責任があると詰《なじ》られた。その姑が病気で亡くなったとき、節枝は心の内で快哉《かいさい》を叫んでいた。

「わかる」

尾根先生が神妙な顔でいつもの台詞を口にした。どんな悩み事も尾根先生の第一声は「わかる」だ。

助言としては救心会の教え通り、赦せとのことだった。怒りや憎しみを抱くのではなく、逆に赦してしまうことで心は救われるのだと尾根先生は説いた。

「もちろん簡単なことじゃない。佐藤さんに限らず、みなさんはまだ修行を積んでる段階だから――で、佐藤さん。忘れてはならないのが、あなたはけっして一人じゃないということ。お家でどれだけ辛いことがあっても、ここがあなたの心のお家。いいね？」

「はい。ありがとうございます」

その後も何人もの告白があった。悩みは種々あれど、どの者にも一貫していえるのは経済が困窮しているということだ。光熱費さえ払えない者もいた。さすがに我が家はそこまで逼迫《ひっぱく》していないが、それでも貧乏に変わりはない。貯金だって十年前からまったく増えていない。

「続いて――じゃあ大久保さん」

信代が指名を受けた。

信代もまた経済的困窮を訴えた。老後をどう乗り切ればいいか、先々のことを考えると胸が苦しくなるのだと、ふだん節枝たちに見せない弱気な顔で吐露していた。今ある工場の仕事も、新たな機械が導入されればクビを切られるかもしれないとも話した。

「わかる」と、大きく頷く尾根先生。「ちょっと大げさな話をするとね、科学や機械の開発は日進月歩で、我々の生活の便利さは加速する一方でしょう。もしも自国だけが止まったら世界から取り残され、仲間外れにされてしまう。だからどの国も競って新たなものを作り、取り入れたがる。より便利な暮らしを求めてね」

尾根先生は辺りをゆったり流れるように移動しながらしゃべっている。

「ただね、いくら便利になれど豊かさが比例するかといったらそうではないの。ここでいう豊かさとは心の話ね。目を見開いて世間をごらんなさい。いくつもの凄惨な事件が起きているでしょう。世界のあちこちで今も争いが起きているでしょう。こんなにも豊かで便利な世の中なのに不思議な話だよね。つまりね、真の豊かさや幸福といったものは経済を土台に考えていてはいつまで経っても手にできないわけ。それとは別の次元で考えられる人のみが幸せになれるの。それがいつも言っている解脱するということなんだけどね」

見渡せる黒山が波のように動いている。みな頷いているのだ。

「それとこれもいつも言ってるけど、ぼくはお金なんて要らない。ぼくはね、これまで比較的裕福な生活を送っていたけれど、教祖様に啓示を受けたとき、持てる財産のすべてを救心会に捧げたの。それからの生活は貧しいものになったけれど、穏やかな毎日を送らせてもらっている。こうしてあなた方とも繋がることができた。ぼくだって教祖様と比べたらまだまだで、すべてにおいてその足元にも及ばないけれど、こうして解脱を会得《えとく》できた——さて、大久保さん。煩悩を捨てなさい。贅沢を望む心に見切りをつけなさい」

「先生。あたしけっして贅沢なんて望んで——」

「水さえあればいい。極論そういうこと」ぴしゃりと言った。「日本で暮らす限り、餓死するということは絶対にありえません。最低限の生活の中で、小さな小さな徳を積みなさい。やがてそれがあなたの心の支えになる。わかりましたか？」

「はい。よくわかりました」

「ほうら、これであなたも一歩、解脱に近づいた」


説教会が終わり、出口へ向かうと長蛇の列ができていた。尾根先生が一人一人と握手を交わし、見送っているのだ。

「どうしよう。わたし、今回は買おうかな」

順番待ちをしながら、浩子が悩ましげに言った。彼女が指しているのは救心会のお念珠《ねんじゅ》である。前回も販売していたのだが、節枝も浩子も買わなかった。

「でも買ったら入会って流れになるんじゃないの」と節枝。

「うん。入会、考えようかなって」

「あら浩子さん。うれしい」

信代が胸の前で手を合わせる。彼女の手首には当然、お念珠がある。

「あ、でもまだ決めたわけじゃなくて――」

「節枝さんは？」信代が無視して節枝に水を向ける。

「わたしもまだちょっと」

「なして？」

「夫から入会だけはダメだって釘を刺されてるし」

信代が鼻の穴を膨らませ、そこから一気に息を漏らした。「ねえ節枝さん。節枝さんどごの旦那さん、ゴルフやるって前に言ってねがったっけ？」

「うん。あの人の唯一の趣味だから」

「それ一回なんぼ？　少なぐども一万五千円はかがってるんでない？」

「さあ。詳しい金額はわからないけど」

「救心会の会費は月額三千円。お布施は払える人だけが払えばいい。あたしなんて四年もいで、二回しか払ってねえよ。それも一万円ぽっきり」

「………」

「旦那さんはただの趣味、こぢらは人生の指針。ましてや五分の一の値段。文句を言われる道理はねえべ」信代が営業マンのクロージングのように言葉を連ねる。「ほがの宗教見でみ？どごもかしこも営利目的だがら。やれ買え、やれお布施だってうるせえがら。救心会は一度だってほだなごど言ったごどねえよ。会費だって払えねどぎは先延ばししてくれるし」

「う、うん。でも、もう少しだけ考えさせて」

信代は不服そうな顔で、「少しでも早え方がいいど思うげど」と漏らした。

そうこうしていると、やがて節枝たちの番がやってきた。

「あら。お二人は前回もいらしてくれてたんじゃない」

尾根先生が節枝と浩子の顔を見て言った。覚えてくれていたことにうれしくなる。

「あだしが連れてきたんですよ」と、信代が胸を張る。「二人ども入会すんべが迷ってるどごなんです。先生がらも背中押してあげて」

尾根先生が苦笑する。「わたしはね、そういうことはしないの。その人の意思で入ってもらいたいから。お二人とも、じっくり検討なさい」

「先生。わたし、先にお念珠だけ買わせていただこうかなって」と浩子。「こういう中途半端なことってやっぱりよくないですか」

「とんでもない。毎度あり、ですよ」

尾根先生が笑わせる。お念珠の値段は二千七百円だ。ほかの宗教を知らないが、これだって安価だろう。信代の言う通り、救心会は営利目的ではないのだ。

浩子が財布を取り出したとき、「ぼくも買わせてもらっていいですか」と、後ろから声が上がった。振り向くと、長身の若い男が立っていた。白いマスクの上に切れ長の細い目がある。まぶたがやたら腫れぼったい。そして男の服装で節枝は気がついた。この男、ここへ来るときに自分たちの後ろを原付バイクで走っていた男だ。

「ええと、あなたは今日が初めての方ですよね？」と、尾根先生。

「はい。先生のお話、ありがたく拝聴させていただきました」

「うちのことはどうやって知ったの？」

「母の友人が救心会の会員なんです。それで母も興味を持ち説教会に参加したがっていたんですが、あいにくうちの母は病気がちであまりおもてに出られないんです。それで代わりに息子のぼくが」

「なるほどなるほど」と、口にしたものの、尾根先生は少し警戒の顔つきを見せていた。「実にいい心がけだ」

その後、浩子と若い男は念珠を購入し、そして結局二人はその場で入会もした。浩子は遅かれ早かれそうするだろうと思っていたのだが、若い男は信代に口説《くど》かれたせいもあるかもしれない。もっとも念珠を買うくらいだから興味はあったのだろうけど。

二人は紹介者として信代の名前を書かされていた。ちなみにこれはのちに知ったことだが、知り合いを二名入会させるとその紹介者は会費が一年間無料になるらしい。これで信代が勧誘に熱心な理由がわかった。

もっとも、悪いことではないだろう。救心会はいいところなのだから。

節枝は自分の偏見を恥じた。新興宗教というものはその名を借りたインチキビジネスだとばかり思っていた。それにのめり込む者は何かにすがりたいだけの弱者たちなのだと差別的な視点を持っていた。無知というのは愚かしい。

救心会はどの角度から見ても営利目的ではない。純粋に迷える人々を正しい仏道へと導きた覚えていた。


いのだ。

　わたしもこの機会に入ればよかったかな。帰りの車に揺られながら、節枝は少しだけ後悔を覚えていた。


「冗談だべ？　何考えてんだおめ」

　救心会への入会を匂わせると、夫は箸を止め、目を剝いた。

「だからね、あなたが思っているような変なところじゃなくて――」

「うるせえっ」夫が食卓を叩いた。「ああ言わんこっちゃね。おれはもしかしたらこうなるんじゃねえがって危惧《きぐ》してだんだ。おめみでえな世間知らずがほだな勉強会なんて出だらあっちゅう間に取り込まれぢまうじゃねえがって」

「勉強会じゃなくて説教会」

「どっちだっていい。だいたいな、なんで見ず知らずの野郎に説教なんて食らわななららねえんだ。そいつをこごさ連れでこい。おれが説教くれてやる」

　失敗だった。夫に伝えるべきではなかった。自分がバカだった。

「いいが。絶対に許さねえぞ。もしおめが隠れでほだなどごさ入会してるごどがわがったら離婚だがらな。脅しじゃねえぞ。覚悟しどげよ」

　離婚したいのはこっちの方――。これまで何度考えたことか。ただ実行に移す勇気はない。そんな度胸も行動力も節枝は持ち合わせていない。薄給とはいえ、夫は毎月生活費を稼いできてくれる。経済的に自立できていない自分が、先を一人で生きていくなど想像しただけで震えてしまう。

尾根先生に言わせればこうした考えこそが現世での欲に囚われているということらしいのだが。もしもそれを捨てることができたら、自分にも真の幸福が訪れるのだろうか。

「……せつえ」

襖の向こうからかすかに声が聞こえた。義父だった。

「おい、呼ばれてるぞ」

夫が顎をしゃくる。節枝は吐息を漏らし、立ち上がった。

襖を開き、電気をつけて「どうされましたか」と声を掛ける。

「腹が減っだ」掠《かす》れた声でそんなことを言う。

「お義父さん、さっきご飯は食べましたよ」

「食ってね」

「ほら、里芋の煮物と切り干し大根と――」

「いいや、食ってね」

これだ。義父はここ一年で急激に認知症が進んでいる。満腹中枢も麻痺してきているのか、いくら食べてもご馳走様を口にしない。

昔、芸人がこれと同じような状況をコントにしているものがあった。少女時代の節枝は手を叩いて笑っていたが今なら絶対笑えない。

「せつえ」

と、かろうじて動く右手を節枝に向けて伸ばしてくる。節枝はその手を取り、布団の中に押し込んだ。これは子供返りなのか、男の性なのか、やたらと節枝の身体を触りたがるようになった。夫はこれを「よがったな。おめもまだ女だ」と一笑に付した。

汚物の匂いが立ち込めていたので、窓を開け、息を止めてオムツを交換した。その間もずっと義父は飯、飯と言い続けていた。

一仕事終えて居間に戻ると、夫の姿がなかった。風呂に逃げたのだ。

するとここで食卓の上のスマートフォンがメロディを奏でた。見やると、息子の拓海《たくみ》からだった。

「今、お風呂だけど」

〈近くに親父おらん?〉

電話の向こうで息子が安堵したのがわかった。

〈母ちゃん、悪いんだけど、三万だけ貸して〉

やっぱり金の無心だった。今年で三十歳になる一人息子の拓海はこれ以外の用件で連絡を寄越すことはない。大学入学と同時に上京し、そのまま東京に留まっている放蕩息子。未だ独身で、転職を繰り返してばかりいる。その度に拓海は、「今の時代、条件のいいところに行くのが当たり前」と、自分を正当化する。そのくせいつだって財布の中は空っぽだ。

理由を聞くと、やはり〈先月会社を辞めたから〉と、事も無げにのたまう。

「今度のところはがんばればがんばった分だけ稼げるからおれに向いてるって言ってたじゃない」

〈入ってみたらそれが嘘っぱちだってことがわかったの。むしろ超ブラック。アッタマ悪《わり》ぃ上司がムダな会議ばっか開いて、気合いが足りんとかほざくわけ。営業に気合いもクソもねえっちゅうに。それに同僚もみんなバカ。そんな上司の言葉にうんうん頷いてるんだもんよ〉

拓海のこの性格はたぶん父親に似た。夫の博も周りの人間を小馬鹿にして生きている。すぐに人を「無能」と評す。彼らが有能と認めるのは世界で自分だけなのだ。

「でも、お母さんだってお金ないもの」

嘘ではない。我が家には本当に金はないのだ。

〈おれよりはあんべ。それにいつか返すわけだし〉

「これまで一円だって返したことある？」

〈だからまとめで返すっていっつも言ってんべ〉

「それはいつ？」

〈だからさあ〉

その後五分ほど話し込み通話を終えた。しっかり明日三万円を振り込む約束をさせられて。

息子のことも、自分のことも情けなくなった。きっとわたしが拓海をああいう人間に育てたのだ。ダメなわたしが。

息子の将来を思うと気分が沈み込む。拓海は電話を終える直前、〈結局、雇われてる身じゃいつまでたっても蔵は建たねえんだよなあ〉などとボヤいていた。これで本当に起業でもされたら大変だ。破滅は火を見るより明らかで、それがわからないのは拓海だけなのだ。

蔵など建てなくていいから地に足をつけてほしい。ふつうの人生を歩んでもらいたい。心の底からそう願う。

「おーい、ボディソープ切れでるぞー。替えはねえのがー」

浴室から夫の声が上がった。

「ごめんなさい。明日買っておきます」

盛大な舌打ちのあと、バンッと乱暴にドアを閉める音。

すう、と目を閉じた節枝のまぶたの裏に浮かんだのは、まだ見たこともない教祖様の姿だった。

26

その翌週、工場の中で見覚えのある青年の姿を見かけた。

「あの男の子って、たしか説教会にいた――」

「そう。あたしが紹介したの。バイト先探してるって言ってたから」

そういえばあの日、信代と青年は連絡先を交換していた。あの場で知り合ったばかりなのに、信代の紹介として入会してもらったわけだから、これくらいの面倒は見ないといけないと思ったのかもしれない。もっとも青年はミノリ製菓に直接雇われているわけではなく、派遣会社を介してここに来ているとのことだ。

「あだないい加減などごよした方がいいって言ったんだげんと、直で雇ってもらってすぐやめだら申し訳ねがらって」

なるほど、賢明な判断だ。この仕事ほど向き不向きがはっきりしているものはない。ノイローゼになる者までいる。

ちなみに信代が口にしたいい加減なというのは青年を送り出している派遣会社のことで、ここが実に怠慢な会社だった。日雇い人員を大勢抱えているという話だが、いつも指定した数を寄越さない。そのしわ寄せが節枝たちパートに及んでいるのである。古瀬が毎度クレームを入れているそうだが、「日雇いってのはそういうもの」と、相手方は悪びれる様子もないらしい。とはいえ、人手が足りないので切ることもできないようだが。ただ、これも機械が導入されたらわからない。無論、自分たちの身も。

お昼休憩になって、この日は四人で食堂のテーブルを囲んだ。信代が青年のことを誘ったのだ。

「久間《ひさま》道慧《みちとし》と言います。二十一歳です。改めてよろしくお願いします」

青年はそう名乗り深々と頭を下げた。やや目つきが鋭いが、礼儀正しい子のようだ。言葉に訛《なま》りがないのは彼が中学生のときに山形へ越して来たかららしい。ちなみに節枝と浩子も夫の実家に嫁いでこの地にやってきた。ここで生まれ育ったのは信代だけだ。

「にしたっけ久間くんはえらいねえ。あたしたぢの子供よりも若えのに、ちゃんと仏道を学びだいだなんて」

「これまでいくつかの宗教の説教会に参加させていただいたんですが、どこも自分には合わなくて。救心会が一番しっくりきたんです」

「そりゃそうよ。ほがはどごもインチキなんだがら」

久間は苦笑してパンにかじりついてる。食べ放題だと伝えたからか、彼の前には山ほどダメパンがある。若い男の子だからいくらでも食べられるのだろう。

「ここの仕事はどう？　ずーっとおんなじごどばっかでイヤになってね？」

「そんなことはないです。正直、楽しくはないですが自分には合ってるなと思いました。ぼうっと考え事をしながらやっていられるので」

「ああよがった。ほだな人でねど勤まんねのよ、ここは」

「それに、やっぱり知っている人がいるというのは心強いです」

久間がそう言うと、信代は目を細めうんうんと頷いた。「うぢらもう家族みだいなもんだがら。困ったごどがあったらなんでも相談して」

そう、自分たちは救心会という一つの傘のもとに収まっている。つまらない俗世のしがらみや、諍いといった雨風を大傘でしのいでいるのだ。

節枝が救心会に入会したのは三日前だ。もちろん夫には黙っている。絶対に知られてはならない。ただ、聞けば会員の中には、節枝と同じように家族の理解を得られず、内緒にしている人も多いらしい。

「ここには他にも会員の方がいらっしゃるんですか」久間が周囲をさっと見渡して訊いた。

「ううん、うぢらだげ。あ、そうだ。久間くん、一応伝えでおぐげんど、ここの人だぢのごどは誘ったらダメよ。見づがったら即クビ」

浩子と目を合わせて苦笑した。先月、信代が職場で誰彼構わず声をかけていたところ、それが古瀬の耳に入ったようで彼女は厳重注意を受けたのだ。もう一度同じことをしたら辞めてもらうとはっきり告げられたらしい。

「そういえば、お母さんがご病気だとか」節枝は遠慮気味に訊ねた。

久間は目を伏せ、「そうなんです。ちょっと厄介な病を患ってしまって」と、ため息混じりに答えた。

「厄介って、訊いても大丈夫?」

「構いません。みなさんは若年性アルツハイマーという病気をご存じですか」

その瞬間、これまで俯き気味でパンをかじっていた浩子がバッと顔を上げ、久間を見た。

「もちろん知ってるけど……それに久間くんのお母さんが?」

「ええ、数年前に発症してしまって。今も少しずつ進行しています」

「んだげんど、久間くんのお母さんってうぢらより若えべ？　今おいぐづ？」

「四十五歳です」

「あらあ。そんなに若えの。まあ、んだがらこその若年性か」

久間は家でそんな母の面倒を見ながら暮らしているという。母一人子一人の母子家庭だそうだ。

節枝は心から同情した。まだ弱冠二十一歳の若者が宗教に救いを求めたのも納得してしまった。きっと何かにすがりたい一心だったのだろう。

「今度お母さんと会わせせで。うぢらだって話し相手ぐらいにはなれっがら」

「そんな、気を遣わないでください」

「いいんだって。うぢらに遠慮することない」

「じゃあいつかお願いします。きっと母も喜びます」

久間の話を聞いていたら、ちゃらんぽらんな息子が恥ずかしくなった。拓海は三十歳にもなるというのに。

仮にもしも節枝がアルツハイマーになったら、病に倒れたら、拓海は面倒を見てくれるだろうか。日々の介護まではしてくれなくとも、少しでも手を差し伸べてくれるだろうか。考えたら暗澹《あんたん》たる気持ちになった。

仕事を終えたあと、浩子を誘って喫茶店に入った。コーヒーが一杯百八十円で、お代わりは二杯まで無料という商売っ気のない店だ。老夫婦が営んでいるが、もはや趣味なのだろう。店内は昭和を思わせる造りで、懐かしいポスターなどが目につく。

浩子を誘ったのは、今日一日彼女に元気がないように思ったからだ。何か思い詰めているなら吐き出してもらいたい。まだ付き合いは浅いけれど、浩子は大切な友人だ。

「別に、特別に何かがあったわけじゃなくて……」

「そう。ならいいんだけど」

「節枝さん。ありがとう。それと気を遣わせちゃってごめんなさい」

浩子が改まった口調で言った。

「そんな。友達じゃない」

「うん。ありがとう」

二人ともコーヒーを啜った。ソーサーにカップを戻したところで、「ねえ、ハヤシライス食べない?」と、節枝が誘った。

「でもこのあと夕飯があるし」

「わたしだって。だから一つだけ頼んで半分こしよ。前に一度食べたことがあってね、すごく美味しかったの」

マスターに声を掛け、ハヤシライスを注文した。ものの数分でテーブルにやってきた。小皿に半分ずつ取り分ける。

「あ、ほんとだ。美味しい」

一口食べた浩子が言った。

「でしょ、でしょう」

浩子の笑顔が見られて、うれしくなった。自分たち主婦は人の作ったご飯を食べることが少ない。だからこうしてたまに食べるとよりありがたみを感じる。

ハヤシライスを食べ終え、一息ついていると、

「わたし、節枝さんに秘密にしていたことがある」

と、浩子が神妙な顔で言った。

目を見合う。瞳がかすかに左右に揺れていた。

「聞いてもらえる?」

「もちろん」

「それと――」やや顔をしかめた。「信代さんには、黙っててもらえる?」

「うん。わかった」

もともと信代に声を掛けなかったのは、彼女がいると浩子が、そして自分も遠慮してしまうからだ。もちろん信代だって友人だし、好きな人だけれど、彼女がいると会話の中心はいつだって信代になってしまう。

きっと自分と浩子は似ているのだ。互いに別の土地からやってきたこともあるし、気が小さくて引っ込み思案なところもそうだ。

ところが浩子はもじもじとしていて中々話を始めようとしなかった。どこから話していいか迷っているような感じだった。

やがて、

「今、脱獄犯が逃げ回っているでしょ」

節枝は眉をひそめた。いきなり、なんだろう。

「ええと、鏑木慶一のこと？」

浩子が頷く。

「それはもちろん知ってるけど」

ようやく落ち着いてきた感はあるものの、未だにそのニュースを目にすることがある。この一年間、日本はこの脱獄犯のことで大騒ぎだったのだ。人と会えば天気のことと同じくらい話がなされたと言っても過言ではない。なにしろ少年死刑囚が脱獄したのだ。そして未だ捕まえることができていない。

「あの犯人に殺された一家――」浩子の目にいきなり涙が溢れた。「わたしの、親族」

一瞬、意味がわからなかった。理解したときには言葉を失っていた。数秒後、ようやく口から出た言葉は「うそ」だ。

それから浩子はハンカチを目頭に当てながら、訥々と打ち明け話を始めた。

鏑木慶一によって殺されたのは浩子の姉の息子、そしてその妻と子供。同居していた姉はかろうじて助かったのだという。

信じられなかったが、信じるよりほかなかった。動揺を悟られまいと冷静に努めていたが、そうできている自信がなかった。まさか浩子があの事件の被害者遺族だったとは。

「甥夫婦とは面識がある程度の間柄だったの。だから殺されたと聞いたときも、正直実感が湧かないというか。もちろん大変なことだってわかってたし、ショックだったんだけど」

節枝は相槌を打ち、先を促した。

「わたしとしては何よりもよっちゃんのことが心配で。よっちゃんがあまりにかわいそうで仕方なくて」

「よっちゃんというのはお姉さん？」

「あ、うん。ごめん」

「ううん」

浩子が頷く。「事件後ね、姉は少しだけうちで暮らしてたの」

「そうなの」

「うん。わたしがミノリ製菓で働く前で、ほんの短い期間。姉は独りになっちゃったから。もともと姉は事件の数年前に旦那を病気で亡くしちゃって、それで甥の家に住まわせてもらってたの」

話を聞いているだけでいたたまれなくなった。

「それとね、姉は病気なんだ。若年性アルツハイマーっていう」

本当になんて言ったらいいかわからなかった。そして、昼間に聞いたばかりの病名だ。

「でもね、そこまでひどくないの。少し物忘れがあるだけで、わたしのこともちゃんとわかるし、思い出話だってできるし。身体だって丈夫だから、自分のことはなんでも一人でできるし。だからわたしとしてはそのまま姉と一緒に暮らしたかったんだけど、やっぱりうちには旦那も、お義父さんもお義母さんもいるし、子供だって一番下の子が高校に入ったばかりだし。現実的にやっぱり……」

「お姉さんは今どちらに？」

「今は、千葉県の我孫子ってところにあるグループホームにいるの」

「グループホームって、たしかお年寄りが集まって生活するところでしょ」

ちょうど義父のための介護施設を探していたので知識はあった。グループホームは義父よりも介護度の低い高齢者が共同で生活をするところだ。

「うん。だけど、そこくらいしか姉の入れるところがなくて。そこだってね、夫の遠縁の人がやってるところで、特別に受け入れてくれたの」

「そう。でも、お姉さんつらいね。お年寄りと一緒じゃ」

「うん」

「それに、千葉は遠いね」

「うん。遠い」

と、浩子は俯いた。

しまった。わたしが浩子を苦しめてどうするのだ。自分の無神経さに腹が立つ。

「たまに会いに行ってるの？」

「月に一回、新幹線で。わたし、運転に自信がないから車で遠出は怖くて。ただ、その交通費とか、施設の人に配る手土産とか、そういうのも結構きびしいんだ」

「そっか、そうだよね。手ぶらじゃ行けないもんね」

浩子は少し黙り込んだのち、「節枝さんの旦那さんの会社、人募集してない?」と、いきなり話が飛んだ。

「節枝さんの旦那さんって、たしか不動産会社にお勤めになってるんだよね」

「うん、そうだけど」

「うちの旦那の会社ね、潰れると思う。近いうち」

「そうなの。浩子さんの旦那さんて、大きい会社に勤めてたんじゃなかった?」

「大きいのは親会社。旦那のいる会社は小さくて、業績が良くないからもうダメなんだって」

「その親会社とかそういうとこで社員を引き取ってもらえないものなの」

「それもダメみたい。若い人のなかには他のグループ会社を紹介してもらえる人もいるみたいだけど、うちの人みたいに五十過ぎてると厳しいって」

「そんな。歳食ってる方が転職だって厳しいのに」

「ほんとそう。でもだからね、就職活動しなきゃならないの。だからもし、節枝さんの旦那さんのところで募集してたらなって。うちの人はずっと営業しかやってきてないんだけど、雇ってもらえるならなんでもやるって本人は言ってる」

「いや、でも――」

「やっぱり宅建っていうの持ってないとダメ? 話にならない?」

「ええと、そういうことじゃないと思うんだけど、うちの旦那の会社も業績良くないみたいだし、人も募集してないんじゃないかな。今年は新卒を一人もとってないみたいだし」

「でも、一応訊いてみてもらえる？」

「う、うん。わかった。ただ期待はしないでね」

浩子の顔は深刻で、切実だった。それは哀れを催すほど。

彼女は節枝よりよっぽど大変な状況下にあったのだ。言葉は悪いが、浩子はもっとのんびりと生きている女性だと思っていた。大間違いだった。浩子はいろんなものを抱え、人にも言えず、ずっと苦しんでいたにちがいない。心底、浩子に同情した。

そして、会ったことはないけれど浩子の姉はあまりにかわいそうだ。こんなにも不幸を背負わないといけないとしたら人生は辛いばかりではないか。同じ国に生まれて、同じ時代を生きる女性がどうしてそんな悲惨な目に遭うのか。

「いつかね、天才医学者とかが現れて、アルツハイマーを一瞬で治しちゃうような、魔法みたいな薬を開発してくれるんじゃないかって、そんなことも期待してるんだけど」

浩子は遠い目をしてしゃべっている。

「これってやっぱり現実逃避？」

「ううん。いつかきっとそういうお薬も開発されるわよ。人間は優秀なんだもん」

浩子は力なく笑んだ。

「そうしたら浩子さんのお姉さんも、久間くんのお母さんもよくなるのにね」

「ああ、久間くんの」

「彼も大変だよね。若いのに」

「うん。本当」浩子がふーっと息を吐く。「でもわたし、あの子、ちょっと苦手かも」

「どうして？」

「こんなこと言ったらいけないんだけど……やっぱやめとく」

「何よ。言ってよ」

浩子はやや顔をしかめながら、

「彼を最初見たとき、あの犯人にちょっと似てるって思っちゃって」

「犯人って、まさか鏑木慶一？」

浩子が頷く。

鏑木慶一と久間の顔を脳裡に思い浮かべる。「まったく似てないじゃない」

「うん。よく見たら全然違うんだけど、なんか面影があるような気がしちゃって。ほんと、失礼な話なんだけど」

「たしかにそれはちょっと久間くんがかわいそう」

「だよね。ごめん、忘れて。わたし、犯人の顔、一生忘れないもん」

浩子は裁判のときに一度だけ、鏑木慶一の顔を生で見たらしい。人の血が通っていないような冷酷な顔つきをしていたそうだ。

「姉はね、わたしとちがってよく笑うし、明るい人なの。わたし、そんな姉の笑顔を奪った犯人がどうしても許せない」

「当たり前だよ。早く捕まえてもらわないと。お姉さんのためにも。浩子さんのためにも」

「うん」と、ここで浩子が腕時計に目を落とす。「あ、もうこんな時間。早く帰って夕飯の支度しないと」

「わたしもだ。スーパーのタイムセール始まっちゃう」

誘った手前、お会計は節枝が払った。浩子はダメと言い張ったが、最後は「ありがとう。助かる」と、財布を鞄に戻した。

別れ際、「ほんとに誰にも言わないでね」と念を押された。もちろん誰かに言うつもりなんてない。こんな話、絶対にできない。

一方、浩子との絆《きずな》が深まった気がした。浩子は自分にだけ胸の内を明かしてくれた。人間は支え合いだ。一人でなんて生きていけない。


夕食時、夫の博に勤め先で社員を募集してないかと訊ねると鼻で笑われた。

「その女も図々しいべなあ。ふつう友達の夫にほだな頼みごどしねえべ」

「そんな大げさな話じゃなくて、ちょっと訊いてみてって言われただけだから」

「にしだってでだ」グラスに注がれた発泡酒が嵩を増していく。「おがしな宗教さ誘うわ、てめえの旦那の仕事斡旋しろだ、おめ、いったいどだな奴らど付ぎ合っててんだよ」

反論しようとしたがやめた。何を口にしても言い負かされてしまう。

「だいたいうぢの会社だって誰の肩叩ぐが迷ってるぐれえなのに」

会社は人件費削減でむしろ社員を切りたいのだそうだ。

「あなたは平気なの？」

「おれ？　なしておれがリストラされんだ。おれのおがげで持ちこだえでるようなもんなんだぞ」

鼻白んだ。夫は口が達者なだけで優秀だと思ったことは一度もない。それに、夫のおかげで会社が生きながらえているのだとしたら、給料が上がらないことやボーナスが出ないことをどう説明するのか。

夕食を終え、義父のオムツを替えていると彼が発熱していることがわかった。発汗し、肌が火照《ほて》っているのだ。体温計で測ってみたら三十八度を超えていた。平熱が低いだけに心配だ。本人はあまりその感覚がないのか「平気だ」と口にするが、やはり心配なので病院へ連れて行こうと風呂上がりの夫に声を掛けた。

だが、「おれはもう酒飲んでる」と拒否の構えだった。

「わたしが運転しますから。一緒に来てくれるだけで助かるの」

「三十八度ぐらいで病院なんか行ぐごどねえ。風邪薬飲ましとげ」

「若い人だったらそうだけど、お義父さんはもう高齢だし、ただの風邪だったとしても――」

「じゃあ救急車呼べ」

怒りよりも虚しさが込み上げた。先日、施設に入れるのは親父がかわいそうだと話していた言葉はなんだったのだろう。

「これでもしもお義父さんが死――」

そこで節枝は言葉を途切らせた。仮にその先の言葉が現実になったとき、もしかしたらそれは自分にとって悪くないことなのではなかろうか、むしろ都合が良いのではないだろうかと、そんな邪念が脳髄を走ったのだ。

直後、ものすごい自己嫌悪に襲われた。自分がひどく醜い生き物のように感じられた。

節枝はふらりとした足取りで寝室に向かった。すでに夫と寝室は別にしてある。

抽斗に隠しておいた救心会の法典『聖旨《せいし》』を手に取った。夫に聞こえるとよくないので節枝は唇だけを動かし、無心でお経を唱えた。

27

それから一ヶ月ほど経った。桜も花びらを落とし、気候もだいぶ暖かくなってきた。町で見かける子供たちの中にはすでに半袖の子もいる。

この日は休日で、節枝は午前中に救心会の幹部と近場の喫茶店で面談を行っていた。こうした面談は定期的にあるらしいが、節枝は今日が初めてだった。

お昼に自宅に帰ってきたところで、一息ついていると、浩子からの着信があった。

〈節枝さん、面談どうだった?〉

彼女は今日もミノリ製菓での仕事で、お昼休憩を利用して電話を掛けてきている。彼女は明日が面談の日なのだ。

「一時間とちょっとくらいだったかな、あっという間に終わっちゃった」

〈そう。何を訊かれたの？〉

「だいたいは信代さんから聞いていた通り。こちらが事前に出した書類に沿って、家のこととか今現在の悩みとかを話す感じ」

〈詳しく質問されるの？〉

「そうね。結構、細かいところまで訊かれたけど」

〈正直に話した？〉

「うん。まあ」

幹部は節枝よりも少し若い女性だったが、実に聞き上手だった。節枝は悩みを話しているうちに感情が昂《たか》ぶってきて、夫への不満や、息子の将来への不安、義父の介護の疲れ、すべてを事細かに打ち明けていた。

〈そっか。わたし、どこまで話せるだろう〉

節枝は返答に窮した。彼女が心配しているのは、家のことや悩みを打ち明けることはお姉さんのことを話すことに繋がるからだ。いくら相手が救心会の幹部とはいえ、言いたくないに決まっている。

〈それと、これは気を悪くさせちゃったら申し訳ないんだけど……〉

「なに？」

〈節枝さん、わたしの姉のこと、誰にも話してないよね？〉

心外だった。「話してないわよ。誰にも一言も」つい声が大きくなってしまう。

〈そうだよね。ごめん、変なこと訊いて〉

「なにかあったの？」

そう訊くと、ここ最近久間が浩子の前でやたらと母親の病気について話すものだから、彼が何か知っているのではないかと疑ったらしい。

〈なんていうか、探りを入れられてるっていうのか……さっきなんか、『笹原さんの周りにぼくの母と似たような病気の方はいませんか』って訊かれちゃって。この子、もしかして何か知ってって訊いてるのかなって〉

「でもそれならわたしも前に訊かれたよ。きっと彼も意見交換っていうか、情報交換をしたいだけなんじゃないかしら」

〈そうだよね、きっと――あ、そろそろ休憩終わっちゃう。仕事終わったらまた電話してもいい？〉

「うん。がんばってね」

通話を終え、一つ息を吐いた。久間はここ最近、節枝たちと一緒にいる時間が長くなった。職場が同じで、救心会にも入っているのだから当然といえば当然なのだが。先週行われた説教会にも信代の車で四人で向かったのだ。

久間も辛い境遇にあるはずなのだが、彼は常に前向きだった。彼は自分たちと違って弱音や愚痴を口にしない。仕事の不満も言わない。若いのに気遣いもできるので、おばさんたちの中にいても浮くことなく溶け込んでいる。

そんな好感の持てる青年にも一つ不可解なことがあった。彼はけっして自宅に節枝たちを近づけようとはしなかった。説教会に向かう際の待ち合わせ場所も自宅から離れた場所を指定し、帰りに送り届ける際も、「この辺りで結構です」と家の前で車を停めさせようとしなかった。その日は土砂降りだったにもかかわらずだ。信代が、「せっかぐだからお母さんに挨拶させて」と申し出たのも断っていた。

だから節枝たち三人の間で、本当は久間は母親を節枝たちに会わせたくないのかもしれないということになっていた。その割に節枝たちの前で母親の話題を頻繁にするので、これもまた解せないのだが。

「せつえ……せつえ」

襖の向こうから声が聞こえ、節枝はハッとした。しまった。自分は帰宅してからまだ一度も義父に顔を見せていない。

襖を開け、ベッドに横たわる義父の元へ歩み寄る。オムツを確認すると案の定パンパンだった。罪悪感を覚えながらすぐさま新しいものと交換した。

もっとも今日などはまだマシな方で、ふだんパートのある日は八時間近く放置してしまっている。認知症で寝たきりの老人をだ。こんなこと、許されないのはわかっている。だが、一日中義父と家の中で過ごしていたら、自分の方がどうにかなってしまいそうだった。だから自分がパート勤めをしているのも家計問題とは別に、義父から逃れるためというのもある。

やはり義父には施設に入ってもらうしかない。それが健全でまっとうな処置なのだ。

帰宅してきた夫に改めて義父の件を相談すると、彼は露骨に顔をしかめ、不機嫌を露わにした。

「結局はおめが親父から逃れだいだげだべ」

「でも、このままじゃよくないでしょう。お義父さん、ずっと家の中でひとりなのよ。何かあったときに対処できないじゃない」

「じゃあパート辞めろ」

「そんな」

もし自分がパートを辞めたらこの先どう生計を立てていくのか。

「もしくは内職さ切り替えだらどうだ」

本当に勝手なことばかり言う。

夫は話を打ち切るかのように食卓を離れ、ソファに座ってテレビを点けた。ニュース番組が映し出される。節枝はため息をつき、夕飯の準備に取り掛かった。いつもなあなあの状態で終わってしまう。こういうところがダメなんだろう。自覚はあるが直せない。

番組ではオリンピックの問題点を取り上げているようで、期間中にやってきた外国人の宿泊先が足りなくなることが予想されると、今さらなことをジャーナリストがしたり顔で話していた。それこそ日本に空き家がたくさんあるのだったら、上手いこと利用すればいいのに。素人考えで現実的ではないのかもしれないけれども。

その話題に飽きたのか、夫はリモコンを操作し、チャンネルを替えた。だが、それもまたオリンピックの話題を報じるニュースだった。「なして同じ時間に同じようなもんをやるがねえ」と舌打ちしている。

だがほどなくして本日の社会ニュースに切り替わった。節枝は料理をしながら片手間に眺めている。

〈今日未明、群馬県太田《おおた》市の民家に押し入り、母子を殺害したとしてその行方を追われていた男が先ほど逮捕されました〉

「お、捕まったが」ソファに背をもたれていた夫が身を乗り出した。

「え、鏑木慶一捕まったの?」台所から言った。

「鏑木でねえ。昨夜の事件って言ってんべ」

昨夜そんな事件があったのか。全然知らなかった。

「奥さんと子供を殺しちゃったの?」

夫は節枝を無視してテレビを食い入るように見ている。節枝も台所を出て夫のとなりに腰を沈めた。

画面が現場での映像に切り替わる。もっともライブではないようだ。映像はとある一軒家の前だ。たくさんの警察官やマスコミたちでごった返している。〈たった今、警察が男の自宅へと入って行きました。ご覧の通り、男の自宅周辺は多くの人で溢れかえっています〉男の現場リポーターがマイク片手に険しい表情でしゃべっている。〈あ、今警察が出てきました〉七、八人ほどの警察官らの姿があり、その中央で屈強な男二人に両腕を取られ、連行されている細身の青年の姿があった。目に痛いほどのものすごい量のフラッシュが焚かれている。カメラが青年の顔にズームインしていった。

見た目はどこにでもいそうな、ごくふつうの青年だった。だが顔を隠そうともせず、無表情なのが不気味だった。やがて青年はパトカーの後部座席に押し込まれた。その間もシャッターの連写を浴びていた。

そうしてパトカーが動き始めると――一瞬だけ、青年の口元が緩んだように見えた。

「こいつ笑っだな、今」夫も気づいたようだった。

その後の映像でもそのシーンを何度も繰り返し映していた。青年はたしかに笑っていた。口の端を持ち上げ、不敵にニヤリと笑んでいた。

青年の名は足利清人《あしかがきよと》、二十四歳、無職。動機について現時点では不明とのこと。

やがて別のニュースに切り替わると、

「やっぱり模倣犯《もほうはん》が出だな。おれは近えうぢ必ずこうなるど思ってだんだ」

夫が電子タバコを咥えながら言った。

「模倣犯って？」

「鏑木慶一だよ。年がら年中ニュースで取り扱ってだべ。あだなのをずっと垂れ流してるどな、感化されぢまうアホが出でくんだ。そっくりだべ、やってるごどが」

「この人、鏑木慶一の真似してやったの？」

「そうとは本人もマスコミも言わねえげどな、無意識に刷り込まれぢまってんだよ、この犯人の頭の中に」

ふうんと相槌を打ったものの、節枝はあまり腑に落ちなかった。鏑木慶一のやったことは特別なことではない。悲しいことだが、民家に押し入り殺人を犯す者はけっして少なくないのだ。

だが、夫はその後も「言わんこっちゃない」と、まるで自分が警鐘を鳴らしていたかのごとく話していた。

「鏑木慶一といえばまた懸賞金が上がったらしいな。七百五十万だどよ」

夫の年収の倍ももらえるのか。通報をするだけで。

「きっと今もどっかでふつうに生活してんだべな」

「どうして周りの人は気がつかないのかしらね」

浩子のことを思った。警察でも誰でもいいから一刻も早く捕まえてあげてほしい。

「前見だテレビで専門家が言うてだべ。あいづは変装のプロだって。今もしれっとした顔して生活してんだよ——おい、おかわり」

夫が空き缶をちょいと持ち上げて見せる。節枝は立ち上がり、冷蔵庫に向かった。

あれは二ヶ月ほど前だったか、これまでの目撃証言から似顔絵捜査官が作成した鏑木慶一の、いくつかの人相が公開されていた。それらを見る限り、元の写真と同一人物には見えず、また、そのすべてが別人に思えた。専門家曰く、自分の顔の特徴を巧妙に隠し、新たな特徴を付け加えることで人を欺き、行く先々で別人になりきっているのだそうだ。

節枝はよくそんなことができるなと思った。技術やアイディアよりもそのメンタリティに恐れ入ってしまう。

冷蔵庫を開け、手を差し入れると、

「今じゃ顔そのものを変えぢまってんじゃねえがって説もあるしな」

背中の方で夫が言った。

「整形したってこと?」夫の元へ向かいながら訊いた。

「んだ。ちょっと前に福岡におったらしいべ。そごで整形したんじゃねえがって話だ」

「でも、そんなことってできるものなの? 犯罪者が」発泡酒を手渡した。

「その気になりゃ自分でだってできんべ」夫がプルトップを開く。「ほら、十年くらい前にいだべや、カッターだかハサミだが使って自力で顔変えで逃げ回ってでたヤツ」

そういえば一昔前にそんな事件もあった。麻酔も使わず自ら顔の造作を変えるなど考えられないが、実際にやる人間がいるのだ。想像しただけでゾッとしてしまう。

「そうなっちまったらもう見づがんねえべ。このまま一生トンズラだ」

「そんな。ダメよそんなの。絶対捕まえなきゃ」

「うん? なしておめが怒ってんだ」

「別に怒ってない。でも、逃げたもの勝ちなんて許せない」

夫が手を止め、意外そうな顔で妻を見ている。節枝がこうした発言をすることが珍しいからだろう。

やがて夫が発泡酒を呷り、「ま、おれはほだな野郎が一人ぐらいおってもいいど思うげどな」と、そんな発言をした。

「どういう意味？」

「このまま逃げ切ったらおもしろいべ。映画みでえに」

何を他人事だと思って。「ちっともおもしろくないわよ」

夫は愉快そうに笑った。「おめ知ってっか？ 今じゃ『鏑木慶一くんを支えよう』って会まで出来でるんだぞ」

「支える？ 何それ？」

「逃走を手助けしたいんだべ。世の中には変わりもんがいっぱいいるってごどだ」

だとしたらそれは変わり者ではなく、いい加減で心ない連中だ。遺族の気持ちなど少しも想像したことがないのだろう。そして我が夫もその一人だ。逃げ切ったらおもしろいなんて冗談でも口にすべきじゃない。

浩子はこのニュースを見て、間違いなく苦しむことだろう。そしてお姉さんのことを思うはずだ。

夕方に仕事を終えた浩子と電話をしたが、救心会に姉の病気については語っても事件のことは黙っておくと話していた。告白した方が気持ちが楽になるのではと思ったが、勧めることはできなかった。

「ところで拓海のやづ、新しい仕事はうまぐいってんだべな」

「さあ。まだ始めたばかりだから、慣れるのに必死なんじゃないかしら」

息子からIT系のベンチャー企業に就職が決まったと連絡があったのは二週間ほど前だ。

夫が鼻を鳴らす。「あいづももう三十だ。そろそろ腰据えねえどどごも雇ってくれなぐなるぞ」

「あなたからそう言ってあげてくださいよ」

「おれが話したら喧嘩になっちまうべ」

そうやって息子と向き合うことから避けてきたから拓海がちゃらんぽらんになったのだ。もっとも夫に言わせれば節枝が甘やかしすぎたからなのだそうだ。結局、自分たち二人の責任なのだろう。

口ばかり達者で行動が伴わない拓海を見ていると、そこらにいる若い人たちの誰もが立派に思えてくる。それこそ久間の爪の垢《あか》を煎じて飲ませてやりたいくらいだ。

それでも拓海が自分たちの血を分けた息子であることに変わりない。いつか彼が真っ当になってくれる日は訪れるのだろうか。いくつもある悩みの中で、もっとも深刻なのはこれかもしれない。

28

ゴールデンウィークも過ぎると、メディアはより一層オリンピックのことばかり報じるようになった。約二ヶ月後、この国で世界最大のスポーツの祭典が行われるのだ。田舎の主婦である節枝も日に日に高揚感が増している。日本人選手には大いに活躍してもらいたい。

「久間くんはスポーツやらないの？」

信代の車の中で節枝が訊いた。今日はいつもの四人で説教会に向かっている。ハンドルを握る信代、助手席に久間、後部座席に節枝と浩子の配置だ。

「ぼくはまったく。学生時代も帰宅部でしたから」

「あら。背が高いからバレーでもやってそうなのに。好きなスポーツとかはないの？」

「なんだろう」と、考え込んでいる。「強いていえばスノーボードでしょうか」

「スノーボード？　へえ意外」

「といっても、一度しか経験がないのですが」

みなで笑った。

「でも今回は夏のオリンピックだからね」

「ええ、残念です」

そんな会話を交わしながら車は進んでいく。軽自動車に大人四人なので車体が沈み込んでいる感があった。天気はどんよりと曇っている。きっと帰りは空が泣き出しているだろう。

「なすて捕まえられねのがねえ」

ふいに信代がボヤいた。つい先ほどまで車内にはラジオニュースが流れており、脱獄犯・鏑木慶一のことが取り上げられていた。ただし今はＪ－ＰＯＰが車内に流れている。節枝がチャンネルを替えさせたのだ。ここに浩子がいるのに、そんな話はできない。

「ラジオでも言ってだげどさ、なんとがオリンピックまでに捕まえでもらいたいよねえ。だって日本の恥を晒すわけにはいがないでしょう、外国に」

誰も返答をしなかった。

「日本の警察は優秀だってこれまでの評価も変わってしまうんでないの。このまま野放しにしておいだら」信代の一人語りは止まらない。「あたしはね、なんぼ救心会の教えでもあの犯人のことだげは赦しぇんの。関係のねえ人を何人も殺めでね、罪も償わずにのうのうど生ぎでるわげだべ。こだな馬鹿な話はねえよ。ねえ」

またしても誰も返答をしない。

「何？　みんなどしたの？」

信代が軽く後ろを振り向いて言った。

「本当よね。早く捕まえてもらわなきゃ。そういえば信代さん、昨日仕事終わったあと古瀬さんと話し込んでたでしょ。あれ、何を話してたの？」

節枝が話題を変えた。

「ああそうそう」信代が思い出したように大きく頭を上下させた。「昨日新しくパートさ入った人がいだでしょう。その人どちょっと立ち話してだらそごに古瀬さんがやってきでね、『また変な勧誘をしてるんじゃないでしょうね』って」

「何それ？」

「ほんと何それよ。新興宗教はどうしたって悪ぐ言われがちだげんと、それにしたってあんまりでない。しまいには古瀬さん、『どんなものを信仰しようが個人の勝手ですが、他の人を巻き込んで迷惑をかけないように』なんて言うもんだがら、それでちょっとあたしも我慢でぎねぐなって――」

信代はそのときの感情が蘇《よみがえ》ってきたのか、鼻息荒く言葉を捲し立てた。節枝たち三人は相槌を打つばかりだ。

やがて救心会の施設に到着し、説教会が始まった。節枝がこれまで参加した中では最大人数が集まっており、大広間はすし詰め状態だった。救心会の会員はどんどん増えているようだ。

「――もう本当に自分が情げなぐで、天国にいる旦那さ顔向げでぎねぐで……おら、なしてこだなにバカなんだべ」

山田《やまだ》という六十代の女は泣きじゃくりながら、つい最近起きた不幸を赤裸々に語った。周囲の人間もさすがに同情と哀れみを禁じえなかった。

この女は先月夫を病気で亡くしたという。そんな彼女のもとに、貸し倉庫業を営んでいる会社から一通の通知書が届いたのだそうだ。そこには、彼女の夫が児童ポルノの類を多数保管しており、その処分についての相談が記されていた。具体的には、こちらで処分してもいいがその前に夫が長い間滞納していた賃貸料六十万を支払えと、これが丁寧な文章で綴られていたそうだ。支払わなければ警察に通報するとも。

彼女は即座に支払った。そして時間を置き、それが詐欺であったことに気がついた。

どうしてそんなくだらない話に騙されてしまうのかと、女の浅はかさに呆れたものの、気持ちはわからないでもなかった。亡き夫の恥を葬りたいと思うのは妻ならば当然だろう。

「通知書には旦那の名前や生年月日も書がれでだし、うぢの住所も知ってるわげだがら疑いもしねがった……それに夫を亡ぐしたばがりでおらの気も落ぢ込んでで」

女の弁明が虚しく大広間に響いている。

「わかる」尾根先生が頭を縦に振った。「世の中にはそうやってね、人の弱みにつけこむ下衆《げす》な輩《やから》がいるの。悲しいことだけど、いるんだよねえ。火事場泥棒に香典泥棒、最近じゃ被災地なんかを仕事場にする盗人《ぬすっと》もいるって聞くし、本当、やるせないよねえ」

腰の辺りで指を組み、ゆったりとした歩調で人の間を縫うように歩いている。

「でもね、ぼくに言わせればそういう悪事を働く人たちも、無知なだけ。正しい仏道を知らないだけ。信仰と善行によってのみ、人は救われるもの。それさえわかっていたら人道を逸れることの方がよっぽど損であると誰だって理解できる」

ここで、「尾根先生」と別の年配の女が挙手をした。

「今の話がらするど、仮にほだな悪人だぢも救心会に入会したら救われるのだべが」

「もちろん」即答だった。「ただし入会するだけじゃダメだけどね。しっかりと信仰をして、正しい仏道を学べば、どなたでもやり直しはききます。もしみなさんの周りにそういう悪人がいたら一度ここへ連れてきなさい」

尾根先生の冗談に笑いが起こる。

ここでふいに、「人を殺した者もですか」と、となりの浩子が言った。けっして大きな声ではなかったが、尾根先生にも聞こえたようだった。

場が静まり返った。尾根先生は目を細め、浩子を見つめている。

やがて、

「ええ。人を殺めた者でも救われます」

浩子は返事も、頷くこともしなかった。そんな浩子を向こう隣にいる久間が横目で見ている。

帰りの空は予想していた通り、泣いていた。黒々とした雲が遠くまで垂れ込めており、その雨脚は徐々に強まっている。そして車内には気まずい空気が漂っていた。

今しがた信代が浩子に対し、尾根先生への態度がよくないと咎めたのだが、「でも、わたしは納得できない」と突っ撥《ぱ》ねたのである。ふだん人一倍おとなしい浩子から思わぬ反論を受け、信代が憤慨しているのだ。

しきりに左右するワイパーがギィーギィーと耳障りな声を立てている。ゴムが劣化しているのだろう、水捌《みずは》けが悪い。よって視界もよくない。だが、信代の運転は荒かった。前を走る車を次々と追い抜いていくのだ。一言注意したいが、節枝は言い出せず、揺られるがままでいる。

「ねえ浩子さん、あなた救心会の教えを敬仰《けいぎょう》しているんだべ」

前のめりでハンドルを握る信代がふいに言った。

「うん、してるけど」

後部座席にいる浩子が答える。

「じゃあ尾根先生の言葉に疑問を持づのっておがしいんでない？　ちがう？」

「……」

「失礼だどみんな思ったど思うよ。あなたのあのどぎの態度」

数秒の沈黙が流れる。そして、

「信代さんは……身内を殺されたことがないから」

浩子がボソリと言った。

車内に困惑が広がった。ルームミラーには訝しげに後方を見る、信代の目が映し出されている。

ここで突然、「危ないっ」と助手席の久間が怒鳴り声を上げた。急ブレーキが掛かり、お尻が浮き上がった。直後、ドンッという衝撃。

節枝は助手席のヘッドレストに頭部から突っ込んだ。間もなく車が停車する。

脳震盪《のうしんとう》を起こした。くらくらして視界が定まらない。それはとなりの浩子も同じようだった。

ほどなくしてやや回復し、節枝はフロントガラスの先を見た。その直後目を瞠《みは》り、息を飲んだ。

車のハナ先から七、八メートルほど離れた先の路上に、黒い傘とひしゃげた自転車が横たわっていた。そしてその傍らでは中学生と思しき、学生服を着た男の子が倒れている。

久間が勢いよくドアを開けて飛び出していった。男の子に駆け寄り、路上に膝をつき、耳元で声を張り上げている。

「うそ……やだ」

そう声を発したのはハンドルを握る信代だ。

「やだ、やだ」

うわ言のようにつぶやいている。

その信代がやにわに後ろを振り返った。顔面蒼白だった。

「あの子が突然、飛び出してぎだよね。ふたりどもちゃんと見でだよね」

節枝は前方を確認していたわけではないので、そのときの状況がわからない。ひとつ覚えているのは、あの瞬間、ルームミラーには後方を見る信代の目が映し出されていたということだ。

「ねえ、見でだべ。ねえ」

信代は目を見開き、懇願するように言っている。

節枝も浩子も答えられなかった。

ここで一旦久間が車に戻ってきた。そしてドアを開けるなり、「救急車を」と叫んだ。顔が強張っている。前髪から水が滴り落ちていた。

「わたしが電話する」

節枝が言い、鞄から携帯電話を取り出すと、すぐさま久間はドアを閉め、また男の子のもとへ駆け戻った。続いて浩子も車外へと出て男の子のもとへ向かった。

〈119番消防。火事ですか？　救急ですか？〉

節枝は状況と現在地を伝えながら、前方を睨んでいた。何台かの車が停まり、人が降りて集まってきている。

信代は両手で頭を抱えながら、ずっとブツブツと何かを唱えていた。それがお経だとわかったのは電話を切ってからだった。

29

事故から一週間が経った。被害に遭った男子中学生は頭部の裂傷と左手を骨折するという大怪我を負ったものの、幸い命に別状はなかった。中学三年生だった彼はバドミントン部に所属しており、県大会出場に向けて練習に励んでいたそうだが、それはもう叶わない。見舞いに訪れた際、彼はひどく気落ちしていた。謝っても謝りきれないが、ひたすら謝罪の言葉を述べることしかできなかった。

一方、ハンドルを握っていた信代は彼の両親と大揉めをした。信代が落ち度を認めず、「息子さんの方が飛び出してきだ」と主張したからだ。これについて同乗者である節枝と浩子は警察から状況説明を求められた。節枝たちは前方を見ていなかったので正確なところがわからないと話した。嘘ではなく、本当にわからなかったのだ。もっとも、信代の視線が後方に向けられていたことは黙っていたのだが。

一方、もう一人の同乗者である久間の証言はない。というのも救急車が到着したとき、彼の姿は現場になかった。いついなくなったのか、誰にもわからない。神隠しのように消えてしまったのだ。

そしてその日以来、彼の姿を見ていない。

「あの子、ほんとなんだったんだろう」

就労を終え、更衣室で浩子が言った。あの子とはもちろん久間のことである。

昨日、二人で久間を派遣していた会社に赴き、事情を説明して彼の住所を教えてもらった。個人情報なので断られるかと思ったが、担当者はするりと情報を開示してくれた。この担当者も久間と連絡が取れなくて困っていたのだという。

だが、その住所はこれまで久間を迎えに行っていた場所とはまったくちがっていた。さらに、そこにも彼の家はなかった。訪ねてみたらあかの他人が出てきたのだ。

「何か事情があるんだろうけど」

おそらくそうなのだろう。住所を偽るなんてよほどのことだ。節枝たちは、久間のことを心配して家を訪ねたのだ。それだけだったのに、予期せぬ展開が待ち受けていて困惑した。

もしかしたら久間道慧という名前も偽名なのかもしれない。いったい彼の正体は何者なのか。

「でも、きっと悪い子じゃないと思う」先に着替えを終えた浩子が言った。「事故のとき、必死に介抱してるあの子を見て、わたし、自分が情けなくなっちゃった。動揺するばかりで何もできなかった」

「それはわたしだって同じ」

あのときは本当に気が動転していた。だがそんな最中にも保身の気持ちがわずかながらあった。この事故がどの程度自分に累を及ぼすのか、それを頭の片隅で考えていた。

「警察は探してるのかな」

「どうだろう。あの派遣会社に連絡もしてないくらいだから探してないんじゃないかな」

派遣会社に警察からの接触はないそうだ。ということは現場から消えた久間のことを警察は重要視していないということだろう。生き死にの事故ではなかったことと、同乗者三人のうちの二人から証言を得られたので問題なしと判断したのかもしれない。それにすでに示談は成立している。

「信代さん、このまま辞めちゃうのかな」

そう、信代もまた事故以来職場に顔を見せていない。三日前に自宅を訪ねたが会ってもらえなかった。彼女は、節枝たちが自分に有利な証言をしてくれなかったことで裏切られたと感じているのかもしれない。

結果的に、事故は信代の不注意によって起きたものとして落着したのだ。彼女が対人賠償保険に加入していたのがせめてもの救いだった。

信代と久間。二人は救心会をどうするのだろう。このまま脱会してしまうのだろうか。こんなときこそ、救いを求めねばならないのに。

それから二日後、節枝が家で掃除機をかけていると携帯電話が鳴った。知らない番号からだった。誰だろうと訝って出ると、相手はミラクルホープという会社の加賀《かが》という男だった。ミラクルホープというのはついこの間、息子の拓海が就職したＩＴ企業だ。加賀は拓海の直属の上司だという。

〈近野くんにはいつもお世話になってます〉

「いえ、こちらこそ」ただならぬ雰囲気を察知し、節枝は唾を飲み込んだ。「あの、息子が何かしましたか」真っ先にそんなことを訊いてしまう。

〈お母さん、冷静に聞いていただけますか〉

そう前置きした加賀の話は節枝の気持ちを沈み込ませた。そして居ても立ってもいられなくさせた。

拓海が会社の金を使い込んでしまったのだという。その金額は九十万。

「それで、拓海は今一緒ですか」

訊くと数秒後、拓海が電話口に出た。だが嗚咽《おえつ》がひどく、言葉がはっきり聞き取れなかった。

〈ごめん〉〈マジでヤバイことしちまった〉そう言っているのはわかった。あのお体裁屋の拓海が幼子のように泣きじゃくっていた。

「どうして、どうしてそんなバカなことしたのっ」

節枝も涙声になっていた。

再び加賀が電話口に出る。

〈幸い、まだ会社には発覚していません。上の人間に知られてしまったらまず刑事事件にされるでしょう。最初に気づいたのがわたしで本当によかった〉

ということは揉み消しに走ってくれるのだろうか。訊くと、〈当たり前です。バレたらわたしもクビです〉との返答。

言葉を失った。そんなことになったら償いきれない。

〈大丈夫です。必ずなんとかしますから〉

節枝は少しだけ安堵した。この加賀という上司は話し口調からしてしっかり者という印象だ。

「あの、それで、どのように補塡《ほてん》すればいいですか」

節枝は先回りして言った。当然、返金しないとならないのだろう。大金だが、九十万くらいならなんとか工面できる。

「わたし、拓海の口座にすぐに振り込みますので」

〈助かります。ですが、近野くんの口座は今使えません。彼は昨夜、酔っ払ってカバンごと失くしたそうで、携帯電話も財布も手元にないそうなんです〉

額に手をやった。なんたることか。息子の愚かさは底が知れない。

「では加賀さんの口座に――」

〈それもできないんです。お恥ずかしい話なんですが、わたしのキャッシュカードは妻に取り上げられており、その妻も仕事中のため遅くまで帰ってきません〉

「じゃあどのようにすれば……当然、急ぎなんですよね？」

〈もちろん。一刻を争っています。そこで今、平井《ひらい》という人間が新幹線でそちらに向かっています。平井はわたしと近野くんの共通の知り合いです、彼に直接現金を手渡してもらえると助かります〉

すでに段取ってくれていたのか。

〈おそらくあと二時間ほどでご自宅に到着すると思います〉

節枝は金を用意しておくと伝え、「最後にもう一度拓海に代わってもらえませんか」と申し出た。

〈近野くん、お母さんが代わってほしいと〉と加賀の声が聞こえ、だが、〈すみません。ちょっと話せる状態じゃなさそうです〉と断られた。

まだ泣きじゃくっているのだろう。自業自得とはいえ、その姿を想像して胸が締めつけられた。

「本当に、ご迷惑をおかけして申し訳ありません」

〈お母さん。近野くんは過ちを犯してしまいましたが、業務には真面目に取り組んでいました。見込みもあると思います。彼のことは必ずわたしが守ります〉

節枝はもう一度、詫びと感謝の言葉を伝えて電話を切った。

涙を拭い、カードと通帳を持って家を出た。銀行に向けて車を飛ばした。

30

ハンドルを握る浩子が他愛もない話を延々としていた。助手席に座る節枝は相槌を打ちながらも、心ここに在らずだった。浩子だって節枝に気を遣って口を動かしているのだ。

「節枝さん、アメ食べる？」

信号に捕まったところで浩子がアメの入った袋を差し出してきた。節枝はかぶりを振った。

「元気出さなきゃ。きっと今日の説教会が終わったら少しは気持ちも楽になるよ」

節枝は力なく頷いて見せた。

本日の説教会には行くつもりなどなかったが、「おもてに出なきゃ」と、浩子に強引に連れ出されたのだ。

五日前、自分は詐欺被害に遭った。どうして途中で気がつかなかったのだろう。今思えばおかしなところはいくつもあった。拓海と加賀の知り合いだという平井は、まだ二十歳にも届かぬような髪を薄茶に染めた若者で、スーツは着せられたような様だった。その平井に対し、節枝は現金九十万の入った封筒と、お車代として五万円を手渡した。何度も詫びをする節枝に対し、平井はニワトリのように顎をクイッと出すだけだった。

時間を置いて不安になり、節枝は拓海に電話を掛けた。すると彼は応答した。紛失しているはずの携帯電話に息子が出たのだ。〈加賀？　そんな上司知らん〉拓海は言い、節枝は絶望した。すべてが嘘だった。

なぜ、実の息子と他人の声を聞き間違えてしまったのか。なぜ、あのときもっと冷静になれなかったのか。被害に遭ってから数日間、節枝は深い後悔に苛《さいな》まれている。悔やんでも悔やみきれない。悔しくて情けなくて、胸が張り裂けそうな日々を過ごしていた。

夫からは鬼のような叱責を食らった。これでもかと罵倒された。節枝は反論の言葉を持っていなかった。夫は正しい。自分という人間は世間知らずな愚か者だ。

信号が青に変わり、

「そういえばね、うちの人、次の仕事決まったの」

発車しながら浩子が言った。今日はお天気でフロントガラスから射し込む陽が眩しい。

「そうなの。よかったね」心から言った。

「礼服の卸しの仕事。仕事柄、若い人よりも中年の人材が欲しかったみたい。給料はうんと下がっちゃうんだけどね」

「それでもよかったじゃない」

「うん、本当に。うちの人もやる気になってる」

「旦那さん、えらいよ。ふつうそれくらいの歳の男の人だと、新しい仕事を始めるのって勇気がいると思う。すごいことだと思うよ」

たぶん、我が夫なら自暴自棄になっているはずだ。プライドを捨てることはあの人にはできないだろう。

「うちの人もしばらくは無気力っていうか、落ち込んでたんだけどね。仕事行かなくなってからずーっと家で横になってて。毎日一回散歩に出掛けてたんだけど、きまって夜遅くなの。理由は訊かなかったけど、きっとご近所さんの目を気にしてたんだと思う」

そうだろうと想像した。働きたいのに働けないのはつらかったことだろう。男の人ならなおさらだ。

「でもね、たまにその散歩がすごく長いときがあって、二時間くらい帰ってこないものだから心配になって何してるのって訊いたら、知らない人に愚痴や悩みを聞いてもらってるんだって言うの」

「知らない人に?」

「そう。しかも夜遅くでしょう、いったいそれはどんな人なのって訊くと、若い男の子なんだって」

浩子は肩を揺すりながらしゃべっている。

「たまに顔を見掛けるようになって、『よく会いますね』って、その男の子の方から話しかけてくれたんだって。それがきっかけで公園のベンチに座っていろいろ話すようになったみたい」

「へえ。なんかおもしろい」

「そんな若い子つかまえておじさんの悩みなんか聞かせたら申し訳ないでしょうって言ったん

だけど、むしろあちらが聞きたがってるって言い張るの。それでうちの人、ついついわたしの姉のこととかもその子に話しちゃったみたい」

「え、本当に？　それはちょっと……」

「うん。さすがにわたしも怒ったんだけどね。ただ、それでうちの人が元気になったのはたしかだからあんまり強くは言えなかったんだけど。わたし、人に話を聞いてもらうって、すごく大切なことなんだと思う」

本当にその通りだ。自分だって、浩子にみっともない恥を告白したことで少しだけ気持ちが楽になった。まだまだ、傷は癒えないけれど。

「じゃあその男の子に感謝しないとね」

「でもその子、ここ最近は見かけなくなっちゃったみたい。うちの人、連絡先を交換しておけばよかったって残念がってた――あ、また信号に引っかかっちゃう」

車が減速していく。そのとき、節枝の中で何かひっかかるものを感じた。

「ねえ浩子さん、その男の子ってなんていう子？」

「え？　なんて言ってたかな。たしかスラッと背の高い、二十代前半の子だって言ってたような」

まさか久間――？　いや、そんなわけないか。彼だとしたらこの夫婦に近づく意味がわからない。

車が停まったところで、節枝の座る助手席側の窓がノックされた。驚いて横を見ると、そこには原付バイクに乗ってフルフェイスのヘルメットを被った男がいた。

男がシールドを上げると、それが久間であることがわかり驚愕《きょうがく》した。

「久間くん」

浩子と声が重なった。

節枝が助手席のウインドウを下げる。

「お久しぶりです」

どう返答していいかわからない。今までどこにいたのか。なぜ姿を消したのか。どうして急にこんなところで声を掛けてきたのか。頭がパニック状態だった。

「久間くんも、今から説教会に?」

困惑の果てに節枝が口にした台詞はこれだった。

「いえ。手渡したいものがあって」

そう言って久間は背負っていたリュックから茶封筒を取り出し、それを車内に差し入れてきた。中には書類が入っているのか、結構な重みがあった。

「ええと、これは?」

「救心会の闇をまとめた資料です」

「へ?」

「救心会は会員たちの身辺を徹底的に調べ上げます。それはなぜか。お金になるからです。高額商品を売りつけるような会社だったり、架空の投資話を持ちかける輩であったり、振り込め詐欺グループなどにも会員の情報を売り渡しているようです。個人情報というのは悪事を働く者たちにとっては喉から手が出るほど欲しいものなのでしょう。宗教という入り口を構え、人を集め、情報を手に入れる。そしてそれを転売する。世の中にはそうした悪徳宗教が存在するようです。残念ながら救心会はその最たるものでした」

久間はものすごい早口でしゃべった。言葉が断片的に頭の中に入ってきたが、処理が追いつかない。

一つはっきりしているのは自分がすでに詐欺被害に遭っているということだ。そして節枝が家庭の状況や息子のことを詳しく話したのは救心会の幹部以外にいないということ。

だが、とても信じられなかった。

「近いうちに必ず世間に悪事が露呈します。おふた方もどうかお気をつけて」

返答に窮した。やがて、

「なんで、久間くんがこんなことを？」運転席から浩子が恐る恐るおそる言った。「もしかしてきみ、それを調査するために救心会に潜り込んだの？」

まさか。彼が自分の素性を偽っていたのはそのためだったのだろうか。

この青年、いったい何者——？

久間は一つ息を吐き、薄く笑んだ。

「そういうことにしたいところですが、成り行きです。ではこれで。短い間でしたが、お世話になりました」

彼はそう言ってシールドを下げると、原付を発進させ、Uターンして反対車線へと入った。

信号はすでに青に変わっている。プップ。後ろから短いクラクションを鳴らされた。だが、浩子は発進しようとしなかった。節枝もまた呆然としている。

プーッ。今度は長かった。クラクションの音が耳の遠くで鳴り続けている。

六章　脱獄から四八八日

31

「介護士？　すげー」

対面の男が目を丸くし、周囲もまた関心を示していたので、「でもまだ始めたばっかだし、なんの資格も持ってないから」と、酒井舞は慌てて補足した。

「じゃあおれも舞ちゃんに介護してもらおうかなー」

男がおどけて言い、「あー、トオルくん彼女いるくせにー」と彩菜《あやな》が男をビシッと指差した。

幼なじみである彩菜と裕美《ひろみ》に、「舞が地元に戻ってきた記念のご飯しようよ」と誘われたのは昨日のことだったが、三対三の合コンだとは直前まで舞は知らされていなかった。「ごめーん」と謝られたが、舞はちょっぴり腹を立てていた。男もいるのならちがう服を選んだのに。メイクだって今夜は女子会向けだ。もっともここで彼氏を作ろうなどとはこれっぽっちも思っていないのだが。

それに今の彩菜の指摘からすると、男の方にも彼女がいるようなので彼らもまたお遊び程度に参加しているのだろう。だいいち彩菜も裕美も彼氏持ちだ。

「ってことは、舞ちゃんはその美容学校を卒業して介護士になったわけ？」

トオルがビールジョッキ片手に言った。場所は地元の安居酒屋である。周囲はガヤガヤとしていて騒々しい。ちなみに女三人はまだ十九歳なのだが、舞だけがソフトドリンクを飲んでいる。お酒は一口飲んだら気分が悪くなる。

「卒業はしてなくて、途中でやめて地元に帰ってきたんです。それで何かしら働かなきゃなって思ってて」

「で、介護士？」

「はい。一応」

「ちゃんと卒業して、ヘアメイクさんみたいなのになろうとは思わなかったんだ」

「ですね」

「どうして？　華やかそうだし、おもしろそうじゃん」

「なんかトオルくん、面接官みたーい」

裕美がツッコミを入れて笑いが起きた。舞も笑って見せたが、うまく笑えているだろうかと不安になった。

高校を卒業後、表参道にある美容専門学校に入れてもらい、東京で一人暮らしまでさせてもらったのに、途中で投げ出して、茨城にある実家に帰ってきたのだ。母からは一応の苦言を呈されたが、形だけのものだった。その母親に輪を掛けて甘い父親は娘の帰省を手放しで喜んでいた。「なあに、人生の授業料だったと思えばいいさ」そう優しい言葉を掛けてもらったが、舞としては両親に申し訳ない気持ちでいっぱいだった。

学校をやめたきっかけは、研修として数日間、実際の現場を見学させてもらったことだった。それは理想とはかけ離れたものだった。モデルたちはワガママで化粧を勝手に直してしまうし、ヘアメイクたちも、「だったら最初から自分でやれよ」と陰でモデルたちの悪口ばかり言っていた。いくつかの現場を覗かせてもらったが、どこにも似たような光景があった。

もちろんちがう世界もあるのだろう。舞が夢見ていたような現場もきっと存在するはずだ。だが、そうした場所に自分がいる姿も想像できなかった。技術もそうだし、志もけっして高くない。舞としては、オシャレなところで働きたいとぼんやり思っていただけなのだ。「美容に限らず、どの業界だって同じなんじゃない」同級生の一人が平然と言っていたが、きっとこういう子がこの世界でやっていけるのだろうと思ってしまった。自分には到底無理だと悟ってしまった。有り体《ありてい》に言えば、社会の現実を垣間見て、心が打ちのめされてしまったのだ。

「でも介護ってさあ、ぶっちゃけキツくない？　ジイさんバアさんのオムツとか替えなきゃいけないんでしょ。おれだったら死んでもムリだもん」

舞もそう思っていた。初めてオムツ交換をしたとき、手に汚物が付着し、悲鳴を上げたくなった。だがそれも何回かやるうちに自然と慣れてしまった。もちろん進んでやりたい作業ではないが、誰かがやらなければいけないのだとしたら、それが自分でも構わない。そんな感じになった。

　実家から車で二十分ほどの場所にある、我孫子のグループホーム『アオバ』に勤めることになったのは、求人広告を見た母に勧められたからだ。ほかにやりたいこともなかったので素直に従うことにした。正直に言えば、介護職に携わることで学校を退学してしまった汚名を払《ふっ》拭《しょく》したい気持ちもあった。禊というわけではないが、大義名分が立つのではないかとそんなことを考えていた。

　こうしたきっかけで始めた仕事だったが、今、舞は毎日が楽しかった。仕事が休みの日でも施設に顔を出したいくらいだった。

　目的は先輩パートである桜井翔司である。彼を好きになるのに時間は掛からなかった。何を訊ねても丁寧に教えてくれるし、それでいて偉ぶるところがない。

　何より、桜井は心のキレイな人だった。舞はそこに惹《ひ》かれてしまった。入居者に対する彼の眼差しはいつだって温かいのだ。

　桜井に彼女はいるのだろうか。舞が今もっとも知りたいのはこれだ。世の中のあらゆる疑問や謎を差し置いて、これだけが知りたい。もちろん、フリーと知れたからといって自分が付き合えるかどうかはまた別の話だけど。ただ、舞は全力でがんばるつもりだ。

「あらお嬢さん、おはよう。今日は一発で成功したの」

　舞が軽自動車から降りると、庭で洗濯物を干していたトメから声を掛けられた。

「だんだんと上達してきました」

車庫入れが舞は下手だった。いつも三回はやり直すところ、今日は珍しく一回で済んだ。免許を取ったのは高校生のときで、それ以来運転はしてこなかった。ちなみにこの軽自動車にはいくつも擦り傷がある。自宅の車庫入れで失敗を繰り返したのだ。

「今日も一日がんばってね」

「はい。ありがとうございます」

トメは自分を可愛がってくれる入居者だが油断ならない相手でもあった。先日、ほかのパートから聞いたのだが、陰で舞のネイルが気に食わないと話していたらしい。ほぼ透明に近いピンクのマニキュアをしていただけなのに。「陰口はトメさんの持病みたいなものだから気にしないでいい」と言われたが、舞はすぐにマニキュアを取って爪も短くした。

事務所に顔を出すと、パソコンに向かう社員の四方田の姿があった。挨拶を済ませ、ロッカーからエプロンを取り出し身に纏う。

「では申し送りを始めます。今朝から三浦さんが不穏です。自宅に帰ると言って部屋で荷造りをしていたようなので、気に掛けておいてください。それと今日は入浴の日なので服部さんがまた駄々をこねるかもしれません——まあ、でもこれは舞ちゃんがいるから大丈夫か」

服部というおじいさんは入浴を嫌がることがあるのだが、なぜか舞が誘うとすぐに腰を上げてくれるのだ。ちなみに申し送りというのはその日の入居者の状態を伝えるためのもので、出勤した際には必ず行われる。

「舞ちゃん、まだ入浴介助は一人では難しそう？」

「はい。まだちょっと不安です。すみません」

「ううん。入浴介助は大変だからね。じゃあ今日も桜井くんにやってもらうから、サポートに付いて教えてもらって」

やった。今日の楽しみがまた一つ増えた。

ここで思い出したように四方田が「ああ」と言った。「その桜井くんなんだけど、来週から持ち場が一階から二階に替わるから、それまでに一階のことでわからないことがあれば今のうちに彼に訊いておいて」

「え」

「最近の入居者のことについて一番詳しいのは彼だからさ。ほぼ毎日見てもらってるし」

「……………」

「ん？　どうかした？」

「いえ、なんでも」急激に気持ちが萎《しぼ》んでいく。「あの、受け持ちの階が替わることってよくあるんですか」

「たまにね」

「じゃあ、わたしも二階に行くなんてことは……」

「それはないから安心してもらっていいよ」四方田がニカッと笑った。「舞ちゃんが入ってくれたから桜井くんが二階に行くことになったの」

最悪。バッドニュースだ。同じ施設内とはいえ、二階のパートたちとの交流はほとんどない。挨拶を交わす程度だ。桜井と離ればなれになるわけではないが、距離が遠のくことは確定してしまった。

舞が肩を落としていると、「舞ちゃん」と四方田。

「こういう仕事だからつらいことや、悲しくなることもたくさんあると思う。そういうときは溜めこまずになんでもこっちに話してね。舞ちゃんはうちで働き始めてそろそろ三週間になるよね。慣れてきた頃に心がまいっちゃう人が多いんだ。介護の仕事って。とくに舞ちゃんみたいに十代のパートさんって、これまでいなかったからさ」

「……ありがとうございます。そうさせていただきます」

「うん。パートさんたちのメンタルケアはぼくの仕事だから、本当に遠慮しないでね」

四方田の優しい言葉も耳を素通りしてしまった。自分の悩みは恋の悩みなのだ。

事務室を出て、居間へ顔を出すとソファに腰を下ろした入居者たちと桜井が並んで時代劇を見ていた。舞はまるで面白味を感じないが、桜井は意外と好きらしい。「勧善懲悪《かんぜんちょうあく》ものって安心して見られるんです」と前にそう話していた。とりあえず勧善懲悪という意味だけは即ググって調べておいた。

「おはようございます」

第一声、入居者や桜井に挨拶をした。桜井からだけ、「おはようございます」と返答がある。入居者たちは一人一人目を見て挨拶しないと応えてもらえない。

それも一通り済ませ、「三浦さん、どうですか？」と桜井に訊ねた。

「今は部屋で眠ってますが、起きてきたらまた家に帰ると言い出すかもしれません。もしまだ不穏状態なら入浴後にスーパーに出掛けてもらえると助かります」

「わかりました」と言いつつ、内心困った。この前はふ菓子を大量に買われてしまい、あとで四方田がレシートを持ってスーパーに返しに行ったらしい。

「酒井さん、今日のお昼ご飯は肉うどんを作るんでしたっけ」

「はい。そのつもりです」

「よかった。三浦さんの好物だから」

入居者たちの食事作りはパートたちの仕事だ。日勤が昼食、遅番が夕食、夜勤が朝食を作る。舞は日勤なのでこのあと昼食作りに取り掛かる。ちなみに職員もそれを一緒に食べる。

時間を見て何人かの入居者をトイレに連れて行った。本人たちは出ないというが、便座に座れば出るのだ。認知症という病気は便意をも鈍感にさせてしまうらしい。

それからしばらくして、一悶着《ひともんちゃく》あった。服部が自分の杖が別のものとすり替えられたと騒ぎ立てたのだ。もちろん服部の手にある杖は彼のものだ。

「これはおれのじゃない。誰かが勝手にこいつとすり替えたんだ」服部が手の中にある杖で床をドンドンと叩く。

「でも……それは服部さんのものですけど」

舞がそう指摘したものの、服部が信じることはなく、「いいや騙されんぞ」「犯人を探せ」と物凄い剣幕で口角泡を飛ばし続けた。

見兼ねたのか、桜井が助太刀に入ってくれた。「服部さんの杖ならぼくが預かってますよ。ほら、このあいだ服部さんから磨いておいてくれって、ぼくが頼まれたじゃないですか」と、軽やかに言う。

「うーん……そうだったか」服部が小首を傾げる。

「そうですよ。今取り替えてきますから、一旦それをぼくに貸してもらっていいですか」

そう言って、服部の持っている杖を受け取ると、桜井は居間を離れた。

数十秒後、再び姿を現した桜井の手には先ほどの杖。

「はい。これが服部さんのものです」

杖に何一つ変化はない。同じものなのだから。ただ、服部は「ああ、これだこれだ」と相好を崩し、その杖をついて廊下をゆっくり進んでいった。

「ありがとうございます。助かりました」舞が礼を告げると、「どういたしまして」と桜井は微笑んだ。

「桜井さんはほんとに嘘がお上手ですよね」

桜井が苦笑しているのを見て、舞は慌てて、「すみません。入居者の宥め方がです」と言葉を訂正した。

「まあ嘘には変わりありません。方便とはいえ、あまり気持ちのいいものではないです」

「そういうものですか」

「ええ。嘘は疲れます。できればつかないでいたいものです」

それから舞は頃合いを見て、台所で昼食作りに取り掛かった。これも早いところレパートリーを増やさないとならない。料理上手な母がいるので、最近は家でも一緒に作って教えてもらっている。

「どうですか？」

完成した肉うどんをまずは桜井に味見してもらう。

「とても美味しいです。ただ麺はもう少しだけ茹《ゆ》でてもいいかもしれません。ぼくらにはちょうどいいですが、入居者のみなさんはもう少し柔らかい方が食べやすいと思います」

指示に従い、麺を再度煮込んだ。改めてチェックを受け、「ばっちり」とお墨付きをもらってから昼食が始まった。「あたしのが少ないじゃないか」エツという老女がいつもの癇癪を起こしたので、大盛りにしてあげると機嫌が直った。もっとも彼女は小食で毎回半分以上を残すのだが。

「お嬢。七味持ってこい」

鷲生から顎をしゃくられた。最初この入居者の言葉の乱暴さには驚いたが、基本はいいおじいちゃんだ。ほかのパートのおばさんたちはお尻を触られるなどのセクハラ被害に遭っているが、舞は一度もされていない。相手を見てやっているのだろう。

「鷲生さん、かけ過ぎですよ」

桜井が呆れたように言った。鷲生は表面を埋め尽くすように七味唐辛子を振っているのだ。

「これくらいが美味《うめ》えんだ。うん、味が締まった」

鷲生は認知症ではない入居者だった。その分といってはなんだが、左半身が麻痺しているので動きに制限がある。だから彼の右手にあるのは箸ではなく、フォーク付きスプーンだ。

「それはそうと翔司よ、おまえが二階に異動になるという噂を耳にしたんだが、本当か」

鷲生が目を細めて言い、桜井が手を止めた。「ええ、実はそうなんです。鷲生さんにも近いうち話をしようと思っていたのですが」

「そんなことおれは許さんからな」

桜井は鷲生のお気に入りだった。彼の趣味である将棋の相手は桜井しかいないのだ。いつも対局をしており、ハンデ付きだがこの前は初めて桜井が勝ったらしい。ちなみに舞はルールがまったくわからない。

「残念ですが、決まってしまったんです」と弱った顔の桜井。

「ふん。そんなもん社長と四方田くんに言って阻止してやる」

「ちょくちょく一階に降りてきますから」

「いいやダメだ。おまえは二階にやらん」

鷲生さんがんばれ。このときばかりは鷲生を応援した。

そのとき、

「困ったもんだよ。ワガママなじいさんには」

と、離れた席にいるトメがボソッと言った。

「なんだババア。文句があるならはっきりと言え」

「仕方ないことでしょうに。会社にだって都合ってもんがあるんだから。だいたいね、世の中はあんた中心に回ってるわけじゃないのよ——ねえ、須田さん」

となりの席の須田に同意を求め、須田は「そうね」と短く答えた。もっとも彼女は何を言われたか理解していない。九十歳の須田はアオバで最長老で、重度の認知症のほか糖尿病も患っている。

「ほう。陰口しか叩けないと思っていたがちがったようだな。見直したぞ」

鷲生が小馬鹿にしたように言うとトメがみるみる顔を赤くした。そしてうどんの器を持って立ち上がった。「あたしはお部屋でいただくことにするわね。せっかくの美味しいご飯がマズくなるもの」

またこれだ。毎度毎度こうしてトメと鷲生の二人は食卓の空気を悪くする。認知症がないというのも困ったものだ。もっとも四方田やほかのパート曰く、トメの方は軽い認知症が始まっているそうだが。

トメが去ったところで、「鷲生さん。言葉が過ぎますよ」と桜井がため息混じりに諫めた。

「先に喧嘩を吹っ掛けてきたのはババアの方だろう。そんなことより翔司、おまえは逃《のが》さんからな——なあ、嬢ちゃん」

「えっ」急に話を振られ、舞は動揺した。

鷲生は舞に目を細め、ニヤニヤしながらうどんをすすっている。

午後になり、舞は桜井と共に入居者を入浴させ、その後三浦と手を繋いでスーパーへ買い物に出掛けた。例のごとく三浦はふ菓子を大量に買い込もうとしたが、今日はなんとか阻止することができた。「お、成長したね」と四方田から褒められ、うれしくなった。

やがて遅番のパートがやってきたところで、早番の桜井は勤務終了となった。だが、彼はすぐに帰ろうとはせず、二階へと向かった。これはいつものことだった。彼が二階で何をしているのか、舞はよく知らない。一度用があって二階に上がったときは井尾由子という入居者と談笑している姿を見かけた。

井尾由子——入りたての頃、彼女のことを舞はパートの人だと思っていた。が、入居者と知り驚いた。若年性アルツハイマーという病気を患っているらしいが、舞は彼女と接したことがないのでその程度がわからない。五十代の、ふつうのおばさんのように見えるだけに、ここにいることにものすごく違和感がある。

「舞ちゃん、来週の夜勤からひとりになるんだけど大丈夫かな」

夕方になり、仕事を終えた舞が事務室へ行くと、四方田からそんなことを言われた。

「わたしひとり、ですか」

想像しただけで緊張を覚えた。夜勤自体、まだ三回しか経験していない。

「本当はもっと慣れてもらってからの方がいいんだけど、人員を確保できなくてさ。ごめんね」

そう言われてしまっては断れない。自分が無理だと言えば、きっと四方田が代わりに入ることになるのだろう。そうなれば四方田の休息を奪うことになる。他のパートから聞いた話によると、この社員は月に三日程度しか休んでいないらしい。四方田はいつだって疲れた顔をしている。

「わかりました。がんばってみます」

舞がそう答えると、四方田はホッとしたような表情を浮かべた。

「その日の二階の夜勤は桜井くんだから、もし困ったことがあれば彼を頼って。彼にも一階を気に掛けておくように伝えておくから」

桜井が一緒なのは喜ばしいが、複雑な気分だった。やっぱり桜井は二階へ移ってしまうようだ。

「あの、今日鷲生さんが桜井さんを二階には行かせないって、そんなことを言ってましたけど」

「さっきぼくのところにも来たよ。断固阻止すると」苦笑している。「ほんとあの人はワガママなんだから」

「でも、どうするんですか」

「鷲生さんも一緒に二階に移ってもらうことにしたの。『その手があったな。がははは』って笑ってた」

先日、二階の入居者がひとり亡くなり、その部屋が一つ空いているそうなので、そこに鷲生が入るという。

何はともあれ、これで桜井を引き留める術はついえた。舞の肩は自然と落ちていた。

「舞ちゃん、なんだか元気ないね」

「いえ、別に」

四方田は心配そうに舞を覗き込んでいる。

「ところで、今度何か美味しいものでも食べに行かない？　気晴らしにさ」

「あ、はい。ぜひ」

空返事にもほどがある。四方田は何も悪くないのに。

別れの挨拶をし、施設を出た。十八時に差し掛かっているというのにまだ日は高い。ムワッとした熱気が肌に絡みついてくる。

先日、七月に突入した。今年の半分を過ぎたのだ。あっという間過ぎて怖くなる。もっとも大人に言わせると、これから先、年を経るごとにどんどん時を短く感じるらしい。だとしたら十代最後の今は貴重なのかもしれない。自覚はないが、この頃が青春だったと気づくときがいつか来るのだろうか。

車に乗り込み、シートベルトをして、エンジンを掛けた。

別に桜井が辞めちゃうわけじゃないし。会えなくなるわけじゃないし。

舞は自分に言い聞かせ、慎重に駐車場を出た。

「あと三週間か。長いなあ」

夕食を終え、晩酌を始めた父が待ち遠しそうに言った。これがここ最近の父の口癖だった。

オリンピックの開会式のチケットが当選したのである。倍率を考えれば奇跡のような出来事で、「我が家の一生の運を使ってしまった」と父は嬉しそうに嘆くのだった。ただし、チケットは二枚しかなく、それは父と母の分だ。「舞はこの先もチャンスがある」と言われたが、ないと思う。とはいえ、取り立てて見たいわけでもないので構わないのだが。両親はスポーツ好きでもないくせにどうしてそこまで見たいのかと舞は不思議に思っている。歴史的瞬間に立ち会うことに価値があるとも思えない。

「それまであの子がもってくれるといいんだけどね」

母が憂うような目で居間の片隅に目をやった。そこには寝そべったシェットランドシープドッグ。我が家の愛犬ポッキー。

ポッキーは十七年と半年ほど生きている。人間に換算すれば九十歳くらいなのだそうだ。この一年で急激に老け込み、散歩はおろか、ご飯もあまり食べない。目だって白内障でほとんど見えていないらしい。

死期が迫っていることは誰の目にも明らかだった。それこそ明日死んでもおかしくない。舞はポッキーのことを思うと胸がキュッと締めつけられる。自分が物心ついたとき、ポッキーはすでに我が家にいた。人生の大半を一緒に過ごしてきたので、自分の弟のようなものだ。悲しいときはいつもそばで話を聞いてくれた。涙したときは頬をペロペロと舐めてくれた。

ポッキーがいなくなったら、我が家はしばらく暗くなるだろう。

「ところで舞、仕事の方はどうだ？」と父。

「楽しくやってるけど」ソファに座る舞はスマホをいじりながら答えた。

「それは何よりだな。お父さんは舞が介護職に就いてくれて安心だ」

「なんで？」手を止め、顔を上げた。

「老後の心配がないだろう」

「わたしに面倒見させるつもり？　やだよ、そんなの」舞は顔をしかめた。「実の家族の介護の方が大変なんだよ。他人だからこそ割り切って面倒見られるけど、自分の親だといちいち感情的になって疲れちゃうじゃない。そのためにも介護施設があるんだからさ」

前に四方田がそんなことを話していた。その受け売りだ。

「なんだ、冷たいことを言うんだな」

「だって実際そうなんだもん」

「ま、お父さんは舞より長生きするつもりだけどな」

父のつまらない冗談に母が手を叩いて笑っている。まったく、うちの家庭は平和だ。

ここで手の中のスマホが震えた。彩菜からのＬＩＮＥ電話だった。居間を出て、自分の部屋に向かいながら応答する。

〈トオルくん覚えてる？　金メッシュのイケメン〉

もちろん覚えてる。先日の合コンで自分にあれこれと質問をしてきた男だ。たしかにイケメンだったけどタイプじゃない。

〈でね、トオルくんから舞のＬＩＮＥ教えてって頼まれたんだけど、教えてもいい？〉

三秒考えて舞は断った。興味のない男とＬＩＮＥでやりとりすることほど億劫なものはない。

〈そう言わないでよ。トオルくん、舞に気があるっぽいよ〉

「だってあの人、彼女いるんでしょう」舞はベッドに腰掛けながら言った。

〈今はね。でも、なんか別れたいらしくて、新しいカノジョ探してるんだって。そう言ってたじゃん、飲みのときも〉

そういえばそんなことを話していた気がする。舞はあまり聞いていなかったのだが。

「だったらちゃんと別れてからじゃん。順序的に」

〈じゃあ別れたら教えるって伝えてもいい？〉

「いや、それも困るんだけど」

〈なんでよー。いいじゃん、ＬＩＮＥくらい〉

ＬＩＮＥは既読したら返信しなきゃいけなくなる。半年ほど前に別れた彼氏は、既読後すぐに返信しないと、「なんで返さないの？」と不機嫌になった。それが嫌で別れたのだ。既読マークという、あのよけいな機能はいったい誰が考えたのか。

〈もう、舞はマジメ過ぎるよ〉

「マジメとかじゃなくて、あの人に興味ないんだもん」

〈誰か好きな人いるの？〉

「……まあ、いないこともないんだけど〉

〈マジ？　誰？　あたしの知ってる人？〉

「ううん。彩菜の知らない人」

その後も質問攻めにあったので、舞は桜井のことを話した。しゃべっているうちに舞の方が気持ちが昂ぶってきてしまい、いかに桜井が素敵なのかを熱っぽく訴えていた。

〈ふうん。でもその介護の人と付き合えるかどうかわかんないじゃん〉

「それは、そうだけど」

〈ちなみにその人いくつ？〉

「たぶんうちらより少し上だと思う」

〈思うって、歳知らないの？〉

「だって訊けないじゃん。いきなり年齢とかさ〉

桜井について知っているのは名前だけだ。年齢も住んでいる場所も知らない。ＳＮＳの類をやっていないかと思ってネットで名前を検索に掛けてみたが、まったく引っかからなかった。

〈でもさあ、介護職でしかもパートでしょ。絶対お金持ってないっしょ〉

「そんなの関係ないもん」ムッとした。「それにあの人たちだってお金持ってなかったじゃん。飲みだって割り勘だったし」

〈トオルくんたちはまだ大学生だもん。これから未来があるけど、その人は現時点で介護のパートでしょ。もし付き合えたとしてもいつか舞から離れると思うよ〉

「なんで？　わたしだってパートで同じ立場だし。彩菜だって似たようなもんじゃん」

〈うちらは女じゃん。全然ちがうよ〉

こういう女がいる限り男女平等の世は訪れないのだろう。だから女が男からナメられるのだ。女の意識が変わらなければ男女の扱われ方も変わらない。

その後、〈トオルくんは優良物件だと思うけどなあ。少なくともその人よりは〉という彩菜の台詞には真剣に腹を立てた。彩菜は幼なじみだけど、今後の付き合い方を改めようと思った。

彩菜との電話を切って数分後、ＬＩＮＥに知らない人から『おっす。この前は楽しかったね』とメッセージが届いた。名前を見て相手がトオルだということに気がついた。あの女。マジでありえない。

ただ、無視するのも気が引け、舞は『楽しかったですね』と一言、それとスタンプをひとつ返しておいた。

ここでドアがコンコンとノックされた。母が顔を覗かせる。「今からお父さんとポッキーの散歩に行くけど、舞も行く？」

「うん、行く」即答した。ポッキーに残された時間は少ないのだ。

薄手のパーカーを羽織っておもてに出た。父とポッキーを先頭に、生暖かい夜気をはらんだ田舎道をゆったりとした歩調で進んでいく。辺りは暗く、虫の鳴き声が断続的に聞こえている。

ポッキーは時折、草木の匂いを嗅いだりしながらもその足を止めなかった。

「こいつ今日は調子いいなあ」と、父がポッキーの頭を撫でる。

最近はすぐに立ち止まって歩かなくなってしまうのだ。そうなると父が抱きかかえての散歩となる。もともと牧羊犬なので、昔は飛び跳ねるように走り回っていた。投げたボールを捕らえに行くときは風より速いくらいだった。

「そういえば、向田《むかいだ》さんのところのハナちゃん最近見かけないな。もしかして亡くなっちゃったのか」

父が母に訊いた。ご近所の向田さんの家で飼っているハナというコーギー犬もポッキーと同い年くらいだった。散歩のときによく顔を合わせていて、ポッキーとハナはいつも互いのお尻の匂いを嗅ぎ合っていた。

「ううん。まだハナちゃんは元気だと思うんだけど、奥さんがちょっとね」母が含みのある口調で言った。

「なんだよ。奥さんがどうかしたの」

「わたしもご近所さんから聞いただけなんだけど」そう前置きした母は少し眉間に皺を寄せた。「ちょっと前に悪徳宗教のニュースが話題になってたじゃない。なんとか会ってやつ。向田さんが入ってたのが、どうやらそれみたいなのよ」

一ヶ月ほど前だったか、救心会という名の宗教団体が世間で話題となっていた。陰でたくさんの悪事を働いていたようで、幹部の多くが逮捕されることとなったのだ。告発したのはもともと会員だった中年の主婦で、その人自身も個人情報を売られ、特殊詐欺の被害にも遭ったらしい。

「それがショックで家から出られないってこと？」

「向田さん、ご近所さんたちにも入会を勧めてたのよ。わたしはうまくかわしてたから、詳しい話は聞かなかったんだけど。そんなこともあってご近所さんに顔向けできないんじゃないかしら」

「なるほど。気の毒に」父がため息をついた。「お母さん、近いうちポッキーを連れて家を訪ねてみなよ」

「うん。そうしてみる」

そうしてしばらくすると、ポッキーがピタッと歩くのをやめた。「よしよし。今日はがんばったなあ」と父が抱きかかえる。ここで来た道を引き返すことにした。

「舞、おもてにいるんだからスマホはやめてよ」となりの母が呆れた顔で言った。

「だってＬＩＮＥがくるんだもん」舞は口を尖らせた。先ほどからトオルからのメッセージがやまないのである。これだからイヤだったのだ。律儀に返す自分もどうかと思うのだが。

「彼氏か？」と父。

「ううん。今は彼氏はいない」

「もう別れたんだっけか」

「もう半年くらい前だよ」

「あれ、そうだったか」

本当は知っているくせにわざととぼけている。

「舞は今夢中になっている人がいるんだもんね」母がからかうような口調で言った。

「お母さん」舞は語気を強めた。

「ほほう」と父が目を細める。「どんな人物か、父に話してみよ」

うちの両親はいつもこうだ。母はなんでも父にバラすし、父は根掘り葉掘り訊きたがる。娘のプライバシーをもっと尊重してもらいたい。だが、結局話してしまうのも舞だった。

「今度うちに連れておいでよ。お父さん、その男の子に会ってみたいな」

「だからまだ片思いだって言ってるでしょ」

「舞がその子と結婚してくれたら、我々の老後はなおさら安泰だな。な、お母さん」

「そうねえ。二人も介護のプロがいるんだもんね」

もう勝手にやってくれ。うちの両親ほどめでたい夫婦はいない。

けれど両親みたいな夫婦は理想的だ。将来、我が家のような家庭を舞も築きたい。まだまだ子供だけど、法的に結婚することはできるのだ。赤ちゃんだっていつか欲しいし、犬だって飼いたい。もっともそれはうんと遠い未来のことだろう。

32

今夜は舞の初めてのひとり夜勤の日だった。事前に作成しておいた『朝までにやることリスト』をエプロンに入れ、それを一つずつ実行してはボールペンで二重線を引いた。どれも難しい作業ではないが、ここに自分しかいないと思うとすべてに緊張感を覚える。

そうして深夜二時、舞が台所で朝食に出す里芋を煮ていると、ふと横から視線を感じた。寝巻き姿のエツが壁の横から顔だけを出して、ジッとこちらを見ていた。舞は「ひっ」と短い悲鳴を上げた。

「エツさん、どうしたんですか？　こんな夜中に」

人を脅かすにも程がある。当人にはそんなつもりはないのだろうが。

このように深夜に徘徊してしまう入居者は少なくない。静まり返った暗い廊下からのっそりと現れるので、お化け屋敷のようなものだ。

「ねえ、あんたあたしの通帳知らない？」エツが眉をひそめて言った。

「エツさんの通帳？　ああ、それなら事務室で預かってますよ」

「本当？」

「ええ、本当です」

嘘である。そもそもエツの通帳などここにはない。そうした貴重品はエツの息子が管理しているのだろうが、本当のことを言えば癇癪を起こすに決まっている。

ただ、エツはあまり納得していない様子だった。この老女はやたらと疑り深いところがある。また盗癖もひどい。トイレットペーパーが消えたと思ったら、大抵は彼女の部屋から出てくる。

舞は話を変えることにした。

「そういえば明日巾着袋《きんちゃくぶくろ》を作ろうと思ってるんですけど、エツさん手伝ってくれません？」

「巾着袋？」

「ええ。わたし手先が不器用だから上手くできるか自信なくて」

「でもあたし、裁縫道具を持ってないもの」

「エツさんの裁縫道具も事務室で預かっています」これは本当だった。

「あら、そう」

「ひとつご指導をお願いしますよ。このとおり」

エツが得意気な笑みを浮かべる。「あんなの数こなせば誰でも上達するものなのよ。じゃあ明日あたしの部屋にいらっしゃい」

「はい。じゃあもう遅いので、お部屋でゆっくり休んでください」

エツは一分前とは打って変わり、穏やかな顔つきで部屋へと戻って行った。

ふーっ、と息を吐く。彼女のあしらい方も上手くなったものだ。

その昔、エツは裁縫教室を開いていたそうだ。エツのもとで学びたい生徒が大勢いたというので、きっと偉い先生だったのだろう。実際に彼女が縫い物をしているところを見たことがあるが、その運針《うんしん》はなるほど感心してしまうものだった。

当時の生徒たちが今のエツを見たらどう思うだろう。少なからずショックを受けることだろう。

その後、各入居者の部屋を見回った。みんなすやすやと眠ってくれていたのでホッとした。これで息をしていない者がいたら大変だが、この仕事を続けていればいつかはそういうことも

経験するのかもしれない。そのとき、自分は平静を保てるだろうか。これまで身近な人はおろ
か遠縁でも亡くなった人はいない。舞は人の死というものに触れたことがない。

三時半を迎え、舞は居間のソファに腰を下ろし、深く背をもたれた。眠気はないが、身体は
ぐったりと疲れている。ずっと緊張感があるからだ。朝まで何事も起きませんように。舞はず
っとこればかり思っている。

ふと天井に目をやる。二階では桜井が同じように夜勤をしているはずだ。桜井も二階の夜勤
を担当するのは今日が初めてだ。物音ひとつ聞こえないので二階も落ち着いているのだろう。
ため息をつく。桜井に会いたい。一瞬でも顔を見たい。何かあれば桜井を頼ればいいのだけ
ど、何も起きていないのだから仕方ない。用もないのに二階へは行けないし——と、そこまで
考えて舞は閃《ひらめ》いた。味噌か醬油が切れたことにして、それを借りに行けばいいのだ。わたし
って天才かも。

舞は立ち上がり、廊下中程にある階段に向かった。そうして二階へ顔を出すとそこに桜井の
姿はなかった。居間にも台所にもいない。入居者の部屋にいるのかもしれないと思い、廊下を
見渡すと、明かりが漏れている部屋がひとつあった。それとなく近づいてみると、かすかに話
し声が聞こえてきた。

それが話し声ではなく、女の泣き声であるとわかったのはドアの前に立ったときだった。入
居者の名前が書かれたプレートを見る——井尾由子。

「大丈夫」

桜井の声だった。舞は目線の高さにあるガラス部分からそっと中を覗き込んだ。アオバの入居者の部屋のドアは、廊下から中が見られるように特殊な造りになっている。

すると、ベッドに並んで腰掛ける井尾由子と桜井の姿があった。そして桜井の膝の上でふたりは手を繋いでいた。包み込むように、桜井は両手で井尾由子の手を取っていた。

なぜだろう。舞はいけない光景を目にしてしまったような気がした。だからだろうか、気がついたらその場を離れていた。

足音を立てず、階段を下って一階へと戻った。ソファに座り、心を落ち着ける。

先ほどの光景はなんだったのだろう。井尾由子はたしかに泣いていた。肩が震えていたのだ。きっと何かしらのことがあったのだろう。そして桜井はそんな彼女を慰めていたにちがいない。あくまで仕事の一環のケアとして。

だけど……舞はなんだか切なかった。これが他の入居者ならまったくちがった。けれど、井尾由子はまだ若いのだ。

舞はぶんぶんとかぶりを振った。何をくだらない嫉妬をしているのか。ただのケアの一場面ではないか。だいいち若いとはいえ、井尾由子は自分の母親よりも年上なのだ。

「よし」

声に出して邪念を振り払い、舞は再び朝食準備に取り掛かった。

何事もなく朝を迎え、カーテンを開け放った窓から美しい朝日を目にしたとき、舞は得も言われぬ充実感に満たされた。自分ひとりで一階の一夜を守ったのだ。まだまだ半人前だけど、イチ介護士として認められた気がした。

朝食後に出勤してきた四方田はそのことをすごく褒めてくれたし、何よりうれしそうだった。夜勤のできるパートが少ないのでこれで人員の目処《めど》が立ったと思っているのだろう。考えてみれば夜勤は時給が高いし、長時間働けるので稼ぐにはもってこいだ。生活リズムが崩れるのでそこだけは懸念材料だが。

業務終了の最後に舞と桜井は、四方田と早番のパートに対し、それぞれ持ち場の申し送りを始めた。まずは舞が一階の入居者の様子をメモを見ながらしゃべる。エツとの裁縫の約束は、「本人は覚えていないだろうけど、本当に巾着袋を作ってみることにするよ」と四方田が言ってくれた。

次に桜井が二階の申し送りを始めた。

「今朝方、園部さんが失禁したことにショックを受けている様子でしたので気づかないフリをしておきました。あとで本人がいない隙にリネン交換をお願いします。また、濡れた下着とズボンはベッドの下に隠していると思います。次に川田《かわだ》さんですが、夜中に何度かご自身で窓を開けてしまったため、腕と足が蚊《か》に食われています。かゆみ止めを塗布しておきましたが、今もポリポリと掻いているので日中も様子を見てあげてください。また、小山《こやま》さんから――」

いつものことだが桜井の申し送りはよどみなく、的確に語られる。舞のように「えーと」や「あの、その」などが入らない。こういうところもまた尊敬してしまう。

「――以上となります」

ここで舞は横目でとなりの桜井を見た。井尾由子のことに触れていない。彼女は夜中に泣いていたのだ。桜井は失念しているのだろうか。彼に限ってそんなことはないと思うのだけど。

舞は少し不思議に思いながら桜井と共に施設を出た。さすがに夜勤明けなのでいつもは長居する桜井もすぐに帰るようだ。

「では、おつかれさまでした」

と、桜井から素っ気ない一言。もう少し話をしてくれてもいいのに。目の前の少女が自分に気があるなどと想像もしていないのだろう。

自転車に跨がる桜井の後ろ姿に視線を送りながら舞は車に乗り込んだ。

桜井は車を持っていないのか、そもそも免許を持っていないのか、いずれにせよ彼は自転車で我孫子駅まで向かい、そこから電車で自宅へ帰るらしい。彼がどこの駅で降車するのか、舞は知らない。桜井のことは知らないことだらけだ。

「よかったら、家まで送りましょうか」

運転席でそんな独り言を言ってみた。自転車を駆る桜井の背中が次第に小さくなっていく。

本当にそんなことを言えたら、桜井がこの助手席に乗ってくれたらどれだけ幸せなんだろう。

もっともそんなことになったら気持ちがそわそわしてしまい、まともに運転できる自信はない。だいいち何を話せばいいのかわからない。がんばりたい気持ちは山ほどあるのだけど。

大口を開けてあくびをした。とりあえず家に帰ったら泥のように眠りたい。

舞が自室のベッドで起床したのは日が沈んでからだった。夜勤明けは毎回こうだ。それでも夜になればまた眠くなるので、睡眠に関して自分は器用なのかもしれない。目を擦りながら居間に下りていくと、そこにちょうど帰宅したばかりの父がいたので、恋の相談を持ちかけてみた。父も一応は男に分類されるので、男性側の気持ちはわかるだろう。

「だからうちに連れておいでよ。お父さんが上手いことアシストしてやるから」

相談すべき相手を間違えた。「やっぱり女からグイグイ来られたら引いちゃう？」と訊ねた答えがこれだった。何がアシストだ。

「こう見えてそういうの得意なんだぞ。お父さんは」ネクタイを緩めながら父が言う。

「いきなり実家に誘えるわけないじゃん」

「最初に高いハードルを越えてしまえば後が楽だろう。そんでもって我が家で鍋の一つでもつつけば嫌でも親交が深まるってもの——」

「ねえお母さん。どうしたらいいと思う？」無視して台所にいる母に水を向けた。

「連絡先は知ってるの？」と母。トントンと包丁がまな板を叩く音がしている。

「ううん、知らない。ＬＩＮＥも電話番号も」

「じゃあまずはそれをゲットしなきゃ」

「うまく訊き出せるかなあ」

「そういえばもうすぐ手賀沼の花火大会じゃなかったか」父が口を挟んでくる。「それにふたりで行ってきたらどうだ?」

再び無視した。自分はそこに至るまでのアプローチの仕方を請《こ》うているのだ。父の助言は過程がすっ飛んでいる。

「そんなの、ふつうに教えてくださいって言えばいいじゃない」

「それができたら苦労しないよ」

「あら、舞ってそんなに奥手だった? 昔から積極的に動く方だったじゃない」

「なんか今回は無理」

「どうして?」

「なんとなく」

「ふうん。とりあえずあなた髪とかしておいで。寝ぐせがひどいよ」

母から指摘され、舞は洗面所に向かった。鏡を見ると、たしかに髪がボサボサだった。寝起きだからまぶたも腫れぼったい。桜井には死んでも見せられない顔だ。

ちゃんとメイクアップした顔を桜井に見てもらいたい。中退したとはいえ美容学校でそれなりに学んだのでメイクには自信があるのだ。けれど、アオバにそんな顔で出勤するわけにもいかないし。

父の言うように、もしも一緒に花火を見に行けたら——舞は深いため息をついた。ほんと、わたしってこんなに奥手だったかな。結構肉食系だと思っていたのに。

きっと相手が桜井だからだ。桜井はなんていうか、とらえどころのない男の人だ。あんなに優しいのに、どこか近寄りがたい。そしてミステリアスな雰囲気を醸している。

桜井の趣味はなんなのだろう。何に興味があって、どんなことに感動するのだろう。時には腹を抱えて笑ったり、涙したりすることもあるのだろうか。それらをいつか教えてほしい。欲を言えば、ちょっとでいいから自分の前で見せてほしい。

33

この日は二回目となる夜勤の日だった。一度経験しているだけに、少しだけ心の余裕も出てきた。けれどそのせいで眠気も出てきてしまっている。さっきからあくびが止まらない。しっかり寝てから出勤しなかったせいだ。もちろん仮眠なんて許されない。九人の命をひとりで預かっているのだから。

そして今夜は慌ただしかった。就寝したはずの入居者が代わるがわる起きてきて、あれこれと駄々をこねるのだ。宥めすかすのも慣れてきたが、正直しんどい。声を張り上げて叱り飛ばしたいが、それがいい結果を生まないことはわかっている。

ちなみに今夜も二階には桜井がいるので、なにか手に負えないことがあれば彼を頼ろうと思っている。

そうして深夜三時を回ったころ、舞が台所で朝食の下ごしらえをしていると、電気が一瞬消えた。続いてチカチカと不規則な点滅を繰り返した。ポルターガイスト？　と思ったが、すぐに蛍光灯が切れただけだとわかった。何もこんな真夜中に切れなくてもいいのに。替えの蛍光灯があったはずなので、探してみると棚の中にそれを発見した。

ただし、替え方がわからない。家ではこういう仕事はすべて父がやってくれている。だいいち背の低い自分では椅子に乗ったとしても手が十分に届かない。

舞は少し考えて二階へと向かった。背の高い桜井ならなんなく交換できるだろうと思ったのだ。いい口実ができたことにテンションが上がる。

だが前回同様、桜井の姿は二階の居間にはなかった。そして部屋の明かりの漏れる部屋がひとつ。井尾由子の部屋だ。

また？　と思い、舞は静まり返った廊下をゆっくりと歩いて行く。図らずも抜き足差し足になっていた。

ドアの前で耳をそばだててみる。二人の話し声が聞こえた。井尾由子と、桜井の声だ。

後ろめたい気持ちもあったが、今回もガラス部分からそっと覗き込んだ。桜井はまたしても井尾由子の手を取っていた。

「――だからね、もしかしたら、わたしがこういう病気になったのって、あの記憶を思い出さないで済むように神様が配剤してくれたのかなって。そんなふうに最近は考えてるの」

今夜は井尾由子は泣いていなかった。ただ、見えた横顔は憂いていた。

「でも、忘れてはいないんでしょう」

桜井がそんな彼女の顔を覗き込むようにして言った。桜井の顔は妙に険しく見えた。少なくともふだんは見せない顔つきだ。それにしても何を話しているのかさっぱりわからない。

井尾由子は力なく笑み、「忘れられないわよ。あんなこと」そうつぶやいた。

「ついこの間の出来事のようにはっきり覚えてるの。大切なことは忘れちゃうのに、忘れたいことはなくなってくれないの。やっぱり、神様は意地悪ね」

「そうでしょうか」桜井は神妙な眼差しで言った。「井尾さんのその記憶が誰かを救うのではないでしょうか。そのために神様はその記憶を井尾さんから奪わないのかもしれません」

「誰って、誰を救うの。今さら」井尾由子が笑う。「あなた、おもしろいこと言うのね」

「…………」

「それにわたしの記憶はね、他の人からしたら当てにならない、曖昧なものなの。わたしが白だ黒だと話しても、そこに信憑性はないの」

「どうしてですか。こんなにはっきりとしゃべれるのに」

「そういうものなの。この病気って」

桜井は下唇を噛んでいる。

「現にわたし、夕飯になにを食べたか思い出せないもの。昨日、どんな一日を送ったか、覚えていないもの――桜井くん、あなたは覚えているでしょう」

「ぼくの名前はしっかりと覚えてくれているじゃないですか」

「あなたはいつもそばにいてくれるから。仕事だからだろうけど」

「仕事ではありません」

井尾由子は不思議そうな目で桜井を見つめている。

舞は回れ右をして、音を立てずにその場から離れた。何の話をしているのかさっぱりだったが、前回同様、いけないものを見聞きしてしまったような罪悪感が胸中に膨らんでいた。

「さあ、ゆっくり、思い出してください」

と、背中の方で桜井のかすかな声。まるで催眠術を掛けるかのような言い方。

いったい何を話しているんだろう。桜井と井尾由子の関係はなんなのだろう。

舞の頭はこれらに占拠されたまま、やがて夜が明け、朝を迎えた。

そして、桜井は今回の申し送りでも、井尾由子のことに一切触れなかった。

34

それから三日後、出勤してきた舞が事務室に顔を出すと、そこで夫婦と思しき初老の男女が四方田と社長の佐竹と立ったまま談笑していた。狭いこのスペースに大人四人はとても窮屈そうだ。

「あ、舞ちゃん。おはよう」と四方田は言い、「こちら最近入ってもらったパートの酒井さんです」と、すぐに夫婦に舞を紹介した。

「そうですか。こんなにお若い方が」夫の方が感心したように頭を上下している。「服部の息子です。父が大変お世話になりました」

夫婦の両手には服部の荷が詰まった紙袋があった。

服部が亡くなったのだという。昨日の夕方、服部は居間で息を引き取った。ソファで居眠りしていたのだが、一向に起きないのでパートが脈を取ったところ反応がなかったそうだ。

「父は幸せな最期《さいご》を迎えられました。これもみなさんのおかげです」

深々と頭を下げられ、礼を告げられたが、舞は困惑していて会釈を返すことしかできなかった。まるで実感が湧いてこない。

夫婦は晴れがましい顔をしていた。服部は八十六歳。大往生になるのだろうか。舞には判断がつかない。

ほどなくして、夫婦は帰って行った。何度も頭を下げながら。もうあの夫婦がここに来ることはないのだろう。

やがて勤務の始まった舞は、真っ先に服部の部屋に向かった。

部屋はすでにクリーニングが行われたのか、さっぱりとしていた。あるのは元から置かれているベッドと箪笥だけだ。服部の荷物は何一つ残っていない。当然、服部の姿もない。匂いすら残っていなかった。

そして明日には新しい入居者がここにやってくるらしい。当たり前のことかもしれないが、あまりの呆気なさに虚しさを覚える。悲しみに暮れる間もない。

そう思っていたのに、なぜだろう、この殺風景な部屋を前にしていたら徐々に眼球が熱を帯びてきた。

入浴しているときの服部の笑顔を思い出す。舞が誘えば嫌がることなく、お風呂に入ってくれた。舞の作った食事を「美味い、美味い」と食べてくれた。不思議だった。服部は世話の焼ける入居者だったのに、思い出すのはいいことばかりなのだ。

別に服部に特別な感情があったわけではない。あくまで入居者のひとりで、その付き合いも一ヶ月程度のもので、言ってしまえばあかの他人だ。何より、服部は舞のことなど認識すらしていない。

それなのに、どうしてこんなにも切なさが込み上げてくるのか。

「舞ちゃん、ここにいたんだ。今日はこのあとみんなで――」

背中に四方田の声が降りかかったが、すぐに途切れた。舞の肩が震えていることに気づいたのだろう。

その震えた肩に四方田の手がそっと置かれた。それが舞の涙腺《るいせん》をさらに緩ませた。舞はボロボロと泣いてしまった。人が死ぬというのはいなくなるということ。いなくなるということは、さみしいことなんだと、十九年生きてきて初めて知った。

その日の仕事はこれまでで一番きつかった。取り立てて何かがあったわけではない。ふだんとなんら変わらぬ一日だった。人がひとりいなくなっても何も変わらない。それが舞は悲しかった。

他のパートたちは入居者の死に慣れているようで泰然としていた。入居者たちはというと、その大半が服部がいなくなったことに気づいていない。そもそも服部という人間を覚えていないのだろう。ここで感傷に浸っているのは自分だけだ。

「酒井さん」

勤務を終え、夕暮れの空の下、舞が駐車場に向かってとぼとぼ歩いていると背中に声が降りかかった。振り返ると桜井がいた。遅番の彼はまだ勤務中なのでエプロン姿だ。

「服部さん、残念でした」

夕陽に赤く染められた顔で桜井は言った。

「服部さんは最期に、酒井さんに介護してもらえて幸せだったんじゃないでしょうか」

「それなら、桜井さんだって」

「ええ。きっとぼくらと服部さんとの間には小さな縁があったのでしょう」桜井は微笑んで言った。「どうぞ元気を出して」

舞はその顔をまじまじと見つめた。桜井はわたしが落ち込んでいるのに気づいて、こうして声を掛けてくれたのか。

ありがとうございます、そう発しようとした舞の唇から、意図せず別の言葉がぽろりと落ちた。

「人って、いつか死んじゃうんですね」

桜井は黙って舞の顔を見ている。

「ごめんなさい。当たり前のことを言って」

桜井はかぶりを振った。そして、

「不謹慎かもしれませんが、服部さんは理想的な終わり方だったとぼくは思います」

そんなことを言った。

「できればぼくも――」桜井は舞の後方、遠くに目を細めた。「そうやって死にたい」

天寿をまっとうしたいという意味だろうか。きっとそうだろう。

病気や事故ではなく、寿命が尽きてこの世を去りたい。誰だってそうだ。そういう意味では服部の死に方は、たしかに理想的なのかもしれない。

やがて、

「まだ勤務中なので、ぼくはこれで」

桜井はそう告げ、身を翻して施設へと戻って行った。「ありがとうございます」舞はその背中に叫んだ。桜井が振り返り、白い歯を見せる。

自分が悲しみを覚えているのは、服部との間に小さな縁があったから。

きっとそうだ。

世の中にはたくさんの人がいて、一生のうち出逢《であ》う人はごくわずかだ。でも、だとすれば自分と桜井との間にも縁があるということ。どうかこれは小さな縁じゃありませんように――。

35

久しぶりの休日は一日中家でごろごろしていた。何をするでもなく、ぼうっとしていたら日が暮れ、夜を迎えていた。ふだん仕事をがんばっているんだからたまにはこういう日があったっていい。ちょっぴり大事な休日をムダにしてしまった後悔はあるのだが。

やがて帰宅してきた父と母と三人で夕食を食べ、居間のソファで三人並んでテレビを見た。酒井家の正しい夜の過ごし方だ。もっとも舞は手元のスマホに大忙しでろくにテレビを見ていない。返信するのが億劫で一日放置していたら、ＬＩＮＥが百件近くも溜まっていた。その大半は勝手に招かれたグループで、それだって本当は抜けたい。

「当然だろうな」

ふいにとなりに座る父が一言つぶやいた。その声色がふだんの父と異質な感じがして、舞はチラッと視線を上げた。父は神妙な顔でテレビを睨んでいた。

その視線の先のテレビに目を移す。さっきまでオリンピック直前特番だったはずが、いつの間にか報道番組に切り替わっている。そして画面には、若い男が警察に連行されている様子が映し出されていた。これは三ヶ月ほど前のもので、ニュースをさほど見ない舞もこの映像は幾度となく目にしていた。そして画面下に出ていたテロップを見て父の言葉の意味がわかった。

三ヶ月前民家に押し入り、母子を殺害した男、足利清人。この男に第一審で死刑判決が下ったとニュースは報じているのだ。そしてこんなにも早い死刑判決は過去を遡っても事例がなく、極めて異例のことなのだという。

この事件はその残虐性以上に世間を驚かせ、また震撼させた。犯人、足利清人は母子を殺害した動機について、「鏑木慶一に憧れていた」と供述したからだ。つまり、足利清人は鏑木慶一の犯した事件の模倣をしたというのだ。

平成最後の少年死刑囚であり、脱獄犯である鏑木慶一。そんな人物に心酔してしまう若者が後を絶たないことが話題となっていた。もちろん舞の周りにそんなおかしな人間はいないが、世間には鏑木慶一をカリスマとして崇《あが》めてしまう者が少なからずいるようだ。

「体制に対し、鏑木慶一が反旗を翻したような、ある種の錯覚が起きてしまっているのだと思うんです。ただ実際は凶悪な殺人鬼です。鏑木慶一にはなんの信念もないし、闘争の意志もない。結局彼が脱獄し、捕まらずにいる。ここにだけ焦点が当てられ、神格化してしまい、信者が増えているような気がしてなりません。奇妙で異常ですが、若者特有の心理として考えられないものではないのかもしれません」

これはとあるコメンテーターの持論だが、舞はとてもじゃないが考えられないと思った。だが、ＳＮＳなんかを見るとたしかに鏑木慶一を応援する類の発信が目につく。検索を掛けているわけでもない舞が目にするくらいだから、相当の数があるのだろう。もちろんその大半は注目を集めたいがためにわざと物議を醸すような発信をしている愚か者たちだ。その証拠にそうした者はみな匿名だった。

だが、こうして足利清人が捕まったことで、心から鏑木慶一に心酔し、取り憑《つ》かれてしまった人間がいることが証明されてしまった。こうなると危惧されるのは次の被害——つまりは連《れん》鎖《さ》。

このことを鏑木慶一はどう思っているのか。捕まえたあかつきには是非とも問い質してもらいたい。彼に死を与える前に必ず。

ただ、舞は死刑そのものについては疑問を抱いている。反対でもないが、賛成でもない。よくわからないのだ。とくにここ最近は人の死について妙に考えさせられてしまう。

「お父さん。死刑って当然なのかな」

舞はテレビに目をやったまま訊いた。

「ん？　そりゃそうだろう。ましてやこの犯人はすでに成人しているわけだし」

「そういうことじゃなくて、人を殺す罰って正しいのかな」

父が首をひねって見てきた。「死刑に賛成か、反対かってことか」

舞は頷いた。

父は少し間を置き、

「お父さんは賛成だな。遺族の気持ちを考えればやむを得ないことだと思うよ。もしも舞が誰かに殺されたら、お父さんは絶対に死刑を望む。そうならないのならお父さんが犯人を殺しに行くよ」

わりと冷静に父は恐ろしいことを言った。

「でも、それでわたしが生き返るわけじゃないじゃん」

「そりゃそうだけど……」

舞はいつしかテレビではなく、その前にある虚空を見つめていた。

「わたし、この仕事始めてから、人って本当に死んじゃうんだなって思ったの。放っておいてもいつしかみんな死んじゃうのに、強制的に死なせていいのかなって」

「どんな罪を犯しても？」

これは逆どなりの母が言った。

その問いに対する回答を舞は持っていない。被害者やその遺族の気持ちを想像することはあるが、それは遥か遠くからだ。もちろん自分自身も死を望むほど誰かを憎んだことなどない。

結局、わたしは甘ちゃんなのだろう。そしてきっと幸せ者なのだ。誰かにひどく傷つけられたこともないし、貧乏をしたこともないし、未来を悲観したこともない。こうして父と母に挟まれ、ずっと守られて生きてきた。

ただ、死ぬのはいなくなること。いなくなっていい人が存在するのなら、その人はなんのために生まれてきたのだろう。

妙に根源的なことを思ってしまうのは、きっとこの仕事をしていて、常に死が側にあるからにほかならない。そういえば四方田が言っていた。介護の仕事は「慣れてきた頃に心がまいっちゃう」と。

まいってはいないが、少し病んできているのかも。これで恋していなかったらと思うと、ちょっと恐ろしい。

お風呂から上がってからはポッキーと戯《たわむ》れた。とはいっても、舞が一方的にポッキーの身体を撫で回していただけだ。ポッキーはずっと無反応だったけど、きっと気持ちは伝わっている。思えば生に終わりがあるのは人だけじゃない。どうかこの老犬には一日でも長く生きてもらいたい。

就寝前にベッドの上でスマホをいじった。これだけLINEに縛られていると、アカウント自体を削除してしまいたくなる。怖いけれどいざやってみたら案外自由を得られる気がしないでもない。

『トオルくんは足利清人の死刑判決についてどう思いますか』

舞はあえてこんなメッセージを返信してみた。『最近暑くてダルくね？』というどうでもいいメッセージが送られてきたのでカウンターを食らわしたのだ。これまでもトオルとのやりとりは中身のないものばかりだ。こちらは好きな人がいると匂わせているのに、トオルはお構いなしなので困る。いったいどういう神経をしているのか。

そんなトオルからの返信は舞の想像の斜め上をいった。

『これでこいつまで脱獄したらウケね？』

舞はぽかんとしてしまった。もちろんウケない。かといって怒りも感じない。ただ、この人とは距離を置こうと、静かに思った。なので既読無視することにした。

なのに、また新たなメッセージが届いた。『そういうことに興味あるならこれ見てみて。めっちゃ笑えるから』そのメッセージのあとにURLが貼られていた。YouTubeのようだ。アクセスして見ると、冴えない中年の男が映し出された。一応、再生してみる。

男は自らこんな動画を上げているくせにあがり症なのか、顔を赤面させ、つっかえつっかえしゃべっている。自称弁護士だというが流暢《りゅうちょう》には程遠い。肝心の内容はといえば、鏑木慶一の死刑判決に対して疑問を呈するものだった。ただし無罪だと話しているわけではなく、極刑を執行するのは時期尚早であり、もっと慎重になるべきだったと訴えているのである。

再生回数は二十万を超えていた。なぜこんな動画が？　と思ったがコメント欄を見てその理由がわかった。この中年男は過去に痴漢をして捕まっていたようだ。その一部始終が収められた動画が出回っていたらしく、その人物がこうして動画を上げたため、そのことに気がついた視聴者たちが騒いでいるのだろう。『おまえが言っても説得力ねーよ』一番上にあったこのコメントがすべてな気がする。

ただ、この中年男が必死なのは伝わってきた。それがまた滑稽に映るのだろうけど。

『まったく笑えませんでした』

舞は思いっきり無愛想なメッセージを返して、その後ブロックしてやった。ちっとも心が痛まなかった。

明日は日勤なので、もう寝なくては。エアコンのタイマーを三時間後に切れるように設定し、部屋の電気を落とした。

桜井もＹｏｕＴｕｂｅなんかを見たりするのだろうか。暗闇の中でふとそんなことを思った。

36

「いやあ、ありがたいねえ」

湯船の中の三浦はご満悦だった。綻《ほころ》んだ顔に湯煙が立ち昇っている。舞はすでにひとりで入浴介助を行えるまでになっていた。介護士として着実に成長しているのだ。

三浦は透明な湯の中で性器をほぐすようにして弄《もてあそ》んでいた。いつものことなのでなんとも思わなかった。これは三浦に限った話ではなく、他の男性入居者もみな股間ばかり触っている。これが認知症によるものなのか、男という生き物がみなそうなのかはよくわからない。

最初から男の裸を見ることにあまり抵抗はなかった。誰にも話していないが、中学の途中まで父とお風呂に入っていたからだろう。

「きみはここは長いの？」

ふいに三浦から訊かれる。トメと鷲生以外の入居者から名前で呼ばれたことはない。

「まだ一ヶ月とちょっとです」

舞は額の汗をタオルで拭いながら答えた。真夏の真昼の浴室はサウナと変わらない。明かり取りからは強烈な陽が射し込んでいる。

「ああ、そう。若いもんね」と、三浦は湯をすくって顔を洗った。「ぼくはいつからここにいるの」

「三浦さんは二年前に入居なさったと聞いてます」

「ふうん。そう」

「三浦さん、そろそろ上がらないとのぼせてしまいますよ」

本当は次の入居者が控えているのだ。九人入れなくてはならないので、時間はきっちり守らないとならない。脱水症状だって怖い。

「まだいいじゃない」

三浦がムスッとした顔を見せたので、「じゃあ、あと百数えたら」と明るく伝えた。

ほどなくして三浦も風呂から上がり、あとに続く入居者の入浴も済ませ、舞が居間で冷たい麦茶を飲んでいると、事務室の電話が鳴った。鳴り続けているということは四方田は外出中のようだ。舞は小走りで事務室まで行き、受話器を取り上げた。

「お電話ありがとうございます。我孫子グループホームアオバ、担当酒井です」

マニュアル通りの応答をする。

〈わたくし、笹原浩子と申します。姉の井尾由子がいつもお世話になっております〉

井尾由子の親族だ。「あ、こちらこそ」

〈四方田さん、いらっしゃいますでしょうか〉

「ええと――」すぐそこのホワイトボードを見る。四方田の欄に『買い物』と書かれていた。

「今は不在ですが、もう少ししたら戻ってくると思います」

〈そうですか。でしたらご伝言をお願いできますでしょうか〉

「はい」メモ帳を広げ、ペンを手に取った。

〈四方田さんには明日とお伝えしておりましたが、都合が悪くなってしまったので、急で申し訳ありませんが、本日姉の面会に伺わせていただきますとお伝えください。三時頃にそちらに到着すると思います〉

「はい。承知しました」

〈本当に急で申し訳ありません〉

「いえ。面会はいつお越しいただいても構いませんから」

面会は深夜帯でなければ自由に行えるようになっている。それこそ連絡もなくふらっと立ち寄る親族もいる。希望とあれば、親族がアオバに宿泊することだってできる。

笹原浩子との通話を終えたあと、舞は四方田に電話を入れた。早めに知らせておこうと思ったのだ。

〈むしろ今日来てもらった方がこちらも助かる〉と四方田。

明日は他の入居者家族も二組面会の予定があるらしく、時間帯が被っていたのだという。

〈あ、舞ちゃん。一応、田中さんと桜井くんにも、井尾さんの妹さんがこのあと面会に来ること伝えておいてもらえる？　ぼくはあと一時間ほど掛かっちゃうから〉

了承し、受話器を置いた舞は早速、二階へと向かった。本日の二階のパートは田中という中年女性と桜井だ。桜井はいったい週に何回勤務しているのだろう。彼が休んでいる日を舞は知らない。それだけパート従業員が足りていないのだろう。

田中と桜井にその旨を伝えると、途端に桜井の顔が曇った。なぜだろう、動揺しているようにも見えた。

「桜井くん、どうかした？」

田中も気づいたようだ。

「いえ」とは言うものの明らかに桜井の様子は変だ。目が泳いでいる。

それから時刻は進み、やがて四方田が帰ってきたとき、二階から下りてきた桜井が廊下で声を掛けた。近くにいた舞はそれとなく注意を向ける。ただし桜井は小声で何を話しているかわからない。

「それなら帰っていいよ。ぼくが現場に出るからあとのことは心配しないで」

四方田の声がわずかに聞こえた。桜井は恐縮したように頭を下げている。

そして桜井は事務室の中に入り、四方田は舞の方に歩み寄ってきた。

「桜井さん、どうされたんですか」早速訊ねた。

「具合が悪いみたい。だから早退させることにしたの」

「はあ」心配と落胆が半々だ。

「熱はなさそうだけど、彼が体調崩すなんて初めてだし、よっぽどのことなんだと思う。長引かなきゃいいけど」

本当にそうだ。

「いい機会だから笹原さんに桜井くんを紹介したかったんだけど、仕方ないな」

「あのう」舞はそっと窺うようにして言葉を発した。「桜井さんって、井尾さんとすごく仲良いですよね」

「うん、よくケアしてくれてる。井尾さんも桜井くんには心を許しているみたいだし、相性がいいんじゃないかな」

たしかにそうなのだろうが、だとしても夜中のあのやりとりは謎だ。

「井尾さんって、過去に何かあったんですか」

訊くと四方田の顔があからさまに強張った。「どうして？」

「あ、いえ」すぐに言葉に詰まった。深夜、涙しているところを見たと話していいものだろうか。桜井とのやりとりのことを話してもいいものだろうか。

「何か見たり聞いたりしたの？」訝しげな眼差しで舞を見ている。

「ええと、そういうわけでは……」

四方田がふーっと息を吐く。「井尾さん、昔のイヤな出来事をたまに思い出しちゃうみたいなんだよね。それで落ち込んじゃうことがあるんだ。まあ、そういうことは井尾さんに限った話じゃないんだけどさ」

なんか誤魔化されている感じがした。きっと井尾由子には何か人に言えない秘密があるのだ。桜井はそれを知っているのではないか。

事務室からその桜井が出てきた。エプロンを外し、リュックを背負っている。

「ご迷惑をお掛けしてすみません」

「ううん。お大事に」と四方田。舞も「お大事になさってください」と続けた。

桜井は会釈をし、身を翻して足早に玄関へと向かった。

「桜井さんって、ちゃんと休んでるんですか」

その背中に目を送りながら、となりの四方田に訊いた。

「まったく。ほんと、申し訳ないと思ってるんだけど」と頭を掻いている。「舞ちゃんも、休みが少なくてごめんね。来週また新しい求人広告が出るみたいだから」

「わたしは大丈夫です。学生でも主婦でもありませんし、アオバがなければ家でゴロゴロしているだけですから」

「ありがとう。そう言ってもらえると助かる」

「それに、四方田さんが一番休んでないじゃないですか」

「ぼくは社員だから。みんなと立場はちがうよ」

靴に履き替えた桜井がドアを開けて出て行った。舞はこっそりため息をついた。

ここでひとつ咳払いをした四方田が、「舞ちゃん、ところでさ」と改まった口調で言ってきた。

「来週の海の日なんだけど……手賀沼の花火、一緒に見に行かない？」

思いがけない誘いに戸惑った。

「ええと、その日はわたし、アオバ入ってますけど」

「でも日勤でしょ」

「あ、そっか。花火は夜ですね」

「ぼくもその日は夕方に上がれると思うし、一緒にどう？」

これはデートに誘われているということだろうか。それとも前に四方田が話していた、パートのメンタルケアの一環だろうか。

舞が返答に詰まっていると、背中の方で「ぎゃーっ」とエツの金切り声が上がった。振り返ると、エツとトメがすぐそこで掴み合いになっていた。慌てて四方田と駆け寄る。「このバアさんに殺されるーっ」エツが叫べば、「あんただってバアさんじゃないか」とトメも怒声を発する。

間に割って入り、二人を引き離す。「どうされたんですか」と四方田がトメに訊いた。

「この人がね、そこの椅子の背に掛けておいたあたしの手ぬぐいを盗んだんだよ」

「盗んでないよっ」

「じゃあその腹の膨らみはなんだいっ」

トメがエツの腹部を指差す。たしかにぷっくりと膨らんでいた。ブラウスの下に何か隠しているのだ。

四方田がため息を漏らし、「エツさん、それはトメさんのものですから、返してあげてください」と優しく諭すように言った。

「いいや、あたしのだ」

「きっとエツさんのと似ていて勘違いしてしまったんですね。一度確認してみてもらえますか」

するとエツは腹から手ぬぐいを取り出し、「あれ？　ほんとだ。あたしのじゃないね」と目を丸くした。

「臭い芝居するんじゃないよ」ピシャリと言うトメを、「まあまあ」と四方田が宥める。

「早く返せ」トメが手を差し出した。「それと謝れ」

「うるさいよっ」エツが手ぬぐいを床に投げつける。「いらないよ、こんなもん」

そしてエツはすたすたと廊下を進み、自分の部屋に逃げ込んだ。

四方田と目を合わせ、苦笑する。あの気性の荒さと盗癖はどうにかならないものか。

「ああ、やだやだ。人間ああなっちまったら終わりだよ」

トメが首を左右に振って嘆いた。

その後、四方田から指示され、舞はトメの部屋で彼女のケアにあたった。エツへの怒りは当然、日頃の鬱憤《うっぷん》をこれでもかと捲し立てるトメに対し、舞は「そうですよね」「おっしゃる通りです」の二語を用い、相槌を打ち続けた。話の中でところどころトメが記憶違いをしている箇所があり、この老女にも認知症が始まっているのだということを舞は実感した。もちろん指摘はしなかった。

そうこうしていると十五時になり、電話をくれた笹原浩子が手土産を持ってアオバにやってきた。五十歳くらいだろうか、姉の井尾由子と顔の造りはさほど似ていなかったが、雰囲気や佇《たたず》まいがそっくりだった。

「ああ、お電話のときの。こんなお若い方だったんですね」

事務室で舞が自己紹介をすると、彼女は口に手を当て驚いていた。親族は大抵、同じような反応をする。それだけ自分は珍しいのだろう。

「姉がいつもお世話になってます。みなさんにご迷惑を掛けていないでしょうか」

「迷惑だなんてそんな」

舞は胸の前で両手を振って恐縮した。だいたい自分は一階の担当なので、これまで井尾由子と接したことは一度もない。

「井尾さんにはぼくら職員の方が助けられているくらいです」四方田が横から言った。「二階の入居者の洗濯物は毎回井尾さんが畳んでくれているんですよ」

「そうですか」と微笑み、「姉は今?」と天井を指差した。

「ええ、お部屋でくつろいでいると思います。早速行きましょう」

四方田が促し、二人は連れ立って事務室を出て行った。「桜井くんという若い男の子のパートがいて、井尾さんは彼ととっても仲良しなんです。できれば今日ご紹介したかったんですが――」四方田の声が漏れ聞こえた。

舞も頂いた手土産を持って、事務室を出た。『山形旬香菓《しゅんこうか》』という色彩豊かなゼリーだ。ということは笹原浩子は山形県からはるばる面会にやってきたのだろうか。ここまでいったいどれくらいかかるのだろう。

明日出そうと思っていたゼリーは、冷蔵庫にしまう前に入居者に見つかってしまい、すぐさま三時のおやつとして提供することにした。数を確認して、舞もいただくことにした。冷え方が足りなかったが、みずみずしいゼリーの中に旬の果物がたっぷり入っていて美味しかった。親族らが持ってきてくれるお土産を密かに職員たちも楽しみにしている。

そうして居間でみんなでゼリーを食べていると、

「お、なんだなんだ。みんなで美味そうなもの食べてるな」

そこに社長の佐竹がやってきた。今しがた聞こえた車の音はどうやら彼だったらしい。この人はいつもふらっと施設にやってくる。

舞はゼリーが笹原浩子からの土産であることを伝え、食べますかと訊ねると、「もちろん」との返答。さくらんぼがいいと種類の指定までされた。

「マイマイ、仕事は慣れてきたかい？」

スプーンにすくったゼリーをちゅるっと口に入れた佐竹が訊いてきた。この父と同世代の社長は舞のことを親しみを込めてマイマイと呼ぶ。いつも自分のことを気に掛けてくれるので舞は佐竹のことが好きだった。佐竹や四方田に限らず、アオバの職員にイヤな人はいない。

「そうかそうか。それは何よりだ」

楽しく仕事していると伝えると、佐竹は目を細めて頷いた。

「四方田は上かい？」

「はい。面会にお越しになった笹原さんと一緒に、井尾さんのところにいると思います」

佐竹は天井を見ている。「今日の二階の担当は誰だっけか」

「田中さんと桜井さんなんですが、桜井さんは具合が悪くなってしまったみたいで、先ほど早退しました」

「あいつが？」と目を丸くした。「なんだ、夏風邪か」

「わかりませんけど、ちょっとつらそうでした」

「そうか。マイマイも体調には気をつけてくれよ。わかってるだろうけど、人手が足りないもんでな」

「はい。気をつけます」

「ただし、無理をしたら絶対ダメだぞ。風邪なんかとくに」ここで佐竹は周りをさっと見回し、「入居者に感染《うつ》ったら死活問題だから」と声を落として言った。

ほどなくしてゼリーを食べ終えた佐竹は、「そうか、桜井がいない、か」と独り言を漏らした。

「社長は桜井さんに用があって来られたんですか」舞が訊くと、「社長じゃなくて佐竹さん」と会うたびに言われている注意を受けた。佐竹は社長と呼ばれるのが好きではないらしい。

「桜井じゃなくて、マイマイの顔を見にきたんだよ」

「え、わたし？　ええと、どうしてですか」

「冗談。笹原さんがいらっしゃると聞いて来たの。少しお話ししたいことがあってな。このあと事務室使わせてもらうから」

それから一時間ほど経ち、四方田と笹原浩子は一階に下りてきた。佐竹と軽く挨拶を交わし、そのまま三人で事務室へと入った。わざわざ佐竹まで入って面談するくらいだから、きっと大切な話をするのだろう。

舞は壁がけの時計を見た。あと三十分ほどで勤務終了だ。今日は入浴日だったので、時間が経つのが早い。帰りにスーパーに寄って、家の夕飯の材料を買わなくては。今夜は夏野菜のキーマカレーに挑戦する予定だ。家で習得したものをアオバで提供する。こうして舞は料理のレパートリーを増やしている。

そんなことを考えていると、「ちょっといいかしら」と後ろから声が降り掛かった。振り向くと真後ろに井尾由子が立っていた。ふだん、彼女が一階に下りてくることなど滅多にないので驚いた。

「ひろちゃん――わたしの妹なんだけど、もう帰っちゃったかしら」

「すぐそこの事務室で四方田さんたちと面談されてますが」

「面談？　あ、そうだ」と思い出したように胸の前で手を合わせる。「ついさっきそう言ってた。本当、わたしったら」

「何かご用でしたら、お声がけしてきましょうか」

「ううん。さっきまで一緒にいたはずなのに、どこに行っちゃったのかなあって。帰る前にもう一度部屋に来ると思うから大丈夫」

ここでバタバタと廊下から足音が聞こえた。二階のパートの田中がやってくる。井尾由子の姿を見つけて、ホッとしていた。

「よかったあ。井尾さん、ここにいたんだ。一階に行くなら一言、声を掛けてちょうだいよ」

「脱走したと思った？」

「そんなこと思わないけど」

「しようとしてたのよ」

井尾由子が冗談めかして言い、田中はあははと笑った。

井尾由子はどうやら明るい人のようだ。そして見た目はどこまでもふつうに見える。年下の田中とこうして並んでいても、井尾由子の方が若く見えるくらいだ。

「せっかくだからわたし、ここで妹を待たせてもらおうかしら」

井尾由子は言いながら舞のとなりに腰掛けた。「よろしくね」こっそり田中に耳打ちされた。

それから井尾由子はソファに座る入居者たちに次々と声を掛け始めた。今は最年長の須田と楽しそうに会話をしている。その様子は介護士のようだった。

舞はそんな彼女にアイスコーヒーを差し出すと、

「ねえ、まいちゃんっていくつ？」

井尾由子から訊かれた。どうしてわたしの名前を、と思ったが視線が舞の胸にあるので名札を見たのだろう。名札には『さかい　まい』と平仮名で書いてある。

舞が十九だと伝えると、「あらまあ」と目を丸くして驚いていた。

「ってことは、わたしの教え子たちとおんなじくらいだ」

「教え子？」

「昔のね。わたしね、もともと高校教師をしてたのよ。古文の先生。まいちゃんは古文は得意だった？」

「全然ダメでした」照れながら言った。

「じゃあ今度教えてあげる。ちゃんと勉強したらおもしろいんだから」

この人は本当にアルツハイマーなのだろうか。こんなにちゃんとお話しできるのに。

井尾由子はアイスコーヒーをストローで一口すすり、

「そういえば桜井くんは今日はお休みかしら？　来てないわよね、今日」

桜井が先ほど早退したことを伝えると、彼女はみるみる表情を曇らせ、肩を落とした。そして重い表情で黙り込んだ。

そんなに桜井のことがお気に入りなのだろうかと思ったが、少し考えて彼女が落ち込んでいる理由が別のところにあるとわかった。早退したとはいえ、桜井は朝から勤務をしている。その間に井尾由子とも接しているのだ。彼女はそれを忘れている自分に落胆しているのだろう。

「ほんと、イヤになっちゃう」

薄い笑みを浮かべ、力なく彼女はつぶやいた。

「まいちゃん、お母さんはおいくつ？」

ふいに訊かれた。

「四十六歳です」

「ふふ。わたしより十歳も若いのね。まあ、それもそうね」

井尾さんにお子さんはいるんですか。訊こうとしたが失礼なのでやめた。

「やっぱり部屋に戻るわね。ごちそうさま」

彼女はさっと立ち上がり、階段の方へと向かって行った。肩を落として歩く背中を見て、舞は胸が締めつけられた。ちょっぴり忘れっぽいだけなのに、あんなに若くて元気なのに、彼女はここで高齢者たちと暮らさなくてはならないのだ。事情があるのだろうが、あまりにかわいそうだと思った。

「舞ちゃん、そろそろ上がって」

台所にいる遅番のパートから声が掛かった。時計を見ると勤務の時間を過ぎていた。

舞は入居者たちに挨拶をして、帰り支度をしに荷物の置いてある事務室へ向かった。面談で使っているとはいえ、少しくらい入っても構わないだろう。

舞の右手がノックしようとしたそのとき、

「――息子夫婦が殺されたなんて、とてもじゃないですけど」

笹原浩子の声が中から聞こえ、舞はぴたっと動きを止めた。

「お気持ちは十分わかるのですが、知っているのといないのとでは、ケアの仕方も変わってきます。それに現場のスタッフは薄々勘付いていています」

これは四方田の声だ。

「事件のことについてですか」

「いいえ。井尾さんが大きなトラウマを抱えていることをです。ただそれがなんなのかはわかっておらず、疑問だけが膨らんでいるんです。こうした状況は好ましいものではありません」

舞の上げた右手が行き場を失っている。

「スタッフのみなさんを信用していないわけではないのですが……マスコミに姉がここにいることを知られたくないんです。未だわたしの家にすらやってくるような人たちです。もし姉がここでお世話になっていると知ったら、必ずあの人たちは押しかけてくるでしょう。わたしはこれ以上、姉を苦しめたくないんです」

「他言は絶対にしないよう、従業員には我々から固く口止めしておきます」

しばし沈黙が続いた。

「せめて、あの犯人が捕まってからではダメでしょうか」

再び、沈黙。

「笹原さん、どうでしょう。一度、井尾さんにご相談されてみては」これは佐竹の声だった。

やがて、カタンと椅子が鳴った。誰かが立ち上がったのだ。舞は慌ててその場を離れた。

数秒後、笹原浩子を先頭に三人が事務室から出てきた。舞の前を横切って廊下を進み、階段の方へと向かっていく。どうやら井尾由子のもとへ行くようだ。

それにしても、今の会話——。

舞は誰もいなくなった事務室でそそくさと帰り支度をしてアオバを後にした。

井尾由子の息子夫婦は誰かに殺され、それはマスコミが騒ぐほどの大事件であり、犯人はまだ捕まっていない——。それがいったいどの事件に当たるのか、想像せずにはいられなかった。帰路、ハンドルを握りながらずっとそのことを考えていた。途中でスーパーに寄るつもりだったのに、気がついたら自宅の前だった。

今夜はふだんの酒井家の食卓ではなかった。みんな箸を持っているがまったく手が動いていなかった。

「やっぱり、あの事件なんじゃないか」父が難しい顔で言い、「それしか思いつかないわよね」と母も続く。

帰宅した舞は両親にアオバで聞いてしまった話を伝え、そこからは三人で想像を巡らせた。断片的な情報しか持っていないものの、思い当たるのは例の事件しかなかった。鏑木慶一の起こした一家殺害事件だ。

決定的だったのは、事件で唯一生き残った女性がいたこと。被害のあった家には殺された夫の実母が同居しており、その女性が井尾由子なのではないかと考えたのだ。インターネットで調べてみたが名前は明かされておらず、ただその年齢は井尾由子とぴったり合致する。これはもう間違いないと思った。

だが、まさかあの事件の遺族が自分のそばにいただなんて——。

若い夫婦と子を殺害し、少年死刑囚となった鏑木慶一。そんな死刑囚が鉄の要塞から脱獄したのは今から一年四ヶ月前だ。メディアは昼夜を問わず連日のようにこの事件を報じ続けた。

一時、日本のマスメディアは鏑木慶一一色になった。

それでも、舞はこの事件をどこか遠い世界の出来事のように感じていた。目の前の日常とはかけ離れたところで騒いでいるような気がしていた。それが今、ドンと目の前に突きつけられた。お伽話だったものがノンフィクションだと知らされ、エンドロールにまさか自分の名前が載っていた。言うなればそんなところだ。

「わたし、その妹さんの気持ち、わかる」母が静かに言った。「誰にも知られたくないよ、そんなこと」

「おれは社長や社員の判断が正しいと思うけどな。やっぱり身近なスタッフたちは知ってなきゃいけないだろう。そりゃあ妹さんからしたら隠しておきたいだろうけど、何よりも大事なのは当人のケアなんだから」

「妹さんもそれは当然わかってるんだと思うの。ただ、やっぱりマスコミが怖いのよ」

「まあ、そうだな」父がため息をついた。「いくらスタッフに箝口令を敷いたからといって、どこで漏れるかわかったもんじゃないしな。こうして舞も知っちゃったわけだし」

「でしょう――舞、あなたはどう思う?」

話を振られ、舞は俯いていた顔を上げた。「わかんない」

どちらが正しいのかなんて、自分には本当にわからない。そもそも良い悪いなんていうのは結果論であって、正解などない気がする。どちらも方法のひとつなのだから。

それよりも今、舞には気になっていることがあった。桜井が井尾由子の過去を知っているのかどうか、ということ。

今日、自分ははからずも知ってしまったが、彼はそれよりも前に知っていたのではないだろうか。でなければ深夜のあの二人のやりとりの説明がつかない。佐竹や四方田が桜井にだけは話していたということだろうか。考えにくいがそうでなければ整合性が取れない気がする。

舞はお尻で椅子を引き、すっと立ち上がった。「わたし、ちょっと電話してくる」

「誰に？」

「四方田さん。ここまで知っちゃったんだから、井尾さんが本当にあの事件の遺族なのかどうか、はっきりさせときたいもん」

加えて桜井がそれを知っているのかどうかということも。

「盗み聞きしちゃったことも謝りたいし」

「だったらご飯食べ終えてからでいいじゃない」

「もうお腹いっぱい。ごちそうさま」

居間を出て自分の部屋へ行き、スマートフォンを手に取った。電話帳から四方田の名前を探し当てる。四方田のプライベート用の携帯電話に発信するのは初めてだ。

応答した四方田は自宅におり、今から夕飯を食べるところだったらしい。

「すみません。あとで掛け直しましょうか」

〈ううん。気にしないで。レンチンするだけのさみしい食事だから〉四方田は笑いながら言った。〈で、どうしたの〉

舞はすーっと息を吸い込んだ。「わたし、実は今日――」

話を聞いてしまったことを素直に告げた。そこから自分が想像した話も。四方田は冷静に舞の話に耳を傾けていたが、最後に〈まいったな〉と一言漏らした。

「ごめんなさい」

〈いや、ぼくらが迂闊《うかつ》だった。ちゃんと場所を変えて話すべきだった。デリケートな話なのに〉

四方田は電話の向こうでため息をついている。

「それで、やっぱり井尾さんはあの事件の？」

しばし沈黙のあと、

〈そう〉

トン、と心臓を小突かれた気がした。

〈もう隠しても仕方ないから言うけど、あの事件の被害者は井尾さんの息子さん夫婦とお孫さん〉

やはり、そうだったのだ。

それから四方田は舞に対し、他のパートたちにはまだ内密にしておいてほしいと、少し圧のかかった口調で言った。事務室を出たあと、井尾由子本人も交えて改めて相談したところ、結局他のパートスタッフには知らせないという方針に決まったらしい。

「あの、このことって、四方田さんと社長以外は誰も知らないんですか」

舞がもっとも訊きたいのはこれだ。

〈うん。ぼくと佐竹さんしか知らない〉

だとしたらなぜ桜井が知っているのだろう。井尾由子が桜井に直接語ったのだろうか。数秒考え、その可能性はあるなと思った。

ただ、仮にそうだとしても、これまた不可解なことが出てくるのだが。桜井がそのことを四方田に黙っている理由だ。桜井は朝の申し送りでも井尾由子のことについて一切触れなかったのだ。傍らに舞がいたからだとしても、折をみて四方田に伝えるのが筋だろう。

〈舞ちゃんは井尾さんと話したことは？〉

「今日、四方田さんたちが事務室で面談している間に話しました。ほんの少しですけど」

〈ふつうの人だったでしょ〉

「はい。そう思いました」

それから四方田は一拍置き、〈井尾さんの人生を思うと、たまにやりきれなくなる〉と吐露した。〈どうして井尾さんにだけこんな災難が降りかかるんだろうって〉

「わたしも、そう思います」

〈井尾さんはね、自分のことを臆病者で、卑怯者だって言うんだ〉

「どうしてですか」

〈きっと、息子さんたちが襲われているときに、助けに入らなかったから。そしてそんな自分だけが生き残ってしまったから〉

「そんなの——仕方ないと思います」

〈ぼくもそう思う。ただ、井尾さんは自分が許せないんだよ〉

仮に自分だったらどうだろうか。父と母が何者かに襲われているとき、身を挺《てい》して守ることができるだろうか。

〈それとね、井尾さんは、これ以上症状がひどくなったら自分を死なせてほしいって言うんだ。ぼくはそのたびに変なことを口にするのはよしてくださいって怒るんだけど……たまにわからなくなる〉

「………」

〈楽しかった思い出や幸せだった記憶はぽろぽろとこぼれ落ちてしまうのに、あの事件のことだけはどうしても忘れられないんだって、そんなふうに話してた。もしも最後に、井尾さんの中に残る記憶がそれなんだとしたら、生きていてもつらいばかりなんじゃないかって、ぼくはたまにそんなことを考えてしまうんだ〉

舞は何と言ったらいいかわからなかった。こんなふうに年上の男の人が話してくれるのは初めてのことで、それは自分のことを子供扱いしないでいてくれているからなのだろうけど、ただ、受け止められるだけの度量が自分にはない。舞はそんな己が歯がゆかった。

〈ごめん。こんな話を聞かせちゃって〉

「いえ、そんな」どうしてもっと気の利いた台詞が出てこないのか。

〈メンタルケアはぼくの方が必要なのかも〉

四方田は冗談めかして言った。これにも舞は返答できなかった。

〈ところで花火の件なんだけど、どうかな。まだお返事もらってなかったと思うんだけど〉

そうだった。あのときトメとエツの騒動があり、うやむやになっていた。そしてすっかり忘れていた。

〈さては舞ちゃん、忘れてたでしょ〉

見抜かれていたが、「忘れてません」とムキになって言った。

「でも、手賀沼の花火だったらアオバからも見られるんじゃないですか」

〈ううん。音ばかりバンバンうるさくて、あんまり景観はよくないんだよ〉

何やら四方田は誰も知らない秘密のスポットを知っているのだという。そこは人気《ひとけ》がまったくなく、それでいて花火を間近で見ることができるのだそうだ。

〈で、どう？〉

二秒、考えた。「行きます」

〈ほんと？　よかったあ〉

仕事終わりに四方田の車に同乗し、そこに行く約束をした。子供のようにはしゃぐ四方田がなんだか可愛く思えた。

ただ、ちょっぴり罪悪感もあった。自分が一緒に花火を見たいのは桜井なのだから。もしも、四方田が自分に好意を抱いているのだとしたら申し訳ない。ただ単に一緒に行く相手を探していただけ。都合よくそう解釈することにした。

通話を終えてから舞は居間へ行き、両親に自分の想像が間違っていなかったことを手短に告げた。

「だからお父さんもお母さんも、絶対に人に言っちゃダメだからね。どっちも超口軽いんだから」

舞は腰に手を当ててビシッと釘を刺した。

「お父さんは平気だけど、お母さんは不安だな。ご近所さんにうっかり口を滑らせそうだ」

「ちょっと。それを言うならお父さんでしょ。お酒の席で会社の人に――」

「とにかく、ほんとダメだからね。うちから噂話が広がったりなんかしたら、わたしアオバにいられなくなる。わかったら返事」

二人に「はい」と言わせ、この話はここで一旦落ち着いた。

その後、また家族三人でポッキーの散歩に出掛けた。道中、舞が四方田と花火を見に行く約束をしたことを伝えると、「浮気だ、浮気」と父がからかってきたので本気で怒った。さらに父は、今度の休日に母と二人でアオバの見学に行くなんて言い出したので、「来たらマジで親子の縁を切る」と脅しておいた。そんなやりとりをポッキーは舌を出して見上げている。

「小さな縁、か。たしかにそうだよなあ」

帰り道、ポッキーを抱きかかえた父が夜空を見上げて言った。服部の死のあと、桜井に掛けてもらった言葉を伝えたのだ。あのときはうれしかったし、ありがたかった。

「桜井くんって子、若いのにいいこと言うな。お母さん、その子の顔を見るためにもやっぱりえないから」


アオバに行こうよ」

「行きましょ、行きましょ」

「本気でやめてね。授業参観じゃあるまいし、パートの親が職場見学に来るなんてマジでありえないから」

舞は真剣に言った。この二人は油断していたら本当にのこのこやってきそうだ。

「ところで桜井くんとお父さん、どっちがイケメンだ？」

「返答する価値なし」

正直、桜井は顔立ちが整っているわけではない。目は細いし、鼻もくの字に曲がって歪んでいるし、唇はめくれ上がっている。でもそんなこと関係ない。桜井の容姿に惚れたわけではないのだから。

「ねえ、写真撮ってきてよ」と母。「一枚でいいから」

「撮らせてくださいって言うの？　むりむり」

「はは。やっぱりお父さんよりブサイクなんだな」

父の背中を思いきり叩いた。バチンと音が鳴り、「痛っ」と叫んだ父の声が夜空に響いた。

37

三回目の夜勤はたっぷりと睡眠をとってきたので、身体が軽く、頭もすっきりとしていた。

きっと身体が少しずつ夜型になってきたのだろう。あまりいいことではないのだろうが、仕事なので割り切っている。

そして今夜の二階の担当はまたも桜井だった。他のパートたちはみな主婦なので、夜勤が大変なのはわかるがそれにしたって桜井に押しつけ過ぎだと思う。その上、桜井はそのまま日勤を務めたりもしている。つまり連続して二十時間近く労働していることになるのだ。そんなに働くならどうして社員にならないのだろうかと、舞は疑問を抱いているが訊くには至ってない。どうにかして距離を縮めたいが、彼が二階に移ってからというもの接点が減り、話し掛けるきっかけが摑めない日々が続いている。

零時を過ぎた頃には、自分の呼吸音が聞こえるほど一階は静まり返っていた。入居者は誰ひとり起きてこない。夕方みんなで近隣を散歩したそうなので、その疲れの影響だろうか。だとしたら自分が夜勤を務める日は毎回散歩に連れて行ってもらえるとありがたい。

深夜一時、舞は台所で朝食の下ごしらえを始めた。大根や人参《にんじん》をトン、トンとリズムよく刻んでいく。手を動かしながら井尾由子のことを考えていた。井尾由子の過去を知ってからというもの、無意識に彼女のことばかり考えてしまう。

先日、井尾由子から「あなた、まいちゃんだったわよね？　わたし、あなたとお話ししたことあるわよね？」と声を掛けられた。「妹さんがお越しになったときにおしゃべりしました」舞がそう伝えると、「そうそう」と、彼女は目を輝かせて喜んでいた。覚えていることがうれしかったのだろうし、舞も覚えていてくれてうれしかった。

先日のニュースで、鏑木慶一の懸賞金がついに一千万円に上がったことが話題になっていた。そんなお金があるなら井尾さんにやってくれと舞は思った。アオバは有料介護施設のグループホームでサービスが行き届いている分、毎月の費用も相応なのだ。

鏑木慶一――もう日本に住む者なら誰でもその顔を知っている。腹立たしいがあの凶悪犯は端整な顔立ちをしている。だからこそ変な信奉者や、逃亡を手助けしたいなんていう愚かな女どもが現れるのだろう。目の前にしたら逃げ出すに決まっているくせに。殺人鬼を前にして戯《ざれ》言《ごと》を口にしてみろと言いたい。

朝食の下ごしらえがいち段落したところで、舞は台所から出た。二階へ向かうのだ。もとより今夜はそのつもりだった。

もしもまた桜井と井尾由子があの謎のやりとりをしているのだとしたら、今日こそはその真相を知りたい。桜井はなぜあのことを知っているのか、そしてなぜそれを四方田たちに黙っているのか。これだけは未だわからないままだ。

階段を上りきった舞はそこで立ち止まり、やっぱりと思った。

井尾由子の部屋の明かりが漏れている。桜井はまたあの部屋にいるのだ。三度目ともなると奇妙としか思えなかった。

息を潜め近づいていく。盗み聞きに罪悪感はあれど、興味の方が勝った。

やがてドアの前に立つと、

「だって、今さらだもの」

と、井尾由子の声。

「いいえ。そんなことはありません」

これは桜井の声。

舞はそっとガラス部分から中を覗き込んだ。これまで同様、二人は寄り添ってベッドに腰掛け、桜井が井尾由子の手を取っていた。桜井が手前、井尾由子は奥に位置している。彼女は疲労の滲んだ顔をしていた。

「それに、わたしはアルツハイマーの人。何を話しても信じてもらえない。現にわたし、黙っていたわけじゃないもの。何度か、検察の人にお話ししたのよ。それでも、『被害夫の母親はアルツハイマーを患っており』って、わたしの証言はないものとして扱われたの」

「ぼくは信じます。ですから、もう一度初めから順を追って——」

「ううん、イヤ。思い出したくない」

「お気持ちはよくわかります。でも、どうか、お願いできないでしょうか」

「ねえ、どうして？　どうして桜井くんはこんなにもわたしの記憶にこだわるの？」

その問いに桜井は答えなかった。

井尾由子はゆっくりかぶりを振った。「そもそもわたし自身、記憶に対する自信がないの」

「先ほど、はっきり覚えているとおっしゃっていたのに？」

「それもすべて、わたしが勝手に作り出した妄想なんじゃないかって」

「ちがいます。あなたの記憶は正しい。何一つまちがっていない」

「どうして、あなたにそんなことが言えるの」

「ぼくには言えるんです」

井尾由子が繋いでいた手をそっと解《ほど》き、桜井から顔を背けた。

「わからないわ。わたし、あなたがわからない。どうしてあなたがこんなにも固執するのか。だけど、お願い。もうやめて」

しばらく沈黙が続いた。

やがて、

「ぼくには……時間がないんです」

ここで一瞬、視線が重なった気がした。桜井と、舞の視線が。

舞は慌てて、頭を引っ込めた。続いて中腰のままその場を離れた。廊下を早歩きで進み、階段を音を立てぬよう下りていく。

半分ほど下りたところで、「酒井さん」と頭上から声が落ちてきた。

舞はぴたっと足を止め、ゆっくり振り返った。

薄闇の中で、桜井が目を糸のように細め、舞を見下ろしていた。

「何か、ご用でしたか」

冷たい響きだった。舞はごくりと唾を飲み込んだ。

「あの、三浦さんが失禁してしまって、防水シーツが切れていたので二階のを借りようかと思って……」

「防水シーツ？」

と、何も持っていない舞の手元を見ている。

「でも、桜井さんの姿が見当たらなかったので、また後にしようと……」

「なるほど。少々お待ちを」

そう言って桜井は身を翻した。舞はその場を動けずにいた。心臓が内側から激しく胸をノックしている。

数十秒ほどで再びやってきた桜井の手には防水シーツがあった。それを受け取る舞の手はぐっしょり湿っていた。

「どうですか。一階は落ち着いてますか」

「はい。おかげさまで」

なにがおかげさまなのか。舞は逃げるようにその場を離れた。

なぜだろう、桜井に対し恐怖心が生まれていた。きっとそれはわからないことへの恐怖だ。いったいあの会話はなんなのか。桜井は井尾由子に何をさせようとしていたのか。

舞は居間のソファに座り、想像を巡らせた。先ほどの、そしてこれまでの二人の会話からすると、桜井は井尾由子に何かを語らせたいようだ。そしてそれは確実にあの事件に関するものだ。ただ、それがどんなものなのか、まったく見当がつかない。そもそも、なぜ桜井がそんなことをしたいのかもわからない。

もしかすると、桜井もまた、あの事件の関係者なのだろうか。だとしたら、桜井がここに勤めている理由は井尾由子だということになる。偶然なんてことはありえない。

本当に、わからないことだらけで頭が混乱してしまう。思いきって直接桜井に訊ねてみようか。案外、拍子抜けするような回答が得られるかもしれない。

舞はあの凄惨な事件について、人並み、いや、人一倍詳しく知っている。井尾由子が遺族と知ってから散々調べたのだ。

事件が起きたのは二〇一七年十月十三日、埼玉県熊谷市にあった井尾宅。殺害されたのは夫・洋輔（二十九）と妻・千草（二十七）、息子・俊輔（二）。

犯人の鏑木慶一（当時十八）は、まだ日のある十六時頃に井尾宅に侵入し、居間で妻の千草と揉み合いになり、台所にあった出刃包丁で腹部を突き刺し殺害。次に息子の俊輔を床に叩きつけ、その後胸に包丁を突き刺し殺害した。

やがて帰宅した夫の洋輔のこともまた、背後から忍び寄り、背中を突き刺し殺害した。

鏑木慶一はその後、現場に駆けつけた警察官によって現行犯逮捕された。鏑木慶一と妻の千草が揉み合いになった際、争いの物音を聞いた隣人が110番通報していたのである。この隣人はマスコミのインタビューで、「ガラスが割れる音とか、悲鳴とか、そういったのが聞こえてきて、結構激しい感じだったから通報したんです。ただ、夫婦喧嘩が白熱し過ぎちゃってるのかなって、そんなふうに思ってたんですけど」と、そのように答えていた。

逮捕から数日後、一貫して「やっていない」と話していた鏑木慶一だったが、ようやく罪を認め、その後検察は起訴に踏み切った。だが、二ヶ月後に行われた第一回公判で鏑木慶一は供述を覆すことになる。自白は警察の圧力によるもので、自分はまったくの無実であると主張したのだ。動機についても、妻の千草に悪戯《いたずら》しようとしたということになっていたが、これもまた警察に「言わされた」と鏑木慶一は訴えた。

だが当然、鏑木慶一の話を信じる者などいなかった。凶器の出刃包丁には鏑木慶一の指紋が付着しており、さらには逮捕時、彼は血まみれだったのである。

何より、同居していた井尾由子の証言がある。三人が殺害された居間のとなりには和室があり、その押し入れの中で彼女は息を潜め、身を隠していたのだ。ただ、彼女は息子の洋輔が殺された直後、押し入れから身を出し、わずかに開いた襖から顔を覗かせており、その際に犯人の顔を確認していた。そして、犯人は鏑木慶一で「間違いありません」と証言をしている。

舞は細く長い息を吐き出し、天井を仰いだまま、すうっと目を閉じた。完全なる暗闇が出現した。

舞は闇の中で奇妙な感覚を味わっていた。散らばったパズルが徐々に組み立てられていくような――ただ、その完成図は霧がかったように曖昧模糊《もこ》としている。

次第に霧が薄れ、画の輪郭がはっきりしてきた。

これは――人の顔？　だれ？　男であることはわかる。それも二人。二人の男が並んで映し出されている。一人は――桜井だ。そしてもう一人は、あの鏑木慶一だった。

そんな二人がゆっくりと接近していき――やがて重なり合った。

直後、舞は目を開き、もたれていた上半身を勢いよく起こした。

しばらくその状態で動きを止めていたが、次第に呼吸が荒くなっていった。

二人はまったくの別人。そんなの当たり前であるはずなのに、舞の緊張はちっとも解かれなかった。

鏑木慶一は色白の坊主頭で、桜井は浅黒く前髪が目にかかる程度の頭髪。前者はくっきりとした二重まぶたで、後者は吊り上がり気味の腫れぼったい一重まぶた。眉の形だって鏑木慶一が太く弓なりのものであるのに対し、桜井は細い八の字を描いている。鼻だって唇だってちがう。鏑木慶一は真っ直ぐ鼻梁《びりよう》が通っているが、桜井の鼻はくの字に折れ曲がっている。鏑木慶一のぼってりと厚い唇に対し、桜井の唇はめくれ上がっている。鏑木慶一の特徴である左の口元にある黒子だって桜井にはなく、逆に桜井の特徴的な右目の下の大きな涙黒子は鏑木慶一にはない。

こんなにも相違点があるのに、なぜ、どうしてこんなにも焦燥に駆られているのか。

そんなことない。そんなことがあるわけがない。言い聞かせてみるものの、否定しきれない自分がいた。認めたくないが、舞の本能が訴えていた。

二人は同一人物であると――。

だって、もしも桜井が鏑木慶一だったならば――。

ここで突如、ピーという音が耳の奥の方で鳴った。聴覚検査のときのような、か細い機械音だ。だがはっきりと聴こえていた。

舞は左胸に手を持っていった。心臓が物凄い勢いで膨張と収縮を繰り返していた。

息苦しい。自分が呼吸をしていないからだ。いや、正確には息を吐くばかりで、吸い込むことができていないのだ。かつて経験したことのないパニックが我が身に降りかかっていた。そのパニックからどうやって抜け出したのか、舞は覚えていない。気がついたら夜が明けていた。まるでアルツハイマーのそれのように、記憶がすとんと抜け落ちていた。

朝の申し送りの際、舞はとなりに立つ桜井の顔を見ることができなかった。そして桜井は今回もまた、井尾由子について何も報告しなかった。

「ところで舞ちゃん、まだ帰らないの？」

四方田が事務作業の手を止め、不思議そうに言った。

すでに時刻は十時を迎えていた。桜井も一時間ほど前に帰っている。

「すみません。もう少ししたら帰ります」

「いや、別に好きなだけ居てもらって構わないんだけどさ。ただ眠いでしょう」

眠気などこれっぽっちもない。

それから十五分ほど経ち、四方田が事務室を離れた。

舞はこのときを待っていた。

一人になった事務室で、早速四方田のデスクを物色した。一番大きい下段抽斗にだけ鍵が掛かっていた。おそらくここにパートたちの履歴書が保管されているはずだ。

今度はその鍵を探した。必要なときに開けられないと困るだろうから、きっと持ち帰っていたり、持ち歩いてはいないはず。この事務室のどこかに必ずある。

そしてそれはすぐに見つかった。棚の上に置かれたペン立ての中に入っていた。

舞は抽斗の施錠を解いて、中から大きいファイルバインダーを取り出し、デスクの上で開いた。これだ。一番新しいところに舞の履歴書がバインディングされていた。そしてその後ろが桜井翔司のものだった。

舞はそれをスマートフォンで撮影した。ファイルバインダーを元に戻し、抽斗に鍵を掛けた。鍵も元の場所に戻した。

事務室を出て、小走りで駐車場へ向かう。車に乗り込み、エンジンを掛けた。

どうか桜井翔司が、桜井翔司でありますように――。

舞は祈るような気持ちでアクセルを踏み込んだ。

38

世の中には知らぬままの方がいいこともある。たとえば恋人の浮気だったり、食品の成分だったり、己の凡庸さだったり。

彼氏のスマートフォンを覗き見たばかりに、他に女がいることを知ってしまった。コチニールってなんだろうと調べたばかりに、大好きだったイチゴオレが飲めなくなった。周りと比べたばかりに、自分にはなんの才能もないことを悟ってしまった。

人はどうして学ばないのだろう。知らなければ幸せなままでいられるのに。そう、これまでだって何度も、何度も痛い目に遭ってきたのに。

今回、どうして途中で引き返さなかったのか。これまで培《つちか》ってきた危険察知能力が働かなかったのか。

闇を照らした場所には、さらなる深い闇があった。夜の影の存在を知ってしまった。

もしも願いが叶うなら、記憶を消し去りたい。桜井翔司の存在を自分の中から奪い取ってほしい。それが神様でなくとも、誰でもいい。

舞は自室のベッドの上でそんな詮無いことを考えてばかりいる。思考はあちこちに飛び、一向に定まることはない。ずっと夢うつつの状態だった。眠くて眠くて仕方がないのだ。

どうやら人は強大な壁を前にすると眠くなるらしい。きっと防衛本能が働いているのだろう。まともに向き合ったら心が壊れてしまう。そうならないよう、とりとめのない思考を巡らせては心を麻痺させているのだ。現実の痛みに耐えられるよう。

今、何時だろう。ふと思ったが、すぐに何時でもいいと思い直した。

もう三日間もこの状態だ。部屋のカーテンは閉めっぱなしで電気も落としている。

三日前の夜勤明け――訪れた桜井のアパートの部屋も同じようにカーテンが閉めっぱなしだった。当たり前だ。桜井が不在なのではなく、もとより人が住んでいないのだから。その部屋のドアには空室の貼紙がなされていた。

履歴書に記載されていた卒業高校にも足を運んだ。来客窓口で妹だと身分を偽り、兄の代理として卒業証明書の提出を求めたのだがそれは叶わなかった。断られたのではなく、そもそも卒業生に桜井翔司などという人間は存在しなかった。

きっと、桜井翔司という人間自体、この世に存在しないのだろう。桜井のあの顔は素顔ではない。鏑木慶一こそ、桜井翔司の素顔なのだから。

ここでドアが軽くノックされ、廊下の明かりが部屋に入り込んできた。お盆をかかえた母が姿を現す。

「どう？　具合は。お粥《かゆ》作ったけど食べられる？」

両親には体調を崩したと伝えてあった。これまでなんでも包み隠さず話してきたのに、このことばかりは話す気になれない。正直、今はだれの顔も見たくない。独りでいたい。

部屋の真ん中にあるローテーブルの上にお盆が置かれた。お粥が白い湯気を放っている。

「明日、仕事でしょう。起きてみて行けるか判断しなきゃね。とりあえずお大事に」

ドアが閉まったところで、舌打ちをした。眠気が遠のいてしまったじゃないか。

目を閉じ、再び眠気を手繰《たぐ》り寄せる。眠りの森に住む睡魔にこの身を預けるのだ。

だが、拒まれた。一度離れたせいか、眠りの森は蜃気楼《しんきろう》ほども現れることなく、逆に脳がどんどん覚醒してきていた。そうなると得も言われぬ不安が津波のように押し寄せてきた。

あっという間に飲み込まれ、恐怖に溺れた。舞は全身を震え上がらせ、布団の中でひたすら丸くなっていた。

五分ほど経ったろうか、それとも一時間は経過しただろうか。時間の感覚が狂っていて、もう何がなんだかわからない。唯一わかることは時は止まってくれていないということだけだ。ローテーブルに置かれたお粥はとっくに冷め切っていて、汁気を吸いすぎた米がパンパンに膨張していた。

そんな米の塊《かたまり》をぼうっと視界の端で捉えていた舞だったが、ここでやにわにベッドから出た。まるで誰かに、強制的に引き起こされたかのように。

そして、まるで美味しそうでないのに、そもそも食欲などないのに、なぜか舞はレンゲを手に取った。表面を削るようにすくって口に運ぶ。塩気がほのかな甘みとなって口の中に広がった。

ここからは何度も右手が上下運動を繰り返した。気がついたときには米粒一つ器には残っていなかった。

ふーっと長く細い息を吐く。自分の中でふつふつと力が込み上げてくるのがわかった。このパワーの源がなんなのかはわからない。まったくわからないが、一つたしかなことは、このままではいけないということ。絶対にいけないということ。

舞は立ち上がり、窓に歩み寄った。バッと勢いよくカーテンを開ける。おもては真っ暗だった。どうやら今は夜のようだ。身を翻し、鞄の中からスマートフォンを取り出した。時刻を確認すると、深夜の一時だった。

続いて1、1、0と数字をタップした。

だがそれから十数秒間、舞は動きを止めた。青白く光った画面をじーっと見つめている。

ダメだ。まだ何も確証はない。わたしが勝手に疑っているだけなのだから。

いいや、これもいいわけなのだろう。自分はもう、確信してしまっている。桜井翔司の正体に気づいてしまっている。

舞は指を滑らせ、スマートフォンを耳に強く押し当てた。

39

真っ青な空の下、舞の駆る軽自動車は滑るようにアスファルトの上を進んでいる。フロントガラス越しに見える上空では雀《すずめ》が数羽、軽やかに舞っていた。すぐそこの歩道を行く人の日傘が陽を強く跳ね返していた。

やがて信号に捕まり、ふと脇に目をやると、隣接したマンションのベランダで洗濯物を干している人の姿が目についた。その向かい、逆側にあるコンビニでは客と店員がやりとりしているのが遠目に見えた。こんな普遍的な光景が今は愛《いと》おしい。

あれから一睡もしていないが、眠気はない。夜中に熱いシャワーを浴び、上がってからは冷えた部屋でひたすら夜が明けるのを待った。ガツガツと朝食を食べる舞を見て、両親は安堵している様子だった。

アオバには予定通りの時刻に到着した。もっとも勤務が始まるのは今から一時間以上もあとだ。

事務室に入ると、すでに四方田が出勤してきていた。彼もやってきたばかりなのだろう、まだ仕事用のリュックを背負っている。後頭部には寝癖がついていた。

四方田もまた、ふだんより少し早い出勤だった。舞がそのように頼んでおいたからだ。

「おはよう。今、準備するからちょっと待ってて」

結局のところ、舞は警察ではなく四方田に電話を掛けた。ただし、詳しいことは何も語らず、この日の勤務前に直接相談したいことがあるとだけ伝えた。

まずは信頼できる人物にすべてを打ち明けようと思った。今、自分にできる最大限のことはこれだと思った。けっして人任せにしたつもりはない。もっとも正しい選択だと思ったのだ。

ほどなくして互いに椅子に座り、膝を突き合わせた。四方田はやや強張った顔をしていた。自分はもっとだろう。

舞が話の糸口を探していると、「つらくなっちゃったかな」と、四方田は柔らかい口調で言った。

一瞬なんのことを指しているのかわからなかったが、少し考えて理解した。舞が退職を申し出ると勘違いしているのだろう。改めて相談があると言われればそう思われても仕方ない。

舞はかぶりを振り、そして俯いた。伝えることはただ一つなのに、そこにたどり着くまでの道筋を立てられない。唇が動かない。ここにきて尻込みする自分が心底情けなかった。

もしかしたら、口にしてしまうことで自分自身が認めてしまうのを怖がっているのだろうか。だとしたら、なおさら嫌だ。覚悟を持って家を出てきたのに。

「もしかして、今夜のこと？」

舞は顔を上げた。「今夜？」

「ほら、一緒に花火を見に行くって約束してたじゃない。あれが困らせちゃったかなって」

「ああ」間の抜けた声が出た。

そんなこと、まったく考えていなかった。完全に忘れていた。

「そうではなくて――」

舞は下っ腹にグッと力を込めた。するとその反動なのか、いきなり涙が両頬を伝った。

そんな舞を前に四方田は狼狽していた。

「……桜井さんの、ことです」

眉をひそめた四方田に、舞は言葉を選びながら、訥々と――そしてすべてを語った。

四方田はズボンの生地を両手で強く握りながら話を聞いていた。口を挟むことをしなかったのは、言葉を失っていたからかもしれない。

話がいち段落したところで、四方田は舞からやや身を引き、ひどく歪んだ笑みを浮かべた。

「まさか、そんなこと」

「……信じ、られませんよね」

「だって突拍子もなさすぎて……」

「でも、本当です。桜井さん――あの人は、まちがいなくあの脱獄犯です」

そう口にした瞬間、心臓がズキンと痛んだ。

「ちょっと待って。一回、整理させて」四方田が両の手の平を舞に突き出して言った。「いろいろ言いたいことはあるけど、まず、桜井くんとあの犯人はまるで顔がちがうよね。これについて舞ちゃんは――」

「整形だと思います」舞は先回りして言った。「たぶん」

「たぶんって。だってそんなこと……」

できなくはないのだ。メディアでも散々、鏑木慶一が整形をしている可能性について触れていた。

舞は徹底的に調べたのだ。そして知った。一重から二重にする一般的な整形ではなく、その逆の施術があるということを。もちろんどうやって整形に至ったのか、それはわからない。だが桜井の切れ長の一重まぶたは人工的なものなのだ。もしかしたらあのくの字に歪んだ鼻と、不自然にめくれ上がった唇は自ら施術をしたのかもしれない。そしてあの右目の下の特徴的な涙黒子はメイクか、もしくはタトゥーだろう。

ここで四方田がスマートフォンを取り出し、操作した。鏑木慶一の顔を確認しているのだ。

「たしかにパッと見は別人です。でもよく見たら二人はとてもよく似ています」

四方田は眉間に皺を寄せ、ジッと画面を睨んでいた。

壁掛けの時計の秒針を刻む音がしていた。扉の向こう、廊下の方で入居者たちの笑い声が聞こえていた。

やがて、四方田は嘆くように首を振り、

「ぼくにはよくわからない」

あえてそう言っている感じはしなかった。率直な感想なのだろう。わからない人にはわからないのだ。

「舞ちゃんには似ているように見えるんだ」

「はい。同じ人だってわかります。背丈だって同じだし、それに、利き手が左なのも同じです」

一緒に勤務しているとき、何度か目にしたのだ。桜井が左手を使う瞬間を。ふだんは右手を使ってペンや箸を握っているのに、時折彼は左手を使用していた。今思えば、それは繊細な作業を必要とする瞬間であり、そして人目のないときにしか見られなかった。

舞は密かにそれを知っていた。意識が常に桜井へ向けられていたからだ。ただ、そのこと自体、舞はさほど気にかけていなかった。身近な知人にも両利きの人間がいるので、桜井も器用なんだなくらいにしか思っていなかった。

四方田にも思い当たる節があったのか、彼は口を半開きにして固まっていた。

ここで突然、四方田が頭を乱暴に掻いた。髪の毛を毟《むし》り取る勢いだった。「ぼくにはとても──だってそんな奴がここで働くわけないじゃない。理由を教えてよ」

こうした四方田の姿を見るのは初めてだ。いつも穏やかで泰然としている人なのに。

ただ不思議なもので、こうして取り乱している人を前にすると、こちらが冷静になれた。

「理由はわかりませんが、きっと井尾さんに近づくためだと思います」

「なんで近づくの？　井尾さんのことも殺そうとしてるわけ？」

「……………」

「だったらもっと早く殺すだろう。チャンスならいくらでもあるんだから。どうしてずっと介護してんの」

「四方田さん、ちょっと声を落とし――」

「じゃあなに？　罪滅ぼしのため？　赦しを得ようとしているの？　ねえ？」

四方田は身を乗り出し、顔を赤くして唾を飛ばしている。舞はそんな四方田の両肩に手をやった。

「落ち着いてください。お願いです」

四方田は荒い呼吸を繰り返している。

舞は四方田の肩に置いていた手を膝元に戻した。

「先ほど話したように、あの人は井尾さんに何かさせようとしているんだと思うんです。実際にそう話しているのを、わたしはこの耳ではっきりと聞きました」

四方田は苦悶《くもん》の表情を浮かべ、喉の奥で長い呻吟《しんぎん》をしていた。

そして一言、

「ごめん」

と、つぶやいた。

舞は小首を傾げた。

「やっぱりぼくには信じられない。信じたくないんじゃなくて、信じられない」

「……」

「ぼくは短い間だけど、彼のことをそばで見てきた。彼は人を殺すような人間じゃない。だから、ぼくは警察に通報なんかしない。勘違いで彼を傷つけたくないんだ」

四方田ははっきりと、そして舞を諭すように言った。

話を信じてもらえなかったのに、今この瞬間、不思議と落胆はなく、むしろ安堵している自分がいた。四方田が信じてくれないことで、なぜか救われている自分がここにいた。

だけど——自分はもう、わかってしまっているのだ。

桜井翔司が、鏑木慶一であることを。

「ただ、桜井くんにはそれとなく探りを入れてみる。もちろん舞ちゃんの名前は一切出さない。人違いだとわかれば舞ちゃんも安心でしょう。今日も桜井くんは夕方出勤してくる予定だから、そのときにでも彼と話をしてみる。約束する」

「そこでもし、人違いじゃないとわかったら——四方田さんから警察に通報してもらえますか」

四方田は舞を見ながら、ごくりと唾を飲み込んだ。

「お願いします」

舞は深々と頭を下げた。

「ひとつ訊きたいんだけど、舞ちゃん、どうして自分でしなかったの。三日も前から気づいてたんでしょ」

舞は顔を上げ、こう言った。

「わたし、好きだったんです。桜井さんのこと」

これは答えになっていないかもしれない。

ただ、わたしはたしかに桜井翔司が好きだった。

もしかしたら、今も――。

なぜだろう、四方田は呆然としていた。瞬きもせず舞の顔を見つめているが、どこか焦点が定まっていない。


それから舞は機械的に仕事をこなした。ふだんならソファに座り入居者と談笑する時間も、無理に仕事を探しては身体を動かした。

「舞ちゃん、さすがに須田さんももう出ないわよ」

同じく一階のパートである木村《きむら》に指摘された。舞は須田と手を繋いでトイレに向かっているところだった。

「三十分前もトイレに連れて行ったでしょう。その前も二、三回行ってるんじゃない？」

意識はなかったが、言われてみればそうかもしれない。

「なんか今日の舞ちゃん、慌ただしいよ」

「すみません」

「ううん。仕事熱心で結構」木村は笑って言った。「さ、そろそろおやつにしましょ。冷蔵庫に先日いただいた水羊羹《みずようかん》があるから。須田さんも舞ちゃんも座って座って」

壁掛けの時計を見た。いつの間にか十五時に差し掛かっていた。

桜井は何時頃ここにやってくるだろう。勤務開始は十七時だが、あの男はいつも余裕を持って出勤してくる。

とりあえず四方田がああ言っている以上、彼のやり方に任せることにした。そのつもりで相談したのだから。

ただ、四方田はどのように桜井に話を切り出すのだろう。あの脱獄犯か、などとは訊けないはずだ。遠回しに探るにしても限界がある気がする。

「いただきます」

みなで合掌して言った。カチャカチャと陶器とフォークがぶつかる音が立つ。

偽装している住所のこと、この辺りの話から切り込むのだろうか。とはいえ、言い逃れすることだってできる。そしてその後逃げられてしまう可能性だってある。やっぱり、今のうちに警察に通報しておいた方が賢明な気がする。

「あんた、それ食べないのかい？」

エツが舞の手元に目を光らせながら言った。舞はまだ手付かずの水羊羹を載せた皿を持っている。

「エツさん。だーめ。一人ひとつですよ」

木村が注意すると、「もったいないじゃないか」とエツがいつもの癇癪を起こした。

「どうぞ」

と、舞が皿をエツに差し出すと、「いいのに」と木村が肩をすくめた。

「舞ちゃん、水羊羹嫌いなの？」

「そうじゃないんですけど」

「あ、わかった。ダイエットだ」

「まあ、そんなところです」

「いらない、いらない。今だってマッチ棒みたいに細いんだから。どうして今の若い子は揃いもそろってガリガリになりたがるのかし――あ、三浦さん、どこに行くの」

舞は木村の視線の先を追った。するとそこにはハンチングを被った三浦が立っていた。彼は水羊羹を先に平らげ、ひとり部屋に戻っていたのだ。

「家に帰るんだよ」

ごく当たり前のように三浦が答える。不穏状態に入っていることはすぐにわかった。手を擦り合わせているからだ。これは三浦が不穏状態のときに発動する仕草だった。

「今日？　明日にしましょうよ」

木村がはぐらかすと、三浦は目を吊り上げ、「おまえ昨日も同じことぬかしたろう」と吐き捨てるように言った。

木村は言葉に詰まっている。本当に木村がそう言ったのか知らないが、三浦のこうした反応は初めてだ。

その後、みんなで説得を続けたが、この日の三浦は妙に頑なで、結局木村が駅まで見送ることとなった。もちろん駅になど行かないし、帰らせるわけにもいかない。あてもなく歩き、三浦が疲れた頃合いを見て、アオバへ戻って来るのだ。

出掛け際、昨日も同じことを言ったのかと舞は木村に質問した。「それが言ったのよ。まさか覚えてるなんて。あたしもびっくり」と彼女は目を丸くしていた。

三浦が本当に覚えていたのかはわからない。ただ、入居者を侮ってはいけないと思った。自分だって常日頃、入居者に対し嘘ばかりついている。それこそ息をするように。

思えばここに勤め出したばかりの頃、誤魔化すことにちょっぴり罪悪感を覚えていた。それがいつしか何も感じなくなった。どうせ忘れてしまうのだから構わないと思うようになった。その場をやり過ごすことだけを優先するようになった。

——嘘は疲れます。

いつだったか、桜井がそう口にしたことがあった。

——できればつかないでいたいものです。

あの言葉は、どういうつもりで発言したのだろう。

「十五分で戻ってくるわね」玄関先で木村から耳打ちされた。「それ以上おもてにいたら三浦さん、本当に死んじゃう」

たしかに今日は猛暑日で、高齢者じゃなくとも危険な陽射しが降り注いでいる。きっと来月はさらに暑くなるのだろう。だが、そんな少し先の未来も果てしなく遠く思えた。

そんな騒動を経て時計の針は進み、それにつれ舞の緊張感も増してきた。四方田と桜井が話し合ったあとの先が見えない。想像すること自体が恐怖だった。

やがて十六時に差し掛かったところで、二階のパートの田中から舞に声が掛かった。鷲生から舞を呼んでくるように言付けられたという。

「たまには若い女と話したいんだって。わたしだって鷲生さんの半分しか生きてないのに。失礼しちゃう」

冗談めかして田中は言い、「というわけで、少しだけ付き合ってあげて」と肩をポンと叩かれた。

鷲生と話をするのは久しぶりだった。鷲生が二階に転居してからというもの挨拶程度しか交わしていない。何はともあれ、今、鷲生に構っている余裕などないのだが。

階段を使って二階に上がり、鷲生の部屋のドアをノックした。「おお、入れ」と声が返ってくる。

ドアをスライドさせて中に入る。車椅子の上にいる鷲生はこちらに背を向けて、窓の外を眺めていた。

「よう嬢ちゃん。元気してたか」車椅子を回転させながら言う。「おれがいなくなってさみしかったろう」

そんな台詞から始まった鷲生の話は取りとめもないものばかりで、舞は一応の返答はするものの、一貫して心ここに在らずだった。

舞が辞去を申し出ようとすると、

「嬢ちゃんは、翔司の女なのか」

突然、そんなことを言われた。「そんなのじゃありません」

「でも、惚れてるんだろう」

否定するつもりが言葉にならなかった。

鷲生はニヤニヤして舞を見ている。

「あれはいい男になる。まだ青いけどな」

「……いい男って、どういう男ですか」

「目の前の男がいい男の見本だ」

ガハハハと笑う鷲生に腹が立った。冗談に付き合える気分じゃないのだ。

「あの、わたし、まだやらなきゃいけないことがあって」

そう辞去を匂わせると、「支えてやれ」と鷲生は神妙な顔で言った。

舞は小首を傾げた。

「将棋ってのは、ひたすら心の読み合いなんだ。そうやって相手の心の声に耳を傾けてると、なあんでもわかっちまう。翔司のやつ、もうすぐここを辞めるつもりなんだろう」

「……桜井さんが、そう言ったんですか」

「あいつは言わん。ただ、おれにはわかんだなあ」

「………」

「どんな悩みがあるのか、何に苦しんでるのか、そこまでは知らねえけどな。ただ、あいつを支えるのはこんなヨボヨボのジジイじゃねえ。嬢ちゃんみたいな若い女だ」

「……どうしてわたしが」

「いつの時代も女を守るのは男、男を支えるのは女。持ちつ持たれつってのは本来こういうことだ」

舞は曖昧に頷いた。守ってもらうつもりも、支える道理もない。あんな人でなしを。

「お、話してるそばからお出ましだ」

鷲生が窓の向こうを見下ろして言った。おもての遠くにはたしかに自転車を漕ぐ桜井の姿があった。砂煙を捲《ま》きあげながら砂利道を走っている。

唾を飲み込んだ。脈が徐々に駆け足になっていく。

「失礼します」

鷲生に告げ、舞は部屋を出た。

階段に向かって廊下を進むと、前に井尾由子の姿があった。

「あら、まいちゃん。今日は二階なの？」

彼女は舞の胸にある名札を見ないで名を呼んだ。

「いえ、ちょっと鷲生さんとお話ししてて」

「そう。今度、わたしのところにも遊びに来てね。毎日退屈なの」

屈託のない笑顔で言われた。

「あの、井尾さん」

「なあに」

「桜井さんのこと……どう思いますか」

「どうって、どういう意味？」

「……すみません、変なこと訊いて」

舞はお辞儀をして彼女の横を通り過ぎると、「いい子」と背中に声が降りかかった。

足を止め、振り返る。井尾由子は憂うような表情を浮かべていた。

「いい子だと思う。きっと」

再びお辞儀をして身を翻した。階段を駆け下りる。

いい男――。

いい子――。

その二言が舞の脳内にループされている。

一階に下りるなり、居間にいた木村に声を掛けた。

「桜井くん？　たった今来て、事務室に入ったけど」

遅かったか。一目見たかったのに。目を合わせて、挨拶したかったのに。

もっともその行動に意味はない。ただ、それをしたかった。彼が四方田と話す前に。

ここから五分間、舞は何も手につかなかった。現在、四方田と桜井は事務室で話をしている。

今、どんな状況だろう。桜井はどんな顔をして、何を語っているのだろう。いてもたってもいられなくなり、舞は意を決して事務室の方へと足を向けた。鼓動がさらに駆け足になる。

そうしてドアの前に立つと、中から二人の笑い声が聞こえた。
どうして？　間違っても笑い声が上がるような会話になっているはずはないのに。
ただ、またも笑い声。混乱した。
ここでドアが横に開いた。目の前にエプロン姿の桜井が現れる。
「あ、酒井さん。お疲れさまです」
舞は返事をすることなく、頭一つ大きい桜井の顔を見上げた。
「どうかされましたか」
顔を覗き込まれる。舞も下からじっと覗き込んだ。桜井の瞳の奥を。
こんな至近距離にいても、不思議と恐怖は感じなかった。
やがて桜井は怪訝《けげん》な表情を貼り付けたまま、舞の横を通り過ぎていった。
舞は事務室の中に足を踏み入れ、背中のドアを閉めた。
「話、しましたか」奥にいる四方田に向けて言った。
四方田が首を左右に振る。
そうか、まだ話していなかったのか。
だとしたら――。

「あんなふうに頼んでおいてなんなんですけど、やっぱり、わたしに、話をさせてもらえませんか。桜井さんと」

舞は言った。

直接、聞きたい。

彼の話を。

直接、知りたい。

彼の正体を。

四方田は困惑した表情を浮かべ、目を泳がせている。

「桜井さんと話したあと、警察にもわたしから——」

「遅いよ」

「え？」

「もう、遅いよ」

40

舞は内履きのまま、玄関を飛び出した。強烈な陽射しに一瞬目が眩《くら》んだ。施設を取り囲む木々から蟬《せみ》の狂ったような鳴き声が発せられている。舞はしきりに頭を振って辺りを見渡した。

誰もいない。人の姿は見えない。

だがここで一瞬、先の茂みがゴソゴソと動いた気がした。目を凝らす。そこには人の姿はなかったが、地面に延びる人影があった。角度を変えると木陰から人の足が見えた。スーツパンツに黒の革靴。

数メートル移動して、さらに角度をつけて覗き込んだ。今度ははっきりと男の姿を捉えた。この猛暑の中、背広を着ている。刑事に間違いない。

舞は天を仰いだ。どうして四方田は警察に通報してしまったのか。まだ何一つ訊いていないのに。通報なんかしないと言っていたのに。そもそも自分の話を信じていなかったくせに——。四方田にどういう心変わりがあったのか知らないが、今さらそんなことを考えていても仕方ない。

ここで刑事の方も舞に気がついた。ただ、見つかってはマズかったのか、慌てている様子だ。

「きみ、きみ」

と声が掛かった。刑事が手招きしている。

歩み寄ると、いきなり手を取られ、施設側から死角となる木陰に連れ込まれた。驚いたことにそこには三人もの男たちがいた。みな、額に玉の汗を浮かべていた。背広が色を変えるほど汗だくだった。いつからここで見張っていたのだろう。

中年男が舞に警察手帳を提示し、「驚かせてすまない。きみはここの職員だよね」と言った。

舞が首肯すると、

「十分ほど前に背の高い男性職員が出勤してきたよね。彼の名前は？」

「……桜井さん、ですけど」

三人は顔を見合わせ頷いた。

「あのう――」

「心配しなくていい。ちょっと話を聞きたいだけだから。彼はどういう人？」

「どういう人……」

舞はそのまま黙り込んでしまった。そんな舞に刑事たちは焦《じ》れている様子だった。

「警部。もう直接当たりましょうよ」

三人の中で一番若い男が鼻息荒く言った。

「待て」

「どうして。すぐそこに対象がいるんですから。一発、職質かませばいいだけでしょう」

「命令なんだから仕方ないだろう。指揮官が到着するまで待機だ」

「指揮官って。どうしてこんなもんに警視庁から人寄越されなきゃならんのですか。これで空振りだったら全員で赤っ恥ですよ」

「うるさい。黙ってろ」

舞はなんとなく状況を察した。おそらくこの刑事たちは四方田からの通報を受けてやってきたのだろうが、接触はするなと上から命令されているのだ。そして今、東京から現場を指揮する刑事がここに向かってきているらしい。

そして現時点で、警察はまだ桜井翔司が鏑木慶一であると確信しているわけではなさそうだ。

なのに、こんなに大ごとになっているのは四方田が事情を詳しく伝えたからにほかならない。そしてきっと、ここに井尾由子がいるからだ。

警察からすれば、殺された被害者の遺族の身辺に犯人と思しき人物がいると通報を受けたのだ。過剰に反応するのも当然だろう。

「このあと我々はその男性と話をしに施設を訪ねるから。あなたがたはふつうに仕事してもらっていい」

「……はい」

「ただ、我々がここにいることは内密に。できるね」

まっすぐ頷くつもりが、舞の頭は斜めに落ちた。

「警部」

若い男が遠くを指差した。七、八十メートルほど離れた先の公道にパトカーが二台縦並びで停まっていた。そこから刑事たちが吐き出されてくるのが見えた。「これまた大所帯で」若い男が皮肉な笑みを浮かべて言った。

パトカーはサイレンも鳴らしていなければ、赤色灯も回っていない。舞にはそれが逆に恐ろしく映った。

刑事たちは列を成して、一直線にこちらに向かって来ている。

舞はごくりと唾を飲んだ。なんだかみんな、殺し屋のように見えた。桜井の命を奪うために組まれた徒党のように映った。

「じゃあ、戻って」

刑事に言われ、舞は身を翻し、施設に足を向けた。一歩ずつ地面を踏みしめ歩いていく。数歩歩いたところで、ふいに蟬の鳴き声が遠のいた。続いて、地に足がついている感覚が乏しくなった。両足の神経が麻痺したかのようだった。

トクン、トクンと体内から心臓の音が聞こえる。気がつけば蟬の鳴き声は一切聞こえなくなっていた。

次第に脳がとろんと溶け出しているような感覚を覚えた。蟬の声と同じように、舞の中の現実感が徐々に失われていく――。

施設の中に入ると、

「あ、舞ちゃん」

と、事務室の前にいた四方田から制止の声が掛かった。だが舞が止まることはなかった。夢遊病者のようにゆったりとした歩調で廊下を進んでいく。目指しているのは二階だ。

階段を上っている途中、パートの田中とすれ違った。彼女はギョッとして舞に視線を送っていた。自分はいったい、今どんな顔をしているのだろう。

二階へたどり着くと、居間で入居者と談笑する桜井の姿を発見した。そのまま一直線に歩み寄っていく。

桜井が舞に気がつき、視線が重なった。

「おもてに警察が来ています」

目の前に立つなり、なんの躊躇いもなく舞は言った。

桜井は時が止まったかのように表情を失くし、固まっていた。

「わたし、あなたの正体を知っています」

41

言い終えるや否や、桜井の表情が豹変した。カッと目が剝かれ、眉間に縦皺が刻まれたのだ。そして素早く腕を取られた。物凄い力だった。廊下へと連れ出され、そのまま入居者の介助用トイレへと引きずり込まれた。声を上げる余裕すらなかった。入るなり、彼はすぐさま鍵を掛けた。

両肩を強く摑まれ、壁にドンと押しつけられる。彼は息がかかるほどの距離に顔を近づけてきた。白目にいくつもの血管が延びていた。

「すべて、知っているんですね」

桜井はゆっくりと言い、舞もまたゆっくりと頷いた。

桜井が目を閉じた。数秒ほどそのままでいる。

人殺しの脱獄犯。その人物が目の前にいる。肩を摑まれている。なのに、どうしても恐怖を抱けない。彼を怖がれない。

やがて目を開けた彼は、

「警察には酒井さんが？」

舞はかぶりを振った。

「では――」

誰が、と問われるのだと舞は思った。だが、桜井の口から出た言葉は別のものだった。

「酒井さんは何をしに、ぼくのところに」

返答に窮した。答えを持ち合わせていない。なぜ自分がこんな行動を取ったのか、説明ができない。

別に桜井の味方になったわけではない。逃げてほしいと思っているわけでもない。

「……わかりません」

桜井は眉をひそめ、

「警察は何人くらい？」

「たくさん」

彼は顔を歪め、次にトイレの中にある小窓の磨りガラスをわずかに開けた。その隙間からおもてを見下ろしている。

外に警察の姿を見つけたのだろうか、彼の唇が震え出した。

「まだ、逃げるんですか」

そんな彼の横顔に向けて言った。

桜井は答えない。

「自首してもらえませんか」

口にした瞬間、これだと舞は思った。きっと自分は桜井に自首してほしいと思っているのだ。もっともこの状況で桜井がおとなしく捕まっても、自首の扱いにはならないのだろう。ただ、彼が抵抗する姿を見たくない。悪足掻きする桜井を見たくない。

「捕まれば――」おもてを見下ろしたまま桜井は声を発した。「ぼくは殺される」

その瞬間、舞の中で激情が噴き上がった。

「そんなの、仕方ないじゃないっ。あなたは人を殺したんだから」

「殺してないっ」桜井もまた、舞に向き直り叫んだ。「ぼくはやってない」

睨み合った。両者とも一瞬たりとも視線を外すことなく、至近距離でずっと睨み合った。

ここでドアがコンコンとノックされた。「桜井くんと、舞ちゃん？　ねえ、どうしたの。中で何してるの」田中の心配そうな声が聞こえた。

「大丈夫です。今、出ます」答えたのは舞だ。

だが、何が大丈夫なのか。自らに呆れた。

舞はドアの鍵に手を伸ばした。すると、手首をガッと摑まれた。

「放して」

「ぼくのことを信じてもらえませんか」

「信じてって、信じられるわけ――」

「どうか信じてください」

切実な瞳だった。

舞は下唇を噛んだ。どうしてこんな瞳で、こんなことを言うのか。信じられるわけないではないか。信じられるわけ――。

彼は手首を掴んだまま、再び小窓の隙間からおもてを覗き込み、そして「来た」と短くつぶやいた。

そして彼は施錠を解き、ドアを開け、舞を置いて介助用トイレを飛び出た。慌てて舞も後に続く。そんな様子を田中や入居者たちが呆然と見ていた。

彼が飛び込んだ先は台所だった。彼はシンク下の収納を開けると、そこから一本の包丁を左手で素早く抜き取った。舞は息を飲んだ。この人はいったい何をするつもりなのか。

そして桜井が舞に向かって突進してきた。刺される。そう思った。だが、彼は舞を通り過ぎ、廊下を駆けた。足を止めたのは井尾由子の部屋だった。やはりこの男、井尾由子を狙っていたのか――。

ドアを乱暴に開ける。だが、そこに井尾由子の姿はなかったのか、彼は再びこちらに向かって駆け、居間に飛び込んだ。

ざっと周囲を見回し、「井尾さんはっ」と、すぐそこにいた田中に訊いた。田中は顔面蒼白で桜井の手の中にある包丁を見ていた。周りにいる入居者は事態を理解していないのか、ふだんと変わらぬぼんやりとした視線を桜井に向けていた。

やがて田中が震えた指先で下を指した。「さっき、四方田さんに呼ばれて」

桜井は激しく舌打ちをし、そして階段に向かって駆けた。壁が死角となり、彼の姿が消える。だがすぐさま、彼は再び姿を見せた。階段を引き返してきたのだ。

その理由はすぐにわかった。桜井の後方には五、六人の男が今にも彼を捕らえようと迫っていた。先ほどおもてにいた刑事たちだ。桜井と彼らが廊下を駆ける振動が舞にも伝わった。

桜井は舞に一直線に向かってきている。舞は恐怖から動けなかった。

彼は舞の後方に回り込むと、首に右手を巻きつけ、左手に持つ包丁の切っ先を刑事たちに向けた。刑事たちが、まるでだるまさんが転んだのようにピタッと立ち止まる。田中の甲高い悲鳴が響き渡った。

「鏑木ーっ」

そう怒声を発したのは刑事たちの集団の先頭にいる、体格のいい三十歳くらいの男だ。髪をオールバックに撫でつけており、目つきが鋭い。

「もう観念しろ」

その男がにじり寄って言った。

「近寄らないでください」桜井は言い、包丁の切っ先を舞に向けた。「ここに井尾由子さんを連れてきてください。今すぐに」

舞は恐怖よりも困惑が先立っていた。この人はいったい何をするつもりなのか。井尾由子に何をさせるつもりなのか。

そうした緊迫した空気の最中、

「翔司、おまえ、何をしている」

なんの騒ぎかと思ったのだろう、部屋から出てきた鷲生が車椅子の上から目を丸くさせて言った。そこはちょうど自分たちと刑事たちとの間だった。

「あなた、下がってて」

「翔司、いったい何があった。そんなもん持って、おまえ何しようってんだ」

「おい、このじいさんを下がらせろっ」

近くにいた刑事が後ろから鷲生の車椅子を引っ張り距離を取らせた。「おれに触るなっ」鷲生が喚いたが二人掛かりで車椅子ごと持ち上げられ、強制的に連れ去られていく。

そしてそこから他の入居者も同じように、次々に刑事たちが避難させた。入居者の歩行が困難と判断したのか、みな荷物のように抱きかかえられていた。

あっという間だった。この場に残されたのは自分たちと刑事だけ。

そして、

「もう一度言います。井尾由子さんを連れてきてください」

桜井が再び告げた。

「鏑木。もうあきらめろ。おとなしく女性を解放しろ」

「連れてこいと言ってるんです」

「これ以上、罪を重ねるな」

「いいから早くしろーっ」

桜井が腹から叫んだ。途轍《とてつ》もない大声だった。

するとここで、オールバックの男が背広の内側に右手を差し込んだ。取り出したものは黒い拳銃だった。小ぶりな物だったが、初めて目にする拳銃は禍々《まがまが》しく、それ自体から殺気が放たれているようだった。

「又貫課長っ」

後方にいる刑事たちが制止の声を上げる。だが、又貫と呼ばれた男は構わず銃口をこちらに向けてきた。

「やめてっ。撃たないでっ」

舞は咄嗟に叫んだ。自分に対してなのか、それとも桜井に対してなのか――きっとその両方だ。

首筋に当てられた桜井の刃物、銃口を向けられた刑事の拳銃。今怖いのは確実に後者だ。又貫が舌打ちをし、拳銃を下げた。身体が弛緩し、くずおれてしまいそうになった。ただ、そうはならない。この身を桜井が支えているからだ。

舞は背中で桜井の身体から発せられるたしかな熱を感じていた。こんな状況なのに、この人も生きてるんだ、人間なんだと、そんなことを思っていた。

42

薄暮の光が射し込んできてからは早かった。あっという間に陽が沈み、空は闇が覆った。

先ほど閉じられたカーテンは時折白く浮かび上がった。警察によっておもてから定期的にスポットライトを当てられているからだ。遮光カーテンの用を無くさせるほどの強烈な光線。そのせいで目がチカチカとした。

現在アオバは途轍もない数の人と喧騒に包まれていた。上空ではヘリコプターも飛んでおり、プロペラがバババと空を切り裂く音が室内まで侵入してきていた。

そして今、舞はそんな様子をテレビから眺めていた。まるで傍観者だった。奇妙が過ぎて現実感が湧かないのだ。今この映像に映し出されている建物の中に自分はいる。この混沌《こんとん》の渦の中心に自分がいる——鏑木慶一とふたりで。

どのチャンネルもこの中継一色だった。本来予定されていた番組は変更を余儀なくされていた。もっとも退けられたのはドラマやバラエティではない。明日、国中が待ちに待った東京オリンピックが開催されるのだ。そのためどのテレビもオリンピック関連の番組が放送される予定だった。きっとそれらはお蔵入りになることだろう。

おもてが興奮の坩堝《るつぼ》と化しているのは映像からも十分過ぎるほど伝わってきた。マイクを持ち、必死に状況を伝える男性リポーターの後ろでいくつもの怒号や叫声が飛び交っている。押し合いへし合いの応酬を繰り広げている姿もあった。警察やマスコミ、そして次から次へと押し寄せる人、人、人――。

平成最後の少年死刑囚であり、脱獄犯である鏑木慶一が女性を人質に取り、立て籠もっている。野次馬が集まらないわけがない。

さらには今夜、ここから数キロ先で手賀沼の花火大会が開催される。辺り一帯の交通はさぞかしパニックに陥っていることだろう。

「花火大会、きっと中止だろうな」

薄目でテレビを見ながら、舞は他人事のようにつぶやいた。

一瞬、となりに座る彼がペンを持つ左手を止めた。

彼は今、警察に対する要求を文言にして連ねている。驚くほど達筆だった。今まで見ていた彼の字はお世辞にも褒められたものではなかった。そんな欠点も舞には微笑ましく映っていたのだが、今思えばあれだって利き手ではないほうで書いていたのだから、たいしたものだ。

これに限らず、この男はいろんなところで工作を重ねてきたのだろう。わずかな綻びから正体がバレてしまわないために。

やがて彼はペンを置くと、紙を丁寧に折り込み、小さな紙ヒコーキを作った。続いてそれを持って窓辺に寄った。そして窓をわずかばかり開け、その隙間から素早く紙ヒコーキを外に放った。

遅れること数秒、

〈あっ。今、二階の窓からまた紙ヒコーキが飛ばされましたっ〉

テレビの中の男性リポーターが叫んだ。

〈これで二回目の紙ヒコーキです！　おそらくこれは鏑木死刑囚の要求が書かれた手紙だと思われます！　まだ空を飛んでいます！〉

紙ヒコーキにカメラがズームインしていく。彼の作った紙ヒコーキが夜の空を泳ぐように舞っている。

紙ヒコーキってあんなに長く宙に浮いていられるものなんだ。舞はそんな場違いな感想を抱いた。

皮肉にも紙ヒコーキは駐車場に停めてある舞の車のボンネットに落ちた。まるでそこが着陸予定地だったかのように。警官のひとりがそれを素早く拾い上げた。

傍らに立つ彼はそれを認めると、

「コーヒーでも飲みませんか」と言った。

「だったらわたし淹れますよ」

舞が立ち上がり、台所に向かった。すると彼がついてきた。

舞は足を止め、振り返り、目を見据えた。

「逃げませんから」

彼が視線を逸らす。

「わたしのことは信用してくれないんですね。自分のことは信じてくれって言うのに」

台所で二人並んで湯が沸くのを待った。その間も彼はテレビから片時も目を離さない。

「手紙、今度はなんて書いたんですか」

横目で見て訊いた。

「井尾さんと電話をさせてほしいと。それをテレビで流してほしいと」

そんなことしてくれるのだろうか。

「ダメもとです」

彼はため息混じりに言った。

ちなみに一度目の紙ヒコーキに書かれた要求は、井尾由子をここに連れてくること。そしてその際に報道カメラマンを一人同行させること。この要求も当然、撥《は》ねつけられた。一般人を危険な現場に向かわせることはできないと、警察から拡声器で先ほど返答があったのだ。

いずれにせよ、なぜ彼がこれらの要求をしたのか、舞はすでに知っている。

自分の無実を証明するため。

井尾由子に真実を語らせ、自分の無実を国民に知らしめるため。

今から約一時間半前——彼は刃物を手に井尾由子の部屋に飛び込んだ。あれは殺意を持って向かったわけではなかった。彼女との時間を、猶予を欲していたのだ。警察に包囲されている以上、彼女を人質に取るしか方法はなかった。

だが、部屋に井尾由子はいなかった。

苦肉の策で彼が人質に選んだのは、舞だった。

そして、警官を一人残らず施設内から追い出した彼は、ひとりでに舞に語り出した。

「あの日——」

そう口火を切った彼の話は、舞を仄暗《ほのぐら》い迷宮へと誘《いざな》った。

二〇一七年十月十三日、金曜日、十六時——鏑木慶一は井尾宅のある通りを一人歩いていた。乗車するつもりだったバスに乗り遅れたため、徒歩で帰宅していたのだ。通っていた高校の帰りだった。

もっとも、彼の住まいである児童養護施設『ひとの里』は隣町に位置しており、バス停から歩くとなると、二時間以上もかかる。だが彼にとってそれは苦でもなんでもなかった。むしろ気晴らしの一つであり、至福の時間だった。彼は本を読みながら歩くのが幼少期から好きだった。そうしていると時間を忘れて本の世界に没頭できた。

ただ、これが一つ目の仇《あだ》となった。

やがて、本に目を落としながら歩く彼の横をひとりの男が足早に通り過ぎた。顔は見ていない。すれ違った瞬間に存在に気がついたのだ。ただ、どことなく違和感を覚えた。その男が笑っていたような気がしたからだ。彼は足を止め、振り返った。男はぴょんぴょんと跳ねるように走っていた。まるでスキップをしているかのようだった。

そんな離れゆく男の後ろ姿は彼と同じように長身痩軀だった。そして上下黒っぽい服を纏っていた。これもまた黒い学生服を着る彼と遠目には似通っていた。

そして、これが二つ目の仇となった。

再び足を繰り出した彼は数十メートル歩いたところでふいに立ち止まった。女性の泣き声が鼓膜に触れた気がした。横を見ると、玄関の扉が開いたままの民家。石板の表札には『井尾』と彫られていた。

耳を澄ませた。今度は女性の泣き声がはっきりと聞こえた。家の中から発せられていることは間違いなかった。

彼がその見知らぬ民家に迷わず足を踏み入れたのは、女性から発せられる泣き声にただならぬものを感じ取ったからだ。言葉にならぬその声はどこか狂気を帯びていた。

彼は三和土《たたき》から、「ごめんください」と一言声を発した。返答はなかった。ただ、泣き声は一向に止まずにいる。

彼は靴を脱ぎ、恐るおそる框《かまち》に足を掛けた。そうして泣き声のする居間へ足を踏み入れたところで、彼は信じがたい惨劇を目にすることとなる。そこは血の海だった。

目を疑い、言葉を失った。思考が止まった。正気を保つのに必死だった。

すぐそこには血まみれの若い女性が目と口を開けて仰向けに倒れており、また、その女性に寄り添うようにして男の子の幼児も倒れていた。そんな二人の奥にもまた、うつぶせで倒れている男性の姿があった。男性の背中には出刃包丁が突き刺さっていた。

そして——男性の傍らに、寄り添うようにして座り込む中年の女性がいた。泣いているのは彼女だった。

「いったい、何があったんですか」

彼は女性に向けて訊いた。足がすくんでしまい、近寄ることができなかった。血の色と匂いが吐き気を催させ、一瞬でも気を抜いたら嘔吐《おうと》してしまいそうだった。

女性は泣きじゃくった顔を上げ、

「生きてるの。まだ息をしてるのよ」

と、声を震わせながら訴えた。

まさか、と思いながら、彼は足の踏み場を探しながら慎重に近寄った。だが辺り一帯は血のカーペットを敷いたような有様で、彼の白い靴下はすぐに変色した。得も言われぬ不快感が足の裏からせり上がってきた。

彼は意を決し、床に膝を落とし、男性に顔を近づけた。すると、本当に男性が生きていることがわかった。微かだが、たしかに唇が動いていた。

だが同時に、男性が絶命寸前であることもまた察した。かろうじて開かれた目には生気が残されていなかった。男性は死の匂いを全身から放っていた。

ただ、まだ生きているのなら奇跡が起こるかもしれない——。

そう思った矢先、女性が男性の背中にある、出刃包丁の柄を摑んだ。

「こんなのが刺さってるから、こんなのが——」

引き抜こうとしているのがわかった。彼は慌てて女性の手を上から握った。

「いけません。血が噴き出します」

刃物や突起物が肉体に突き刺さった場合、それで止血している状態にあり、絶対に引き抜いてはならない。過去にそうした経験はないが、彼には知識があった。

そしてその知識は正しかった。女性が出刃包丁を半分ほど引き抜いてしまったからだろう、傷口から血液がぶくぶくと溢れ出てきた。

「清潔なタオルを。早く」

彼は女性に向かって叫んだ。だが彼女は腰が抜けているのか、へたり込んだまま、立ち上がろうとしなかった。

彼は代わりに立ち上がった。洗面所を探して駆け込み、ラックからタオルを取り出した。それを持って再び男性の元へ戻ると、中途半端に刺さった出刃包丁の柄を摑み、真上に引き抜いた。そしてすぐさまタオルを当て、両手で傷口を圧迫した。こうなった以上、中途半端な状態が一番よくないと思った。素人考えだが、これが今できるもっとも適切な処置だと思った。だが、これもまた三つ目の仇となった。

タオルはみるみる鮮血に染まっていった。額からとめどなく汗が滴り落ち、目に入った。彼は一瞬、手で顔を拭った。

必死で傷口を圧迫しながら、「いったい何があったんですか」と、もう一度女性に訊ねた。だが、女性はかぶりを振るだけで返答してくれなかった。

「救急車はいつ頃到着しますか」

直後、彼女はハッとした。それで彼は察した。彼女がまだ救急の連絡をしていないということとを。

内心、何をしているんだと憤りながら、

「ぼくが連絡します。代わってください。ここをしっかりと圧迫して」

彼女の手を取り、傷口を押さえさせた。

次に彼は自分の鞄から携帯電話を取り出した。その携帯電話は彼の手の中でヌメッと滑った。彼の手が血まみれだったからだ。

そのときだった。つい先ほどの自分と同じように、「ごめんくださーい」と、男性の声が玄関から聞こえた。「わたし、そこの駐在所の者ですが――」

「いやあーっ」

女性の悲鳴がそれを遮った。見やると、先ほどまでかろうじて開いていた男性の目が完全に閉じていた。

「開けて。洋輔、お願い。目を開けてーっ」

その声で異変を感じ取ったのだろう、玄関からドタドタと足音が迫ってきた。

姿を見せたのは制服姿の初老の警察官だった。だがこの制服警官は現場に踏み込むなり、その場で尻餅をついた。あわあわ、と口をわななかせ、驚愕していた。

そして、制服警官の視線は彼に向けられた。

このとき彼は気づいていなかった。自分の顔もまた、赤黒い血に染められていたことを。

そして、次にこの制服警官が取った行動に彼は戦慄《せんりつ》した。制服警官は腰にある拳銃を素早く取り出すと、彼にその銃口を向けてきたのだ。

彼もまた弾《はじ》かれたように尻餅をついた。失禁したかのごとく尻にジワーッと血が染み込んできた。後ろについた手が何かに触れた。すでに息絶えた男児の身体だった。

「伏せろーっ。その場に伏せろーっ」

怒号が響き渡り、彼は床にうつ伏せになった。従わなければ躊躇《ちゅうちょ》なく発砲されそうな勢いだった。それほどこの制服警官は取り乱していた。

「ちがいますっ。ぼくじゃありません」

彼は床に伏せたまま叫んだ。

「そちらの女性に訊いてくださいっ」

だが、彼女は何も答えなかった。男性を揺さぶって泣き叫ぶばかりでこちらに一瞥もくれなかった。

その後も何度も自分の弁明をしてくれるよう声を掛けた。だが彼女は彼だけでなく、制服警官が話しかけても、一切の返答をしなかった。まるで聴力を失ってしまったかのようだった。

そうして彼の手首にはアルミ合金の手錠が嵌《は》められた。やがて応援に駆けつけたパトカーへと彼は押し込められた。

この異常事態に彼は狼狽していた。信じられなかった。何を間違ったらこんなことになるのか。こんなことがあっていいはずがなかった。

だが、まだ彼には余裕があった。すぐに誤解が解けるはずだと思っていた。

彼はパトカーの中でも弁明した。イチから順を追い、この奇怪な状況を丁寧に説明した。両脇にいた警察官は彼の話を否定することなく、冷静に聞いてくれたが、その目は真偽をはかっていた。

すでに家の周りは人でごった返していた。パトカーや救急車、消防車まで駆けつけていた。

やがて、おもてにいた一人の警察官が彼の乗るパトカーに駆け寄ってきた。そして彼の左隣にいた警察官を車外へと連れ出した。

二人はすぐそこで会話をしながら、彼の方に何度か視線を送った。このとき彼はようやく自分の容疑が晴れたのだと思った。

手短なやりとりを終え、警察官が再びパトカーに戻ってきた。

そして乗り込むなり、

「詳しい話は署で改めて聞くことになったから」

警察官が冷たく言い放った。

それは構わないが、まずはこの手錠を外してほしいと彼は頼んだ。

だが断られた。解せず、理由を求めると、

「家族を殺害したのはきみだと、女性が話している」

一瞬、ぽかんとした。頭の中が真っ白になった。いったい自分の身に何が起きているのか、まったくわからなかった。

けたたましいサイレンと赤色灯の光を撒き散らし、パトカーは進んだ。警察署に着くまでの間、彼の記憶は曖昧模糊としていた。身振り手振りで必死に抗弁をしていたのかもしれないし、おとなしく揺られていただけかもしれない。

　彼が唯一覚えているのは自らが放つ、サイレンの音と赤色灯の光だけだった。


「そのとき井尾さんは、ぼくを犯人だと話したわけじゃない」

　彼は拳を震わせて言った。

「井尾さんは上下黒い服を着た、背の高い男が犯人だと警察に伝えたんです。これは近隣の住人もそうした男が井尾さん宅周辺をうろついているのを見かけたと証言しています。おそらく、ぼくとすれ違ったあの男が真犯人なのでしょう」

　だが警察はその人物を彼だと決めつけた。帰路の途中、偶然事件に遭遇したという彼の話は信用されなかった。バスに乗り遅れたため、徒歩で帰ることにしたという話は失笑を買った。

「二十分後に次のバスがやってくるよね。それなのに歩くことにしたの？　二時間もの距離を」

　彼が理由を答えると、

「読書ねえ」

　と、一笑に付された。

「だいたいね、泣き声が聞こえたからといって人様の家に勝手に上がり込むかい？　ふつう、そんなことはしないよね」

凶器に残されていた彼の指紋についても、

「ないない。被害者に突き刺さった刃物を第三者が抜き取るなんて、そんなこと絶対にしません」

そして、

「鏑木慶一くん。どこからどう考えてもね、すべての状況が──」

彼が犯人であると物語っていた。

そして彼の一番の不幸は、真実を知っているはずの井尾由子が若年性アルツハイマーを患っていたことだ。

そのうえ事件のショックから、彼女は記憶を失っていた。

それでも当然、彼は無実を訴え続けた。大丈夫、大丈夫、大丈夫。暗く冷たい拘置所の中で彼は祈るように反芻《はんすう》していた。いつか新しい証拠が見つかり誤解が解ける。真実が明らかとなり、自由の身になれる。優秀な日本の警察が冤罪事件など起こすわけがない。

だが待てど暮らせど、状況は何一つ変わらなかった。彼は不安と恐怖で狂いそうになっていた。

そしてそんな彼に、頼みの綱である弁護士はこう告げた。

「正直、無罪を勝ち取れる見込みはない」

絶望的な言葉だった。

弁護士は彼が心神耗弱《こうじやく》状態にあったとして法廷で争う算段を立てていた。つまり事件時、彼は精神に異常を来しており、それによって起きた惨劇だったと主張するつもりだった。

この弁護士もまたハナから彼の言葉を信じていなかった。すべてを語り終えたあと、「わたしには真実を話してくれて構わないんだぞ」弁護士が口にしたこの台詞がすべてだった。

彼はその方針を頑として認めなかった。

「死刑になってもいいのか？　未成年だからとタカを括っているならそれは大間違いだぞ。未成年でもお構いなく殺すんだ、この国は」

その言葉は彼に重くのしかかった。死刑――？

身に覚えのない罪に問われ、命を奪われる。そんな馬鹿なことがあっていいわけがない。絶対に、あっていいわけは――。


「酒井さんは、日本の冤罪事件についてご存じですか」

彼は遠い目をして訊いた。舞は首を左右に振った。

「この国には、無実の罪で有罪判決を受けた事例が数え切れないほどあるのです。死刑を言い渡され、刑が執行されてしまったことだって」

結局、彼は泣く泣く罪を認めた。

理由はただ一つ、殺されないために。生きながらえるために。

「なのに、どうしてまた」

彼は第一回目の公判でいきなり主張を覆したのである。弁護士をはじめ、法廷中が慌てふた

め く中、彼は「ぼくはやってないっ」と泣き叫び、暴れ回ったのだ。廷吏《ていり》らに取り押さえられ、強制退廷をさせられる最後の瞬間まで彼は叫び続けた。

結果的にこれが心証を悪くし、死刑判決が下ったのではないか——。

「良心に従って真実を述べ、何事も隠さず、偽りを述べないことを誓います」

彼は表情を変えず唇だけを動かして言った。

「証人が法廷で言わされる宣誓の言葉です。それを初めて耳にした瞬間、ぼくも同じ言葉を言いたいと思いました。そして実際に口にしました。被告人として。

過去にぼくと似たような境遇に追いやられ、泣き寝入りした人がどれだけいるのかわかりませんが、彼らはそうせざるを得なかったんです。生きるために。

法廷に立つまでぼくも彼らと同じでした。ただ、ぼくにはどうしても我慢ならなかった。最後まで正々堂々と戦って死刑を言い渡されるなら、もう仕方ない。己の運命だとして受け入れるしかない。名誉を守って死ぬなら本望だと、そう考え直したんです。

結果はご存じの通りです。ぼくは国から死になさいと宣告を受けました。絶望しましたが、戦ったことに後悔はありませんでした。だからぼくは最後にこう言ったんです——『自分を褒めてやりたい』と」

ただ、彼が死ぬことはなかった。信じられない悪足掻きに出た。

これについて彼は薄い笑みを浮かべ、こう言った。

「酒井さんは、これまで死にたいと思ったことはありますか」

舞は五秒ほど考えて、かぶりを振った。

「ぼくはあります。自分でもうまいこと説明がつかないんですが、漠然《ばくぜん》と死の世界に手を伸ばしたい欲求がぼくの中にあるんです。こういうのを希死念慮《きしねんりよ》というそうです。自殺願望とは少し異なります。なぜそうした思いがぼくの中に存在しているのかわかりません。生い立ちが関係しているのかとも考えますが、そうではないかもしれません。しかし、実際に死を目の前にして、驚くほど生に固執している自分に気がついたんです」

彼は舞の目を見据えた。

「だから、ぼくは脱獄した」


やかんがキューと高い音を立て、蓋をカタカタと躍らせた。注ぎ口がもくもくと白い湯気を吐き出している。

揃いのカップにコーヒーを淹れ、ソファに並んで座りそれを啜った。テレビには相変わらずアオバの建物が映し出されている。「今すぐ突入しろっ」「射殺すりゃあいいじゃねえかよ！」飛び交う野次馬の叫び声。その他にも焚きつけるような声が後を絶たなかった。

警察が強硬手段に出ないのは、人の目があるからだと彼は推察していた。この事件には日本中が注目しているのだ。これで失敗などしたら目も当てられない。

また、彼は警察を施設内から追い払う際、「もしもあなた方が強制的に突入するようなことがあれば、彼女の命は保証しません」と告げていた。

となりで画面を睨む彼に、舞はそっと目を送った。

この人はきっと自分に危害は加えない。なぜか舞はそこだけは確信に近い思いがあった。ただ、だからといってこの男を完全に信じたわけではない。自分は子供だけど、そんなに単純じゃない。全部作り話かもしれない。彼の話はお伽話のように出来すぎている。

だが、井尾由子の話を聞けばそれもまた変わるのだろうか。彼が語った通りの話が、本当に井尾由子の口からも語られるのだろうか。

彼はそう信じているようだった。

もとより彼がこのグループホームアオバに勤めた目的はこれだった。井尾由子を探し当て、リスクを冒してまで彼女に近づいた理由は、それは彼女に真実を語ってもらうためだった。

賭けでした、と彼は言った。井尾由子の中に当時の記憶が残されているのかどうか、これは彼にもわからなかった。

「井尾さんも一度、法廷に立っているんです。そのとき、彼女はこう証言しました。『わたしは若年性アルツハイマーという記憶障害を持っていますが、あの日のことはよく覚えています。この人が犯人です』と。そのとき、彼女は下唇を嚙んで哀れむような目でぼくを見ていたんです。憎しみの対象であるはずのぼくをです。ぼくはそのとき、検察に言わされていると確信しました。そして、もしかしたら彼女の中には事件の本当の記憶が残っているのではと考えたんです」

だとしたらなぜ、井尾由子は見たものを正直に語らなかったのか。

「これは先日、井尾さん自身から聞いたのですが、彼女は検察からこう言われていたそうです。『あなたの記憶違いのせいで、目の前にいる犯人を取り逃がしてしまうかもしれない。あなたの大切な家族を殺した殺人鬼を』と。彼女は病気を発症して以降、自分の記憶に自信を失っていたんです。そんな状態の井尾さんに、『あなたの記憶は間違っている。本当はこうでしょう』と検察は誘導したんです。あってはならない、ひどい刷り込みです。ただ、今でも井尾さんはそのときの状況を覚えていてくれた」

夜な夜な、彼が井尾由子に向けて記憶を正確に語るよう、必死に懇願していたのはこのためだった。そして彼は彼女とのやりとりをすべてボイスレコーダーに録音していたという。

そのボイスレコーダーは今、彼の胸元のポケットに収まっている。今、この瞬間もまた、舞とのこうしたやりとりを彼は録音しているのだ。

彼はこれらをいずれインターネット上で公開するつもりだったと話した。そして世論を味方につけ、再審の扉を開かせるという、壮大な計画を立てていた。

「井尾さんの語った言葉を世間に知ってもらえば、必ず物議を醸すことになる。ただし、今のままではまだ分が悪いんです」

これまで録音したものは、それとなく彼が手引きしている感があり、井尾由子もまた肝心な箇所の言葉を濁しているのだという。

「なので井尾さんの口から、はっきりと『鏑木慶一は犯人ではない。真犯人は別にいる』と語ってもらう必要があるんです」

だが、それはもう難しい。彼が井尾由子と接触することは金輪際不可能だろう。

舞は言い出せなかった。自分が四方田に話したことが通報に繋がったということを。彼の計画を、希望を断ったのは自分だということを。

「警察から、返事ありませんね」舞はテレビに目をやりながら言った。

二度目の紙ヒコーキを飛ばしてからすでに五分以上経過している。

テレビの中では相変わらず殺伐《さつばつ》とした喧騒が飛び交っている。この映像をどれだけの人が見ていることだろう。

父や母のことを思った。二人は今どんな気持ちでいるだろう。娘が凶悪な殺人鬼に捕らわれているのだ。父も、母も泣いているかもしれない。

だが、それらは現実感を伴った想像ではなかった。それは舞が未だ、目の前にある現実を現実のものとして認識できていないからなのかもしれない。

だからこそ、自分はこの人を怖がれないでいるのだろうか。手を伸ばされたら触れられてしまうほどの距離にいるのに。

「もし、あなたの希望通りに世間が騒いで、もう一度、裁判が開かれたとしたら……あなたは無罪になるんですか」

「どうでしょうか。司法に過ちを認めさせるのは容易ではありません。過ちとわかっていても未だ認めずにいる事件もありますから。でもやるしかないんです」

その回答に舞は満足しなかった。そもそも質問が間違っていた。

舞が本当に訊きたいのは——あなたは本当に、やってないの？

もっとも、これをぶつけたところでどうしようもない。彼は何度もやっていないと口にしているのだから。

あとは、自分がそれを信じられるかどうかだけ——。

「鏑木さん」

舞は初めてその名を口にした。

「わたしは、あなたのことが好きでした」

舞は唇を震わせながら言った。彼は目を一瞬丸くさせ、舞の顔を見つめた。

「もしも、わたしが付き合ってほしいと告白していたら、あなたはどう答えていましたか」

舞は拳を握りしめ返答を待った。

やがて、

「断っていました」

彼は舞の目を見てはっきりと告げた。

「それは、どうして。彼女なんて作ってる場合じゃないから？」

「いえ——」彼はすっと目を閉じた。「ぼくには好きな人がいるんです」

落胆はなかった。むしろその言葉を聞いて、彼を信用することができた。

脈がないことくらい、彼が自分にこれっぽっちも気がないことくらい、最初からわかっていた。なのに今、彼が都合のいい返事をしたら、きっと信じることができなかっただろう。

ここでいきなりバンッという、炸裂音《さくれつおん》がおもてから聞こえた。舞は身体をビクつかせ、彼は即座に立ち上がった。なんだ今の音は。

間を置かずして、また同様の炸裂音。今度は三回連続だった。

わかった。これは打ち上げ花火の音だ。きっと手賀沼の花火が夜空に打ち上がったのだろう。こんなときなのに花火大会は決行されたのだ。

ここからは絶え間なく花火が打ち上げられた。カーテンを閉じているので拝むことはできないが、煩わしい喧騒を遠のかせてくれただけでもありがたく思った。

舞はテレビに目をやった。画面の中に少しでも映るかもしれないと思ったのだ。

だが次の瞬間、突然テレビの画面と、室内の明かりが消え、一気に闇に覆われた。停電したのだ。

「ブレーカーが落ちた？」

舞はつぶやいた。闇の中、自然と彼の服の袖を摑んでいた。

「いや——落とされた」

そして彼は窓辺に飛ぶように駆け寄った。続いてカーテンに手を掛けた、そのときだった。ガシャンという強烈な破裂音と共に彼の身体が後方に弾け飛んだ。それと同時にいくつもの黒い人影が室内に飛び込んできた。警察が強行突入してきたのだ。

舞は驚きのあまり悲鳴を上げることさえ叶わなかった。

闇の中で、床に横たわった彼の上に黒い人影が覆い被さっていくのがわかった。

だが視界はここで遮られた。舞もまた黒い人影に覆われたのだ。身体をきつく抱きしめられる。

「確保ーっ。人質確保ーっ」

誰かが耳元で叫んだ。

その誰かに抱きかかえられ、そのまま連れ去られていく。避難させるつもりなのだろうが、どこへ連れて行かれているのかわからなかった。目を開けていても何も見えない。

人の腕の中で激しく揺られながら、舞の耳は一つの音を捉えた。

それは花火とは異なる、パンッ、という乾いた音だった。

七章　正体

43

車内には父の好きなビートルズの『ヘルプ！』が軽快に流れていた。ハンドルを握る父は、「ヘルプ！」のところだけを合わせて口ずさんでいる。

舞は後部座席から車窓の外をぼんやり眺めていた。車は関越《かんえつ》自動車道を走っており、代わり映えのしない単調な風景が続いている。

もうかれこれ二時間は揺られているが、茨城にある我が家へはあとどれくらいで着くだろうか。日があるうちに帰れるといいのだけど。

ここで助手席にいる母が振り返り、「はい。最後のいっこ」とサンドウィッチを差し出してきた。

「大丈夫」と舞は断った。

「チーズ入ってるやつだよ。舞の好物じゃない」

「もうおなかいっぱいなの」

「おれ食うよ」と父が横から言い、母が父の口にサンドウィッチを詰め込んだ。これで父の「ヘルプ！」が止んだ。

「そう言えばお父さん、お家ちゃんと掃除しといてくれた？　ちょっと前に足の踏み場もないって言ってたじゃない。イヤよ、久しぶりに帰ってきて汚かったら」

「昨日一日かけて片付けました」父がもぐもぐと咀嚼しながら答える。「洗濯もしたし、掃除機もかけた」

「お、えらい。冷蔵庫の中は？」

「ビールしかない」

「だと思った。途中でスーパー寄ってってね」

この一ヶ月半、父は独りだった。母と舞が富山にある母の実家に帰省していたからだ。

遠方だということもあって、これまで母方の祖父母とはあまり交流がなかったが、一ヶ月半寝食を共にして親しくなれた。だからお別れの今朝はさみしかった。それは祖父母も同様のようで、母に向けて、「舞を置いてあんただけ帰らっしゃい」と冗談を飛ばしていた。

舞は今回の滞在で血縁のありがたみと繋がりの強固さを知った。二人は愛情と優しさを持って孫娘と接してくれた。事件のことに一度たりとも触れてはこなかった。

舞はウインドウを少し下げた。風が車内に吹き込み、舞の髪の毛をなびかせる。秋の始まりを思わせる香りがした。

長らく日本中を熱狂させたオリンピック、パラリンピックはどうやらつつがなく終わったようだ。もっとも舞はどういう結果で終えたのか、ほとんど知らない。日本人の誰かが金メダルを取ったようだが、その選手の名前はおろか、どの競技かもわからない。

テレビは一度たりとも見なかった。スマホなんて電源すら入れなかった。これまでスマホのない生活なんて考えられないと思っていたけれど、なければないで人は生きていけるのだ。むしろそのほうが人間の暮らしは豊かな気がする。

ただ、それも今日までだろうか。また前と同じような生活が始まるのだろうか。いや、前と同じ生活を取り戻せるのだろうか。

さすがにもう家の前にマスコミの姿はないらしい。事件直後はひどい有様だった。父が怒声を張り上げようと、警察が注意しようと彼らは攻勢を緩めなかった。舞がカーテンからおもてを覗いた瞬間にフラッシュが焚かれるような始末だったのだ。

舞が目を覚ましたとき、車は埼玉県内を走っていた。いつのまにか眠ってしまっていたらしい。

そのまましばらく走り続け、やがて車はつくば牛久ＩＣで降り、国道6号線へと入った。西の空が燃えており、見慣れた景色が赤く染め上げられている。

その光景は舞をやや息苦しくさせた。現実に引き戻されてしまったような、そんな気がしたのだ。

途中、大型スーパーに寄り、買い物を済ませた。父と母から、「なにかほしいものは？」と一回ずつ訊かれ、ないと答えた。

そうして自宅に到着した。生まれ育った二階建ての一軒家が妙に懐かしく映った。もう何年も帰っていなかったような、そんな感慨が湧いた。

ドアを開けて内玄関に足を踏み入れると、より一層そう思った。いや、違和感を覚えた。他人の家に来たときのような匂い——いや、そうではなく、今まであった匂いが消えているのだ。

ポッキーがいないから。

ポッキーはあの事件の最中、この玄関で息を引き取った。そのとき父も母も警察の知らせを受けてアオバへと駆けつけており、ポッキーは留守番をさせられていた。

そして死んだ。家族の誰にも看取られず、孤独な死を迎えた。「きっと、ポッキーが舞の命を救ってくれたんだよ」父はそんなことを言っていた。身代わりになってくれたのだと、そういう意味らしかった。

「舞？」

框に上がった母が振り返り言った。舞は靴を履いたまま、その場で立ち尽くしていた。

「ポッキー、いなくなっちゃったんだね」

舞はぽつりと言った。

母が素足のまま三和土に降りてきて抱きしめてきた。耳元で母のすすり泣く声が聞こえる。

そんな舞と母を包むように父も抱擁してきた。父もまた泣いていた。

ずっと我慢していたのか、二人の涙がとどまることはなかった。

舞は泣けなかった。泣きたいのに、泣けない。どうやって涙を流していいかわからない。深い悲しみも、喪失感もあるのに。

事件以降、舞は一度も涙を流していなかった。ポッキーが死んでしまったのに泣けないなんて、自分はどうかしてる。ほんと、どうかしている。

両親の泣き声はいつまでも玄関に響いていた。


翌朝、仕事へ行く父を見送ったあと、母と二人でお茶をしているとインターフォンが鳴った。母が警戒の顔つきで立ち上がり、壁に設置されてあるディスプレイを睨んだ。またマスコミがやってきたのかもしれない。

「あ、この人って」

そうつぶやき、舞の方を見た。

舞も立ち上がり、母のもとへ向かった。画面を見て、息を飲んだ。そこに映し出されていたのはスーツ姿の四方田だった。

「たしかアオバの人よね」

母が四方田を知っているということは事件のときに面識を持ったのだろうか。

それにしても四方田は何をしにやってきたのだろう。四方田とは事件以来、一度も会っていない。

「どんな用件かわからないけど、お母さん出ようか。不在ってことにしてもいいし」

少し考えて、舞は首を横に振った。そして玄関に向かった。

ドアを開けて舞が顔を出すと、門扉の外にいた四方田は神妙な顔でお辞儀をしてきた。舞も頭を下げた。

玄関で「つまらないものですが」と包装された煎餅を手渡され、四方田を家の中に通した。

「少しは落ち着いたかな」

四方田はぎこちない表情を浮かべ、言った。二人は食卓を挟んで向かい合っている。母はキッチンで紅茶を淹れてくれている。

舞が頷くと、四方田は「よかった」とホッとした顔を見せた。

「昨日、帰ってきたんだよね」

「どうして知ってるんですか」

「少し前に訪ねたときにお父様から教えてもらったんだ。しばらくそっとしておいてほしいと言われたんだけど、どうしても早く舞ちゃんと話したいことがあって……急にやってきてごめん」

舞はかぶりを振った。「もしかして、電話とかＬＩＮＥもらってましたか」

スマホの電源は未だ落としたままだ。

「うん。でも気にしないで。わかってるから」

ここで母が紅茶を運んできた。四方田と舞の前に一つずつ置くと、舞のとなりの椅子を引き、そこに腰を下ろした。

それから四方田はアオバの状況を語った。今はもとどおりの生活に戻っているようだが、事件後二週間は閉鎖されていたという。やってくるマスコミが後を絶たず、とてもじゃないがまともに生活ができる環境じゃなかったのだそうだ。その間、入居者は各々身内の家に預けられていたらしい。

「親族のみなさんが口を揃えて、『限界』っていうものだからちょっと切なくなっちゃった。仕方ないことだけど」

親族は自分たちで介護ができないからアオバを頼ったのだ。これは本当に仕方ないことだと思う。実際に働いてみて介護の大変さはよくわかった。赤ん坊がいるのとはワケが違うのだ。

「今はもう、全員アオバに戻られたんですか」

「鷲生さんと、井尾さん以外はね」

井尾という名前を耳にしただけで身体に緊張が走った。

「鷲生さんは娘さんのところにいて、もうアオバに戻ってくるつもりはないみたい。娘さんもこのまま父を引き取るって言ってるから。娘さん、鷲生さんのこと物凄く嫌ってたんだけどね。ほら、鷲生さんの親族って一度も面会に来なかったでしょう」

「ああ、そういえば」

「身体が元気なとき、鷲生さんやりたい放題で家族に迷惑ばかり掛けてたそうだから。鷲生さんも自業自得だって話してたけどね。だから今回のことで歩み寄れたっていうか、関係を修復するきっかけになったみたい」

舞は曖昧に頷いた。どういう感想を持てばいいかわからない。

「おもしろいのがさ、鷺生さんがいなくなってトメさんが一番さみしがってるの。『あのジジイはいつ戻ってくるんだい』って何回も訊いてくるんだ」

その後、四方田の話は他の入居者の近況や、社長の佐竹が現場に出ていることなどに及んだ。ただし、井尾由子のことについては一切触れずにいた。舞に話したいことがあると言っていたが、きっとこれらの話ではないだろう。

三十分ほど経った頃、

「四方田さん、ごめんなさい」となりの母が口を挟み、「もうそろそろ」と退去を促した。

「あ、すみません」四方田が時計を一瞥し、「ではぼくはこれで」と立ち上がった。

玄関へ向かう四方田の背中に母とついて行く。結局、話したいことというのはなんだったのだろう。

「あの、四方田さん」

革靴に足を通した四方田に対し、母が框から声を掛けた。

「舞はアオバをやめさせていただきます。申し訳ありません」

勝手にそんなことを言う。母とそんな話をしたことはないのに。

ただ、舞は否定しなかった。もう、アオバで働くのは無理だ。

四方田は一拍置いてから頷いた。

「わたしも夫もアオバにはとても感謝しているんです。この子、学校をやめて実家に戻ってからしばらく元気がなかったから。ですがアオバで働かせてもらうようになってからは毎日生き生きとしてて、今日はこんなことがあった、あんなことがあったって目を輝かせて話してくれて。わたしたちもそれがうれしくて。ただ、ああいうことがあった以上、親として娘をまたあそこで働かせるわけにはいきません」

「ええ、承知しております」

「本当にお世話になりました——ほら、舞も言って」

「……お世話になりました」

舞は口にして情けなくなった。これじゃあ甘ったれたお嬢さんじゃないか。全部母親に言わせて……なんなんだわたしは。

ただ、一方でそれも仕方ないかという思いもあった。わたしは子供だし、無力なのだから。

やがて、

「舞ちゃん、これまでありがとう」

四方田がスッと手を差し伸べ、握手を求めてきた。

その手を握り返した舞の手の平が異物を感じ取った。手の平に何かある。何かを手渡されたのだ。

四方田の目を見る。意味深な色合いがあった。

握手が解かれ、「では、お邪魔しました」と四方田が去っていく。

それから舞はすぐにトイレに向かった。ドアを閉めて、手の中の物を見る。それは四つ折りに畳まれたメモ用紙だった。

昼食を食べたあと、舞は薄手のパーカーを羽織り、家を出た。長らく乗っていなかった自転車に跨がり、最寄り駅の方へ向かった。

母には散歩に行くと伝えた。それだけでも母は心配なようで、「お父さんを待って三人で行こうよ」と言われたが、「ひとりがいいの」と断った。

いったい、どんな話をされるのか。ペダルを漕ぎながら、舞はそればかり考えていた。

四方田から手渡されたメモ用紙には、『十四時　ソエダ珈琲《コーヒー》』とだけ書かれていた。つまりその時間にここに来いということだろう。

ソエダ珈琲は舞の家の最寄り駅近くにある純喫茶だ。何回か入ったことがあるが、物静かでクラシックな雰囲気の店だった。そのためか舞のような若い人はあまり利用しない。

店先で自転車を停め、ドアを開けるとカランカランとベルが鳴った。足を踏み入れるとコーヒーと煙草の匂いが鼻をついた。

そこで舞は足を止めた。奥のテーブルに四方田がいたのだが、そこには他にも数人の男女の姿があった。くたびれた紺のスーツ姿の中年の男、ニッカボッカを穿き、髪を逆立てた若い男、小太りで化粧っ気のない中年の女、コンサバ系の服を纏った三十過ぎの女。

どこかちぐはぐな人員構成だった。店内に他に客の姿はない。

舞の姿を認めた四方田がスッと立ち上がり、片手を上げた。

舞は警戒しながら歩み寄った。

「来てくれたんだ。ありがとう」と四方田。

「あの」舞が座っている四人を見回す。

「ああ、こちらの方々は……えーと、どこから話せばいいかな。とりあえずここに座って」

椅子を勧められ、舞は身を小さくして腰を下ろした。

「何か飲む？」

舞がかぶりを振る。

「飲みなよ。オレンジジュースでいいかな」

四方田が勝手にオレンジジュースを注文した。

いったいこの人たちは何者なんだろう。自分に向けられている四人の視線が怖かった。

すぐにマスターがオレンジジュースを運んできた。そしてマスターが下がったところで、四方田が意を決したように口を開いた。

「こちらは桜井くん――じゃなくて、鏑木慶一くんを救うために集まっている方々なんだ」

舞は俯かせていた顔を上げた。救う――？

「あの事件から三日後――」

四方田のもとに弁護士を名乗る男から連絡があった。一度会いたいというので、呼び出された場所へ出向くと、そこには今ここにいる四人がいた。舞の斜向《はすむ》かいにいる中年の男がその弁護士らしい。名を渡辺というそうだ。

「ぼくも最初は半信半疑っていうか、正直まったく信じてなかったんだけど、みなさんの話を聞いているうちに、もしかしたら鏑木慶一くんは本当に――」四方田の目が舞を見据えた。「無罪だったんじゃないかって」

無罪――。一瞬、舞は頭がくらっとした。

「詳しくはわたしから話をしましょう」

渡辺が話を引き取り、舞に向けて身を乗り出した。簡単な自己紹介がなされ、「事件について酒井さんはどの程度ご存じでしょうか」と訊かれた。

舞が「どの程度と言われても」と返答すると、渡辺は「いや失礼」と頭を垂れ、改めて事件の概要を語り出した。

渡辺の話を聞きながら、この人どこかで会ったことがあるかもと舞は思った。思い出せないが、どこかでこの顔としゃべりを見聞きしたことがある。

「――以上のことを以って鏑木慶一くんは死刑を言い渡されました。しかし、彼を犯人だとする検察の主張はすべて情況証拠に過ぎません。情況証拠というのは直接証拠とは違い、立証の対象である事実を認定するために、推認《すいにん》の過程を経る証拠ということです。つまり、事実はこうだろうと思わせる材料に過ぎないわけです。とはいえ、もちろん情況証拠だけでも犯行を強く推認させるものがあれば、有罪判決を下せます」

ここで渡辺は居住まいを正した。

「ただし、鏑木慶一くんにはそれらすべてにまっとうな反論をすることができる。順を追っていきます。

まずその一、彼が住処である『ひとの里』から遠く離れた被害者宅近くを歩いていたこと。これは帰宅するバスに乗り遅れたことで、ならばと彼が趣味である読書の時間に充てただけです。慶一くんを幼少期から見ていた児童指導員に話を聞いたところ、彼は幼い頃から歩きながら本を読む癖があり、危ないからと何度注意してもこれだけは直らなかったと証言しています。

その二、彼が見知らぬ被害者宅に入ったこと。これは彼が被害男性の母親のただならぬ泣き声を耳にしたからです。だからといって勝手に家に上がるようなことはしないと、検察はふざけたことをぬかしていたようですが、わたしだって同じような状況になればお節介を焼いていたかもしれません。彼ならなおさらです。彼は困っている人を放っておけない性分なのです。ああ、伝えていませんでしたが、我々全員、慶一くんと面識があるんです。それぞれ彼の逃亡中に出会い、短期間ですが親しくしていました」

舞は三人の顔をさっと見回した。

「その三、凶器である出刃包丁から鏑木慶一くんの指紋が検出されたこと。これは被害男性に突き刺さっていた出刃包丁を彼が引き抜いたからであり、なぜそのようなことをしたのかというと、被害男性の母親がそのときまだ息があった息子を助けようと出刃包丁に中途半端に触れたことで、出血が増し、より危険な状態に陥ったため、彼はやむを得ずそうした行動を取ったのです。その後彼はタオルを傷口に当て、出血を食い止めようと救命措置を行っています。実際に現場にはそのときのタオルが落ちていました。もっとも検察は彼が行った証拠にはなりえないと突っ撥ね、判事諸氏もそれを認めていたようですが」

渡辺は憤りの表情を浮かべている。

「続きましてその四、鏑木慶一くんの衣服から被害者三名全員の血液が検出されたこと。これについては先ほど話した救命措置に当たった際に被害男性の血液が付着したもので、被害女性と男児のものに関しては、現場に踏み込んできた警官が彼に向けて拳銃を突きつけたため、彼がおののいてその場で尻餅をついたためです。その後警官は彼に伏せるようにも命令しており、彼はそれに従っています。現場のフローリングには被害者たちの流した血液が一面に広がっていたのですから、被害者の血液が付着するのは当然のことです。これについてはそのとき警官も同様に証言しており、ただし、この警官は現場に踏み込んだときにはすでに彼が全身血まみれだったと供述しています。だがこれはおかしい。なぜなら彼はそのとき黒い学ランを着ており、たとえそこに血液が付着していても目立つことはなく、一見して血まみれかどうかなど視認できるはずがないんです。これは彼が救命措置を行っている際、額から垂れ流れた汗をふいに自らの手で拭ってしまったことで、彼の顔が血で赤く染まっていたことからそのような先入観を持ったに過ぎないのです。また――」

舞は耳を塞ぎたかった。そんなこと――すべて知っているのだ。なぜなら、わたしは鏑木慶一本人から聞かされているのだから。

「――そしてこれらすべて、鏑木慶一くん自身が真実はこうだと法廷で訴えているのです。しかし、彼の叫びは届かなかった。一度、罪を認めてしまったことが影響しているのは間違いありません。これに関して、わたしは弁護士に問題があったと断言します。担当した弁護士の頭に無罪判決はハナからなく、あくまで死刑回避だけが目的だった。罪を認めなければ死刑になるなどと脅されれば、誰だって泣き寝入りしてしまいます。ましてや彼は当時まだ十八の少年です。わたしは弁護士としてけっして優秀ではありませんでしたが、何度こう思ったことかわかりません。わたしが彼の弁護をしてやりたかったと」

舞は保護されたあと連れて行かれた警察署での出来事を思い出していた。人質となっている最中に交わした鏑木慶一との会話、彼の取った行動、そのすべてを伝えると、担当していた刑事は同情の顔つきで舞にこう言った。「きみのことを取り込もうとしたんだね」と。

「鏑木は驚くべき知能犯だ。あいつは人の心につけ込み、操ることでこれまで逃亡を続けてきたんだよ」

じゃあ、全部、嘘なんですか——。

「ああ、すべて大嘘だ」

舞はもう何がなんだかわからなくなった。何が正しく何が間違っているのか。白なのか黒なのか、正義なのか悪なのか。まったくわからなかった。

それと同時に、もうどうでもよくなってしまった。何もかもどうでもよくなってしまった。

たとえ鏑木慶一が無罪であったとしても、それももう意味がない。

救われるべき本人はもう、この世にいないのだから。

「——舞ちゃん。舞ちゃん」

四方田から肩を叩かれ、舞は我に返った。

「大丈夫？　ぼうっとしてたけど。一回外の空気を吸いに行こうか」

舞は首を横に振った。でも本当はもう家に帰りたかった。こんな話を今さらされたところで、何になるんだろうと思っていた。この人たちは鏑木慶一を救おうとしているというが、どうやって救うというのだ。死んでいるのに。

「で、実際んとこ、あんたどう思ってんの」

ここで髪を逆立てた若い男が舞に向けて言った。いつの間にか火の点いた煙草を手に持っている。

「あいつがやったと思ってんの」

舞は首を曖昧に捻り、「さあ、知りません」と答えた。

「知りませんってなんだよ。こっちはどう思ってんのかって訊いてんだ」

「………」

「なんだこの女」

男は鼻で笑い、煙草を咥えた。「和也くん」と渡辺が注意したが、和也と呼ばれた男は意に介さず、「おれらの話を信用できないならもういいや。時間のムダだから帰れよ」と出口の方へ顎をしゃくった。

「あなたは、無罪を信じてるんですか」舞が訊いた。

「信じてなきゃこんなとこいるかよ」和也は鼻で笑った。「おれはナベさんみたいに難しいことは言えねえけど、わかってるんだ。ベンゾーに人なんか殺せねえ」

きっぱりとそう言い、上に向かって紫煙を吹き上げた。

「和也くんはね、署名を募ってくれているんです」渡辺がフォローするように言った。

「署名？」

「慶一くんを無罪だと信じている人たちのもとを訪ねて、一人ひとり署名を取っているんです。世はネット社会ですが、まだまだ直筆の署名というのは力があるんです」

「昔おれはそれでひでぇ目に遭ってるからその力はよく知ってんだ」和也が指で鼻の下を擦る。

「そういうナベさんだってＹｏｕＴｕｂｅでがんばってるじゃん」

舞はそれで思い出した。そうか、渡辺は鏑木慶一に極刑を下すのは時期尚早だったのではないかと、ひとりでカメラに向かって語っていたあのＹｏｕＴｕｂｅの男だ。

「わたしもネット動画では散々な目に遭いましたから。その効力や恐ろしさは身を以ってわかっていますし、であればそれを利用しない手はないなと」渡辺は自虐的な笑みを浮かべて言った。「ちなみにこちらの近野節枝さんは、全国を飛び回って講演を開いているんです」

水を向けられた中年の女は、「講演だなんてそんな」と慌てて胸の前で両手を振った。「わたしはただ、救心会被害者の会の代表をしているだけで、その集まりのときにちょっとだけ、我々を救済してくれたのは鏑木慶一くんなんですよと話しているだけです」

「この前講演を覗かせてもらったときは、マイク片手に『絶対に無罪判決を勝ち取るぞー』と叫んでらっしゃいましたが」

「いや、あれはちょっと興奮しちゃって」近野節枝は顔を真っ赤にしている。「でも、わたしどうしてもあの子が人を殺すような子に思えなくて。だってあの子、正体がバレるかもしれないのに、リスクを冒してまでわたしたちの目を覚まさせようとしてくれたのよ。あの子にはなんの得にもならないのに。そんなときに、渡辺さんから冤罪の話を聞いて、わたし居ても立ってもいられなくなって――」

「無罪判決を勝ち取ってどうするんですか」

舞が遮って言った。自分でも驚くほど大きい声が出た。カウンターの奥にいるマスターが何事かとこちらに視線を送っている。

「今さら無罪だってわかったところで、あの人はもう死んでるんです」

「だからなんだよ」和也が手を伸ばし、胸ぐらを掴んできた。「死んでっからってこのままでいいのかよ。ベンゾーの名誉は誰が守ってやんだよ」

「ちょっと和也くん」

四方田がその手を解こうとしたが、和也は放さなかった。

「あいつは殺人鬼の汚名着せられて、死人に口なしとばかりに警察に殺されたんだ。ベンゾーの無念を晴らせなかったらおれはあいつに顔向けできねえ」

舞は視線を逸らし、黙り込んだ。

鏑木慶一は、やっぱり警察に殺されたのだろうか。

包丁を振り回して抵抗したため発砲したというのが警察の発表だった。そして弾は腹部に命中し、彼は死んだ。

だが、あのときすでに彼は取り押さえられていたはずだ。舞の記憶ではたしかにそうだった。

そして、彼の胸元にあったはずのボイスレコーダーは、「そんなものはなかった」とのことだった。

「和也くん、放してあげて」

そう穏やかに言ったのは、舞のとなりに座る三十代の女性だった。この女性はこれまで一言も口を開いていなかった。

女性が舞の手を取った。

「安藤沙耶香と言います。わたしは少しだけ、彼と暮らしていたの」

そう名乗った女性は穏やかな微笑をたたえてそう言った。

「わたしはずっと彼を人殺しだと思ってた。それでもいいって自分に言い聞かせて一緒にいたの。今は、どうして彼のことを信じてあげなかったんだろうって、後悔してる。別れの日、わたしは彼にこう言ったの。『過去なんて関係ない』って。そうじゃなく、『信じてる』って、どうしてそう言ってあげられなかったんだろうって、心の底から後悔してる」

ああ——舞は悟った。あの日、鏑木慶一が口にした好きな人というのは、きっとこの女性のことなのだろう。

「わたしは、彼に謝らなきゃいけない」

安藤の涙が一雫《ひとしずく》、舞の手の甲に落ち、弾けた。

舞はその水滴を静かに見下ろしていた。

「安藤さんはフリーのライターさんで、慶一くんの無罪を訴える記事を書いてくれているんです。そのほかにも日本の過去の冤罪事件をまとめて、いかに日本の司法が間違いを犯してきたか、多くの人に伝えてくれているんです」

「絶対じゃないってことをわかってもらいたいの。人が人を裁くのだから、間違いが起きるの。ただ、間違いは正さなきゃいけない。それを証明するためにわたしたちは戦ってるの。わたしは多くの人に彼の正体を知ってもらいたい。本当の姿をわかってもらいたい。酒井さん、あなたはどう？」

「わたしは……」

言葉が続かなかった。

44

乗車料金は二千二十円だったのに、「二千円でいい。お嬢ちゃんめんごいがらおまけ」とタクシーの運転手は金歯を覗かせて言った。

お礼を告げて、下車した。バタンとドアが閉まり、タクシーが走り去っていく。

そういえばタクシーに一人で乗車したのは初めてかもしれない。新幹線だって初めて一人で乗った。こんなに遠くに来ることも、初めてだ。

遠景に目を細めた。背の低い山々が歪な稜線を描いて横に延びている。紅葉にはまだ少し早いのか、全体的にまだ緑が多かった。あと一ヶ月もすれば秋色に燃えて、さらに壮麗なものになっているだろう。

笹原浩子の家は瓦屋根の古い日本家屋だった。庭がだだっ広《ぴろ》く、母屋《おもや》のとなりにこぢんまりとした離れもある。富山にある母の実家にどことなく雰囲気が似ていた。

早速家を訪ねると、浩子は待ち構えていたようにおもてに出てきて、「遠くからわざわざ」と舞を快く迎え入れてくれた。

「よっちゃん。よっちゃん」

と、浩子が階段下から叫ぶと、やがて井尾由子が下りてきた。

二ヶ月ぶりに見る彼女は少し痩せたように見えた。

井尾由子が目を細めて舞の顔をじっと覗き込む。そして「いらっしゃい」と口にする。彼女が自分のことを覚えてくれているのかどうかはわからなかった。

浩子がお昼ご飯を用意してくれていたので、三人でそれを食べた。本当は新幹線の中でお弁当を食べたのだけど、無理して平らげた。もっとも会話には困った。浩子から事前に、どちらかいの事件にも触れないようにと、きつく釘を刺されていたからだ。そうなると、アオバでの出来事にもあまり触れられない。いつだって彼女の近くには鏑木慶一がいたのだから。

「姉は、どこまで覚えてるのかしら」

食事を終えて、井尾由子が手洗いに席を立つと、浩子が神妙な顔で言った。

「口にしないだけで、家族が殺されたことも、犯人があなたを人質に取って立て籠もったことも、本当は覚えてるのかも。もちろん、訊けないんだけど」

どうなんだろう。はたして彼女は何をどこまで覚えているのだろう。

「わたし、本当は今日怖かったの。あなたと会わせることによって、姉のつらい記憶を呼び起こしちゃうんじゃないかって。けっしてあなたが悪いわけではないんだけど、あなたにああいうことがあった以上、どうしたって結びつけてしまうでしょう。でも、あなたが姉に会いたいと電話をくれたことを伝えたら、姉も『会う』って言うから。なのにごめんなさいね。姉、あんまり元気なくて」

たしかに食事中、井尾由子の口数は少なかった。会話の中心は浩子だった。

「二ヶ月前のあの事件以降、ずっとそう。暗くなっちゃった。本当はよく笑う人だし、明るい人だからよけいに見ていて切なくなっちゃう。一週間くらい前にね、姉が突然庭の掃除を始めたの。日が落ちるまでずっと雑草をむしってた。『居候なんだから働かないと』って言ってたけど、きっとこの家も姉にとって居心地の好いところじゃないのよね」

舞はどう返答していいかわからず、黙っていた。

「一度ね、わたし姉にこう言ったの。『犯人はちゃんと捕まって、もう死んだんだよ。だからもう安心して』って。ただ姉は、『そう』って一言だけ。きっと関係なかったのね。犯人がどうなろうと。姉の大切な人は帰ってこないんだもの」

浩子は深いため息と共に言った。彼女もまた、二ヶ月前、アオバで会ったときよりも痩せて老け込んだように感じた。事前に電話で話したときに、勤めていたパン工場のパートを辞め、現在は毎日家にいるのだと話していた。

ちなみに浩子が勤めていたというパン工場には、あの近野節枝もいたらしい。つまり二人は同僚だったのだ。仲が良かったそうだが、今現在は絶縁状態にあるのだと、これは近野節枝から聞いていた。

鏑木慶一を犯人だと信じている浩子からすれば、友人の活動は背信行為であり、けっして容認できるものではないのだ。それでも近野節枝は、「たとえ浩子さんに恨まれようと、真実は明らかにしないといけない」と話していた。彼女に限らず、あの人たちは覚悟を持って戦っているようだった。

そして舞はというと、未だ自分の気持ちに整理がついていなかった。だから、こうして井尾由子に会いに来たのだ。ただ、彼女にどう切り出せばいいのかわからない。浩子の目もあるし、事件について話すことなんてできるだろうか。

やがて戻ってきた井尾由子が、

「お天気だし、そこの縁側で日向《ひなた》ぼっこでもしない？　二人で」

と舞を誘ってきた。浩子は不安げな顔をしていた。

井尾由子が障子を開け、先に廊下へと出る。舞も浩子の視線に気がつかないふりをして後に続いた。二人並んで板張りの縁側に腰掛ける。

暖かい陽射しが燦々《さんさん》と降り注いでおり、空は青く澄み渡っている。草木の匂いがほのかに香った。

「お庭、きれいでしょう」と井尾由子。「一昨日ね、わたしが草取りをしたの。だから昨日は腰が痛くて大変だったのよ」

たしかに庭の手入れが行き届いている。が、彼女がそれを行ったのは一週間前だ。

「井尾さん、アオバでもたくさんお手伝いしてくれていましたもんね」

舞がそう言うと、彼女は「そうだった？」と、こちらに身体を開いた。

「ええ。わたしは井尾さんのいた二階の担当じゃなかったんですけど、井尾さんがお手伝いしてくれているところは何度もお見かけしました」

「そっか。わたし、ちゃんとしてたんだ」

「はい、ちゃんとしてました」

しばし沈黙が流れた。

やがて、

「まいちゃん。わたし、あなたのこと、なんとなく覚えてるわよ」

彼女は言った。

「嘘じゃなくて、ほんとに少しだけ覚えてる。あなたが来てくれたとき、ああこの子と話したことあるって思ったもの」

「覚えていてくれてうれしいです」

「そういえば、わたしによくしてくれていた男の社員さんがいたでしょう」

「四方田さんですね」

「そうそう。四方田さん。あの人のこともちゃんと覚えてる。それから――」彼女は空を見上げた。「桜井くんのことも」

舞は息を飲んだ。

遠くで鳥の鳴き声が聞こえている。

しばらくして、「あの子、死んじゃったのよね」と井尾由子は言った。

舞が頷くと、井尾由子は目を閉じ、「わたしのせい」と唇だけでぽつりと言った。

「どうして、ですか」

それには答えず、彼女はもう一度、「わたしのせい」と言った。

舞は身体の内側から湧き起こる震えを抑え込み、

「……覚えてるんですか」

と言った。

「桜井さんは――あの人は、本当に、無罪なんですか」

「………」

「教えてください。お願いします」

だが、彼女はそれにも答えてくれることはなかった。ずっと目を閉じたまま、口を結んで黙り込んでいる。

そんな彼女の横顔を、舞は下唇を噛み締めて見つめている。

どれだけ時間が経過したろうか、上空の太陽は少しずつその位置を変え、彼女の顔の陰影を濃くした。

ふと、やわらかい風が吹き、彼女の前髪をふわりと持ち上げた。

そして、井尾由子は目を薄く開き、

「あの事件のあと――」

重い口を開いた。

――記憶が曖昧になってたの。霧がかかったみたいになっていて、思い出したくても思い出せなかった。だから、検察の人たちに指示されるがまま証言したの。そうしなかったらあなたの家族を殺した犯人を取り逃がすことになるって言われて……そんなことになったら取り返しがつかないじゃない。だからわたし、あの子が犯人に間違いないって。

霧が少しずつ晴れてきて、事件の記憶がうっすら戻ってきたのは、法廷で証言したあと。それでわたし、改めて検察の人に思い出したことを伝えたの。でも、まともに受け取ってはくれなかった。法廷で犯人の自己弁護を聞いてそれが真実だったかもしれないと、あなたが勝手に思い込んでしまっただけだって。記憶をすり替えられてしまったんだって。だからわたしもそう思うことにした。わたしの頭がおかしいんだって自分に言い聞かせた。そうしなかったら、耐えられなかったから。

けど、ずっと怖かった。もしもわたしの方が、この記憶の方が正しかったら、そう思ったら気がどうにかなってしまいそうだった。だって、もしもそうなんだとしたら、あの子、犯人じゃないんだもの。わたしの家族を殺してないんだもの。

それからわたし、何度も同じ夢を見るようになった。黒い服を着たのっぺらぼうの男がわたしの家族を襲っている夢。わたしはそれを襖一枚を隔てた場所から、息を潜めて見ているの。助けなきゃって思うのに、身体はまったく動いてくれない。

夢から覚めたあと、そんな臆病な自分に嫌気がさすの。夢の中ですら、わたしは息子たちを守れないんだって。

そして、とてつもない恐怖に襲われる。犯人が怖いからじゃなくて、犯人の顔はのっぺらぼうであるはずなのに、あの子ではないということだけは、なぜかわかっていたから。

それでも結局、それすら信じることができなかった。認めることができなかった。どんなにたしかな記憶も、わたしにとってはたしかじゃない。そう自分に言い訳をして――。

あの子が脱獄して、逃げ回ってると知ったとき、わたしは密かに捕まらないことを祈った。もしあの子が捕まって、また事件のことが掘り起こされたら、この記憶と真っ向から向き合うことになるんじゃないかって。そう思ったら心の底から恐怖を覚えた。だって、一人の少年の命が、わたしのこの不確かな記憶にかかってるんだもの。そんなこと、とても耐えられない。

そんなとき、わたしの前に不思議な男の子が現れた。なぜか、事件のことを知っていて、妙にわたしの記憶にこだわる奇妙な男の子。

でもまさか、桜井くんが、あの子だったなんて……。

いいえ、きっとこれも言い訳。

わたしは、きっと、桜井くんの正体に気づいていた——。

井尾由子が両手で顔を覆った。彼女の嗚咽が庭に広がっていく。

「なのにわたし、ずっとはぐらかしてきた。最後の最後まで自分の記憶を信じることができなかった。あの子、何度も思い出してって、助けてって、わたしの手を取って何度も何度も頼み込んできたのに、それなのにわたしは、わたしは……」

彼女の慟哭をとなりで聞きながら、舞は泣いた。

これまで自分の奥底で溜まっていた涙が堰を切ったように溢れ出してきた。

桜井翔司の顔が滲んだ景色の中に浮かび上がった。

彼はこれまでどんな思いで逃亡を続けてきたのだろう。どんな思いで生きてきたのだろう。

そして、どんな思いで死んでいったのだろう。

舞は張り裂けそうな胸の痛みを覚えていた。

人が死ぬというのは、いなくなるということ。いなくなるというのは、こんなにも痛く、残酷なことなんだと舞は思った。

ただ、こんな痛みさえも、彼はもう、感じることができない。こんな痛みさえも。

45

ＪＲ山形駅の新幹線のホームで舞は四方田に電話を掛けた。

舞が井尾由子に会いに行ったことを告げると、彼は驚いていた。そして彼女の懺悔《ざんげ》を伝えると、電話の向こうで驚愕しているのが伝わってきた。

〈井尾さんがずっと自分のことを卑怯者って言ってたのは、もしかしたらそういうことだったのかな〉

「そうかもしれません」

〈いたたまれないとか、やるせないとか、そんな言葉じゃ足りないよ〉

舞の乗車予定のつばさ１５６号が風を切り裂いてホームに入ってきた。舞の髪が横に吹き飛ばされる。

「わたし、みなさんに協力します」

髪を押さえ、新幹線の音に掻き消されないよう、舞は腹から声を張って言った。

「わたしにできること、全部やろうと思います。あの人のために」

〈ありがとう。ぼくももちろんそうするつもり。今の話を聞いたらなおさら傍観者じゃいられない〉

新幹線は徐々に減速していき、やがて停まった。プシューと音を立てて扉が開き、乗客が吐き出されていく。

〈さっそくそのことなんだけど、つい先ほど渡辺さんから連絡があってね、あ、電話まだ大丈夫？〉

「少しだけなら大丈夫です」

〈ありがとう。それで渡辺さんの話っていうのが、足利清人死刑囚のことだったんだけど〉

「足利清人？」

〈ほら、今年の春に群馬県にある民家に押し入って——」

母子を殺害し、捕まった男。そして、鏑木慶一の真似をしたと供述した男。

それが影響したのか、足利清人に第一審で死刑判決が下ったのは事件からわずか三ヶ月後という、史上類を見ない異例の早さだった。

〈その足利清人死刑囚がね、獄中で余罪を仄めかしているそうなんだ〉

「余罪？」

〈うん。刑執行を先延ばしさせるためにでまかせをしゃべっているって思われているようなんだけど、そうなると控訴していないことと矛盾する。だから渡辺さんは本当なんじゃないかって〉

話がよく見えなかった。「それがこっちの事件となにか関わりがあるってことですか」

〈かもしれない〉

ホームに並んでいた乗車待ちの客が順々に車内に吸い込まれていく。

〈渡辺さんの調べたところによると、足利清人の起こした事件は、例の事件に細々《こまごま》としたところまで手口が似ていることがわかったんだ〉

「でも、模倣したんだとしたら似通っていて当然なんじゃ……」

〈うん。ただ、これはあくまで渡辺さんの推測なんだけど、もしかしたら足利清人は模倣をしたのではなく、自らの犯行を再現しただけなんじゃないかって〉

「それって、まさか……」

〈そう。もちろん予断は禁物なんだけど〉

舞はその場に立ち尽くしていた。

自分もこれに乗らなきゃいけないのに、一歩目が出なかった。

〈それと、渡辺さんはこうも言ってた。もしかしたら警察は、足利清人を捕まえたときにこのことに気がついたのかもしれないって。もしそうだとしたら慶一くんを殺害したことにも、舞ちゃんの話していたボイスレコーダーがなくなっていたことにも説明がつく。これだけ世間を騒がせたのに、今さら冤罪だったなんてことになったら日本警察の信用は地に堕《お》ちる。足利清人にこんなにも早く死刑判決が下ったのも、もしかしたら――〉

四方田の声が遠のいていく。

かわりにカチカチと音が鳴った。口の中で歯が激しくぶつかり合っていた。

新幹線のドアが閉まり、やがて動き出した。

一直線に進んでいくそれを、舞はホームからずっと睨みつけていた。

エピローグ　白日《はくじつ》

黒い法衣を纏った三人の裁判官が入廷すると、あちこちで囁かれていた会話がぴたっと止み、空気が重く張り詰めた。

傍聴席は溢れんばかりの人いきれだった。裁判所の周辺には中に入れなかった報道陣が大勢詰めかけている。どうやら昨夜から場所取り合戦が始まっていたらしい。

全国民がこの裁判に注目をしているのだ。

酒井舞は両隣にいる四方田保と安藤沙耶香と手を繋いで座っていた。二人が放つ熱が手の平を通して伝わってくる。二人もおそらく舞の熱を感じていることだろう。

法廷内は怖いほどの熱で埋め尽くされていた。呼吸すら息苦しいほどだった。誰もが興奮を抑えきれずにいる。

足の裏に微妙な振動を感じ、横を見ると野々村和也が小刻みに足を上下させていた。その振動を抑えるように、和也の膝の上に近野節枝が手を置いた。

やがて裁判官が席につくと、裁判長により開廷が宣言された。弁護人席にいる渡辺淳二がこちらを見て、一度深く頷いた。

舞は前傾姿勢を取った。そして、被告人席に目をやった。

そこに被告人の姿はない。

でも、きっと法廷内のどこかに彼はいて、自分たちと同じように今この瞬間を見守っているはずだ。

鏑木慶一――その名は長く後世に語り継がれることだろう。誰よりも強く、優しく、そして尊い人だった。

彼はけっしてあきらめることはなかった。どんな状況になろうとも、最後まで自分の正義を貫いた。

厳粛な空気の中、裁判官が滔々と事件の概要を述べている。それをみな、固唾を呑んで見守っている。

もっとも、すべてはすでに白日の下となっており、このあとどのような判決が下されるのかも、この場にいる全員がわかっている。

それでも、だれひとり緊張が解けることはない。

そしてついにそのときを迎えた。

「主文――」

判決文が読み上げられた。

直後、全員が立ち上がっていた。マスコミらが弾かれたように法廷を飛び出して行く。その姿を舞は滲んだ視界の中で捉えていた。

割れんばかりの絶叫が、咆哮《ほうこう》が法廷内に轟《とどろ》いている。

舞も叫んだ。ありったけの力で叫び続けた。

聞こえているだろうか。

この声が、きみに届いているだろうか——。

あとがき

【注意】物語の結末に触れる記述があります。本編を読んだ後にお読みください。

本作の単行本の初版が出たのは二〇二〇年一月、新型コロナウイルスの脅威が世で囁かれ始めた頃である。当然、執筆時は「コロナ」という言葉すら聞いたことがなく、わたしはまさかオリンピックが延期になるなどと想像もしていなかった。そのため物語の中ではオリンピックが通常の日程で、且《か》つ、つつがなく終わったというような記述がなされている。

あれから二年を経て、ようやく少し平穏な日常が戻ってきた。街に繰り出せば――マスクこそしているものの――大勢の人が出歩いているし、居酒屋の暖簾《のれん》をくぐれば酒も飲める。演劇もコンサートもスポーツ観戦も大勢の客を入れられるようになった。

が、これもいつまで続くかわからない。まったく安心はできない。再び、あの恐ろしいウイルスが我々に猛威を振るうかもしれないとビクビクしている。

初めて告白するが、わたしはこの二年間、精神バランスが少々崩れていたと思う。もっともわたしがコロナウイルスに感染した事実はなく、身近な人に感染者が出たこともない。ただ、ずっと気が滅入っていた。毎日ふつうに暮らしていたが、どこか調子がおかしかった。おまえが落ち込んだところで何も変わらない、と自分に言い聞かせはしてきたものの、どうしても気力が湧かなかった。

実は過去にもこれと似たような精神状態に陥ったことがある。東日本大震災のあとだ。あのときもコロナ禍のときと同様、やはり心の具合が悪かった。たとえ良いことがあっても手放しで喜ぶことができなかった。いつも心の片隅に暗い影が落ちていた。

ただ、それもこれも生きていればこそだ、と今は思う。

『正体』の話をしよう。本作を出版後、多くの読者から「鏑木慶一を死なせないでもらいたかった」という声がわたしのもとに寄せられた。わたしもできれば彼に生きていてほしかった。が、このような結末にせざるをえなかった。それは冤罪がどれほど理不尽で、悲しく、虚しいものなのかを鏑木慶一という人間の死を通して多くの人に感じてもらいたかったからだ。

もっともこれは作者のエゴであり、どう感じるかなど読者の自由である。大前提として『正体』はノンフィクションでもルポルタージュでもなく、あくまでエンタメ小説であり、ただの娯楽本なのだから。

だが、謂《いわ》れのない罪を着せられ、生活の自由を奪われた人も、死刑宣告を受けた人も現実に存在するのだということだけは頭の片隅に留めておいてほしい。そして、実際に死を与えられてしまった人がいるということも。

司法が過ちを認めるのは簡単ではない。一つの冤罪事件をきっかけに――それが人の生死に関わるようなものであればなおさら——世の中で死刑廃止論の声が高まるのは容易に想像がつくだろう。だからこそ司法は高度な政治判断によって頑なに過ちを認めないのかもしれない。

本当の、本当のところは知る由《よし》もないが、『正体』を書いた作者として、この先の未来に悲しい間違いが起こらないことを願うばかりだ。

最後にこの場を借りて鏑木慶一に詫びたい。

残酷な死を与えて本当にすまなかった。

二〇二二年　冬　染井為人

二〇二〇年一月　光文社刊

この物語はフィクションです。実在の人物、団体、事件とは一切関係がありません。

本文中に、「人夫」「日雇い」「飯場」など、特定の職業に関して不快・不適切とされる呼称が使用されています。また、周囲との接触を避ける登場人物を「コミュ障」としたり、認知症に罹患《りかん》することを「ボケる」、児童養護施設を「いわゆる孤児院だった」とするなどの表現も使用されています。しかしながら、現代日本の抱える社会問題をテーマとした本作の特性や、多様な背景・価値観を持つ登場人物の個性に鑑み、これらの表現についても、そのまま使用しました。差別の助長を意図するものではないことを、ご理解ください。

（編集部）

光文社文庫

正《しょう》　体《たい》

著　者　染《そめ》　井《い》　為《ため》　人《ひと》

2022年1月20日　初版1刷発行
2024年12月5日　12刷発行

発行者　三　宅　貴　久
印　刷　堀　内　印　刷
製　本　ナショナル製本

発行所　株式会社　光　文　社
〒112-8011　東京都文京区音羽1-16-6
電話（03）5395-8149　編　集　部
8116　書籍販売部
8125　制　作　部

落丁本・乱丁本は制作部にご連絡くだされば、お取替えいたします。
ISBN978-4-334-79294-7　Printed in Japan

組版　萩原印刷